OKSA POLLOCK

옥사 폴락 ③ 두 세계의 심장

OKSA POLLOCK T3. LE COEUR DES DEUX MONDES
by ANNE PLICHOTA, CENDRINE WOLF

Copyright © XO EDITIONS (Paris), 2011
Korean Translation Copyright © Sodam & Taeil Publishing Co.Ltd., 2012
All rights reserved.

This Korean edition was published by arrangement with XO EDITIONS(Paris)
through Bestun Korea Agency Co., Seoul.

이 책의 한국어판 저작권은 베스툰 코리아 에이전시를 통해
저작권자와 독점 계약한 (주)태일소담에 있습니다.
저작권법에 의해 한국 내에서 보호를 받는 저작물이므로 무단 전재와 무단 복제를 금합니다.

OKSA POLLOCK

옥사 폴락 두 세계의 심장

상드린 볼프 · 안 플리쇼타 지음
이혜정 옮김

소담출판사

옮긴이 | 이혜정

인하대 불어불문학과를 졸업하고, 중앙대 연극반 '영죽무대'에서 오랫동안 활동했다. 프랑스 파리 소르본 대학에서 어학과정을 수료했고, 프랑스 르아브르 대학에서 어학연수를 했다. 현재 프랑스어 전문번역가로 활동 중이다. 옮긴 책으로 『악의 주술』, 『악의 심연』, 『13번째 사도의 편지』, 『행복한 프랑스 책방』, 『뚱보들의 저녁식사』 등이 있다.

옥사 폴락 3
두 세계의 심장

펴 낸 날 | 2012년 12월 28일 초판 1쇄
        2017년 4월 25일 초판 2쇄

지 은 이 | 상드린 볼프·안 플리쇼타
옮 긴 이 | 이혜정
펴 낸 이 | 이태권
책임편집 | 김은경
책임미술 | 이슬기
펴 낸 곳 | (주)태일소담
        서울특별시 성북구 성북로8길 29 (우)02834
        전화 | 745-8566~7 팩스 | 747-3238
        e-mail | sodam@dreamsodam.co.kr
        등록번호 | 제2-42호(1979년 11월 14일)
        홈페이지 | www.dreamsodam.co.kr

ISBN 978-89-7381-749-8 04860
    978-89-7381-288-2 (세트)

조에를 위해. 절대적으로.

에데피아

천 개의

낭떠러지 산맥

불타는 망막 지역

전설의
호수

유리 가

초톡

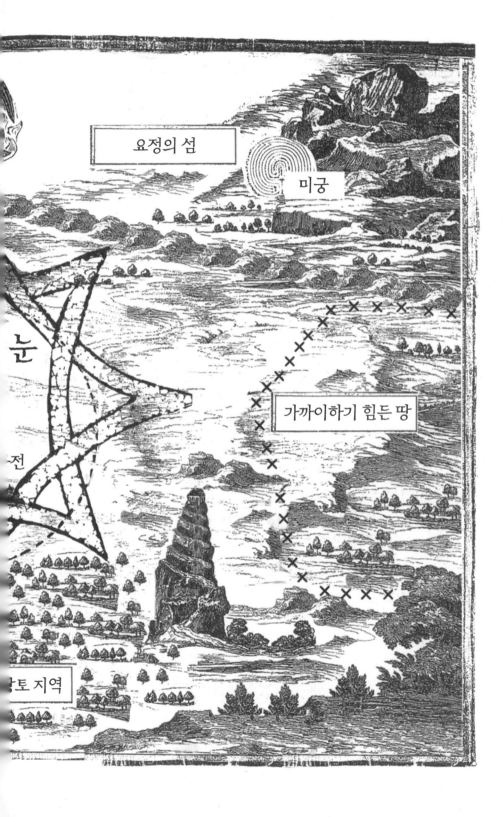

요정의 섬

미궁

가까이하기 힘든 땅

눈

전

토 지역

폴락 가의 가계도

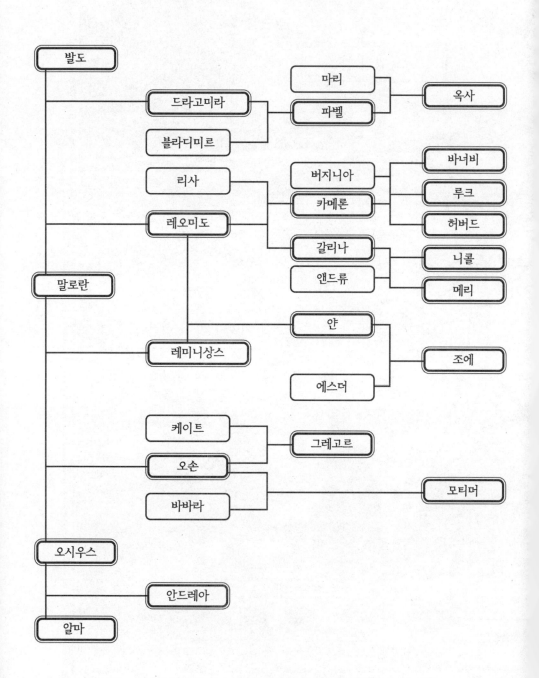

크뉘트 가의 가계도

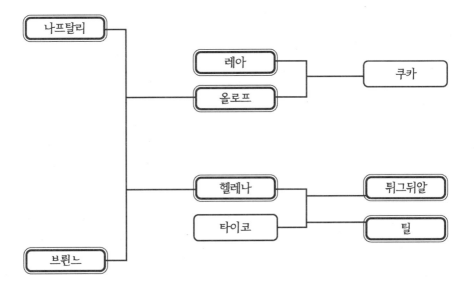

나프탈리

레아

올로프

쿠카

헬레나

튀그뒤알

타이코

틸

브륀느

내부인

외부인

1권 「선택받은 소녀」 줄거리

옥사 폴락은 명랑하고 다정한 열다섯 살의 프랑스 소녀이다. 자신만의 가게를 열고 싶다는 아버지의 고집 때문에 온 가족이 런던으로 이사를 가게 된 사건만 제외하면, 옥사는 여느 사춘기 소녀와 다르지 않은 평범한 나날을 보내고 있었다. 적어도 모든 것이 완전히 바뀌어버린 그날 저녁까지는 그렇게 믿고 있었다…….

믿을 수 없는 사건은 옥사가 런던의 성 프록시무스 중학교로 전학 간 첫날 발생한다. 새 학교에서의 그날은 생각보다 매우 즐거웠다. 옥사와 함께 프랑스에서 런던으로 날아온 그녀의 단짝 친구 구스와도 기적적으로 같은 반이 되었고, 메를랭, 젤다 등 새 친구들도 금방 사귀었다. 단 한 가지, 자기소개 시간에 맥그로우 선생이 말을 걸었을 때 심한 복통이 밀려와 쓰러진 일을 제외하면, 한 번도 겪어보지 못한 상황에 옥사는 잠시 의아해했지만, 진짜 이상한 일은 그다음에 일어났다. 그날 밤, 옥사가 손을 대지 않고 의지만으로 물건을 움직인 것이다!

언제나 닌자가 되기를 꿈꾸던 그녀에게 드디어 초인적인 능력이 생기다니! 기쁨보다는 놀라움과 두려움이 앞선 옥사는 누구에게도 이 사실을 털어놓지 않기로 결심한다. 하지만 모든 것을 숨길 수는 없었다. 옥사의 배에 미스터리한 팔각 별 문양이 생겼기 때문. 옥사는 그 문양을 단순한 상처라 생각하고 약제사인 할머니에게 그 문양을 보여준다. 그런데, 이를 본 할머니는 전에 없는 반응을 보이며 매우 당황해한다.

며칠 뒤, 할머니 드라고미라는 지인들을 불러 심상치 않은 회의를 벌인다. 옥사는 그 자리에 참석한 어둡지만 매력적인 청년 튀그뒤알에게 마음을 빼앗기지만, 자신의 감정을 미처 깨닫기도 전에 드라고미라에게서 그동안 숨겨져왔던 폴락 가문의 진실을 듣게 된다. 사실 폴락 가족은 보이지 않는 나라 '에데피아'에서 왔고, 옥사의 할머니는 그 나라를 통치하기로 예정된 여왕이었다. 하지만 50여 년 전, 한 반역자의 음모로 수십 명의 에데피아 사람들이 이 세상으로 쫓겨 나오게 되었고, 그들은 '탈주자'라는 이름으로 모여 에데피아로 돌아가기 위한 비밀스러운 모임을 계속하고 있었다. 옥사의 배에 나타난 팔각 문양은 다름 아닌 에데피아의 여왕임을 증명하는 표시였던 것이다.

이 갑작스레 닥친 운명에 옥사와 가족들은 혼란스러워한다. 하지만 옥사를 힘들게 하는 것은 가족과의 갈등뿐이 아니었다. 담임선생인 맥그로우가 왠지 마음에 걸렸다. 냉정한 태도나 무례한 말투는 차치하고서라도, 어쩐지 그는 옥사가 가진 능력에 대해 알고 있는 것 같다. 그는 왜 그토록 옥사에게 관심을 갖는 것일까? 그는 뭔가를 숨기고 있는 것이 분명했다. 옥사는 단짝 친구인 구스에게 이 모든 사실을 밝히고, 학기 내내 구스와 함께 맥그로우 선생을 주시한다.

어느덧 시간이 흘러 방학이 왔고, 옥사는 구스와 함께 방학 동안 웨일스 지방에 있는 레오미도 진외할아버지 댁으로 떠나 본격적인 마법 훈련을 받게 된다. 훈련은 즐거웠다. 지긋지긋한 맥그로우 선생도 없는 데다가, 에데피아에서 온 신기한 생물들도 실컷 구경할 수 있어 하루하루가 행복했다. 손을 대지 않고 물건을 옮길 수 있는 '마네튀스', 새처럼 하늘을 날 수 있는 '날아오르기' 등은 물론, 그라녹(마법 알갱이)을 넣으면 각각의 그라녹이 가진 기능을 구현시키는 피리같이 생긴 마법 도구 '크라쉬 그라녹스' 사용법을 금세 익히는 등 옥사는 초보답지 않게 뛰어난 실력을 뽐냈다. 그러던 어느 날, 그 즐거운 현장에 침입자가 나타났다. 옥사와 레오미도에게 무차별한 공격을 퍼부은 자는 다름 아닌 맥그로우였다! 일촉즉발의 상황에서 옥사는 크라쉬 그라녹스를 사용해 맥그로우를 쫓는 데 성공한다.

맥그로우를 물리치긴 했으나, 상황은 심각했다. 맥그로우는 왜 그 먼 곳까지 옥사를 따라왔을까? 그의 마법 능력은 어디에서 온 걸까? 그는 왜 옥사와 레오미도를 공격했을까? 이 사건을 계기로 곳곳에 흩어져 있던 탈주자들이 긴급회의를 소집하고, 그 자리에서 옥사는 놀라운 이야기를 듣게 된다. 맥그로우가 에데피아를 혼란에 빠뜨린 반역자의 아들 '오손'이었던 것이다. 맥그로우는 에데피아로 돌아가기 위해 옥사를 이용하려는 수작임이 분명했다. 탈주자들은 옥사와 구스 주위를 맴돌며 맥그로우의 손아귀로부터 아이들을 보호하기로 하지만, 그의 위협은 날이 갈수록 점점 집요하고 강력해진다.

결전의 날이 다가왔다. 맥그로우는 드라고미라로 변신해 옥사를 혼동시킨 뒤, 진짜 드라고미라를 공격해 그녀를 죽음 직전까지 몰아넣는다. 두 명의 할머니 앞에서 옥사는 누가 진짜 자신의 할머니인지 감히 결정을 내리지 못한다. 참혹한 전투는 계속되었다. 옥사는 패닉에 빠졌다. 빨리 결정을 내리지 않으면 어느 한쪽은 곧 죽을 것 같았다. 마침, 곁에 있던 구스가 날카로운 관찰력으로 옥사를 도왔고, 현명한 친구 덕분에 옥사는 진짜 드라고미라를 밝혀낼 수 있었다. 그리고, 때맞춰 나타난 드라고미라의 대부, 아바쿰이 크라쉬 그라녹스를 사용해 맥그로우에게 절대적인 힘을 가진 그라녹, 크뤼시마필라를 쏜다. 반역자 오손/맥그로우는 끝없는 검은 구멍 속으로 빨려 들어갔다.

하지만…… 이게 끝이라고 확신할 수 있을까?

2권 「길 잃은 자들의 숲」 줄거리

　새로운 비극이 탈주자들을 휩쓸었다. 오손/맥그로우가 사라지기 몇 개월 전, 그가 학교 과학실에 걸어놓은 마법의 그림 속으로 구스가 빨려 들어간 것이다. 그림 속에 사람을 가두는 것은 범죄자를 사회에서 격리하기 위해 고안된 에데피아의 감금 마법인데, 감금 마법을 주도하는 '마음 수색꾼'이 오손의 주술에 걸려 더 이상 선과 악을 구별하지 못하고, 실수로 구스를 빨아들인 것이다.

　옥사, 파벨, 아바쿰, 레오미도, 피에르, 튀그뒤알, 그리고 폴딩고트까지 동반한 탈주자 무리는 구스를 구하기 위해 그림 속으로 뛰어든다. 그들이 도착한 곳은 '돌아갈—수—없는—숲'이라는 이름의 낯선 세계. 연보랏빛 하늘, 말하는 까마귀 등 눈앞에 펼쳐진 마법의 세계에 놀란 것도 잠시, 탈주자들은 그림 속에서 낯익은 인물을 만난다. 바로 탈주자들의 오랜 친구이자 레오미도의 옛 연인인 '레미니상스'가 나타난 것이다. 오손의 쌍둥이 동생이기도 한 그녀는 오손의 음모에 빠져 이 그림 속에 갇히게 되었음을 설명하며, 오손이 악인이 된 가장 큰 이유는 불행했던 그의 성장 배경 때문이었음을 털어놓는다.

레미니상스와의 재회를 마친 옥사와 탈주자들은 본격적으로 그림 속 탈출구를 찾아 나선다. 하지만 사방에서 그들을 기다리고 있는 것은 길이가 5~6미터나 되고 육식을 사랑하는 '사자 도마뱀'이나, 그들의 고귀하고 다정한 마음을 빼앗기 위해 정신을 공격하는 '공중 마녀' 같은 무시무시한 괴물들이었다. 탈주자들은 끊임없이 그들을 위협하는 죽음에 맞서 싸우고, 옥사의 아버지 파벨은 위기를 타파하기 위해 자신의 문신에 봉인되어 있던 거대한 흑룡을 깨우기에 이른다. 한편, 이런 예상치 못한 갖가지 함정 속에서도 옥사와 튀그뒤알의 관계는 발전한다. 그들의 마음은 의심과 애정 사이에서 묘하게 흔들리고, 구스의 자리는 점점 희미해져간다.

그림 밖에서는 드라고미라와 나머지 탈주자들이 그림을 안전하게 보호하기 위해 최선을 다한다. 그림이 반역자의 수중에 들어간다면 그림 속에 감금된 사람 모두가 위험해질 테니까. 다행히 메를랭의 도움으로 그림은 빅벤 시계탑 꼭대기에 안전하게 숨길 수 있었지만, 오랜 동료의 배신으로 옥사의 어머니 마리 폴라이 반역자들에게 납치되어 헤브리디스제도의 외딴섬으로 끌려간다.

힘든 시련을 이겨내고 집으로 돌아온 옥사는 어머니가 납치되었음을 알고 슬픔에 빠진다. 하지만 비극은 여기서 끝이 아니었다. 레오미도가 그림 속 탈출을 눈앞에 두고 바깥 세상으로 나오기를 포기한 것. 뒤늦게 그 사실을 깨달은 탈주자들은 모두 혼란에 빠진다. 때마침 나타난 상자주 족 여인은 충격적인 사실을 폭로한다. 레오미도와 레미니상스, 드라고미라, 그리고 오손이 모두 말로란 여왕에게서 태어난 배다른 형제라는 것! 일찍이 이 사실을 알았던 레오미도는 에데피아를 떠나고 싶은 마음에서 오손이 외부 세계로 나가기 위해 '뮈르무 비밀 결사대'를 조직할 때 그와 손을 잡았고, 이 사실이 레미니상스와 드라고미라에게 밝혀질까 두려워 바깥 세상에 나오기를 포기하고 말았던 것이다. 아울러 상자주 족 여인은 오손이 죽지 않았다는 사실 또한 알려준다.

그사이, 천재지변이 전 세계를 무섭게 휩쓴다. 세계가 무너지려 하고 있었다. 폭우로 강물이 범람해 런던의 모든 도로를 빠르게 뒤덮자 탈주자들은 탈출을 결심한다. 드디어 때가 온 것이다. 그들은 파벨의 등에서 솟아난 '흑룡'에 올라타고 하늘을 찢는 뇌우를 뚫으며 최후의 결전을 위해 날아간다.

차례

1부 외부 세계

2부 에데피아

1부
외부 세계

도주

파벨 폴락의 등에서 솟아난 흑룡의 날개가 힘차게 퍼덕이며 비바람이 요란하게 몰아치는 하늘을 갈랐다. 칠흑 같은 어둠이 사방을 휩싼 가운데, 드라고미라의 팔 끝에 매달린 트라시뷜만이 열한 개의 촉수가 발하는 빛으로 등대처럼 무거운 암흑 속을 비춰줄 뿐이었다.

"힘내라, 아들!" 바바 폴락이 흑룡의 울퉁불퉁한 톱니 모양 등 위로 몸을 숙이며 소리쳤다.

탈주자들은 흑룡이 등에 진 무게 부담을 줄이기 위해 교대로 주위를 맴돌며 날았다. 이번에는 충직한 스웨덴 여성 브륀느 크뉘트가 몸을 던져, 맹렬한 바람 속에서 가까스로 버티고 있는 벨랑제 부부에게 다가갔다.

"너무 위험해요! 그냥 내가 태우고 갈게요!" 지쳐서 심하게 쉬어버린 목소리로 파벨이 외쳤다.

"그런 말 하지 마!" 피에르가 채찍처럼 얼굴을 강타하는 폭우를 막기 위해 두 손으로 눈 위를 가리며 외쳤다.

옥사는 할머니의 허리를 두 팔로 꼭 끌어안았다. 옥사는 엄청난 충격을 받아 혼란스러운 상태였다. 주변 상황은 떠날 때와 마찬가지로 절망적이었다. 몇 분 동안 모든 것이 전복되었다. 런던에서는 파도가 높이 일며 수위가 높아진 템스 강이 범람한 탓에 큰 소동이 벌어졌다. 폴락 일가와 그 지인들을 덮친 가혹한 운명의 손길 앞에서, 그들이 선택할 수 있는 것은 단 하나뿐이었다. 도망치는 것. 그들을 둘러싸고 요동치는 어둠만큼 불확실하고 광활한 미지의 세계로 도주하는 것 외에 다른 선택의 여지는 없었다.

옥사는 고개를 돌렸다. 불안에 떠는 구스와 눈이 마주쳤다. 친구는 젖 먹던 힘까지 짜내 레미니상스에게 매달려 있었고, 얼굴은 홍건히 젖어 있었다. 빗물? 아니면 눈물일까? 옥사는 몸을 부르르 떨며 눈썹을 찡그리고는 다시 할머니의 허리를 꽉 쥐었다. 튀그뒤알과 조에가 안간힘을 쓰며 흑룡 가까이 다가오는 모습이 언뜻 보였다. 휘몰아치는 폭풍우 속을 나는 것은 쉬운 일이 아니었다. 세차게 퍼덕이는 두 날개 사이로 교묘히 들어오는 데 성공한 두 사람은 흑룡의 등 위에 천천히 내려앉았다. 리듬을 늦추면서, 흑룡의 입에서 무의식적인 신음이 새어 나왔고, 동시에 흑룡의 등에 탄 '불가사의한 여행자'들은 순식간에 고도가 몇 미터나 떨어지는 것을 느꼈다. 옥사는 비명을 막을 수가 없었다.

"아빠!"

파벨은 기력이 쇠했다. 그의 주위를 날고 있는 사람들 역시 지쳐 힘이 약해졌다. 아버지의 짐을 덜어주고 싶은 옥사는 날기 위해 몸을 빼기 시작했다. 흑룡의 배 깊숙이에서 포효가 터져 나왔다.

"안 돼! 거기 그 자리에 가만히 있어!"

"그럼 잠깐 쉬어요, 제발! 이러다간 우리 모두 쓰러질 거예요!" 소녀가 목청껏 외쳤다.

잠시 생각하던 파벨은 결국 옥사에게 설득되고 말았다.

"어머니, 사람들 눈에 띄지 않게 트라시빌을 정리하시고, 모두 내게 매달리세요!"

주위를 날던 사람들이 흑룡의 등껍질을 단단하게 움켜쥐자, 흑룡은 얼음같이 차가운 폭우를 뚫고 앞으로 날아갔다.

눈부신 빛다발이 어둠 속을 우왕좌왕하며 비추었다. 헬리콥터에 탄 네 명의 군인은 자신들이 본 것이 환각인지 아닌지 긴가민가했다. 하늘 한복판에서 거대한 날개를 펼치고 날아가는 괴물과 마주치다니! 기억을 더듬어보니 용의 일종인 듯했다. 게다가 사람들이 그 옆을 날며 호위하고 있었다……. 군인들은 말도 안 되는 광경에 온몸이 얼어붙은 채, 믿을 수 없다는 표정으로 서로를 멍하니 바라보았다. 당황스럽기는 조종사도 마찬가지여서, 무의식중에 반사적으로 손을 움직이는 바람에 순간 기체가 균형을 잃었다.

헬리콥터의 동체는 잠시 흔들리다가 다시 안정을 찾았고, 흑룡은 이 혼란을 틈타 쏜살같이 올라가 훨씬 안정적인 고도를 회복했다. 탈주자들은 터질 듯이 방망이질해대는 심장을 억누르며 아래쪽에서 자신들을 추격하는 헬리콥터의 헤드라이트를 원망스러운 눈으로 노려보았다. 별안간 환한 빛줄기가 그들을 비추자 피가 어는 것 같았다. 탈주자들의 위치가 들통 난 것이다! 윙윙대는 헬리콥터의 소음이 요란하게 공기를 갈랐다. 헬리콥터가 그들을 향해 날아오고 있었다!

"저걸 쏠 건가 봐요!" 군인 한 명이 큼직한 기관총 뒤에 자리 잡는 것을 보고 옥사가 울부짖었다.

옥사는 총알을 막기 위해 본능적으로 손바닥을 앞으로 뻗었다. 이런 상황을 여러 번 경험했기 때문에, 그녀의 내부에서 끓어오른 엄청난 두려움이 금세 훌륭한 에너지로 탈바꿈했다. 열심히 저항했지만, 헬리콥터는 곧 바람에 휩쓸리며 몇십 미터 뒤로 밀려나더니 제자리에서 뱅뱅 돌기 시작했다.

"엇, 내가 뭘 한 거죠?" 옥사가 소리쳤다.

"우리 목숨을 살린 거지!" 드라고미라가 대답했다.

"자, 잠시 조용해진 틈을 이용합시다." 파벨의 쉰 목소리가 울려 퍼졌다.

흑룡은 커다란 날개를 펼치고 온 힘을 다해 활공하며 단단한 지상을 향해 비스듬히 날았다.

황야의 행진

　"늙은 여왕님의 오라버니의 거주지는 북북서 방향, 착륙할 장소에서 직선거리로 12킬로미터 지점에 있답니다. 우리가 이용할 수 있는 길은 두 가지입니다. 하나는 국도, 다른 하나는 웨일스 황야를 관통하는 오솔길이지요. 국도는 빠른 반면 혼잡하고, 오솔길은 시간은 훨씬 오래 걸리지만 매우 조용합니다." 다리가 없는 큰 종처럼 생긴 작은 생명체가 수평선을 향해 얼굴을 쳐들며 말했다.

　퀼뷔 겔라르가 제공한 정보가 옳음을 증명이라도 하려는 듯, 국도에서 시작된 소음의 메아리가 탈주자들에게까지 들려왔다. 막 새벽이 밝아와 통행량이 늘어났을 뿐 아니라 벌써 교통 체증까지 시작된 모양이었다. 시끄럽게 빵빵거리는 클랙슨 소리 탓에 불안해진 새들이 떼를 지어 도망쳤고, 그 모습을 자동차 헤드라이트 불빛이 비추었다. 영국 일부를 휩쓴 홍수에 당황하고 뒤숭숭해진 주민들은 웨일스 지방과 캥페르 지방까지 피신해 나왔다.

"황야를 지나갑시다." 드라고미라가 걱정스러운 시선을 파벨에게 던지며 말했다.

두 손을 납작하게 펴서 넓적다리에 얹은 파벨은 아픔을 무릅쓰고 다시 날아오르려 노력했다. 그 모습은 보기 안타까울 정도였다. 흑룡은 아주 중요한 카드였지만, 파벨이 흑룡과 공존하는 것은 무척 힘든 일임이 분명했다. 파벨은 출발하면서 생긴 상처와 온몸이 타는 듯한 육체적 고통에도, 탈주자들을 무사히 데리고 가기 위해 마지막 에너지까지 모두 끌어냈다. 눈앞이 보이지 않을 만큼 세차게 퍼붓는 빗줄기와 용감히 맞서며 파벨은 이를 악물고 신음했다. 최근에 일어난 사건들은 그의 마지막 희망을 가차 없이 무너뜨렸다. 언젠가는 남들처럼 평범하게 살아갈 수 있으리라는 희망은 날아가 버렸다. 평범하게 살아보고 싶다는 목적 아래 파벨이 했던 모든 일은 그저 사상누각일 뿐이었다. 하지만 그는 정밀로 그렇게 믿었고, 그렇게 되기를 바랐다……. 피에르와 함께 런던 한복판에 레스토랑을 개업한 것은 마지막 희망의 증표였다. 장기판에 놓은 마지막 수(手)였던 것이다. 그는 자신이 자랑스럽게 생각하는 주방을 떠올려보았다. 지금 이 시간, 틀림없이 그곳은 세상을 침몰시킬지 모를 불행만큼이나 어두컴컴한 진흙으로 뒤덮여 있을 것이다. '지금 당장 떠나야만 한다'고 드라고미라가 말했다. 어머니가 그렇게 말한 것은 처음이 아니었지만, 이번에는 그 말이 다른 어떤 때보다 더욱 슬프게 귓가에 울려 퍼졌고, 바바 폴락과 파벨의 마음속에서 씁쓸한 기억들이 커다란 풍선처럼 표면으로 떠오르며 터졌다. 파벨은 생각을 쫓아내기라도 하려는 듯 고개를 흔들었다. 과거에 미련을 둔들 무슨 소용이 있는가? 지금 무엇보다 중요한 것은 아내 마리를 구하는 일이다. 그녀는 반역자들의 손에 너무 오래 잡혀 있었다. 드라고미라가 배낭에서 금속 약병을 꺼내며 다가오는 것을 보고 파벨은 몸을 일으켰다.

"이걸 마셔봐, 파벨." 드라고미라가 중얼거렸다.

"이게 어머니의 그 유명한 두견초 묘약인가요?" 그가 쉰 목소리로 물었다.

"웩, 구역질 나요! 그래도 신기하네요! 이걸 마시면 아빠는 새로운 남자로 거듭날 거예요!" 옥사가 감탄을 감추지 못하고 외쳤다.

딸아이의 열정적인 모습에 파벨은 흐릿하게 미소를 짓고는, 약병에 든 액체를 단숨에 마셨다.

"윽…… 늪에 고인 물을 마신 기분이네요." 파벨이 자리에서 일어서며 인상을 찡그렸다. "어머니에 대한 맹목적인 믿음이 없었다면, 내게 독을 먹였을지도 모른다고 생각했을 거예요. 사랑하는 어머니, 제발 이 고약한 음료를 맛있게 만들 방법 좀 고안해보세요!"

옥사가 안도의 한숨을 내쉬었다. 아버지야말로 조롱에 있어서는 세계 챔피언이다! 사실은 '살아남기 위한 지극히 개인적인 방법'이라고 그가 말했지만.

"고려해볼게, 사랑하는 아들. 그래보마." 드라고미라가 약속했다.

"제법 여유를 부렸네요! 이제 다시 길을 떠나야죠." 파벨이 순식간에 원기를 되찾으며 소리쳤다.

아침이 밝아오면서 히스가 무성한 황야 위로 탈주자들의 그림자가 길게 드리웠다. 그들은 황량하고 골짜기가 많은 풍경 사이로 난 오솔길 쪽으로 걸어갔다. 띠를 이룬 뿌연 안개가 유령이 나올 것 같은 분위기를 조성하며 식물들이 자란 쪽으로 다가왔다. 그들의 머리 위로는 영국군의 헬리콥터가 성난 야수처럼 힘차게 무리 지어 솟아올랐다. 날아가는 헬리콥터의 요란한 금속성 소음이 하늘을 뒤덮었고, 덕분에 그들은 마법을 쓸 수가 없었다. 탈주자들은 자신들의 역사가 담긴 런던을 떠올렸고, 그곳에 닥친 재앙이 준 충격이 여전히 가시지 않아 조용히 침묵을 지킨 채 앞으로 나아갔다.

"너도 충격 받았지, 꼬마 여왕?"

옥사는 튀그뒤알을 향해 고개를 돌렸다. 청년은 휴대전화의 문자판을 쉬지 않고 두드리며 고양이처럼 유연한 걸음으로 바닥을 밟았다. 축축한 머리카락이 그의 창백한 얼굴을 부분적으로 가려, 옥사에게는 턱 아래쪽밖에 보이지 않았다. 그녀는 튀그뒤알을 잘생겼다고 해야 할지 말지, 뭐라고 표현해야 할지 몰랐다. 그가 발산하는 분위기는 단어로 표현할 수 있는 것이 아니었다. 그는 흑표범의 장점을 모두 지니고 있었다. 유연성, 날카로움, 특히 그녀의 심장을 천방지축 날뛰게 만드는 불안하고 우울한 매력.

"충격을 받기는 했지만, 괜찮아." 옥사가 기운 없이 수긍하고는 땀으로 푹 쉰 면 스카프의 물기를 짜내며 덧붙였다. "난 그저…… 빨래가 된 기분이야. 문자 그대로 말이야."

튀그뒤알이 입가에 미소를 지었다.

"세계는 어때?" 소녀가 청년의 휴대전화에 흘깃 눈길을 던지며 물었다.

"좋았던 시절은 이제 끝났지." 그가 거칠게 휴대전화를 끄며 말했다. "이 엄청난 혼돈 속에서 다시 질서를 세우려면 네가 많은 일을 해야 할 거야!"

옥사는 눈썹을 찌푸렸다. 그녀는 오늘, 그 어느 때보다도 책임의 무게가 무거움을 느꼈다. 어리기는 하지만 그녀는 분명 여왕이었고, 그녀에게 세계의 미래가 달려 있었다, 바로 두 세계의 미래가. 옥사가 태어난 '외부 세계'의 미래와, 가족의 뿌리가 시작된 '내부 세계' 에데피아의 미래. 오직 그녀만이 균형을 바로 세울 능력을 가졌지만, 그 방법에 대해서는 아무 생각도 없었다.

"우리가 곁에 있다는 걸 잊지 마! 넌 혼자가 아니야." 튀그뒤알이 옥사의 마음을 읽고 그녀에게 속삭였다.

그렇다, 그녀는 혼자가 아니었다. 탈주자들이 그녀를 둘러쌌다. 폴락 일가, 벨랑제 가족, 크뉘트 일가—또 아바쿰, 조에, 레미니상스 역시 잊지 말 것—, 그들 모두 이 자리에 있었다. 옥사 곁에, 강인하고 단결된 모습으로. 하지만 어머니의 부재는 납덩이처럼 그녀의 가슴을 짓눌렀다. 옥사가 다시 어머니를 두 팔로 꼭 안을 수 있을 때, 출구는 확실히 모습을 드러낼 것이다. 그녀가 감당할 고통을 예고하려는 듯, 난폭한 돌풍이 탈주자들을 휘몰며 황야 위쪽에 드리운 묵직한 구름을 밀어냈다. 곧이어 무자비한 빗줄기가 억수같이 쏟아지기 시작했다.

"햇빛을 조금이라도 얻으려면 뭘 내줘야 할지 모르겠네." 옥사가 모자 달린 외투 깃을 올리며 중얼거렸다.

튀그뒤알이 옆에서 발걸음을 맞추자, 옥사는 한숨을 내쉬며 둘씩 짝지어 좁다란 오솔길을 천천히 앞서 걷고 있는 탈주자들에게 시선을 돌렸다. 저 멀리 몇 킬로미터 앞에 노랗고 긴 망토 아래 감춰진 드라고미라의 모습이 보였다. '과연 할머니다워.' 옥사는 부드럽게 미소 지었다. 늙은 여왕은 파벨의 팔에 기대고 있었다. 두 사람의 어깨는 축 처져 있었지만 단호한 발길로 무리의 선두를 지켰다. 옥사는 아버지가 자랑스러웠다. 그의 능력과 용맹함, 그리고 탈주자 무리에 영혼과 육체를 완전히 바치기로 한 과단성 있는 결정이 무척 자랑스러웠다. 파벨은 자신만의 방식으로 확고부동하게 주장했다. '상황은 아주 명확해요, 어머니. 우리는 마리를 구하고, 두 세계도 구원할 거예요. 그다음엔 내가 어떻게 살든, 하고 싶은 대로 하게 내버려둬요, 알았죠?' 그는 드라고미라에게 이렇게 말했다. 파벨의 바로 뒤에서는 구스와 조에가 점퍼의 깃속에 고개를 묻은 채 말없이 걷고 있었다. 구스는 마법 능력이 없는 유일한 인물이었고, 거세게 몰아치는 폭풍 속에서 흠뻑 젖은 길을 걷는 이 피치 못할 행보는 그의 몸에서 힘을 모조리 빼내는 것 같았다. 조에는 손바닥으로 금발을 쓸어 올리며 구스를 걱정스러운 눈빛으로 쳐다봤고, 그때마다 옥사의 심장은 오그라들었다. 구스의 옆에 있어야 할 사람은 조에가 아니라 그녀였으니까. 구스에게 용기를 북돋아주어야 하는 사람은 그녀였으니까. 옥사는 화가 났고, 뭔가를 빼앗긴 기분에 주먹을 꽉 쥐었다. 그녀는 뭔가를 하고 싶은 욕망으로 불타올랐다. 하지만 무엇을 한단 말인가?

"구스?"

미처 자제하지 못해 고함이 터져 나온 순간, 누구보다 옥사 자신이 제일 먼저 놀랐다. 두 뺨이 빨갛게 달아오른 그녀를, 튀그뒤알이 가만히 미소 지으며 바라보았다. 구스는 옥사만큼 놀라 반사적으로 고개를 휙 돌렸다.

"왜?"

구스가 엉겁결에 대답했지만, 옥사는 이 말 외에 다른 말은 떠오르지도 않았다.

"괜찮니?"

"여기 있는 사람들보다 낫지는 않지, 뭐." 소년이 오만상을 찌푸리며 대답했다.

구스가 다시 고개를 돌리기 전, 옥사는 그의 푸른색 눈동자 속에서 자신의 심장을 옥죄는 커다란 고통과 원한의 이유를 읽었다. 구스는 옥사가 튀그뒤알과 친밀해진 것을 지독하게 원망하고 있었다. 만난 지 몇 분 만에, 두 소년은 노골적인 라이벌이 되었다. 튀그뒤알은 구스에게 빈정거렸고, 구스는 그런 튀그뒤알에게 거칠게 투덜거렸다. 우울한 스칸디나비아 청년이 나타난 이후, 옥사는 처음으로 사랑일지 모를 묘한 감정을 깨달았다. 그리고 청년은 옥사의 마음 한구석에서, 그녀의 인생에서 중요한 자리를 차지하게 되었다. 그 대신 구스와 옥사 사이에 있던 뭔가가 부서져 버렸고, 그것은 부인할 수 없는 사실이었다. 과거와 같은 것은 아무것도 없었다. 두 사람 사이에 존재했던 깊은 암묵적 동조와 결탁의 순간은, 옥사를 혼란케 하는 격렬하고 공격적인 적의로 변해버렸다.

"내가 왜 구스를 불렀지?" 화가 난 옥사가 짜증스러운 말투로 내뱉었다.

"왜냐하면 넌 생각하기 전에 행동하고, 해결 불가능한 상황에 빠지기를 즐기는 혈기 넘치는 꼬마 여왕이니까!" 튀그뒤알이 은밀한 표정을 지으며 대답했다.

옥사는 주먹을 꽉 쥐었다. '구스를 잃고 싶지 않아!' 그녀는 진흙탕에서 고생하는 구스의 야윈 모습을 바라보며 나지막하게 중얼거렸다. 옥사는 주머니에 두 손을 찌르고 인상을 찌푸리며 앞으로 걸어갔다. 꽉 조인 농구화 끝으로 조그만 돌멩이를 툭 차자 돌멩이는 도랑 속으로 굴러 떨어졌다. 저 멀리 거센 파도 아래로 언덕이 사라졌다. 수평선이 암담한 미래처럼 어두워지기 시작했다.

탈주자들은 두 시간이 넘도록 걷고 또 걸어, 입을 열 기운조차 없이 지친 상태였다. 그때, 갑자기 옥사가 소리를 질렀다.

"앗! 저길 좀 보세요!"

모두가 고개를 들자 황야를 가로지르며 폴짝폴짝 뛰어오는 산토끼 한 마리가 눈에 띄었다. 드라고미라는 마음이 가벼워진 듯 긴 안도의 한숨을 내쉬었고, 눈빛이 생기를 찾으며 짧게 반짝였다.

"아바쿰 대부." 그녀가 중얼거렸다.

산토끼는 희한하게 생긴 두 동료의 호위를 받으며 아주 빠른 속도로 다가왔다. 하나는 숨 가쁘게 나는 바바 폴락의 쿵뷔 겔라르였고, 다른 하나는 기다란 줄무늬 다리로 황야의 식물 위를 펄쩍펄쩍 뛰는, 환희 넘치는 표정의 벨로소였다. 마침내 산토끼가 탈주자 무리에 가까워지자, 그들은 기쁨에 차 웃음을 터뜨렸다.

"대부로군요, 친애하는 나의 수호자!" 드라고미라는 기뻐서 어쩔 줄 모르며 무릎을 꿇고 산토끼의 멋진 회갈색 털 속에 얼굴을 묻었다. "너무 무서웠어요."

지금껏 살아오는 동안 바바 폴락은 이 충실한 수호천사와 헤어진 적이 거의 없다는 사실을 모두 알고 있었다. 드라고미라는 아바쿰이 곁에 없는 것을 싫어했고, 다시 만난 두 사람은 자신들의 애정이 얼마나 깊은지를 증명했다. 산토끼는 잠시 그렇게 있다가, 이 신기한 장면을 한번도 보지 못해 깜짝 놀란 젊은 이들의 시선을 받으며 다시 '인간 요정' 아바쿰으로 변신했다. 아바쿰은 온몸을 흔들어 회색 머리카락을 말끔히 정리하고는, 무리를 눈으로 훑는 동시에 현재 상황을 머릿속으로 계산했다. 그는 잠시 옥사에게 시선을 고정했다, 신중하지만 무겁지는 않은 따뜻한 눈빛으로.

"다들 건강하고 아무 탈 없구려. 신이시여, 감사합니다!"

"예, 그래요, 파벨 덕분이에요!" 피에르 벨랑제가 큰 목소리로 덧붙였다. "파벨이 위험에서 우리를 구했어요."

파벨은 그렇게 칭찬받는 것이 거북해 고개를 돌렸다.

"나프탈리와 나는 런던에서 벌어진 일을 쭉 지켜보았네. 정말 끔찍하더군." 아바쿰이 파벨의 겸손한 태도를 존중하며 말을 이었다. "점점 심해지는 이 빗속에서는 상황이 나아지지 않겠어."

그의 말을 확인해주듯, 무시무시한 소음을 내는 10여 대의 헬리콥터가 황야에 닿을 것처럼 낮게 비행하며 지나갔다. 그중 한 대가 탈주자들 정면에 내려앉자 모두 두려움에 몸을 떨었다. 드라고미라가 황급히 퀼뷔 겔라르와 벨로소를 가운 아래로 숨김과 동시에, 헬리콥터에서 군인 한 명이 손에 확성기를 들고 고개를 내밀었다.

"여러분 중에 환자가 있습니까? 도움이 필요하신가요?" 목소리가 울려 퍼졌다.

아바쿰이 다들 아무 문제 없으며 걱정해줘서 고맙다는 손짓을 하자 헬리콥터는 다시 일행이 날아간 방향으로 올라갔다. 그들은 수천 명의 이재민이 몰려든 런던 동쪽을 향해 가고 있었다.

"우리를 어떻게 찾으셨어요?" 옥사가 물었다.

장난스러운 표정으로 아바쿰이 자신의 코를 톡톡 쳤다.

"레오미도의 집은 여기서 3킬로미터 거리밖에 안 되거든."

옥사가 숨을 깊게 들이쉬고는 소리쳤다.

"음, 하지만 난 진흙 냄새밖에 안 나는데요? 불공평해요!"

"그건 단지 후각의 문제일 뿐이란다, 사랑스러운 아가씨! 넌 다른 장점이 많잖아, 안 그래?" 인간 요정이 유쾌하게 말했다.

"무슨 말씀을요! 아무 때나 마구 솟아오르는 저 끔찍한 헬리콥터들 때문에 잠깐 날아오를 수도 없는데요!"

구스를 제외한 나머지 사람들이 미소를 지었다. 구스는 거칠게 등을 돌리다가 옥사와 부딪쳤다.

"자, 그럼 이제 나프탈리를 찾으러 갑시다! 다 함께 모일 시간이에요." 드라고미라가 말했다.

모두가 잔뜩 움츠리고 쏟아지는 빗속을 다시 걷기 시작했다. 가슴 가득에 새로운 에너지를 품고서.

공모 부활

커다란 벽난로 속에서 불꽃이 활활 타올랐다. 탈주자들은 저항할 수 없는 무기력 상태로 빠져들었다. 그들은 다시 기운을 차리려 애썼다. 특히, 몇 시간 동안 폭우 속을 걸은 뒤라 마음의 안정을 찾으려 노력했다. 부드러운 안락의자에 폭 파묻힌 옥사는 정확한 이유도 알지 못한 채 잠들지 않으려 졸음과 싸우고 있었다. 옥사는 멜턴으로 안을 댄 등받이에 기대어 고개를 뒤로 젖히고, 널찍한 거실로 변한 성당 중앙 홀 벽에 걸린 현대미술 작품을 응시했다.

레오미도—사라져버린 드라고미라의 오빠—의 집은 변함없이 화려했다. 집주인이 떠나버린 후, 이 집도 어딘가 한구석이 비어 있다는 것을 빼고는 말이다. 옥사는 솟아오르는 눈물을 참아내려고 숨을 깊이 들이마셨다. 갑자기 그녀는 분한 생각이 들어 구스의 주의를 끌려고 애썼다. 몇 미터 떨어진 자리에서 구스는 옥사에게 끓어오르는 불만을 느끼며 망부석처럼 꼼짝도 않고 있었다. 옥사 안에서 모든 감정이 불안하게 요동쳤다. 수천 가지의 모순적 감정이 뒤죽박죽된 옥사는 때로는 분노에 떨며, 때로는 간청하는 마음으로 그에게 눈길을 보냈다. 갑자기 뭔가가 폭발할 징조를 보이며 그녀 밖으로 튀어나와, 감당할 수 없던 엄청난 무게로부터 순식간에 그녀를 해방시켰다. 옥사는 아연실색한 채 자신의 내부에서 뭔가가 간신히 눈에 보이는 형태로 방출되었다는 것을 알았다. 그것은 그녀의 육체와 닮은 투명한 실루엣이었다. 그 실루엣은 구스를 향해 다가가더니, 옥사가 그토록 깊이 열망하던 상황을 만들었다. 손가락 끝으로 구스의 턱을 들어 옥사를 바라보게 만든 것이다. 구스는 턱에 뭔가 닿는 듯한 느낌에 의아해하며 눈썹을 찌푸렸고, 옥사는 이 가공할 현상에서 눈을 떼지 못했다. 실제로 손가락 끝에 친구의 피부가 닿는 감촉을 느꼈던 것이다…….

'무슨 일이 일어난 거지?' 옥사는 눈이 휘둥그레져 생각했다. 반응을 하기에는 너무 지쳐 있던 구스는 그대로 옥사를 바라보았고, 두 사람은 몹시 놀라 그 자리에 얼어붙은 채 한참을 그렇게 있었다. 며칠 만에 처음으로 구스는 시선을 피하지 않았다. 그 역시 매우 놀란 것 같았다. 옥사는 구스의 눈빛을 받아내며 버텼다. 그 기묘한 형체는 곧 자취를 감추었지만, 피부에 닿았던 그 감촉은 남아 있었다. 중요한 것은 바로 그것이었다.

"음, 음……."

풋사과 색깔의 작업복을 입은 두 명의 작은 생명체가 구스에게서 멀지 않은 곳에 서 있었다. 하나는 동글동글 통통했고, 하나는 이상할 정도로 길쭉했다. 하지만 둘 다 만화 속 주인공처럼 눈이 커다란 동시에 얼굴도 큼직했고, 투명한 솜털이 보송보송하게 핑크빛 피부를 뒤덮고 있었다.

"아, 안녕, 폴딩고들!" 구스가 소리쳤다.

"우리는 가장 열렬한 감사를 젊은 여왕님의 친구분에게 들려드립니다." 폴딩고가 입을 열었다.

"음, 고마워." 구스가 찬사의 대상이 된 것에 놀라 몸 둘 바를 모르며 중얼거렸다.

양 볼이 통통한 작은 생명체들이 입을 다물자 구스는 고집스레 물었다. "너희들을 위해 내가 뭔가 해줘야 하는 거니?"

레오미도의 폴딩고들은 열렬하게 동의하며 그들 앞으로 제3의 생명체를 내밀었다. 그것은 꼬마 폴딩고로, 외부 세계에서 기적적으로 태어난, 폴딩고의 유일한 후손이었다.

"아유, 정말 귀엽다!" 옥사가 소리쳤다.

"'영원히 그림 속에 갇힌 주인님'의 하인들이 감사의 말을 전합니다, 젊은 여왕님의 친구분. 당신이 아기 폴딩고의 몸을 흔들고 부드럽게 쓰다듬으셨을 때, 아기는 따뜻한 열기가 깃든 기억을 간직했답니다."

구스가 흑단같이 까맣고 긴 앞머리를 뒤로 넘기며 유라시아 혈통의 아름다운 얼굴을 드러냈다. 실제로 그는 레오미도 집에서 머물던 초기에 아기 폴딩고를 무릎 위에서 재운 적이 있었다. 그날 저녁, 그는 화가 나 있었다. 옥사와 자기 자신에 대해서, 오늘처럼……. 구스는 옥사에게 비밀스러운 시선을 던졌다. 그녀 역시 그 순간의 기억을 떠올린 것이 확실했다. 옥사는 결국 참아왔던 감정을 몽땅 저버리고, 그 기억을 공유한다는 뜻의 미소를 보내며 한쪽 눈을 찡긋거렸다. 구스 역시 본능적으로 그에 답했다. 구스의 얼굴은 크나큰 기쁨으로 금세 환하게 밝아졌다.

"그런 상황을 한 번 더 희망합니다. 그래도 될까요?" 혼란스러운지 보라색으로 변한 폴딩고가 말을 이었다.

"물론이지!" 구스가 옹알거리는 꼬마 폴딩고를 안으려 몸을 숙이며 대답했다.

꼬마 폴딩고는 40센티미터 정도의 키에 몸은 동그랗고 부드러웠다. 구슬처럼 반짝이는 꼬마의 커다란 푸른색 눈이 존경스러운 빛을 띠고 소년을 바라보았다. 꼬마 폴딩고는 자신의 등을 부드럽게 쓰다듬는 구스에게 몸을 딱 붙이고 앉았다. 몇 초 후, 작은 생명체는 코를 골며 무척 행복하게 잠이 들었다. 고마움에 어찌할 바를 모르며 두 명의 폴딩고는 균형을 못 잡을 만큼 열정적으로 수십 번 고개를 숙였다.

"젊은 여왕님의 친구분은 우리가 드리는 폭풍 감사를 받으셔야만 합니다."

"음, '폭풍' 문제라면 괜찮아, 필요한 만큼 받았으니까!" 구스가 창밖에서 여전히 내리고 있는 비를 가리키며 말했다.

사람들의 즐거워하는 눈빛을 받으며 폴딩고트는 얼음 위의 펭귄처럼 왁스 칠이 잘된 마룻바닥 위에 엄청난 기세로 길게 몸을 던져 미끄러졌다.

"오오오오! 당신의 하인은 텅 빈 두뇌를 소유했나 봅니다!" 폴딩고트가 한탄했다. "당신은 이토록 가엾은 고백 앞에 용서를 해주시렵니까?"

모두가 자그마한 여집사의 과도한 반응에 웃음을 참느라 고생했다.

"벌써 잊어버렸는데, 뭐!" 구스가 폴딩고들을 위로했다.

"당신의 너그러움이 너무나 거대해, 우리의 감사는 세상 끝까지 길을 잃고 헤맬 겁니다!"

이 말이 떨어지자 돌연 분위기가 싸늘해졌고, 탈주자들은 끔찍한 현실을 자각하며 몸을 떨었다.

"세상 끝까지라…… 그걸 정말 까맣게 잊고 있었군!" 튀그뒤알이 무심함을 가장해 도전적으로 이죽거렸다.

그의 조부모인 브뤼느와 나프탈리가 그에게 질책하는 눈빛을 던졌다. 청년은 심각한 상황을 조롱하는 것을 매우 즐겼다. 하지만 청년을 잘 아는 사람들은 그것이 견디기 힘든 상황을 이겨보기 위해 그가 찾아낸 유일한 방법임을 알고 있었다. 튀그뒤알은 꾸며낸 미소―하지만 아무도 속이지 못하는―를 지으며 탈주자 무리를 훑어보고는, 자리에서 일어나 마지막으로 옥사에게 눈을 찡긋하고 뻣뻣한 걸음걸이로 밖으로 나갔다. 꼬마 폴딩고의 코 고는 소리와 바깥에서 들려오는 빗소리가 간혹 침묵을 끊을 뿐, 공기는 더할 나위 없이 무거웠다. 아무도 말하고 싶어 하지 않았고, 하나같이 피곤에 지쳐 쓰러질 지경이었다.

드라고미라가 자줏빛 모직 카디건의 앞자락을 여미며 일어나자, 팔뚝에 걸려 있던 팔찌들이 찰랑 소리를 내며 울렸다. 이번에는 브뤼느와 나프탈리―스칸디나비아반도에서 온 특이한 노인네들―가 자리에서 일어나 2층에 있는 아늑한 침실로 올라갔고, 가냘픈 레미니상스와 벨랑제 부부가 그 뒤를 따랐다. 남은 사람들은 널따란 거실의 사방 구석에 조그만 섬처럼 처박혀 각자 자신만의 생각에 빠져들었다.

꼬마 폴딩고 덕분에 기운을 차린 옥사만이 유일하게 무기력증을 피할 수 있었다. 그녀는 구스에게 다가가 꼬마 폴딩고를 응시했다. 어떻게 해석해야 할지 모르겠지만 심장이 세차게 두방망이질했다.

"부드럽게 천천히 해." 구스가 중얼거렸다.

순간 옥사는 머뭇거렸다. 구스는 꼬마 폴딩고를 쓰다듬으려고 내민 그녀의 손에 대해 말하는 것일까? 아니면 그와 마주한 그녀의 행동을 언급한 것일까?

"난 짐승이 아니야!" 옥사가 항의했다.

이 말을 들은 구스는 웃음을 터뜨렸고, 옥사는 그에게 윙크로 화답했다. 옥사가 보낸 휴전의 제스처가 제대로 먹혀 들어간 모양이었다!

"어쨌든 넌 할 수 있어." 구스가 행복하게 코를 골며 잠든 꼬마 폴딩고를 턱으로 가리키며 말했다.

옥사는 손가락 끝으로 솜털이 보송보송한 꼬마의 피부를 살짝 쓸었다. 그녀의 시선이 동글동글하고 통통한 작은 생명체의 잠든 모습에서 태연하게 앉아 있는 구스에게로 옮겨 갔다. 비정상적으로 파르르 떨리는 눈꺼풀만이 그의 내부에서 벌어진 싸움을 보여주고 있었다. 별안간 두 사람이 동시에 입을 열었고, 말이 서로 부딪쳐 알아들을 수가 없었다. 깜짝 놀란 둘은 결국 웃음을 터뜨리고 말았다.

"무슨 말을 하려고 했어?" 두 사람은 또 똑같이 말했다.

구스는 이 상황이 얼마나 재미있는지 드러내는 것이 거북해 허공으로 눈을 돌렸다.

"음, 이젠 모르겠어." 옥사가 고백했다.

"늘 그랬듯 별로 중요한 얘기도 아닐 텐데, 뭐!" 그녀를 도발하려고 구스가 응수했다.

"만날 그런 식……. 넌 부끄럽지도 않니?" 옥사가 항의하는 척했다.

"아니, 넌?"

얼굴빛이 어두워진 옥사가 불타는 표정으로 친구를 뚫어지게 바라보았다.

"거짓말, 내 눈엔 다 보여……." 옥사가 내뱉었다.

구스의 눈에서 장난기가 싹 사라졌다. 그는 옥사에게 상처를 주고 싶었던 것일까, 아니면 옥사가 그의 말을 잘못 해석한 것일까? 옥사의 청회색 눈빛이 탁해지는가 싶더니, 이내 입을 삐죽거렸다.

"좋아, 친구. 고집부리지 말자." 구스가 한숨을 내쉬었다. "넌 저 녀석이 뭘 하려는 것 같니?"

곤란한 지경에서 빠져나오기 위해 옥사는 막 들이닥친 생명체를 향해 고개를 돌렸다. 주름이 쭈글쭈글 심하게 잡힌 바다코끼리 같은 생물이 벽난로에 장작을 하나 더 넣으려는 무의미한 노력을 하고 있었다. 무지막지하게 커다란 통나무 장작을 말이다. 그 옆에서는 머리카락이 엉망으로 헝클어진 이상한 존재가 정신이 나간 듯 날뛰고 있었다.

"야, '이름하고 딱 맞는 놈'아! 그게 절대로 안 들어갈 거라는 걸 몰라?" 헝클어진 머리털의 생명체가 팔짝팔짝 뛰며, 쉰 목소리로 소리를 질렀다.

바다코끼리는 몸을 돌리더니 알쏭한 표정으로 그를 바라보았다.

"잘못 아셨어요. 내 이름은 '이름하고 딱 맞는 놈'이 아니에요. 난 '얼뜨기'랍니다."

"내 말이 그거야!" 머리카락이 텁수룩한 생물체가 악을 썼다.

"그런데 당신은 누구신가요?"

"난 제―토―릭―스라고! 너하고는 반대로 이 안에 뭐가 들어 있지!" 제토릭스가 머리를 가리키며 소리쳤다. "네가 왜 절대 벽난로 안에 그 장작을 넣을 수 없는지 내가 똑똑히 말해줄게. 그건 수학적으로 불가능해!"

이 얘기를 들은 얼뜨기가 어찌나 실망스러운 표정을 지었는지, 구스와 옥사는 웃음을 터뜨리고 말았다. 마침내 옥사가 그를 도우러 가서 말했다.

"얼뜨기, 침을 뱉으면 되잖아!"

"침을 뱉어요? 그건 아주 무례한 짓이에요!" 멍청할 만큼 순진한 생물이 말했다.

"아냐, 괜찮아. 내가 보장할게!"

가래 끓는 소리를 내면서, 얼뜨기는 옥사가 시키는 대로 했다. 그러자 커다란 장작이 강한산이라도 뿌려진 것처럼 가운데가 녹아 들어가면서 톡 쏘는 매운 연기의 소용돌이가 퍼졌다. 옥사는 기침을 하면서도 웃으며 일어나, 자신이 한 일에 놀라 멍하니 입을 벌리고 있는 얼뜨기를 도와 벽난로 안에 두 조각 난 장작을 넣었다.

"넌 정말 강해, 얼뜨기!" 옥사가 딸꾹질을 하며 칭찬했다.

"고맙습니다. 그런데 배 속이 뜨거워서 기분이 별로 좋지 않네요."

"불쌍한 얼뜨기." 옥사가 물렁물렁한 얼뜨기의 머리를 토닥토닥 두드리며 말했다.

"젊은 여왕님, 늙은 여왕님께서 동행을 희망하고 계십니다." 드라고미라의 폴딩고가 끼어들었다. "이 폴딩고의 호위를 허락해주시겠습니까?"

"알았어, 뒤따라갈게!" 옥사가 조금 불안해하며 대답했다. "안녕, 구스. 나중에 보자."

구스는 작게 손을 흔들어 인사했다. 옥사는 완전무결하게 깨끗한 파란색 작업복을 입은 폴딩고의 뒤를 따라 거대한 계단을 올라갔다.

지워지지 않는 과거

어두운 침실에서 드라고미라의 실루엣이 가까스로 분간되었다. 땋은 머리를 머리띠처럼 빙 두른 헤어스타일과 아주 작은 새들—진짜 살아 있는 새다!—이 흔들리는 양쪽 귀걸이 덕분에 밝은 곳에서라면 그녀는 수천 명 사이에서도 쉽게 눈에 띌 것 같았다.

"들어오렴, 우리 공주. 어서 들어와." 바바 폴락의 목소리가 울렸다.

옥사가 다가갔지만, 검붉은 빛의 두툼한 양탄자 덕에 발소리는 희미하고 둔중하게 들릴 뿐이었다. 그녀는 할머니의 정면에 놓인 가죽 안락의자에 앉았다. 두 개의 의자는 따뜻하고 아늑한 불빛이 퍼져 나오는 벽난로 앞에 놓여 있었다. 그 앞에 자리한 두 마리 암탉이 기쁜 나머지 얼룩덜룩한 날개를 열정적으로 부풀리며 킥킥거렸다. 멀지 않은 곳에서 옥사에게 오기 위해 황금 횟대에서 막 날아오른 작은 새들을 잡으려는 줄무늬 벨로소가 버둥거리고 있었다.

"어이, 프티츠킨들!"

"젊은 여왕님이다!" 작은 새들은 옥사의 머리카락을 잡아당겨 안테나처럼 만들며 지저귀었다. "정말 예쁘다! 그러니까 우리가 그녀를 사랑하지!"

그들은 옥사의 목 근처에 앉아 깃털 달린 머리를 비벼댔다.

"우리의 늙은 여왕님과 젊은 여왕님께서는 따뜻한 새 차를 핥지 않으시렵니까?" 폴딩고가 물었다.

드라고미라가 미소를 지으며 대답했다.

"그래, 고맙구나, 폴딩고. 그런데 차를 핥지는 않고 그냥 마실 거란다."

폴딩고가 고개를 숙이고 멀어져 갔다. 옥사는 드라고미라를 향해 몸을 기울였다.

"어휘에 관해서는 분명한 거장인 것 같아요!"

"그러게 말이다." 드라고미라가 짧게 웃음을 터뜨렸다. "때때로 단어 선택이 무모하기는 하지만 말이다!"

꽃무늬가 그려진 커다란 도자기 찻주전자를 두 손으로 잡고 폴딩고가 다시 나타났다. 몇 분 후, 두 여왕은 김이 폴폴 나는 찻잔을 앞에 두고 각자의 안락의자에 둥글게 몸을 감은 채 의자 속에 몸을 파묻었다. 옥사에게 시선을 고정한 드라고미라는 은밀하게 그녀를 관찰했다.

"무슨 일이에요, 바바?"

"조금 전 뭔가 이상한 일이 일어났어, 그렇지?"

옥사의 얼굴이 빨개졌다. 할머니는 구스와 그녀 사이에 일어났던 현상에 대해 말하고 싶은 것이 틀림없었다.

"다 보셨군요……."

드라고미라가 고개를 끄덕였다.

"어떻게 된 건지 모르겠어요. 무지 놀랐다니까요. 어쨌든 내 몸의 일부가…… 내가 원하는 것을 대신 하고 통제한 것 같아요." 옥사가 인정했다.

"바로 그거란다, 사랑하는 옥사. 그건 너의 일부분이야. 너의 '분신', 즉 네 무의식의 일부이지. 하지만 다른 인간과는 달리 너의 분신은 어렴풋하게나마 구체적인 형태로 나타날 수 있단다."

"그걸 보신 적이 있으세요?" 옥사가 목멘 소리로 물었다.

"아바쿰 대부와 나는 그것이 나타나리란 사실을 벌써부터 알고 있었단다. 분신은 매우 드문 여왕가의 능력이지. 내가 아는 바로는, 넌 에데피아 역사상 분신이 나타난 두 번째 여왕이란다." 드라고미라가 대답했다.

"할머니가 첫 번째이신가요?"

"불행히도 아냐. 난 불완전한 여왕이라는 것을 잊지 마라. 이 특별한 재능을 너와 함께 나눈 사람은 에데피아의 첫 번째 여왕이란다."

옥사의 심장이 미친 듯이 쿵쾅거렸다. 그녀는 찻잔을 내려놓고 떨지 않으려 두 손을 맞잡았다.

"그건 내가 마지막 여왕이라는 의미인가요? 난 세계의 균형을 바로 잡지 못하는 거예요? 그럼 모든 것이 다 멈추게 되는 거죠?"

드라고미라가 놀라서 그녀를 바라보았다.

"아냐, 우리 공주! 당연히 아니란다! 만약 비교해야 한다면, 난 오히려 네가 에데피아를 새로 태어나게 할 여왕이 되리라고 믿고 있어. 그렇게 확신해!"

옥사는 잠시 깊은 생각에 잠겼다가 다시 질문을 던졌다.

"그 분신이라는 건 어떻게 쓰는 거예요?"

"곧 통제하는 방법을 배우게 될 거야." 드라고미라가 회피하는 얼굴로 대답했다. "네 분신은 우리가 곧 다시 만나게 될 사람과 대항하는 데 틀림없이 큰 도움이 될 거다."

"오손이요?"

"사실 난 레미니상스가 폭로한 비밀 때문에 너무 혼란스러웠어. 만약 오손이 그렇게 된 이유가 그의 아버지 오시우스에 대한 원망 때문이라면, 그 무엇도 그를 멈추게 하지 못할 거야. 생각하면 할수록, 60여 년 동안 내가 확인한 결과를 의식하면 할수록 그런 생각이 들어. 난 너무 많은 걸 놓쳤어……."

"하지만 할머니는 아직 젊으시잖아요!" 할머니의 심각한 말에 마음이 뭉클해진 옥사가 강조했다. "할머니는 무슨 일이 일어났는지 정확히 알 수 없으셨잖아요. 게다가 오시우스의 행동이 오손에게 어떤 영향을 미칠지도 모르셨고요."

"그래도 내가 놓치지 않은 것이 하나 있단다. 오시우스는 지독히도 차갑고 사악한 인간이었지. 그런 아버지를 갖게 될까 두려울 정도로 최악의 아버지였어."

노부인은 고개를 들고 벽지가 벗겨진 정면 벽을 응시했다. 한참을 그렇게 있자 '카메라 눈'이 나타나 그녀의 기억 속 가장 깊은 곳에 있던 장면들을 비추기 시작했다.

제일 먼저 소년 오손의 얼굴이 보였다. 드라고미라의 눈을 통해 보이는 그 장면은 거대한 탑의 테라스가 배경이었다. '유리 기둥' 궁전이야, 하고 옥사는 생각했다. 넝쿨이 풍성하고 화려한 식물이 테라스 난간 주위를 감싸고 올라와 초록빛 파라솔을 만들었다. 수정처럼 투명한 반원형 분수에서 솟아오르는 가느다란 물줄기는 어린 드라고미라의 마음을 즐겁게 흠뻑 적시고 있었다. 드라고미라는 검지를 짓궂게 움직이며 분수의 물줄기를 제멋대로 조종해 열세네 살 정도 되어 보이는 오손과 레오미도에게 물을 뿌렸다. 물줄기가 소용돌이치며 오손에게 떨어지자 어린 드라고미라의 철없는 웃음소리가 울려 퍼졌다. 소년은 깜짝 놀라 눈을 크게 떴다. 물벼락을 맞은 오손은 옆에서 낄낄대며 웃는 레오미도를 팔꿈치로 치고는, 서로 눈을 찡긋하며 시선을 교환한 후 야수처럼 으르렁거리며 드라고미라를 향해 달려갔다. 한 번도 보지 못한, 서로를 열정적으로 간질이는 장면이 이어졌다. 늙은 여왕의 마음만큼이나 어두컴컴한 방 안으로 아이들의 낭랑한 웃음소리가 퍼지더니, '카메라 눈'이 요동쳤다. 별안간 영상은 오손의 얼굴에 초점이 맞춰졌다. 아직 소년이었던 그의 얼굴이 아버지의 냉정한 목소리에 심하게 일그러졌다. '카메라 눈'이 방향을 틀자 오시우스의 모습이 시야에 들어왔다. 오시우스의 체격은 무척 훌륭하고 세련되어 경외감을 불러일으킬 정도였다. 어두운 눈빛이 두 소년의 '복수'를 피하려고 몸을 둥글게 말고 바닥에 엎드린 드라고미라 앞에 무릎 꿇은 아들에게 이르렀다. 그는 눈살을 찌푸렸다. 낯빛이 급격히 창백해진 오손이 벌떡 일어섰다. 그는 아무도 알아듣지 못하게 뭐라고 중얼거렸고, 그런 모습은 아버지의 눈빛을 더욱 어둡게 만들었다.

"왜 네 자신을 정당화할 궁리를 하는 거냐?" 오시우스가 차가운 어조로 날카롭게 내뱉었다. "변명은 너의 나약함을 강조할 뿐 아무 쓸모도 없다. 네 행동에 책임을 지는 편이 더 나을 거다. 아주 하찮은 행동일지라도 말이다. 넌 나쁜 짓은 절대 안 했으니까, 그렇지?"

아버지의 기에 눌려 오손이 아무 말도 못 하고 침묵을 지키자 오시우스가 덧붙였다.

"레오미도도 무슨 일에든 무조건 변명을 할까? 아냐. 그는 책임을 지지. 넌 네…… 친구를 본받아야 할 거다."

그렇게 말하고, 그는 등을 돌려 나갔다. 레오미도, 오손, 드라고미라, 레미니상스의 출생에 관한 비밀이 밝혀진 이후—말로란 여왕은 이들 네 사람 모두의 친어머니였던 것이다—, 이 충고는 충격적으로 들렸다. 가증스럽고 고약했다. 오시우스는 정말 무시무시한 인물이었다. 옥사는 오손이 아버지에게는 경멸당하고 생물학적 어머니에게는 버림받은, 상처입은 소년이라는 사실에 무한한 슬픔을 느꼈다. 레오미도는 오시우스의 아들이 아니었지만, 오시우스에게 평가의 기준과 경탄의 대상이 된 것은 바로 그였다. 옥사는 레오미도와 레미니상스의 엇갈린 인연이 그들의 존재를 산산조각 낼 때까지 오손이 청소년기에 느꼈을 분노의 폭풍을 이해할 수 있었다. 그들이 더 오랫동안 비밀을 감추었다 해도, 비밀은 그것에 가까이 다가갈 사람들 앞에서 언젠가는 폭발할 무서운 시한폭탄임이 틀림없었다…….

돌연 새로운 장면이 벽을 가득 메웠다. 옥사는 어머니의 얼굴을 알아보고 신음을 내뱉었다. 영상이 커지면서, 앞쪽에 서 있던 파벨의 뒤로 전원에 자리한 집이 나타났다. 그는 몇 명의 탈주자에게 둘러싸여 있었는데, 그들 모두 지금보다 열 살가량 젊어 보였다. 햇빛이 가득했고, 웨딩드레스와 턱시도를 입은 파벨과 마리의 모습에서는 행복이 흘러넘쳤다. 두 사람은 서로에게서 눈을 떼지 못한 채 야외에 마련된 댄스 플로어로 올라섰다. 어머니의 웃음소리가 방 안 가득 울려 퍼지자 옥사의 가슴은 따뜻함으로 물결쳤다. 어머니는 무척이나 아름다웠다. 그립고 그리운 어머니……

'카메라 눈'은 시간을 훌쩍 뛰어넘어 몇 년 후 옥사의 부모님의 모습을 찾는 것 같더니, 파리에 있던 폴락 가족의 아파트가 나타났다. 소파에 앉아 마리의 부풀어 오른 배 위에 손을 올린 파벨은 깊은 생각에 잠긴 채 뒤쪽으로 고개를 젖히고 있었다. 그들 앞에서 드라고미라는 차를 준비하는 중이었다.

"아기 이름은 옥사라고 지어요. 참 예쁜 이름이죠, 네?" 마리가 말했다.

순간 파벨의 얼굴에 어두운 그림자가 드리워졌다.

"아들일지도 모르잖아."

"딸일 거예요, 확실해요! 우리 딸은 정말 멋지고 똑똑할 거예요. 우리는 그 애를 열광적으로 사랑할 거고, 죽을 때까지 다 함께 행복하게 살 거예요."

마리가 사랑이 넘치는 눈으로 파벨을 바라보며 어깨를 토닥거렸다.

"당신은 언제쯤 돼야 그 많은 걱정을 버릴 거예요? 두고 봐요, 다 잘될 테니까."

그러고 나서 불빛이 작게 폭발한 것처럼 번쩍하더니 거칠게 딸각 소리를 내며 '카메라 눈'이 꺼졌다. 뒤이어 무거운 침묵이 두 여왕의 주위에 내려앉았다. 옥사는 오손과 자신 사이의 극명한 대비를 헤아려보았다. 그들을 세상에 내놓은 사람들의 사랑—혹은 사랑의 부재—이 그들의 인생을 완전히 갈랐다. 그들은 아이들 자체를, 아이들 운명의 본질적인 부분을 만들었다. 이 신성불가침의 능력은 매혹적인 동시에 소름 끼치게 두려운 것이었다. 확고한 믿음이 마음 가득 차오른 옥사는 드라고미라를 향해 몸을 돌리며 마리의 마지막 말을 반복했다.

"두고 보세요, 다 잘될 테니까."

드라고미라가 알겠다는 듯 미소를 지으며 고개를 끄덕였다.

"나도 그렇게 믿어, 우리 공주. 확신한단다."

새로운 탈주자들

다음 날 아침, 헤브리디스제도행이 결정되었다.

"더 기다릴 수는 없습니다." 파벨이 여전히 빗줄기를 쏟아내는 어두컴컴한 하늘을 올려다보며 짧게 말했다.

집 안은 온갖 생명체로 우글거렸다. 아바쿰과 드라고미라, 레오미도의 생명체와 식물 들이 와자지껄 떠들어댔다. 어떤 생물들은 수십 년 전 레오미도가 영국에 자리 잡은 후로 처음 만나는 것이었으니까. 이 소란 속에서도 관객의 입장이 되어 눈앞의 광경을 평온하게 지켜보고 있는 세 마리의 얼뜨기만 제외하고, 나머지는 모두 날개를 퍼덕거리거나 다리를 흔들며 열광했다. 식물들은 움직일 수 없었기 때문에, 깃털이나 털을 가진 동료들만큼 야단스럽게 극도의 흥분을 증명해 보이지 못했다. 그러나 지극히 이성적이고 권위적인 수레국화조차도 이 난장판에 뒤섞이는 것 외에 다른 일은 할 수가 없었다. 옥사는 드라고미라의 고라노브가 반역자들에게 납치된 것에 대해 고라노브 네 그루가 비극적인 어조로 대화를 나누는 소리를 즐겁게 듣고 있었다.

"그들이 우리 친구를 조심스레 다루고 있을까?" 한 고라노브가 말했다.

그 뒤를 이어 고라노브의 수액을 채취하는 방법과 그 결과에 대한 날카로운 토론이 이어졌다.

"반역자들은 정말 잔인해. 그들이 우리 친구를 조심스레 다루지 않는다면 그녀는 죽을 거야, 틀림없어. 그런 끔찍하고 무의미한 고통 속에 있으니 더더욱 그럴 거야!"

"우리 종은 얼마 안 있어 전멸하고 말 거야."

감정이 고조되면서 반응은 하나로 일치되었다. 네 포기의 식물은 자신들과 관련된 어두운 전망과 가슴을 에는 동족의 불운을 떠올리고는 겁에 질려 모두 쓰러지고 말았다. 저택의 다른 한쪽에서는 커다란 벽난로 앞에 웅크린 작은 드비나이유들이 지독한 날씨를 한탄하며 추위에 민감한 그간의 명성을 증명했다. 하지만 모두, 그들이 완전히 틀린 것만은 아니라는 사실을 인정해야만 했다.

전 세계를 강타한 바람이 새로운 재앙을 일으키고 있었다. 비정상적으로 온도가 높은 해저 조류가 밀물 유량을 어지럽혀 미국 서부의 태평양 연안이 넘쳐버렸다. 하늘 입장에서 보면 이 소식은 결코 좋지 않았다. 끔찍하고 공포스러운 토네이도가 지구 곳곳을 무자비하게 공격했다. 세계는 큰 피해를 입었고, 이런 현상이 빈번해지면서 지구는 더욱 고통으로 신음했다.

"이런 상황이 이렇게 빨리 올 줄은 몰랐는데……." 아바쿰이 전 세계의 혼돈을 계속해서 보여주는 텔레비전 화면에 시선을 고정한 채 중얼거리다가 옆에 옥사가 있는 것을 확인하고 덧붙였다.

"아, 너도 거기 있었구나, 우리 아가씨!"

"정말 세상이 종말을 맞을 거라고 생각하세요?" 옥사가 걱정스러운 표정으로 물었다.

인간 요정은 몸을 돌리고 그녀의 눈을 그윽하게 바라보았다.

"그럴 수밖에 없는 상황이야!" 그가 분노한 목소리로 내뱉었다. "믿을 수 없지만, 그것이……."

그는 목이 메어 더 말을 잇지 못하고 입을 다물었다.

"그것이 종말이란 말인가요?" 옥사가 문장을 완성하며 되물었다.

대답 대신, 그는 젊은 여왕의 어깨에 팔을 두르고 널따란 거실로 이끌었다. 퀼뷔 겔라르와 벨로소가 '반역자들의 섬' 파견단에 참여할 탈주자들을 일부러 찾아다닐 필요는 없었다. 레오미도의 저택에서 뭉친 그들이, 군대는 아니지만 하나의 진정한 공동체를 형성한 것이다. 약 스무 명 정도의 탈주자들이 아바쿰, 폴락 일가, 크뉘트 일가, 벨랑제 부부, 레미니상스와 그녀의 손녀 조에를 중심으로 소집단을 형성했다. 저마다 운명은 달랐지만 그들 모두 태생이 같았고, 특히 같은 의지를 공유하고 있었다. 에데피아로 가려는 젊은 여왕을 돕기 위해 힘을 합하는 것, 그것이 바로 그들이 공유하는 하나의 의지였다. 젊은 여왕이 아니고는 그 누구도 그렇게 할 수 없었고, 세계와 수십 억 사람들의 미래가 그녀에게 달려 있었다.

아바쿰을 따라 옥사가 거실로 들어서자 소란스럽게 오가던 대화가 뚝 끊어졌다. 그녀와의 대면이 익숙하지 않은 사람들이 자리에서 일어나 존경의 표시로 고개를 숙였다. 거북해진 옥사는 아버지에게 절망적인 시선을 던지며, 반갑다는 뜻의 몇 마디 말을 웅얼거렸다. 파벨은 딸아이의 어깨가 짊어진 무게를 깨닫고 용기를 북돋는 미소를 보냈다. 옥사의 시선은 매우 공손하게 자신을 관찰하는 낯선 얼굴들 위를 지나,

어두컴컴한 거실 한구석에 서 있는 구스에게서 멈추었다. 그의 옆에는 조에가 있었다. 흘깃 보는 것만으로도 소년이 토라져 있다는 사실을 알 수 있었다. 하지만 옥사는 구스를 잘 알았고, 그가 입술 끝에 주름을 잡으며 씰룩거리는 것은 당황했다는 표시임을 놓치지 않았다. 옥사는 모두의 눈앞에서 구스와의 우정을 명시하기 위해 용기를 내어 그에게 가까이 가고 싶었지만, 몇 걸음 걷던 그녀는 보이지 않는 힘에 가로막혀 그 자리에 멈춰 섰다. 당황하고 놀란 옥사는 조에에게 의문의 시선을 던졌다. 조에는 마치 문지기 천사처럼 옥사가 다가오는 것을 막으려는 듯 앞으로 손을 올린 후, '안 된다'는 의미로 고개를 저었다. 옥사는 머리끝까지 붉게 달아올랐다. 물론이다. 당연히 지금은 그럴 때가 아니었다. 자신의 어리숙한 짓에 머리가 복잡해진 옥사는 몸을 돌려 아버지 가까이로 다가갔다.

"자, 여기 우리가 진부, 빠짐없이 모였습니다!" 드라고미라가 떨리는 목소리로 외쳤다. "옥사, 사랑하는 나의 손녀. 오늘 기꺼이 우리를 만나러 오신 분들을 소개해야겠구나."

레오미도의 자녀인 카메론과 갈리나는 이미 알고 있었다. 옥사는 그들을 세 번 만났고, 마지막 세 번째는 몇 달 전 폴락 가족이 빅토우 광장으로 이사했을 때, 그들의 아버지인 레오미도 진외할아버지와 함께였었다. 그 후 정말 많은 일이 있었다. 카메론은 레오미도와 무척 많이 닮았다. 레오미도처럼 움푹 들어간 얼굴에 깊은 눈빛까지 똑같았다. 쉰일곱 살이 넘은 나이에도 말로란 여왕 후손 특유의 우아함과 유연성을 지닌 카메론의 모습은, 옥사로 하여금 그가 오손과도 어느 정도 닮았음을 인정하지 않을 수 없게 했다. 소박하면서도 세련된 아내 버지니아는 그의 곁에서 조용히 자리를 지켰다. 카메론은 자신의 태생이 평범하지 않다는 것을 쭉 본능적으로 느껴왔지만, 진실은 뒤늦게 알았다. 그는 성실하고 신중하게 살아왔다. 가족에게는 성실하게, 타인에게는 신중하게. 따라서 그의 아내와 아이들에게 탈주자들의 운명은 불가사의한 비밀이 아니었다. 그들에게는 매우 영국적인 기품과 우수 어린 눈빛을 가진 세 아들이 있었다.

갈리나는 오빠 카메론보다 3년 늦게 태어났다. 유전적인 우연은 갈리나를 드라고미라와 무척 닮게 만들었다. 기다랗게 땋은 머리를 무겁게 쪽 져 능숙하게 정리한 것과 선명한 푸른 눈은 그 유사함을 더욱 강조했다. 아주 젊었을 때, 그녀는 똑똑하고 매력적인 젊은 목사 앤드류와 사랑에 빠졌다. 다행히도 앤드류는 활짝 열린 마음을 가지고 있었기에 그녀의 특별한 태생을 받아들여줄 수 있었다. 두 사람은 결혼을 했고, 현재 20대가 된 두 딸이 있었다. 그들에 대한 옥사의 기억은 유머 감각이 뛰어나고 약간 제멋대로인, 쾌활하고 명랑한 가족이라는 것이었다. 그때의 그들은 초췌한 얼굴에 불안이 가득한 눈으로 그녀를 응시하는 지금 모습과는 전혀 달랐다. 젊은 여왕은 상실에 대한 위협과 탈주에 대한 절박함 탓에 모두 마음에 여유가 없을 뿐 아니라, 그들 역시 집도 잃고, 삶 자체가 완전히 엉망진창으로 무너져버렸다는 생각을 막을 수가 없었다. 과연 그녀는 저들의 신뢰를 받아 마땅한 것일까?

"우리를 만나러 와줘서 고맙구나." 사랑했던 오빠 레오미도의 자녀와 손주의 얼굴을 마주했다는 사실에 크게 감동한 드라고미라가 중얼거렸다.

"이렇게 힘든 상황에서도 너를 도울 수 있어 영광이란다, 젊은 여왕." 카메론이 눈을 빛내며 옥사에게 말했다.

"우리의 자리는 다른 곳일 수 없어. 원하든 원하지 않든, 우리는 탈주자니까!" 갈리나가 진지하게 덧붙였다.

"우리 대부분이 인척이니, 협력은 더욱 확실하게 보장될 거야, 그렇지?" 앤드류가 얼굴을 찌푸리고 있는 두 딸을 집요한 눈초리로 바라보며 덧붙였다.

"물론이지! 모두 진심으로 고맙네." 아바쿰이 감사를 표하며 인정했다.

이번에는 과거 맹페름 족의 공장주였지만 지금은 남아프리카에서 금은세공 업계의 유명한 장인이 된 보드킨과, 은행가로 직업을 바꾼 전 회계 담당 코크렐이 옥사에게 인사했다. 세련된 멋쟁이의 풍채를 지닌 이 두 신사는, 전 세계가 혼란에 빠진 상황을 이용해 정상적인 기후에서는 절대 사용할 수 없는 방법으로 주저 없이 수천 킬로미터를 달려와 기꺼이 탈주자 무리에 합류했다. 그들은 군이 신중하게 행동할 필요가 없었다. 외부인들은 분명 그들에게 닥친 천재지변에만 신경 쓰느라 로켓처럼 구름을 가르거나 혹은 눈앞의 광경이 진짜인지 의심스러울 만큼 빠르게 달려가는 두 남자를 무시했을 테니까. 그래도 누군가 그들을 보았다면 어떤 일이 생겼을까? 그랬을지라도 이 세상 어디에서든 사람들은 이런 생각밖에 못 했을 것이다. 자신들의 삶을 몽땅 부숴버린 지진과 불타오르는 화산, 넘쳐흐르는 바다로부터 달아나야만 한다는 생각.

이 존경할 만한 신사분들 옆에는 진정한 탈주자 펑 리가 있었고, 코크렐의 아내 아키나와 아들 다카시도 자리하고 있었다. 아몬드처럼 얇고 검은 세 쌍의 새로운 눈동자가 신비롭고 주의 깊은 시선으로 옥사를 바라보았다.

얼음 여왕

드라고미라가 소개하기 전이었지만, 옥사는 나프탈리와 브륀느의 맏아들을 쉽게 알아볼 수 있었다. 올로프 크뉘트는 아버지 나프탈리와 판박이로, 덩치가 크고 준엄하며 매혹적이었다. 마찬가지로 탈주자의 후손인, 키가 매우 크고 밀밭처럼 황금빛으로 빛나는 금발의 아내 뒤에 서 있는 그는 수천 가지 위험과 싸울 준비가 된 것 같았다. 하지만 이 독특한 커플보다는 그들의 딸이 옥사의 머릿속에 더욱 분명한 동요를 불러일으켰다. 열일곱 살 정도 된 튀그뒤알의 사촌은 북유럽 특유의 진정한 아름다움을 지닌 미인이었다. 그녀는 청바지와 넉넉한 베이지색 아일랜드풍 스웨터를 완벽하게 갖춰 입었고, 창백한 피부는 초콜릿색 립스틱으로 더욱 강조해 순결한 눈송이처럼 환하게 빛났다.

'얼음 여왕 같다.' 옥사는 이 비밀스러운 동요에 가슴이 할퀸 듯한, 설명 불가능한 감정에 사로잡혀 생각했다.

쿠카가 냉정하면서도 강한 호기심이 드러난 표정으로 옥사를 똑바로 바라보았다. 드라고미라가 폴락 일가와 크뉘트 일가를 잇는 영원한 관계를 상기시켜주었음에도, 젊은 여왕은 그 특별한 아름다움에 놀라 불편한 마음으로 몸을 떨었다. 쿠카의 시선이 옥사에게서 멀어지더니 가까이 다가온 튀그뒤알에게 미쳤다. 곧 젊은 소녀의 얼굴이 북유럽적인 미소로 밝아졌다.

"앗, 내 사랑스러운 사촌 동생."

그녀가 몸을 일으키며 말했다. 순수하고 차가운 목소리가 수정이 쩽하고 깨지듯 울려 퍼졌다. 쿠카는 자신이 기대고 있던 테이블 위의 꽃병을 번개처럼 빠르게 낚아채 튀그뒤알을 향해 던졌다. 그는 가까스로 고개를 옆으로 빼 얼굴 한가운데 꽃병을 맞는 것을 피할 수 있었다. 도자기 꽃병은 벽에 부딪쳐 산산이 부서져버렸다. 옥사는 비명을 질렀고, 쿠카의 부모는 격분했다.

"어찌나 화려한 등장인지! 안녕, 꼬마 사촌!" 튀그뒤알이 주머니에 두 손을 찌른 채 조롱하는 눈빛으로 다가오며 내뱉었다.

도자기 파편들이 튀그뒤알의 커다란 신발 아래에서 빠드득 소리를 냈다.

"다시 한 번 분명하게 알려주는데, 내가 너보다 훨씬 크거든!" 소녀가 응수했다.

그녀는 실제로 자신이 튀그뒤알보다 몇 센티미터 더 크다는 것을 사람들이 다 볼 수 있도록 그의 앞으로 가기 위해 펄쩍 뛰어올랐다. 하지만 그녀의 생각과 달리 튀그뒤알은 당황하지 않았다.

"난 키를 말한 게 아냐, 꼬마 사촌. 성숙도를 얘기한 거지." 그가 만족감을 확연히 드러내며 응수했다.

"그럼 성숙도에 대해서 얘기해보자고!" 얼음 여왕이 금발을 뒤로 휙 넘기며 반격에 나섰다. "온 가족의 삶을 무너뜨리는 것. 자, 이게 성숙한 인간이라는 멋진 증거이지! 그러니까 모든 크뉘트 일가의 이름으로 감사를 전할게, 사촌."

이 신랄한 독설은 튀그뒤알을 정통으로 강타한 것 같았다. 그는 창백해진 얼굴로 주먹을 꽉 쥐고 한 걸음 뒤로 물러섰다. 양쪽 뺨이 움푹 파였고, 산소가 부족한 것처럼 콧구멍을 벌름거렸다. 옥사는 쿠카의 말이 준 충격에 튀그뒤알의 상처가 벌어지는 것이 보였고, 그 상처를 아물게 할 수 없다는 무력감에 몹시 고통스러웠다. 그 자리가 불편해진 탈주자들은 크뉘트 일가만 남겨두고 하나둘 자리를 떴다. 오직 옥사만이 호기심을 참을 수 없어 마지막까지 남아 있다가, 결국 마지못해 거실 밖으로 나왔다. 그리고는 홀의 어둠에 숨어 거실에서 일어나는 모든 장면을 지켜볼 수 있는 중앙 계단의 층계에 자리 잡았다.

"혹시 네가 잊어버렸을까 봐 그러는데." 모두 거실에서 나가자 쿠카가 가시 돋친 어조로 말을 이었다. "내가 기억을 되살려주지. 나의 작은어머니 헬레나―네 어머니이기도 하지, 기억나니?―는 자신을 흑마법사라고 자처하는 아들 때문에 심한 우울증을 겪었지. 뭔가 떠오르기는 하니? 그 사이비 마술사의 이기주의와 의문투성이 경험 탓에 여덟 사람이 자신들이 사랑하고 완벽하게 꿈을 펼치던 나라에서 도망쳐야만 했다는 사실을 상기시켜줄게."

"쿠카!" 올로프가 둔중한 목소리로 소리쳤다.

"쟤도 알아야 해요, 아빠!" 소녀가 부르짖었다. "잘못을 외면하는 것은 너무 쉽잖아요! 저 애가 저열한 영광의 꿈을 꾸기 전까지, 우리는 평화롭게 살았다고요. 그가 우리 모두를 위험으로 밀어 넣었어요. 저 애 때문에 이제 핀란드에서조차 안심할 수가 없단 말예요. 아빠는 그렇게 생각 안 하세요, 정말로요? 난 쟤 때문에 모든 걸 잃었어요. 나라, 학교, 친구들까지, 전부 다요! 그런데 저 애는, 저 애는 뭘 잃었죠? 친구들? 친구라고는 단 한 명도 없었지. 누가 저런 괴물을 친구로 삼고 싶겠어?"

"쿠카, 만약 튀그뒤알이 괴물이라면 우리 모두 마찬가지다!" 나프탈리가 고함쳤다.

"모두 그래요, 나만 빼고요! 난 정상이란 말이에요!" 쿠카가 이를 악물며 소리쳤다.

그 말에 반대하는 중얼거림이 웅성웅성 들려왔다. 옥사는 아무것도 이해할 수 없어 불쾌해졌다. 저 소녀가 남들보다 어떤 면에서 더 정상이란 말인가? 쿠카는 튀그뒤알을 향해 몸을 돌리고 차가운 눈빛으로 쏘아보았다.

"넌 절대 이헤히지 못해." 튀그뒤알이 감정 없는 목소리로 중얼거렸다.

"네가 우리 가족이 아니었으면 좋겠어! 넌 내 인생을 망쳐놨어!" 쿠카가 소리를 실렀다.

"그만 입 다물어라!" 그녀의 아버지가 신경질을 냈다.

하지만 이성을 잃은 그녀를 제지하기 위해서는 더 강력한 뭔가가 필요했다. 쿠카는 조각상처럼 꼼짝 않고 서 있는 튀그뒤알에게 다가가 검지를 들고 신경질적으로 그를 꽉 눌렀다.

"네 아버지가 지금 어디 계시는지, 아니?" 그녀가 잔인한 어조로 물었다.

튀그뒤알은 현기증을 느끼며 몸을 흔들었다.

"어떻게 지내시는지는?" 쿠카가 냉혹한 기쁨을 드러내며 말을 이었다. "넌 네 아버지가 북해 저 멀리, 폐기된 해양 플랫폼에 있다는 것도 모르니? 그는 멀리 떠났어. 이 모든 비밀로부터, 이 광기로부터 멀리 떠났다고. **특히 너로부터 가능한 한 멀리 가버렸다고!**"

튀그뒤알은 정신이 나가버린 것 같았다. 두 사람은 그런 모습으로 한동안 정지해 있었다. 쿠카는 눈송이처럼 빛나는 모습으로, 튀그뒤알은 뇌우가 몰아치는 하늘처럼 불안한 모습으로. 갑자기 튀그뒤알이 사촌의 기다란 황금빛 머리카락을 낚아채 자신의 얼굴 가까이로 바짝 끌어당겼다.

"다시는 내 아버지에 대해 말하지 마!" 그가 각 음절을 고통스럽게 발음하며 내뱉었다.

"**이 괴물아!**" 쿠카가 도전적인 눈빛으로 소리쳤다.

옥사가 있는 곳에서는 튀그뒤알이 소리 죽여 얼음 여왕을 위협하며 둔중하게 으르렁대는 소리만 들을 수 있었다. 위험이 싹트기 시작한다는 것을 깨달은 나프탈리가 사촌을 공격하려는 손자를 막기 위해 달려들었다. 하지만 너무 늦었다. 튀그뒤알의 두 눈에서 격노한 안광이 번쩍이며 쿠카를 마비시켰다. 소녀가 나프탈리의 품 안으로 쓰러지자 올로프와 그의 아내가 그녀를 도우러 달려왔다. 그 어느 때보다 얼굴이 창백해진 튀그뒤알은 벽에 기대며 바닥으로 스르륵 미끄러졌다. 옥사의 자리에서는 튀그뒤알의 얼굴만이 간신히 보일 뿐이었다. 그의 얼굴에는 고통이 남긴 비정한 상처만이 감돌았다. 쿠카가 완전히 정곡을 찌른 것이다……

"혼란을 일으키려면 뭘 해야 하는지 아주 잘 아는 것 같은데, 네 애인 말이야!" 옥사의 뒤에서 구스의 목소리가 울렸다.

옥사는 소스라치며 펄쩍 뛰었다. 구스는 옥사에게서 몇 계단 떨어진 곳에 앉아 적개심을 품은 얼굴로 그녀를 똑바로 바라보았다. 옥사가 대답을 하려는데, 품 안에 소년을 안은 한 여인이 현관 입구의 홀을 가로질러 거실로 들어왔다. 모두 그녀를 향해 고개를 돌렸고, 그녀는 술렁이는 거실을 눈으로 훑었다. 순식간에 모두가 입을 다물었다. 자신을 황폐하게 만든 분노를 잠재우려고 스스로와 싸우는 튀그뒤알의 모습이 여자의 눈에 띄었다. 그녀의 품에 안겨 있던 어린 소년이 청년을 향해 두 팔을 벌리며 소리쳤다.

"튀그 형!"

튀그뒤알이 얼빠진 표정으로 고개를 들더니 숨이 멎을 듯한 신음을 내뱉었다. 소년을 내려놓은 여자가 북받친 감정에 눈물을 흘리며 튀그뒤알에게 다가가서는 그를 일으켜 두 팔로 얼싸안았다.

"잘 지냈니, 헬레나." 여자에게 다가가며 나프탈리가 말했다.

옥사는 전율했다. 헬레나라니! 그럼 튀그뒤알의 어머니란 말인가! 올로프와 그의 부모처럼 그녀의 외모는 섬세하면서도 강인한 듯한 묘한 느낌을 주었다. 키가 크고 팔다리가 길쭉길쭉 가느다란 그녀는 존경스러울 만큼 멋진 매력으로 마음을 끌었다. 하지만 드문드문 흰머리가 보이는 갈색 머리카락으로 둘러싸인 그녀의 얼굴은 끔찍할 정도로 창백했고, 눈빛에는 한없이 깊은 비탄의 그림자가 드리워 있었다. 여자는 튀그뒤알을 꼭 끌어안고 있던 두 팔을 풀며 부모님인 나프탈리와 브륀느에게 인사를 건넸다. 청년은 다시 평소의 거만한 태도를 되찾은 듯 보였다. 그의 두 눈 깊은 곳에서—어쩌면 그의 가슴 깊은 곳에서일지도—활활 타오르는 어두운 빛만이 그가 느꼈을 격렬한 감정을 드러냈다.

"내 딸, 네가 왔구나." 나프탈리가 감격하며 튀그뒤알의 다리에 매달려 있는 소년에게로 몸을 기울이고 덧붙였다. "귀여운 손자 틸, 정말 많이 자랐어!”

“이제 일곱 살이 됐어요!” 소년이 외쳤다.

옥사는 넋이 나간 채 멍하니 튀그뒤알을 바라보았다. 그녀는 튀그뒤알이 가족에 대해 한 번도 말한 적이 없다는 사실을 깨닫고 깜짝 놀랐다. 옥사 역시 그에게 가족뿐만 아니라 다른 무엇에 대해서든 한 번도 물어본 적이 없었다. 옥사는 그것이 후회스러웠다. 겨우 5분 만에 옥사는 굉장히 많은 사실을 알게 되었다. 그녀는 천사같이 귀여운 꼬마 틸이 크뉘트 저택에서 이곳 웨일스까지 오며 겪은 파란만장한 여행에 대해 형에게 조잘대는 모습을 보며 미소를 지었다. 무척 자상하게 꼬마에게 대답하는 튀그뒤알의 모습은 옥사를 혼란에 빠뜨렸다. 그는 거부할 수 없을 만큼 매력적이었다…….

크뉘트 일가에도 다시 평화가 찾아왔다. 안락의자에 몸을 웅크리고 앉은 쿠카는 사촌과의 대결을 보류하기로 한 것 같았다. 그래도 거만한 표정으로, 기다란 머리카락을 손가락으로 훑으며 튀그뒤알에게 살의 어린 시선을 던지는 것은 포기하지 않았다.

“끝이 좋으면 다 좋은 거지! 네 매력적인 왕자님은 명예를 회복했구나, 브라보!” 구스가 옥사의 뒤에서 천천히 손뼉을 치며 중얼거렸다.

옥사는 두 손을 고집스럽게 주머니에 찔러 넣고 계단을 서너 단씩 성큼성큼 올라갔다. 그러고는 복도를 따라 걸어가 침실로 들어간 뒤 문을 닫았다.

어둡고 순수한 마음

　몇 시간 동안 격노에 차 거세게 불던 바람이 이윽고 잠잠해졌다. 새벽의 첫 여명이 레오미도의 저택을 둘러싼 황야 끝에 우울한 회색으로 나타났다. 눈을 뜬 옥사는 침대에 꼼짝 않고 누워 마음을 정리하고 있었다. 그녀는 어제 입었던 옷을 그대로―낡은 청바지와 파란빛 스웨터―입은 채였다. 하지만 누군가가 실내화를 조심스레 벗겨주었고, 솜이불도 덮어주었다. 분명 아버지였을 것이다. 옥사는 귀를 기울였다. 고통스러웠던 지난밤 동안 모든 형태의 생명이 모조리 사그라진 것처럼, 무덤 같은 침묵이 온 집 안을 뒤덮은 듯했다. 갑자기 벽난로에서 장작이 와르르 무너지며 격렬하게 타올라 옥사는 깜짝 놀랐다. 잠시 후, 그녀는 침대 가장자리에 서 있는 드라고미라의 폴딩고를 알아보았다. 작은 생명체는 냉정한 수호자로서, 미동도 없이 커다랗고 동그란 눈으로 그녀를 뚫어지게 바라보았다. 옥사는 몸을 일으키며 미소를 지었다.

　“안녕, 폴딩고! 여기서 밤을 새웠니?”

"당신의 하인이 드리는 인사를 영접해주시어요, 젊은 여왕님. 당신의 질문에 대한 답은 예스입니다. 늙은 여왕님께서 젊은 여왕님이 주무시는 동안 곁을 지켜달라 청하셨기 때문에, 하인의 눈은 한시도 긴장을 늦추지 않았답니다. '영원히—그림 속에—감금된—주인'의 세 폴딩고역시 이 집에 머무는 모든 손님을 보호하고 있습니다."

"그럼 너희들은 밤새 한숨도 못 잔 거야? 불쌍한 폴딩고들!"

"마음에서 모든 근심을 버리세요, 젊은 여왕님. 폴딩고들은 아무런 고통 없이 복종을 행한답니다." 작은 생물이 대답했다.

"정말 헌신적이야." 옥사가 감탄스러운 한숨을 내쉬며 말했다.

"헌신은 폴딩고들의 뇌에 입력되어 있으므로, 우리의 충성심은 완벽하게 보증됩니다."

"알아, 폴딩고. 나도 알아. 너희들이 있어서 참 다행이다." 옥사가 중얼거렸다.

요란하게 코를 훌쩍거리고는 벽난로에 장작을 더 넣은 뒤, 폴딩고가 옥사를 똑바로 보려고 몸을 돌렸다.

"질투가 당신의 마음에 상처를 입혀서는 안 됩니다, 젊은 여왕님."

폴딩고의 말에 몹시 놀란 옥사는 입을 떡 벌린 채 그의 시선을 슬그머니 피했다.

"왜 그런 말을 하는 거지?" 옥사가 웅얼거렸다.

"여왕 일가의 친구분인 크뉘트의 손자가 젊은 여왕님의 머릿속에 둥지를 틀었고, 그의 사촌인 쿠카의 냉정함이 당신의 마음속을 할퀴고 있습니다."

"그걸 어떻게 알지?" 자신의 감정이 훤히 보이는 것만 같아 공포에 질린 옥사가 반쯤 숨 막혀하며 외쳤다.

"당신의 하인은 당신의 눈빛을 확인했고, 당신의 감정을 읽었답니다. 여왕 일가의 친구분의 손자는 젊은 여왕님을 사랑의 근심으로 침범했습니다. 쌀쌀맞은 쿠카는 그와 한바탕 요란한 설전을 벌여 젊은 여왕님에게 마음고생을 시켰지요. 사촌들은 서로 신경이 날카롭다는 것을 알지만, 그것은 엄청난 사랑의 결핍에서 온 결과랍니다. 그러니 당신의 머릿속을 채운 모든 두려움에서 벗어나세요."

옥사는 온몸이 떨렸다. 폴딩고의 말은 전부 사실이었으니까. 그렇다, 그녀의 머릿속은 온통 튀그뒤알 생각뿐이었다. 그가 쿠카와 맺고 있는 격정적인 관계가 그녀를 질투로 몰아넣었던 것이다. 이해할 수 없었지만 부정할 수도 없었다.

"그렇게 보이니?" 얼굴이 빨개진 옥사가 중얼거렸다.

"여왕 일가족의 마음속에 있는 것은 무엇이든 폴딩고가 알고 있다는 사실을 잊지 말아야 합니다."

"그거 참 불편하구나……." 옥사가 몸을 떨며 덧붙였다. "질문 하나 해도 될까?"

폴딩고가 고개를 끄덕였다.

"그러니까…… 튀그뒤알은 날 사랑하니?"

작은 생명체가 길고 섬세한 속눈썹을 파르르 떨며 여러 번 눈을 깜빡였다.

"여왕 일가 친구분의 손자는 불완전하고 표면적인 성격밖에 전달하지 못합니다. 그는 어떤 감정도 받아들이지 못하는 듯 보이지만, 격렬한 고통과 커다란 혼란은 지각한답니다. 그의 어두운 눈에는 권력이 불과 같은 매력을 지님을, 젊은 여왕님은 알아야만 합니다."

"그게 무슨 말이지?"

"여왕 일가 친구분의 손자에게는 모순이 있습니다. 권력은 영향을 미칠 의지는 없지만, 깊은 매력을 뿜어냅니다. 젊은 여왕님은 많은 사람의 눈에 이 귀한 권력의 화신으로 보입니다. 그 결과, 검증된 매력이 젊은 여왕님 쪽으로 방향을 바꿀 수도 있다는 것입니다."

"그 얘기는 그러니까, 튀그뒤알은 나한테 흥미를 가질 수 있지만, 그것은 내가 권력의 상징이기 때문이다, 이거잖아?" 목이 멘 옥사가 정리를 했다.

폴딩고가 넓은 이마를 찌푸렸다.

"인간의 본성은 때때로 복잡한 것들로 가득 차 있답니다, 젊은 여왕님. 하지만 여왕님은 마음속에서 모든 두려움을 쫓아내야만 합니다. 여왕 일가의 친구분의 손자는 다른 인간들과 동일한 논리를 갖고 있지 않습니다. 겉모습은 착각을 만들고, 방황을 야기합니다. 왜냐하면 현실 세계는 예측할 수 없으니까요. 여왕 일가의 친구분의 손자의 사랑과 충직함은 완벽하고 변하지 않습니다. 그의 마음은 어둡고 복잡하게 얽혀 있지만, 그는 순수하고 대화를 나눌 줄 압니다. 하지만 젊은 여왕님은 다른 존재, 즉 가족이나 친구들을 소홀히 해서는 안 됩니다. 파괴되는 세상에 대해서도 마찬가지고요."

"상황이 심각하구나, 그렇지?"

폴딩고가 고개를 끄덕였다.

"우리가 궁지에서 벗어날 수 있을까?"

"당신의 하인은 단 한 가지를 보장할 능력밖에 없답니다. 에데피아로의 귀환이 임박했고, 성공은 탈주자들의 결속에 희망의 바탕을 두고 있습니다. 완전한 결속은 결코 탈주자를 갈라놓을 수 없습니다."

옥사는 신경질적으로 마른기침을 했다. 그녀의 시선이 금속 같은 회색빛 하늘에 머물렀다. 그토록 그녀를 두렵게 했던 그림 속에서처럼, 하늘은 검은빛으로 줄무늬 져 있었다. 옥사는 창가로 다가가 단속적으로 숨을 들이마셨다. 잘 벼린 낡은 쇠창살로 둘러싸인 작은 무덤이 보였다. 튀그뒤알이 거기에 있었다. 몇 달 전 두 사람이 처음으로 진정한 대화를 나눴던 바로 그 묘석에 등을 기대고. 그는 옥사의 눈길을 느끼고 있을까? 확실하지 않았다. 튀그뒤알은 완전히 자신만의 생각에 푹 빠진 것 같았다. 그의 얼굴에 고통과 번민이 드러났다. 마치 가면이 벗겨진 것처럼. 고뇌를 제외하고는 아무것도 존재하지 않는 것처럼. 거기, 글씨가 새겨진 묘석에 기대앉은 그는 아무것도 감출 능력이 없는 사람처럼 보였고, 그 모습에 자신을 보호하려는 가식적인 태도는 하나도 없다는 것을 옥사는 알 수 있었다. 청년이 매우 좋아하는 노래 한 곡에 대한 추억이 떠올랐다.

나는 검은 옷을 입지
검은색은 내가 속으로 느끼는 감정이니까
만약 내가 약간 낯선 표정이라면
음, 그것은 내가 그렇기 때문이야
하지만 나는 네가 날 사랑했으리란 것을 알아
오직 네가 나를 볼 수만 있었다면
오직 네가 나를 만날 수만 있었다면……
난 살면서 많은 것을 갖지는 못했지
네가 가져, 그것은 네 것이니까
(더 스미스(The Smiths)의 〈Unloveable〉 일부―지은이)

몇 주 전, 튀그뒤알은 평소처럼 건방진 태도로 즐겁게 이 가사를 흥얼거렸다. 하지만 그 내용은 아주 심각하고 무거웠다. 또 아주 분명하고…….

옥사는 조심스럽게 창문을 열고 밖으로 넘어갔다. 폴딩고가 당황한 표정으로 그녀를 바라보았다. 커다란 입이 양쪽으로 길게 쭉 벌어졌다.

"젊은 여왕님, 제 말을 잊지 마세요." 그가 한숨을 내쉬었다.

"약속할게!"

바깥으로 나간 옥사는 땅에서 몇 미터 떨어진 공중에 둥둥 뜬 채 숨을 몰아쉬었다.

튀그뒤알이 깜짝 놀라며 눈을 들었다. 막 그의 발치에 다다른 옥사가 의연한 태도로 그의 얼굴을 응시했던 것이다.

"아, 안녕, 꼬마 여왕!" 청년이 인사했다.

"안녕." 옥사가 그의 옆에 쓰러지듯 앉으며 대답했다.

"잘 잤니?"

"몸이 무거워. 오빠는?"

"여기서 밤을 좀 보냈어."

"불면증이야?"

"원래 잠꾸러기였던 적은 없어. 일주일에 몇 시간 자면 많이 자는 거였지. 요즘엔 그야말로 최악이야."

"피곤하지 않아?" 옥사가 그에게 짧게 눈길을 던지며 물었다.

"아니. 어쨌든 잠을 자기에는 너무 흥분한 상태였어. 하늘을 보고 오래 생각을 했더니 이제 평온해졌네."

옥사는 머뭇거리다가 과감하게 질문했다.

"어제 얘기 하고 싶어?" 옥사는 분별없는 쿠카 옆에서 고통스러워하던 튀그뒤알의 얼굴을 떠올렸다.

"그런 건 관심 없어."

"거짓말!" 옥사가 참지 못하고 반박했다.

사실은 그녀가 더 알고 싶어서 죽을 지경이라고 어떻게 고백하겠는가? 하지만 시간이 지날수록 튀그뒤알은 더욱 강경해졌다. 그녀가 바라는 것과는 정반대였다. 정말이지 이 청년은 얼마나 복잡한지…… . 옥사는 더는 고집부리지 않기로 결심했다. 그의 고통을 더 무겁게 할까 봐 두려웠던 것일까? 이 순간의 완벽함을 깰까 봐 두려웠던 것일까? 그녀는 이 질문에 대답할 능력이 없으리라.

"어쨌든 오빠네 엄마는 무척 아름다우시더라. 남동생도 정말 귀엽고…… ." 옥사가 말했다.

튀그뒤일은 아무런 반응도 보이지 않았다. 아니, 어쩌면 가볍게 손을 떨었는지도 모른다. 한기를 느낀 것일까, 아니면 감격한 것일까? 예상치 못하게, 그가 옥사에게 바싹 다가왔고, 어깨가 스쳤다. 그는 소녀의 낡은 청바지에서 비죽이 나온 실 한 가닥을 잡아당겨 아무렇게나 검지에 감았다.

"죽고 싶지 않다면 힘을 모아야 할 거야. 모든 힘을." 튀그뒤알이 낮은 목소리로 말했다.

그는 또 한 번 핵심을 교묘히 피해 갔다. 하지만 그것은 중요하지 않았다. 왜냐하면 튀그뒤알과 함께 있을 때면 늘 그렇듯, 경이로운 행복감에 흥분한 자신을 느꼈기 때문이다. 그의 말투는 진지했고, 오늘 아침도 예외는 아니었다. 튀그뒤알과 함께 있으면 그 어떤 것도 단순하지 않았고, 모든 것이 모순이고 이중적이며 불가사의했다. 구스와는 완전히 정반대였다⋯⋯. 옥사는 온몸이 가볍게 떨리는 것을 느끼며, 머리를 살짝 튀그뒤알에게 기댔다.

  아침 해가 떠오르며 거무스레한 보라색의 빛이 오래된 묘지를 감쌌다. 전날 난장판을 치른 탓에 잔뜩 멍이 든 것 같은 하늘이었다. 튀그뒤알이 옥사의 어깨에 팔을 둘렀고, 두 사람은 조용히 묘석에 기대어 꼼짝않고 하늘의 구름 떼가 만드는 불안한 광경을 바라보았다. 멀리 황야에 아바쿰의 실루엣이 뚜렷이 드러났다. 그 뒤로 레오미도의 젤리노트 두 마리가—크기가 거의 3미터가량 되는 거대한 암탉들—몸을 흔들며 걸어오고 있었다.

  "복귀 명령이 떨어질 시간이군. 분명 다시는 여기로 돌아오지 못하겠지." 튀그뒤알이 중얼거렸다.

  슬픔의 바람이 옥사를 휩쓸었다. 그녀가 뒤에 남기고 온 것들 모두가 아직은 추억이라는 기준에 이르지 못했다. 그것들을 추억으로 받아들이기에는 아직 너무 일렀고, 여전히 현재의 일처럼 느껴졌다. 학교, 친구들, 드라고미라와 보낸 저녁 시간, 부모님과의 소중한 순간⋯⋯. '이전'의 삶을 떠나는 것은 얼마나 어려운가. 옥사는 고개를 들고 차오르는 눈물을 참으려 여러 번 눈을 깜빡였다. 그러자 2층 창가에 선 쿠카의 실루엣이 확실히 보였다. 그녀는 매우 기분 나쁜 표정으로 작은 묘지를 뚫어지게 바라보고 있었고, 옥사는 몸이 얼어붙는 듯했다. 소름이 쫙 끼쳤다. 튀그뒤알이 본능적으로 고딕식 창문을 향해 시선을 돌렸지만, 짓궂은 사촌은 이미 창가에서 사라진 뒤였다. 그는 황급히 옥사의 어깨에 둘렀던 팔을 거두었고, 이 행동은 옥사를 괴로운 혼란에 빠뜨렸다. 이 행동은 무엇을 의미하는 것인가? 튀그뒤알은 부끄러운 것일까? 옥사는 폴딩고의 말을 되뇌어보았다. 왜 모든 것이 이토록 복잡할까? 튀그뒤알은 벌떡 일어서서 그녀가 일어날 수 있도록 손을 내밀었다.

"자, 이리 와! 잠깐 공중을 산책하자!" 그가 말했다.

옥사는 그의 제안을 거절하고 그를 혼자 내버려두려 했다. 하지만 튀그뒤알은 두 손으로 옥사의 어깨를 꽉 잡았고, 그녀도 똑같이 그의 어깨를 잡도록 했다. 두 사람은 나란히 하늘을 향해 날아올랐다.

아바쿰이 손으로 햇빛을 가리며, 두 사람을 보고 애정 가득한 미소를 지었다. 물론 아바쿰이 이 장면을 본 유일한 증인은 아니었다. 건물의 제일 끝쪽에서는 구스가 차가운 유리에 이마를 대고 황야 위를 날아오르는 커플을 눈으로 쫓고 있었다. 그에게서 몇 미터 떨어진 곳에서 침대 위에 책상다리를 하고 앉은 조에가 등을 굽힌 소년의 뒷모습을 물끄러미 바라보았다. 언제나처럼 조에는 친구의 마음을 괴롭히는 번민을 목격했을 뿐, 자신은 아무것도 할 수 없는 존재라고 느꼈다. 훨씬 멀리 떨어진 침실에서는 탐스러운 금발 머리의 쿠카가 화가 나 몸을 홱 돌렸다. 마지막으로 여러 생물이 아침 운동 중인 채소밭에서는, 무리 진 보랏빛 안개를 넘어 우울한 친구와 함께 날아가는 젊은 여왕을 보기 위해 드라고미라와 파벨이 고개를 들었다. 딸이 그런 높은 고도로 나는 모습을 처음 본 파벨은 그녀를 잡으러 가지 않기 위해 노력해야 했다. 파벨이 날아오르기 직전, 드라고미라가 그를 잡았다.

"믿음을 가져." 드라고미라가 파벨에게 말했다.

옥사는 단단한 땅을 찬 반동으로 수천 킬로미터 높이에 있었다. 쓸쓸한 행복에 가슴이 부풀어 올라, 옥사는 자신을 사랑하는 사람들의 고뇌에는 눈을 감고 귀를 막은 채, 모든 것을 본능에 맡겼다.

영원히 안녕

드라고미라가 특기인 설득력을 발휘했을까, 아니면 훨씬 '그라녹 사용자'다운 방법을 썼을까? 아무도 알지 못했다. 확실한 것은, 늙은 어부가 바바 폴락의 요구에 따라 이웃한 항구의 커다란 트롤선(바닷속 깊은 곳에 있는 물고기까지 한번에 잡을 수 있도록 무거운 추를 단 그물을 이용하는 어선. 크기가 매우 크다—옮긴이)이 기적적으로 레오미도의 영지 끝에 있는 작은 만에 닻을 내렸다는 것이다. 물이 범람한 동쪽 지역에서 피난해 오는 수많은 인구 앞에서, 탈주자들은 오랫동안 심사숙고한 끝에 바다를 통해 반역자들의 섬으로 가기로 결정했다. 이제는 큰 무리가 된 서른한 명의 사람들이 가장 빠르고 은밀하게 이동할 방법은 그것뿐이었다. 끈질긴 노력에도 불구하고 탈주자들은 쉽게 눈에 띄었고, 아무리 극심한 혼란이 세상을 지배한다 해도 반사적으로, 혹은 오래된 습관처럼 항상 주의를 기울여 움직여야 했다. 설사 며칠 후에는 아무도 외부 세계에 남아 있지 않는다 해도……

이미 덧문까지 꼭꼭 닫힌 커다란 거실에 마지막으로 모인 탈주자들은 현자 아바쿰의 충고에 진지하게 귀를 기울였다.

"이 여행에서 가장 중요한 것은, 극도로 조심하며 계획을 따르는 것입니다." 아바쿰이 말을 시작했다. "공격 면에서는 반역자들이 우리보다 한발 앞섰다는 것이 이미 증명됐소. 하지만 이번에는 역할이 바뀌는 겁니다. 우리가 먼저 그들을 공격할 거요. 하지만 문제가 있습니다. 미지의 땅으로 가야 한단 겁니다…….."

"대부님은 충성스러운 정보원을 잊으셨군요!" 드라고미라의 퀼뷔 겔라르가 목청껏 외쳤다.

"어떻게 널 잊을 수 있겠니?" 바바 폴락이 퀼뷔의 머리를 쓰다듬으며 말했다. "네 덕에 우리는 중요한 정보를 얻었고, 네게 더 부탁해야겠다고 생각하는 중이란다."

"전 당신을 섬깁니다!" 작은 생명체가 몸을 빳빳하게 세우며 외쳤다.

"우리의 작전을 명심하시오." 아바쿰이 다시 말을 이었다. "모두 위험에 노출되는 것을 최소한으로 줄이면서 능력껏 행동하시오. 이제 길을 떠납시다. 만약 계획대로 잘 진행된다면, 약 24시간 후에 반역자들의 섬에 도착할 수 있을 거요. 황혼 무렵에 도착한다면 더욱 완벽하겠지."

무거운 침묵이 찾아왔다. 이 여행은 새로운 유배인 동시에 외부 세계에서의 삶에 작별을 고하는 것이기도 했다. 모두가 이제 막 시작될 여행이 자신들을 에데피아의 문 앞에 데려다 주리라 생각했다. 그것이 그들 한 사람 한 사람이 여기 있는 이유였다. 하지만 가슴에 뿌리박힌 확신에도 불구하고 비탄과 우울이 호흡을 방해했고, 쓸쓸한 눈물이 두 눈을 적셨다. 갑자기 거실 구석에서 멜로디가 흘렀다. 튀그뒤알이 피아노 앞에 앉아 있었다. 검은 옷 때문에 더욱 강조된 창백하고 마른 체격의 젊은이가 탈주자들의 고뇌를 정확하게 표현하는 우울한 음악을 연주했다.

옥사는 놀라서 고개를 들었다. '내가 몰랐던 일면이네.' 옥사는 자신이 잘 아는 록의 일부분을 어쿠스틱하게 연주하는 아름다운 선율에 사로잡혀 생각했다. 레오미도의 폴딩고들도 커다랗고 파란 눈에 존경을 담고 그를 바라보았다.

"크뉘트 가문의 손자분이 보인 본보기는 여왕가 하인의 귓가에 큰 기쁨을 안겨주었습니다." 폴딩고트가 중얼거렸다. "주인님이 영원히 그림 속에 감금된 이후, 이런 멜로디의 악기를 사용한 사람은 아무도 없었답니다. 강한 선율이 청중들을 만족시켰고, 확신은 완벽합니다."

튀그뒤알은 눈 한 번 깜빡이지 않은 채 폴딩고트에게 시선을 던지고는, 마지막 부분의 감정을 끊으며 피아노 덮개를 닫았다. 그는 무슨 말을 할 듯 입을 벌렸지만, 폴딩고들이 열광적으로 보내는 감사의 눈빛과 엄숙한 분위기에 동요해 생각을 바꾸었다.

파벨이 벽난로에서 활활 타고 있는 장작더미 위에 물을 끼얹으며, 가장된 평온을 끊었다. 드라고미라는 의미심장하고 결정적인 파벨의 행동에 깜짝 놀라 그를 바라보았다.

"비웃을지 모르지만, 나는 이 멋진 집이 불을 잘못 꺼서 타버리는 걸 바라지 않거든요. 레오미도 외삼촌을 위해서요."

이를 악물고 설명한 파벨은 몸을 돌려 거실에서 나갔다. 탈주자들은 목이 메어 아무 말 없이 현관 앞의 홀로 향했다. 그곳에는 가방이 잔뜩 널려 있었다. 각자 자신의 가방을 들었고, 피에르와 나프탈리는 그라녹과 카파시퇴르가 든 상자와 두 개의 복시미누스 상자를 맡았다. 그들은 어두운 표정으로 느릿느릿 밖으로 나갔다. 드라고미라는 마지막으로 홀에서 나갔다. 그녀는 석양빛이 비추는 커다란 계단을 잠시 바라보고는 현관문을 열쇠로 잠그고, 안뜰로 내려서서 묵직한 나무를 쓰다듬으며 깊게 한숨을 쉬었다.

"이제 안녕이구나……." 그녀가 중얼거렸다.

파벨이 그녀의 어깨에 손을 올리더니 한마디 말도 없이 자기 쪽으로 끌어당겼다. 드라고미라는 고마운 마음으로 아들이 내민 팔에 몸을 기댔다. 서로 몸을 의지한 두 사람은, 당장이라도 돌아가고 싶은 욕구를 가까스로 억누르며 작은 만을 향해 느린 걸음을 옮기는 탈주자 대열에 합류했다.

광분한 여행자들

　'바다의 늑대'라 불리는 트롤선이 파도의 리듬에 맞춰 흔들리며 앞으로 나아갔다. 다행히 오늘 바다는 가을 저녁치고 풍랑 없이 잠잠했다. 탈주자들은 지난밤 내내 뒤척인 데다 오후까지 줄곧 심리적 피로에 시달린 탓에 10여 개의 좁다란 선실로 서둘러 들어갔고, 몇 사람은 이미 쉬고 있었다. 옥사는 조타실에 있는 아버지를 만나러 갔다.

　"언제 30미터짜리 배 조종법을 배우셨어요?" 아버지가 노련한 뱃사람의 솜씨로 다양한 기계를 조작하는 모습을 본 옥사가 놀라서 물었다.

　"배운 적 없어." 파벨이 작게 웃음을 터뜨리며 대답했다.

　"배운 적 없다고요? 그게 무슨 뜻이에요?"

　"항해술을 한 번도 배운 적 없다는 거지. 하지만 어떻게 하는지 본 적은 있어." 파벨이 대답했다.

　"대단하네요." 옥사가 의심스러운 듯 입을 삐죽 내밀며 말했다. "그것 참 안심이 되는군요."

"우리 중 어떤 사람은 무슨 일이든 시범 한 번만 보면 금세 배울 수 있단다."

옥사가 눈썹을 찡그리며 아버지를 바라보았다.

"폴뤼스랭구아처럼요? 한 번 들으면 안다는 거죠?"

파벨이 계기판을 잠시 살핀 뒤 딸에게 미소를 지었다. 안도한 옥사는 주변을 관찰하기 시작했다. 밤이 완전히 내렸을 뿐 아니라, 서쪽은 이미 뚫을 수 없어 보이는 두터운 어둠에 둘러싸여 있었다. 오른편 앞에서 배의 강한 라이트가 컴컴한 파도 위를 비췄다. 그 모습을 한참 지켜보던 옥사는 마치 먹물 속으로 빨려드는 기분이 들었다. 동쪽으로는 연안에 자리한 마을들이 어렴풋이 눈에 띄었는데, 조그만 불빛이 절벽 사면에 무리 지어 반짝거렸다. 때때로 등대가 한 무리의 빛을 반사하며 철썩 올라온 파도의 마루를 비추었다. 갑자기 달이 두꺼운 구름층에서 스르륵 빠져나와, 등대와 어선의 인공적인 불빛으로 뒤덮인 수면을 창백하게 밝혔다. 저 바다 깊은 곳에서 불쑥 솟아나온 암초 몇 개는 마치 통행을 가로막으려는 것처럼 보였다. 옥사는 위장이 오그라드는 기분이었다. 하지만 파벨은 이미 해안을 벗어나 먼 바다를 향해 앞으로 나아가고 있었다.

"아주 잘하지, 그렇지?" 파벨이 바다에서 눈을 떼지 않고 말했다.

"정말 굉장해요! 평생 배를 조종했다고 해도 믿겠어요!" 옥사가 인정했다.

"집중력과 손의 감각이 뛰어난 거야. 브라보, 파벨!" 뒤에서 아바쿰의 목소리가 울렸다. "내가 교대해줄까?"

"나중에요. 헤브리디스제도에 도착한 다음에는 아저씨께서 하고 싶으실 때 하세요. 전 '잘난 주인'들의 섬을 공중에서 폭넓게 보고 싶거든요."

"좋은 생각이다." 아바쿰이 동의했다.

옥사는 침묵 속에서 아버지를 바라보았다. 카키색 두툼한 양모 스웨터 아래 감추어진 넓지만 긴장한 등판, 회색빛이 섞인 금발 머리카락, 뼈마디가 굵은 두 손. 소녀의 머릿속에 즉시 하나의 이미지가 만들어졌다. 파벨이 그의 등에 새겨진 흑룡으로 변신해 요동치는 하늘로 날아올라, 깎아지른 듯 날카롭고 접근하기 힘든 반역자들의 섬 위를 비행하는 장면. 파벨은 자신을 몹시도 괴롭혔던 흑룡이라는 존재를 몇 달 전부터 완전히 통제하는 것 같았다. 전에는 고통스러운 공존이었던 것이 조금씩 조화로운 상호 보완적 관계로 바뀌었다. 그에 따른 대가는 무겁고 희생은 잔인했지만, 결과적으로 그는 성공했다. 오늘 그는 바로 여기 뱃머리에 서서 그들의 공통된 앞날을 향해 자신의 미래를 운전하고 있기 때문이다.

선실에 쌓인 상자 중 두 개가 심하게 흔들리는 바람에 옥사의 생각이 끊어졌다. 복시미누스였다. 드라고미라와 옥사의 퀼뷔 겔라르가 든 상자가 순례자의 커다란 지팡이처럼 위쪽에서 파닥거렸다. 목이 멘 둔중한 목소리가 다급하게 들려왔다.

"경고합니다! 경고합니다!" 퀼뷔들이 외쳤다. "뱃전에서 폭동의 위험이 있습니다!"

"벌써? 이제 막 떠났을 뿐인데!" 옥사가 웃으며 소리쳤다.

아바쿰이 가까이 다가와 상자의 열쇠 구멍 안에 신기한 초록 풍뎅이를 넣었다. 곧 상자가 열리며 다양한 크기의 칸막이 수십 개가 나타났고, 그 안에는 축소된 생명체와 식물 등이 들어 있었다. 열띤 아우성이 솟구쳤다. 확실한 것은 드비나이유 세 마리가 아바쿰의 수레국화와 치열한 언쟁 중이라는 것이었다.

"당신은 습기를 너무 많이 분출하네요!" 완두콩보다 조금 더 큰 비눗방울만 하게 축소된 드라고미라의 드비나이유가 탄식했다.

옆 칸에 있던 동료와 만난 후 두 마리의 드비나이유는 위풍당당한 수레국화의 발치에서 발을 동동 굴렀고, 그러자 수레국화의 이파리들이 점점 거세지는 호흡에 맞춰 위로 들어 올려졌다.

"난 짜증이 날수록 더 많은 땀을 흘린답니다." 수레국화가 말했다.

"미리 알리지만, 난 지금 기절 직전이에요!" 다른 드비나이유가 소리쳤다. "내 주인인 아바쿰 님의 집에서부터 충격적이고 끔찍한 여행을 참아왔거든요. 이 선상의 상자에서는 1센티미터도 더 못 움직일 거라고요!"

"당신은 내가 땀을 많이 흘린다고 생각하나요?" 돌연 드라고미라의 얼뜨기가 물었다.

"난 거친 입김을 뿜어내는 이 식물과 같이 여행하고 싶지 않다고!" 다른 드비나이유가 반항하며 외쳤다.

"식물은 입김이 없어, 이 암탉들아! 식물은 향기가 있지." 레오미도의 제토릭스가 끼어들었다.

"그래, 음, 그러니까 누구든 그룹으로 여행할 때는 다른 사람을 불편하게 하지 않도록 노력해야 한다는 거야! 공정하게 말이야." 드비나이유가 말했다.

"누구 땅콩 없어요? 난 땅콩이 정말 좋아, 긴장을 풀어주거든." 얼뜨기가 느닷없이 말했다.

"아! 그러서! 네가 긴장할 일도 있으서?" 제토릭스가 놀랐다.

"난 기절할 것 같아." 레오미도의 고라노브가 뿌리부터 이파리까지 사시나무 떨듯 부들거리며 말했다. "이 복잡함, 이 끔찍한 소란…… 정말 참기 힘들어.”

아바쿰의 어깨 너머로 깜짝 무대를 지켜보던 옥사의 눈앞에서 고라노브의 잎사귀가 축 처졌다. 고라노브를 둘러싸고 있던 어린 고라노브 세 포기가 떨기 시작하며 “엄마!” 하고 비명을 지르더니, 이번에는 그들 역시 축 늘어졌다. 소녀는 웃음을 터뜨리지 않을 수 없었다.

“미니어처까지도 정신이 나갔다니까!”

“혹시 땅콩 있으신가요?” 옥사를 보자 얼뜨기가 물었다.

옥사는 더 격렬하게 웃었다.

“다시 한 번 알리지만, 이제 습도는 80퍼센트에 다다랐고, 기온은 바깥과 5도밖에 차이가 안 난다고요.” 첫 번째 드비나이유가 온몸을 바들바들 떨면서 말했다. “우리를 끝장내고 싶다면, 다른 방법을 써야 할 거예요!”

“이 자기중심적인 녀석들아!” 체리만 한 크기로 축소된 작은 해면동물 메를리코케트가 내뱉었다. “너희들은 너희 혼자만 온리(only) 고통받는다고 생각하니? 나를 봐! 난 배의 요동 때문에 몸이 아프단 말이야. 피부가 배추 이파리처럼 시퍼렇게 변했잖아!”

“그럼 초록색 말고 무슨 색깔이 있는데요?” 잎사귀가 풍성한 필사티야가 짜증을 냈다.

“메를리코케트는 토할 거야, 확실해!” 제토릭스가 사방팔방으로 팔짝팔짝 뛰며 고함을 쳤다. “긴급 상황! 긴급 상황!”

“난 배추가 좋은데…… . 내 위장에 좋거든.” 얼뜨기가 말했다.

“모두 대피하시오!” 제토릭스가 계속 떠들었다.

이 경보를 듣고 정신을 놓고 있던 고라노브들이 비명을 지르기 시작했다.

"살려줘요! 누가 와서 좀 도와주세요!"

"오, 이런, 이제 내가 나설 때로군." 아바쿰이 하도 웃어서 흐르는 눈물을 닦으며 말했다.

그 옆에서는 옥사와 파벨 역시 너무 우스워서 눈물을 흘리고 있었다.

"정말이지 다들 완전히 돌았어." 옥사가 낄낄거렸다.

아바쿰이 잡동사니가 든 가방에서 작은 폭탄을 꺼내 세게 흔들더니, 칸막이마다 분무기처럼 뿌렸다. 몇 초 후, 복시미누스 안에는 다시 평화가 찾아왔다.

"와! 효력이 아주 강한데요! 그게 뭐예요?" 옥사가 외쳤다.

"'황금 요정의 묘약'에다가 브뤼그망시아의 진액을 몇 방울 첨가한 거란다. 브뤼그망시아는 특히 아트로핀(부교감신경 차단 약물―옮긴이)과 스코폴라민(부교감신경 억제제, 진통제, 진정제―옮긴이)을 분비하는 식물이지. 지난번 여행 때 너무 많은 생물과 식물이 아팠어. 정말 대참사였지. 그들에게는 그 여행이 진짜 트라우마가 됐거든. 그래서 드라고미라와 나는 그들이 신경을 고통에서 다른 쪽으로 돌려 이동 수단의 불편함을 극복하도록 이 혼합 약물을 개발한 거지. 이제 잠시 조용히 있을 수 있을 거야."

"다른 데로 신경을 돌리는 데 꼭 필요한 물건이네요!" 옥사가 복시미누스 속에 있는 모든 작은 생물이 행복한 최면 속에 빠져 있는 것을 확인하며 말했다. "무기로 사용할 수도 있을까요?"

아바쿰이 생각에 잠겨 수염을 쓰다듬었다.

"'졸린 가지'를 얘기하는 거니?"

"네, 그래요! 아바쿰 할아버지가 제게 그라노콜로지 수업을 해주셨을 때 그 창고 안에 있었어요!

"기억력이 아주 좋구나."

아바쿰이 쌓여 있는 상자 중 하나를 향해 걸어가더니, 열쇠 구멍에 풍뎅이 열쇠를 넣었다. 한쪽 면이 셔터처럼 스르륵 올라가며 10여 개의 조그만 서랍이 나타났다. 각 서랍에는 거의 판독하기 어려운, 손으로 쓴 글씨가 적혀 있었다. 아바쿰은 그중 하나를 열고 참깨씨만 한 크기의 진홍색 그라눅을 몇 개 꺼냈다.

"네 크라쉬 그라눅스를 이리 줘보렴, 옥사!"

"괜찮은 거예요, 아저씨?" 파벨이 걱정스러운 표정으로 끼어들었다.

인간 요정은 옥사가 크라쉬 그라눅스를 내밀자 고개를 끄덕였다.

"이제 넌 새로운 그라눅을 하나 더 갖게 된 거야." 아바쿰이 옥사에게 말했다.

"이름이 뭔데요? 무슨 기능을 하죠?" 호기심이 동한 옥사가 물었다.

"이름은 히프나고스, 혹은 '깨어난 꿈'의 그라눅이라고 하지. '황금 요정의 묘약' 대신 가지를 사용했어. 덕분에 작은 친구들에게 조금 전 뿌린 액체보다 더 강력한 버전이 되었단다. 히프나고스는 환각을 야기하고, 깨어 있는 상태에서 몇 시간 동안 정신이 몽롱해질 때까지 헤매게 만든다고 추정된단다."

"대단해요! 그러니까 도르미당과 비슷한 건가요?"

"완전히 같지는 않아. 도르미당은 잠을 재우는 거야. 그걸 맞은 사람은 의식이 없어지지. 히프나고스는 훨씬 교묘해. 훨씬 멀리까지 보내버리거든. 현실에 대한 감각을 바꿔 적의 의도를 저지하는 거니까."

"오케이! 그것 참 유용하겠어요!" 옥사가 숨을 몰아쉬었다. "그런데 왜 환각을 야기하리라 '추정'된다고 말씀하신 거예요?"

"충분히 테스트할 시간이 없었거든. 그래서 네 아버지의 얼굴이 저렇게 불안해 보이는 거란다."

"뭐가 위험한데요?"

"정신이 현실에서 멀어지도록 아트로핀이 환각을 일으키고 나면, 스코폴라민과 가지는 얼마의 시간이 경과하는 동안 정신을 그 상태로 굳히고 무력화시키지. 일종의 일시 정지나 슬로모션 같은 상태라고 말할 수 있어. 하지만 두 단계 사이의 중간 지점이 불확실하기 때문에 걱정하는 거야. 환각의 제물이 된 누군가는 통제가 불가능할 수도 있거든. 그래서 히프나고스를 맹페름 족인 보드킨과 나프탈리, 그리고 외부인 몇 명에게 시험해봤어. 외부인들은 그것이 현실이 아니라는 것조차 깨닫지 못한 채, 즉시 꿈속에 빠져들며 굉장한 반응을 보였지. 하지만 우리처럼 특별한 신진대사와 만났을 때는 결과가 조금 복잡하더군. 보드킨과 나프탈리는 용감하게도 실험용 쥐 역할을 기꺼이 수락했어. 그들은 반응하는 데 몇 초가 걸렸고, 그 뒤로 일종의 최면 상태에 들어갔는데, 그 상태에서 자신들이 경험한 것이 꿈이라고 생각했지. 하지만 뮈르무인 나프탈리의 조직은 히프나고스의 영향을 살짝 변형시켰어."

"그 말은요?"

"그 말은, 그가 본 영상들이 평온하지 않았다는 거야. 그래서 그는 예상 밖의 반응을 보였지."

"그래도 위험하지는 않았죠?"

"잠든 호랑이만큼이나 위험하지 않았지, 잠들어 있는 한⋯⋯. 그 부분이 전혀 달랐단다."

"그렇군요." 옥사가 고개를 끄덕이며 말했다. "그러니까 외부인에게는 아무런 문제도 없고, 약간 맹페름 족의 피가 섞이고, 약간 뮈르무 족에, 약간 여왕가의 피가 섞인 사람에게는 특별한 효과가 있다고 생각하시는 거네요?"

아바쿰은 의심스러운 함박웃음을 지으며 옥사를 바라보았다.

"나중에 보면 알겠죠, 그렇죠?" 옥사가 말했다.

어둠 속에 잠긴 수평선에 시선을 고정한 채 노인이 대답했다.

"그래, 모든 관점에서 말이다."

한밤의 심사숙고

피곤해진 옥사는 드라고미라, 레미니상스, 조에와 함께 머무는 선실로 가기 위해 좁은 통로로 들어섰다. 배가 약간 흔들리는 바람에 소녀는 금속 난간을 잡아야만 했다. 그때 반대편에서 구스가 불쑥 나타나 칸막이벽에 등을 기대고 멈춰 섰다. 낯빛이 시체처럼 창백했다. 젊은 여왕은 걱정이 되어 구스에게 가까이 다가갔다.

"안색이 너무 안 좋은데?" 옥사가 당황한 얼굴로 말했다.

구스가 그녀 쪽으로 고개를 돌렸지만, 흐릿한 눈은 옥사를 보고 있지 않은 것 같았다. 잘생긴 얼굴 윤곽이 거의 일그러질 정도로 긴장되어 있었다. 마치 내부에서 잡아당기는 강한 압력에 시달리는 것처럼. 깜짝 놀란 소녀가 한 번 더 물었다.

"진짜로 표정이 안 좋아, 괜찮니?"

"역시 예민하네." 구스가 오만상을 찌푸리며 중얼거렸다. "네가 알고 싶다면 말해주지. 난 지금 기분이 아주 더러워. 다리가 흐느적거리고 내 속의 모든 게 다 무너지고 있어. 아무 말도 못 하겠어."

옥사는 걱정스러워 손톱을 깨물었다.

"내가 좀 도와줄까?"

"이 망할 놈의 배를 멈추기 전엔 아무 소용 없어!" 구스가 고개를 뒤로 젖히며 내뱉었다.

"뱃멀미를 하는 거니? 아바쿰 할아버지에게 효과가 아주 좋은 약이 있어. 내가 가서 가져올까?"

"왜, 네가 뭣 때문에 그러는데?" 구스가 무뚝뚝하게 대꾸했다.

옥사는 상처받은 쓸쓸한 표정으로 그를 바라보았다.

"세 가지 이유 때문이야. 네가 내 친구이기 때문이고, 내 행동이 과도한 게 아니기 때문이며, 네가 괜찮아질 수 있는 방법을 알고 있기 때문이야. 보다시피 아주 단순하지."

"그래. 너란 애는 어느 누구를 위해서든 그렇게 할 테니까."

구스의 어깨를 잡아 세차게 흔들고 싶은 강한 욕망이 옥사를 엄습했다. 하지만 실망스러운 마음에도 불구하고 옥사는 침착하게 행동했다. 그들의 관계가 호전될 기미는 미미했지만, 그녀는 자신들의 사이가 나아질 것이라 진심으로 믿고 있었다. 그녀가 완전히 착각한 것일까.

"믿거나 말거나." 옥사가 체념하며 한숨을 내쉬었다. "그래도 넌 나한테 '어느 누구'가 아니라는 것만 알아둬. 여기서 기다려. 곧 돌아올게, 알았지?"

"누워야겠어. 진짜로 몸이 안 좋아." 구스가 신음했다.

옥사는 구스의 상태가 정말 보기 딱하다는 사실을 인정해야 했다. 눈은 반쯤 감은 채 무겁게 숨을 내쉬고 있었고, 온통 땀으로 뒤덮인 얼굴은 창백했다. 그는 파란 터틀넥 울 스웨터의 깃을 바짝 세우고 신경질적으로 팔짱을 끼었다.

"내가 선실까지 바래다줄게!" 옥사가 그에게 팔짱을 끼며 말했다.

구스는 굳어진 얼굴로 거칠게 팔을 뺐다.

"그런 수고 할 필요 없어! 그것 말고도 다른 할 일이 많을 테니까." 구스가 칸막이벽을 따라 주르륵 미끄러지며 말했다.

"아! 넌 이제 진짜 내 인내심을 시험하기 시작했어, 알아?" 옥사가 신경질을 냈다. "당장 시키는 대로 하고, 특히 그 입을 다물라!"

옥사는 구스를 일으켜서 자신에게 기대게 했다. 그녀는 친구의 온몸이 끔찍한 경련으로 오그라든 것처럼 뻣뻣하게 굳어 깜짝 놀랐다. 그가 또다시 신음했지만 그저 부축하는 것 말고 다른 뾰족한 수가 없었다. 벨랑제 가족의 선실 앞에 멈췄을 때, 구스가 불분명하게 중얼거렸다.

"옥사……."

소녀가 그녀의 깊은 눈동자에 희망의 빛을 품고 고개를 들었다.

"왜, 구스?" 옥사가 다정하게 물었다.

구스는 이마를 찌푸리고 무슨 말인가를 찾는 것 같았다. 마침내 그가 입을 열었다.

"아냐, 아무것도 아냐……."

"정말 열 받게 한다." 옥사는 분한 마음이 들어 중얼거렸다.

그녀는 선실 문을 열고 소년이 침대에 잘 눕도록 도와주었다. 침대에 눕자마자 구스는 두 다리를 가슴으로 끌어당기고 몸을 웅크렸다. 그가 다시 괴로운 신음 소리를 내자 젊은 여왕의 가슴은 찢어질 것 같았다. 친구가 고통받는 모습은 진심으로 보고 싶지 않았다…….

"여기 가만히 있어! 곧 돌아올게!"

몇 분 후, 옥사는 '황금—요정—브뤼그망시아' 혼합물을 구스의 얼굴에 뿌렸다. 구스가 환각제의 힘에 못 이겨 안락한 꿈속으로 빠져들자, 옥사는 잠시 걱정과 고통이 가득 담긴 애정 어린 눈빛으로 친구를 바라보다가 자신의 방으로 갔다.

옥사는 좁다란 침대 위에서 계속 몸을 뒤척였다. 배가 끽끽거리는 소리와 시끄럽게 돌아가는 모터 소리에 계속 잠에서 깨기도 했지만, 연달아 오만 가지 생각이 떠올라 졸음이 달아난 것이다. 미래가 불확실하기 때문에 현재는 더 이상 즐겁지가 않았다. 소녀가 느낄 수 있었던 감정들은 이제 모두 심장 밑바닥에 빨판처럼 단단하게 자리 잡아, 일종의 공포를 동반했다. 첫 번째 고통의 원인은 어머니였다. 옥사는 반역자들과의 결전에서 마리가 중요한 표적이 되리라는 사실을 잘 알고 있었다. 오손이라면 자신이 증오하는 대상을 무너뜨리기 위해 어떤 짓도 서슴지 않으리란 사실을 모두가 의심치 않았다. 드라고미라, 파벨, 아바쿰, 옥사 자신도……. 그는 틀림없이 치명상을 입힐 심리 공격을 시도할 것이 분명했다. 비열한 반역자의 배신을 이겨내지 못하리라는 생각에 커다란 불안이 솟았다. 그녀는 자신이 육체적으로 강한지 의심했다. 자신이 탈주자들의 노력을 헛되이 하지 않기를 바랐다. 그리고 아버지에 대해서도 생각했다. 아버지는 그 충동적인 성격을 억제할 수 있을까? 말하기 힘들지만, 파벨은 때때로 정말 예측이 불가능했다. 특히 누군가 그가 사랑하는 여자를 해친다면…….

배가 목적지에 다가갈수록, 엄마를 되찾을 수 있다는 행복한 마음이 점점 커져가는 공포에 조금씩 자리를 내주었다. 모든 일이 순조롭다면 얼마나 좋을까? 특히 엄마가 잘 견뎌준다면. 하루하루 흘러갈수록, 젊은 여왕의 어머니에게 부여된 유예기간은 점점 줄어들었다. 그녀를 구할 방법은 단순한 동시에 끔찍하게 복잡했다. 에데피아의 '가까이하기 힘든 땅'에서만 찾을 수 있는 '더없이 귀한 꽃' 토샬린이 꼭 필요했으니까. 희귀한 그 약초는 마리를 치료할 수 있는 유일한 수단이었다.

옥사는 다른 생각을 하려 애썼다. 하지만 불안의 원천이 그녀의 온 정신을 지배했다. 사실 지금 그녀가 느끼는 고통의 가장 큰 원인은 구스였다. '아주 재능 있어. 진짜 챔피언이라니까!' 옥사는 씁쓸하게 한숨을 내쉬었다.

마리와 구스 다음 세 번째로 시상대에 올라온 사람은 튀그뒤알이었다. 그가 옆에 있으면 옥사의 가슴은 미친 듯이 두근거렸다. 튀그뒤알은 이 불안한 현기증에 영원히 시달릴까 봐 두려워하는 옥사에게 커다란 영향력을 행사했다. 그녀는 튀그뒤알이 자신을 품에 꼭 안아주는 것이 무엇보다 좋았고, 허공으로 떨어지는 것 같은 그 느낌이 더할 나위 없이 좋았다.

그다음에는 아주 멀리, 아니, 아주 가까이에 에데피아가 있었고, 탈주자들의 운명과 두 세계의 생존이라는 문제도 있었다. 또 다른 형태의 현기증이 밀려왔다.

갑자기 강한 돌풍이 배를 흔들어 계속 이어지던 소녀의 생각이 툭 끊겼다. 심장이 두방망이질해, 옥사는 호흡을 가다듬었다. 그녀는 조심스레 몸을 일으키고 귀를 기울이며 망을 봤다. 엔진 소리가 여전히 요란하게 부릉거렸고, 배는 다시 불규칙하게 흔들렸다. 옥사는 배의 현창(채광과 통풍을 위해 뱃전에 낸 창문—옮긴이)에 한쪽 눈을 대고 살펴보았다. 불길하게 부풀어 오른 구름 떼가 낮게 깔린 하늘이 보였고, 날이 밝아오고 있었다. 간헐적으로 부는 강풍에 파도가 야단스레 물결칠 때마다 회색 바다가 요동하며 탈주자들이 탄 배를 가차 없이 뒤흔들었다. 옥사는 간이침대에 책상다리를 하고 앉아 현창에 몸을 딱 붙였다. 멀리서 석탄처럼 시꺼먼 구름이 말 그대로 물기둥을 쏟아붓는 모습이 보였다. 물기둥이 어찌나 크고 거칠어 보이는지 그 밑에 있지 않은 것이 천만다행인 듯했다. 초자연적으로 보이는 보랏빛의 불안한 구름이 잔뜩 낀 하늘은 검은색에서 회색으로 번갈아 변했다.

"정말 인상적이야, 안 그래?"

조에 역시 잠이 깬 모양이었다. 그녀의 커다란 밤색 눈동자 속에 간이침대에 앉아 있는 옥사의 모습이 비쳤다.

"음…… 인상적이라기보다는 오히려 불안해지는데. 저 바람 소리 들리니?"

조에는 여느 때처럼 부드럽게 미소 지으며, 머리카락을 묶으려 머리를 매만졌다.

"네 말은 그러니까 수많은 것들과 맞서 싸우다 보니 돌풍도 무섭다, 이거지? 생쥐를 두려워하는 암사자 같은걸!" 조에가 다정한 말투로 놀려댔다.

"암사자라고 했겠다? 지금 난 오히려 생쥐가 된 기분이야!" 옥사가 중얼거렸다.

"초라한 생쥐 한 마리가 거대한 코끼리를 바닥에 쓰러뜨릴 수도 있다는 걸 잊지 말려무나!" 드라고미라가 침대 위에서 기지개를 펴며 끼어들었다.

"아, 할머니!"

소녀는 이층 침대에서 펄쩍 뛰어내려 할머니의 침대 옆에 무릎 꿇고 앉아 다정하게 포옹을 했다.

"우리 귀여운 손녀, 꼬마 생쥐." 드라고미라가 옥사를 품에 꼭 안으며 깊은 숨을 내쉬었다.

"아, 저것 좀 보세요! 어떤 섬에 다가가고 있어요!" 조에가 소리쳤다.

옥사의 가슴은 심하게 방망이질했고, 드라고미라는 안색이 창백해졌다. 이번에는 레미니상스가 자리에서 일어나 이부 자매인 드라고미라의 어깨를 위로하듯 꼭 눌러주었다.

"벌써 도착한 건 아닐 테죠?" 옥사가 아연실색한 표정으로 조급하게 중얼거렸다.

"그건 아닐 거야." 레미니상스가 말했다. "어쨌든 재주 많은 우리 선원들을 보러 갑시다! 그들은 우리가 지금 어디 있는지 잘 알 테니까."

긴장 속 아침 식사

아바쿰은 조타실에서 항해를 지휘하고 있었다. 그 옆에서 체조를 하는 드라고미라의 제토릭스를, 아바쿰의 얼뜨기가 멍한 눈초리로 감시하고 있었다. 멀지 않은 곳에서는 어깨의 옴폭한 부분에 예민하기 짝이 없는 드비나이유를 앉힌 파벨이 해먹에 누워 졸고 있었다. 그의 얼굴에는 보랏빛 다크서클이 무겁게 드리워 있었다. 옥사가 들어서자마자 파벨이 눈을 번쩍 떴다. 피곤에 지친 미소로 그의 눈빛이 희미하게 밝아졌다.

"좋은 아침이에요, 아빠!" 옥사가 명랑한 척하며 인사를 건넸다.

"좋은 아침입니다, 숙녀 여러분!" 두 남자가 합창으로 답했다.

레미니상스가 아바쿰에게로 다가가자, 아바쿰은 알아챌 수 없을 정도로 가늘게 전율했고, 그녀는 그에게 불안한 시선을 던졌다.

"저것이 그 섬인가요?" 아름다운 부인이 수평선에 솟아오른 땅을 가리키며 물었다.

그녀의 목소리가 떨렸다. 아바쿰이 대답 없이 바다를 응시하는 동안, 모두 숨도 쉬지 않고 기다렸다.

"아니라오." 마침내 그의 목소리가 울렸다. "이제 반쯤 왔어요. 여러분이 본 것은 이니쉬만 섬(아일랜드의 한 섬―옮긴이)이오."

설령 이 대답이 짧은 유예에 불과할지라도, 옥사는 마음이 훨씬 가벼워지는 기분이었다. 눈에 띄게 얼굴이 밝아진 것은 그녀만이 아니었다. 모두의 얼굴에서 긴장이 풀어졌다.

"자, 이제 완벽한 아침 식사가 필요한 것 같네요. 와서 나를 좀 도와줘, 우리 아가씨들! 너도 오너라, 파벨!" 드라고미라가 외쳤다.

바바 폴락은 레미니상스와 아바쿰만 남겨두고 싶은 듯했다. 아무도 이 주제를 직접적으로 논의하고 싶어 하지 않았지만, 탈주자들이 그림 속에서 레미니상스와 재회했을 때부터 옥사는 이 문제에 대해 의문을 가졌다. 옥사는 아바쿰이 힘든 운명 앞에서 레미니상스에게 사랑을 품었다고 생각했다. 옥사는 그것에 대해 하나의 가설을 갖고 있었다. 왕권에 속박된 인간 요정은 젊은 시절 레오미도가 레미니상스에게 사랑을 고백하자, 자신은 거기서 물러나 어떤 의미에서는 희생을 했던 것이다. 하지만 수많은 세월이 흘렀음에도 감정은 사라지지 않았다. 아바쿰은 여전히 레미니상스를 사랑하는 것이다. 젊은 여왕은 틀림없다고 생각했다. 첫사랑의 번뇌를 경험한 지금, 몇 가지 신호가 옥사의 눈에 확연히 들어왔다. 아바쿰의 강렬한 눈빛, 긴장한 몸짓, 세심한 배려, 미세한 떨림 등등……. 아바쿰은 분명 침묵하고 있었다. 감정을 억누르고 있었다. 그는 희망을 품고 있을까? 아니다, 분명 아닐 것이다. 그는 늘 뒤에 숨어 있었다. 심지어 레오미도가 영원히 사라졌다 해도 말이다. 잠시 동안 옥사는 튀그뒤알에게 느낀 자신의 감정이 상호적인 것이 아니라면 자신의 인생이 어떻게 될지 상상해보았다. 만약 뒤그뒤알이 그녀가 아닌 다른 여자를 꼭 안아준다면…… 그녀는 죽어버릴 것이다, 틀림없다! 옥사는 다시 아바쿰을 관찰했다. 그는 약간 등을 굽힌 채, 레미니상스가 부드럽게 자신의 팔에 손을 얹을 때까지 기다렸다. 긴 은빛 머리카락이 그녀의 빛나는 얼굴을 감싸, 레미니상스는 성모마리아처럼 보였다. 자유롭게 움직일 수 있는 한 손으로 인간 요정은 수정처럼 순수한 사랑하는 여인의 손을 꼭 쥐었다. 드라고미라가 파벨, 조에, 옥사를 선실 밖으로 끌어냈다.

"바바?" 옥사가 다른 징표가 더 있는지 찾으며 속삭였다.

"잃어버린 시간은 만회할 수 없단다. 하지만 현재를 달랠 수는 있지." 드라고미라가 불가사의한 어조로 대답했다.

옥사는 궁금증이 가득한 눈으로 그녀를 바라보았다. 더 알고 싶었지만 드라고미라는 이미 다른 주제로 이야기를 넘겼다. 아마도 이 이야기는 개인적인 것으로 남겨놓아야 하는 모양이었다.

"김이 모락모락 나는 따뜻한 차 한 잔이 절실하구나!" 바바 폴락이 소리쳤다.

"나로 말하자면, 지난밤의 마음을 진정시키려면 뜨거운 차가 적어도 2리터는 필요할 거예요. 이제 나도 늙었어요. 이렇게 분명한 사실을 부정하는 건 무의미해요." 파벨이 인상을 찌푸리며 말했다.

"우리 늙고 불쌍한 아버지가 완전히 쓰러지시겠네." 옥사가 짓궂게 그를 놀렸다.

옥사는 조타실로 윙크를 보내려 했지만 드라고미라가 이미 문을 닫아버린 뒤였다. 쯧, 어쩔 수 없지.

"늙으신 아빠, 괜찮으세요? 아니면 제가 부축해드릴까요?" 옥사가 말을 이었다.

"이리 와라, 이 배은망덕한 악당아!" 과장된 표현으로 파벨이 대답했다. "조에, 여기 이 선사시대의 아저씨한테 가까이 오겠니? 지금 내가 처한 상황에서는 노년에 의지할 사람이 두 명의 아가씨들뿐이구나."

그는 다정하게 두 소녀의 머리카락을 헝클어뜨렸고, 세 사람은 드라고미라가 들어간 문으로 따라 들어갔다.

구내식당처럼 쓰는 방으로 들어가니, 탈주자들이 세 명의 폴딩고가 흉내도 못 낼 정도로 열심히 준비한 엄청난 양의 아침 식사를 앞에 놓고 식탁에 앉아 있었다. 포르텐스키 가족 역시 크뉘트 일가와 코크렐 가족처럼 자리하고 있었다. 옥사가 문으로 들어서자 갑자기 싸한 침묵이 감돌았고, 젊은 여왕은 거북해졌다. 그녀가 처음으로 마주친 것은 튀그뒤알의 시선으로, 옥사는 아무렇지도 않은 척했지만 금세 주체할 수 없을 만큼 가슴이 뜨거워졌다. 아무리 감추려 해도 두 뺨이 붉게 달아올랐고, 심장은 미친 듯이 방망이질했다.

'그래, 잘한다. 옥사 상, 브라보!' 속에서 분노가 폭발했다. '네가 그에게 단단히 미쳤다는 걸 여기 모인 모든 사람에게 알리고 싶은 거라면, 완전 성공이다, 이것아!'

"안녕, 꼬마 여왕!" 튀그뒤알이 오렌지 마멀레이드를 두껍게 바른 토스트를 베어 물며 중얼거렸다.

식탁의 다른 쪽에서는 쿠카가 옥사를 머리끝부터 발끝까지 훑어보며 킥킥 비웃었다. 옥사는 믿을 수 없이 아름다운 이 소녀의 냉정한 눈빛에, 자신이 어리석고 시시한 말괄량이 소녀가 된 기분이었다. 그녀를 생쥐로 여기는 고양이 같은 소년에게 완전히 반한 말괄량이 소녀. 결정적으로 이 생쥐의 이미지가 옥사의 머릿속에서 떠나지 않았다. 도도한 쿠카는 아름답게 찰랑이는 황금빛 머리카락을 뒤로 휙 넘기며 이번엔 기품 있는 시선을 옥사에게 던졌다. 옥사는 방금 생긴 상처에 쿠카가 식초라도 뿌린 것처럼, 지독히 아리는 생생한 고통을 느꼈다. 그녀가 몸을 떨자, 튀그뒤알의 얼굴에 어두운 그림자가 드리웠다. 가시 돋친 사촌이 던진 차가운 시선이 옥사를 떨게 한다는 것을 알아차린 튀그뒤알은 망설임 없이 둘 사이에 개입했다. 손가락 하나를 까딱해 쿠카가 지나치게 조심스레 버터를 바르던 작은 빵을 휙 날려버린 것이다. 쿠카는 분노의 비명을 지르고는 복수를 위해 튀그뒤알에게 냅킨을 던졌지만, 그는 가볍게 피하며 그녀에게 도발적인 미소를 보냈다.

"경의를 표한다, 젊은 여왕!" 두 사촌 간의 충돌을 끊으며 카메론이 끼어들었다.

레오미도의 아들 카메론의 존경과 열정이 가득한 눈빛은 교만한 쿠카의 것과는 정반대였다. 그의 눈빛은 기죽은 옥사를 따뜻하게 격려했다. 옥사는 아침 식사가 차려진 식탁에 자리 잡고 앉아 커다란 찻잔 뒤에 얼굴을 숨겼다.

"여러분을 이 식당에 모시게 되어 정말 영광입니다." 드라고미라의 폴딩고가 새로 도착한 세 사람에게 고개를 숙이며 덧붙였다. "여러분의 하인은 탈주자분들의 위장과 혀를 만족시키기 위해 엄청난 노력을 기울였답니다."

"그랬으리라 믿어 의심치 않는다, 폴딩고." 드라고미라가 감사의 뜻을 전했다.

"여러분의 표정을 살펴보니 극도의 신경과민과 탈진 상태를 여실히 드러내고 있군요." 폴딩고가 다른 사람보다도 특히 파벨을 주시하며 말했다.

"바로 내가 하려던 말이다." 드라고미라가 초췌한 표정의 탈주자들을 바라보며 말했다.

"어머니의 드레스 주름 속에 우리에게 활력을 되찾게 해줄 작은 약병이 숨어 있다는 건 아무도 모를 거예요, 그렇죠?"

"역시 내 아들이구나." 드라고미라가 분위기를 풀기 위해 신뢰가 담긴 어조로 말하고는 활짝 미소 지으며 물었다. "내 아들은 나보다 나를 잘 안답니다. 이 어미한테 어떤 충고를 하려는 거니, 통찰력 뛰어난 아들아?"

"엄마의 베투완 묘약은 정말 경이로워요. 하지만 이번에는 엄마가 정성을 다해 만든 포르티팍스 농축액을 선택하려고요." 파벨이 반은 진지하고 반은 장난스러운 표정으로 대답했다. "잊지 못할 오늘 밤, 우리가 정상으로 돌아가려면 최소한 그게 꼭 필요하거든요."

그의 선택을 확인한 드라고미라는 풍성한 회색 양모 드레스의 주머니를 뒤져 작은 약병을 꺼냈다. 그녀는 탈주자들의 뒤로 지나가면서 각자의 찻잔에 불투명한 액체를 몇 방울 떨어뜨렸다. 냄새를 맡은 몇 명은 인상을 찌푸렸고, 몇 명은 역겨움에 입을 비죽거렸다.

"벌써 많이 나아진 것 같아요!" 옥사가 눈을 빛내며 소리쳤다.

"네 할머니는 진짜 마법사란다." 나프탈리가 덧붙였다.

그렇게 생각하는 것은 나프탈리뿐만이 아니었다. 몇 초 전만 해도 탈주자들의 얼굴에 역력히 드러났던, 지치고 피곤한 표정이 이제는 눈에 띄게 사라졌다. 저마다 자신의 핏줄에 용기를 북돋는 신선한 물결이 흐르는 것을 느꼈다. 기운을 차린 옥사는 커다란 브리오슈에 눈독을 들이며 마주 앉은 아버지를 뚫어지게 바라보았다. 포르티팍스 농축액이 그의 얼굴을 어둡게 했던 다크서클을 지우기는 했지만, 눈빛에서는 여전히 근심이 떠나지 않았다.

옥사는 부끄러움을 무릅쓰고 튀그뒤알을 향해 슬며시 고개를 돌렸다. 튀그뒤알은 이어폰을 두 귀에 꽂고 MP3의 볼륨을 최대한으로 높인 채 세상과 단절된 상태였다. 그의 얼굴은 냉정하고, 다가가기 힘들 정도로 무심했다. 옥사는 그런 그의 모습을 보는 것이 괴로웠다. 지금 튀그뒤알의 얼굴은 그저 돌로 만든 하나의 가면에 불과했다. 그녀는 그 사실을 잘 알고 있었다. 옥사는 그에게 몸을 던져 꼭 끌어안고 싶다는 생각으로 불타올랐고, 그런 생각을 떠올리는 자신이 당황스러웠다. 자신을 어리석은 말괄량이로만 바라보던 쿠카의 경멸에 찬 눈빛이 떠올랐다. 더 끔찍한 것은, 어쩌면 쿠카가 옳을지도 모른다는 사실이었다. 그 불안이 진짜 나쁜 영향을 미친 것이다.

살면서 처음으로, 옥사는 자기 자신에 대한 표상이 흔들렸다. 그런 질문을 되뇌기에 적절한 시간은 아니었지만, 많은 질문이 끊임없이 머릿속에 떠올랐다. 옥사는 자신이 특별히 예쁘지는 않지만, 톡톡 튀고 똑똑하다는 것을 알고 있었다. 하지만 쿠카를 바라보면, 옥사는 자신의 가장 작은 장점마저도 물처럼 무색무취로 흘러내리는 느낌이었다. 도대체 무슨 일이 일어난 것일까? 본래 자신의 모습으로는 사랑받지 못하리라는 두려움이 먹이를 향해 달려드는 야수처럼 옥사를 덮쳤다. 막을 수도 없이 삐질삐질 땀이 나기 시작했다. 옥사는 자신만의 고독 속에 갇힌 튀그뒤알을 다시 한 번 바라보았고, 깊은 실망감이 그녀를 휩쌌다. 며칠 전 심어진 의심의 씨앗이 서서히 싹트기 시작했다.

옥사는 거북한 감정에 사로잡혀 한 손으로 얼굴을 쓸었다. 옥사가 주뼛거린다는 사실을 느낀 것일까? 갑자기 튀그뒤알이 번쩍 눈을 들었다. 그의 이마에 슬쩍 주름이 잡히더니 어두운 그림자가 강청색 눈에 드리웠다. 잠시 후 튀그뒤알은 목에 두른 검은 스카프를 고쳐 매고는, 다시 냉정하게 거리를 두는 태도를 취했다. 빈정거리는 표정으로 이 장면을 지켜보는 쿠카 앞에서, 옥사 혼자 내면의 동요를 다스리느라 분투하도록 내버려두고 말이다.

조에가 가장 먼저 벨랑제 가족이 식당에 오지 않았다는 것을 눈치 챘다. 구스라는 이름을 듣는 순간, 옥사는 얼굴이 파랗게 질리며 소스라쳤다. 맙소사, 그녀는 친구라 불릴 자격도 없었다. 옥사는 베스트 프렌드를 잊어버릴 수 있다는 사실에 너무 놀라, 피가 나도록 입술을 깨물었다. 옥사가 구스의 소식을 알아보고자 막 자리에서 일어나려는 순간, 뜻밖에 벨랑제 가족이 보드킨, 펑 리와 함께 식당에 나타났다. 안색이 지나치게 나쁜 구스를 보는 순간 옥사는 더더욱 후회했다. 푸르뎅뎅한 낯빛, 얼빠진 듯 초점을 잃은 눈동자, 불쌍한 소년은 그림자만 남은 것 같았다. 심지어 튀그뒤알조차 구스의 처참한 상태에 동요하는 것 같았다.

"오, 맙소사. 구스, 이게 무슨 일이니?" 드라고미라가 의자에서 벌떡 일어나 그에게 달려가며 외쳤다.

"뱃멀미가 심해요. 옥사가 아바쿰 대부가 브뤼그망시아로 만든 약을 가져다줬지만······." 피에르가 설명했다.

"이젠 뱃멀미 안 해요, 아빠." 구스가 머리를 감싸며 말했다.

그는 옥사에게로 몸을 돌렸다. 평소에는 꽤 진한 구스의 파란 눈동자가 지금은 우울한 화가가 마구 섞어놓은 듯한 진흙투성이 늪 색깔로 보였다.

"약효가 정말 좋더라. 옥사, 고마워!" 구스가 쉰 목소리로 말했다. "단지 이 지독한 두통이……."

쓰러지기 직전, 구스는 가까스로 어머니의 팔을 움켜잡았다. 몇몇 탈주자들은 놀라서 비명을 질렀고, 나머지는 구스를 받치러 달려갔다. 옥사가 일등이었다.

"도대체 어떻게 된 거예요?" 옥사가 절망적인 표정으로 드라고미라를 바라보며 소리쳤다.

걱정이 된 바바 폴락은 나프탈리와 브륀느를 향해 고개를 돌렸고, 두 사람은 멀리에서 그녀를 위로하며 불길한 예감을 확인해주듯 고개를 끄덕였다.

"이리 와서 뭣 좀 먹어봐라, 구스." 드라고미라가 조심스레 말했다.

"아무것도 못 먹겠어요……." 구스가 몸을 웅크리며 신음했다.

"구스를 다시 선실로 데리고 가야겠어요!" 피에르가 무겁게 외쳤다.

그는 구스를 부축해 식당을 나갔다. 그 뒤를 두 명의 노부인과 잔느, 나프탈리가 재빨리 따라가며, 옥사와 조에에게 얼마간 거리를 두었다. 모두 선실로 쓸려 들어갔고, 두 소녀만 뒤에 남았다. 잠시 후, 아바쿰과 레미니상스가 선실로 들어가며 철저히 문단속을 했다.

"어른들이 뭔가를 숨기려는 것 같아, 안 그래?" 옥사가 중얼거렸다.

"맞아. 뭔가 심각한 것 같은데……." 조에가 덧붙였다.

옥사는 온몸의 피가 몽땅 빠져나가는 듯한 끔찍한 기분이 들었다. 조에가 손을 잡는 게 느껴졌다. 조에의 손은 차가웠다. 시간이 흐를수록 두 소녀의 심장을 마비시키는 두려움처럼.

예민한 질문

헤브리디스제도의 격랑 이는 바다를 향해 쉬지 않고 달리는 배 위에 있는 기분은 아주 낯설었다. 탈주자들은 극도의 흥분과 불안을 잊기 위해, 가능한 많은 시간 소일을 하며 보냈다. 옥사와 조에는 배 안을 이리저리 돌아다니다가 카드놀이를 하는 카메론 포르텐스키의 세 아들과 마주쳤다. 앤드류 목사는 책에 푹 빠져 있었고, 코크렐은 나프탈리와 외국어로 한창 토론 중이었으며, 쿠카는 한쪽 구석에서 완벽하게 토라진 상태였다. 두 소녀는 구스가 그렇게 아픈 이유가 무엇인지 전혀 알 수 없었지만, 어떤 단서를 찾겠다는 의지를 포기하지 못했다. 똑같은 불안을 나누며 두 소녀는 선실로 구스를 따라 들어갔던 사람들을 하나씩 탐색하기 시작했다. 그러나 헛수고일 뿐이었다. 은밀한 협정을 맺은 듯, 그들은 매번 같은 대답을 반복할 뿐이었다. '걱정하지 마, 다 잘될 거야.'

"정말 우리를 무슨 철부지로만 여기는 거야!" 옥사가 화를 내며 말했다. "그렇다면 좋아, 아무도 말하길 원하지 않는다면 우리끼리 해결해보자!"

옥사는 조에를 끌고 벨랑제 가족의 선실로 이어지는 복도로 데려갔다. 몇 분 후, 소녀는 문 앞에 무릎을 꿇고 손가락 끝으로 자물쇠의 잠금장치를 풀기 위해 정신을 집중했다.

"이거 봤어, 조에? 열쇠로 잠그기까지 했어. 진짜 이상하지 않아?"

조에가 조용히 고개를 끄덕였다. 마침내 옥사가 몸을 일으키며 의기양양한 표정으로 문을 밀었다. 선실 안에서는 피에르가 거대한 몸을 칸막이벽 쪽으로 향한 채 잠들어 있었다. 순간, 좁은 복도에서 들어온 가느다란 한 줄기 불빛이 그의 깊은 잠을 흐트러뜨렸다. 그의 숨소리가 약 5초가량 불규칙적으로 들리더니 이내 느릿한 리듬을 찾았다. 두 소녀는 문을 살짝 닫고 어둠 속에서 구스를 찾았다. 구스는 아래쪽 간이침대에서 무릎을 상체에 끌어다 붙인 자세로 웅크리고 있었다. 그의 바로 옆 베개 위에서는 공처럼 몸을 동그랗게 만 꼬마 폴딩고가 평화롭게 코를 골고 있었다.

"녀석이 너를 떠나지 않네!" 옥사가 구스 옆에 앉으며 속삭였다. 조에도 그 옆에 소리 없이 와서 앉았다.

"나를 아빠로 생각하는 것 같아." 소년이 솜털이 보송보송한 꼬마의 머리를 쓰다듬으며 중얼거렸다. "그런데 무슨 일이야?"

"네가 아픈 이유를 알고 싶어서 왔어. 기분이 어때?" 옥사가 한숨을 쉬며 말했다.

구스가 고개를 들어 옥사를 쳐다보았다. 안색이 말이 아니었다.

"난 개처럼 아파." 그가 인상을 찌푸리며 대답하고는 말을 이었다. "이 표현은 엉터리야, 그치? 지금 나만큼 아픈 개는 본 적이 없거든."

"정확하게 어떤데?" 옥사가 펄쩍 뛰며 물었다.

"모르겠어, 아무 생각도 없어." 구스가 무릎을 두 팔로 감싸 안으며 대답했다.

"부모님이 아무 말도 안 하셨어? 우리 할머니는? 어른들은 뭔가 아는 게 분명한데……."

옥사는 그만하라는 조에의 신호를 눈치챘지만 너무 늦었다. 바보같이 구스에게 불안만 보태준 꼴이 되었다.

"나한테 아무 말도 안 해주는 걸 보니까 심각한 게 틀림없어." 소년이 옥사의 가슴속에 죄책감의 못을 쾅 박으며 결론지었다. "어쩌면 불치병일지도 몰라."

조에가 격려하는 몸짓으로 구스의 어깨에 손을 얹자, 옥사는 뺨 안쪽을 잘근잘근 씹었다. 옥사가 그런 짓을 하면 품위 없어 보일지 몰랐다.

"바보 같은 소리 하지 마, 다 잘될 거야!" 옥사는 피에르나 드라고미라가 믿으라고 한 말과 완전히 똑같은 문장을 내뱉고 있다는 사실을 깨닫고 한숨을 내쉬었다.

"구토 진정용 분무기를 뿌려볼래?" 옥사가 주머니에서 조그만 분무기를 꺼내며 덧붙였다.

구스는 주저했지만 결국 승낙했다.

"최후의 수단이 마법이어야 한다면, 해보자고. 잠깐, 나 좀 누울게."

구스는 침대에 똑바로 누워 두 손을 배 위에 놓고 깍지를 꼈다. 옥사는 수업 시간에 웨스트민스터사원을 방문했을 때 누워 있는 조각상을 보고 크게 감동했던 적이 있는데, 잠시 그 조각상 중 하나가 눈앞에 있는 것 같은 착각이 들었다. 몹시 당황한 그녀는 부주의하게 벌떡 일어나다가 위층 침대에 머리를 박을 뻔했다. 조에가 간신히 잡아주어 다행히 균형을 잃지 않았다.

"훨씬 좋아질 거야, 두고 봐." 젊은 여왕이 친구의 얼굴 전체에 듬뿍 분무기를 뿌리며 중얼거렸다. "기분 좋지? 곧 다시 올게."

구스는 이미 무의식 속에 빠져 있었다. 선실을 떠나기 전, 옥사는 몸을 돌려 마지막으로 구스를 보려고 흘깃 시선을 던졌다. 선실에는 어둠이 드리워 있었지만, 조에가 구스의 귀에 대고 뭐라고 속삭이는 모습이 보였다. 조에가 구스의 입술에 입을 맞추던 중이었다면 모를까, 그것도 아닌데, 옥사는 이마를 찡그리고 시기심 가득한 눈으로 조에에게 초조한 신호를 보냈다. 조에는 옥사가 그 자리에서 자신의 적대감을 뉘우칠 만큼 심각한 얼굴로 어둠 속에서 나왔다.

기분이 매우 우울한 상태로 선실에서 나온 두 소녀는 발길이 이끄는 대로 갑판까지 나갔다. 파도가 심했고, 하늘은 불길하리만치 어두웠다. 세찬 바람이 수심에 가득 찬 그녀들의 얼굴을 때렸지만, 둘 다 얼굴을 가리려 하지 않았다. 옥사는 그렇게 무정하게 조에를 재촉한 자신의 행동이 용서되지 않았고, 가슴속에서 치미는 후회가 가까이 선 조에를 멀리 밀어냈다. 하지만 조에는 옥사가 품은 적의를 알지 못하는 것처럼 옥사의 팔에 팔짱을 꼈고, 옥사는 죄책감에 급기야 눈물을 흘릴 뻔했다.

두 소녀는 그렇게 팔짱을 낀 채 거세게 튀어 오르는 물보라를 맞으며 잠시 갑판을 산책했다. 배의 후미로 가자 갑판 난간에 팔꿈치를 괸 뒤 그뒤알의 검은 실루엣이 눈에 띄었다.

"난 선실로 돌아갈게." 조에가 말했다.

"꼭 그럴 필요는 없어! 그가 여기에 있다고 내가 달려들거나 하진 않아!" 옥사가 얼굴이 빨개지면서 소리쳤다.

"뭐, 그가 보고 싶어서 죽을 지경이 아니라면 그렇겠지." 친구가 응수했다.

옥사는 거북해졌다. 자신의 감정이 그렇게 훤히 다 비친단 말인가? 자신이 조에를 실망시킨 것일까? 옥사는 용기를 내어 조에에게 눈을 찡긋했다. 그러나 조에는 평소처럼 다정하지만 쓸쓸한 표정으로 옥사를 바라볼 뿐, 어렴풋한 미소조차 짓지 않았다. 어떻게 하지? 되돌아갈까? 사실 옥사는 배의 후미에서 튀그뒤알을 만나고 싶어서 죽을 지경이 아니었던가?

"가봐. 어쨌든 지금으로서는 네가 구스를 위해 할 수 있는 일이 없잖아." 조에가 중얼거렸다.

이 말에 옥사의 긴장했던 신경이 느슨해졌다. 그녀는 칸막이벽을 따라 주르륵 미끄러지며 눈물을 쏟았다. 조에는 난데없는 상황에 당황해 옥사 옆에 주저앉았다.

"옥사! 너를 괴롭히려고 그런 게 아니야!"

"너 때문이 아냐……." 젊은 여왕이 딸꾹질을 했다. "나 때문에 그래. 난 이제 내가 어디에 있는지도 모르겠어. 난 구스 때문에 불행해. 걔가 고통받는 걸 보면 나도 고통스러워. 모든 게 예전 같지 않아서 마음이 너무 아파. 하지만 튀그뒤알 오빠가 구스만큼이나 필요하다는 것도, 사랑하는 동시에 그를 의심한다는 것도, 내가 아무 도움도 안 된다는 것도 괴로워!"

"그렇지 않아." 조에가 그녀의 말을 끊었다. "넌 네가 할 수 있는 것을 했잖아. 그의 우정을 다시 얻기 위해 네가 노력했다는 걸 구스가 알아."

"정말이야?" 옥사가 흐느끼면서 웅얼거렸다.

"구스는 너를 잘 아는 데다가 장님도 아니거든."

"그럼 구스가 내게 얼마나 중요한지 그 애가 알고 있다고 생각해?"

"그 반대라고는 믿기 힘들 거야."

"오, 조에…… 넌 어떻게 하니?"

"뭘 어떻게 해?"

"이 모든 것을 어떻게 견디는 거지?"

조에는 신랄한 동시에 체념한 표정으로 옥사를 바라보았다.

"난 견디지 않아, 옥사."

옥사는 깜짝 놀라 딸꾹질을 했다.

"미안." 부끄러워진 옥사가 중얼거렸다.

"미안해할 거 없어, 괜찮으니까. 고통과 나는 오랜 친구 같아. 이제 서로 없이는 지낼 수 없거든!"

이해할 수 없는 미소가 조에의 얼굴에 번졌다. 그녀는 두 팔을 벌리고 옥사를 가슴에 꼭 안아주었다. 옥사는 친구가 불평할 여력도 없어 그저 위안을 찾으려 애쓴다는 것을 깨달았다. 옥사 역시 최대한 애정을 담아 다정하게 조에를 꼭 안았다. 조에는 영원히 내려놓을 수 없는 짐과 같은 자신의 고통을 생각하며, 고뇌로 가득 찬 한숨을 깊이 내쉬었다.

"가서 그를 만나봐." 조에가 조심스럽게 몸을 빼며 말했다. "잘 기억해, 옥사. 구스에게는 네가 필요해. 그걸 절대 잊지 마."

옥사의 생각과는 달리, 튀그뒤알은 뱃전에서 부서지는 회색빛 파도를 넋 놓고 바라보고 있지는 않았다. 그의 시선은 손에 든 휴대전화에 고정되어 있었고, 액정에는 전 세계의 뉴스를 축약해 보여주는 인터넷 페이지가 비쳤다.

"왔어, 꼬마 여왕?" 그가 화면에서 눈도 떼지 않고 말했다.

"그래."

그는 걱정스럽고 불안한 눈으로 옥사를 흘깃 쳐다보았다.

"무슨 뉴스라도 있어, 오빠?" 옥사가 말을 이었다.

"정말 알고 싶어?"

튀그뒤알은 휴대전화를 거칠게 주머니에 넣고 옥사를 유심히 살폈다.

"피곤해 보이는구나, 꼬마 여왕."

"내 질문에 대답 안 했잖아."

"너도 안 했잖아!"

"그래, 정말 알고 싶어!" 옥사가 소리쳤다.

"좋아. 간단하게 요약하자면, 런던과 전 세계의 대도시 여러 곳이 2미터 정도의 물에 잠겼어. 지각이 예술적으로 움직이면서 모든 지역의 단층을 흔들고 있고, 지진 규모는 과열 상태야. 또 지반이 가라앉는 침하 현상이 집중적으로 나타났고, 휴화산이 잠에서 깨어났으며, 심각한 홍수와 통제 불가능한 산불이 사방에서 일어나고 있어."

"끔찍해!" 옥사가 소리쳤다.

"아 참, 잊고 있었다! 지진의 영향으로 빙하에서 거대한 얼음덩어리들이 떨어져 나왔어. 3백 제곱킬로미터 크기의 얼음덩어리가 북태평양을 향해 움직이고 있대."

"최악이네……." 옥사가 손으로 입을 가리며 숨을 훅 들이켰다.

"종말이 온 거야, 나의 꼬마 여왕." 튀그뒤알이 가식적으로 냉랭하게 말했다.

옥사는 건방지기 짝이 없는 가식쟁이의 어깨에 아프지 않게 주먹을 날렸다. 물론 그가 처음으로 자신을 '나의' 꼬마 여왕이라고 부른 것을 놓치지 않았다.

"아야." 튀그뒤알이 시들하게 말했다.

옥사가 신경질적으로 웃었다.

"원하기만 하면 오빠를 아주 아프게 할 수도 있어!"

"알아." 튀그뒤알이 여전히 대수롭지 않다는 듯 대답했다.

그는 옥사를 완전히 녹이는, 도발적이고 장난스러운 표정으로 그녀를 응시했다.

"나도 널 아주 아프게 할 수 있어." 까마귀처럼 새까만 앞머리가 흘러내리는데도 그냥 놓아둔 채 튀그뒤알이 중얼거렸다.

옥사는 괴로운 의심에 사로잡혀 잠시 아무 말도 하지 않았다.

"오빠도 그럴 수 있지. 하지만 그러지 않을 거잖아! 그치?" 옥사는 최대한 단호하게 응수했다.

그녀는 튀그뒤알의 눈동자를 뚫어지게 바라보았다. 잠시 후, 옥사는 청년의 내부에서 뭔가 부서지기 쉬운 것이 눈에 보이는 표면까지 올라왔고, 그로 인해 그가 흔들리고 있다고 확신했다. 그녀는 불안하면서도 안심이 되었다. 튀그뒤알은 옥사에게 여러 번 나약한 모습을 보여주었다. 옥사에게는 감동적인 일이었지만, 그에게는 견디기 힘든 일 아니었을까? 그리고 다른 사람들에게는 위험한 것이 아니었을까?

오손이 처음으로 빅토우 광장에 나타났을 때, 그는 청년에게서 파괴자의 잠재성과 어둠의 능력을 느낀 것처럼 오직 튀그뒤알에게만 동정을 호소하지 않았던가. 옥사는 이 생각을 털어내려고 머리를 흔들었다. 어쨌든 폴딩고는 튀그뒤알의 순수한 마음과 신의를 보장했다. 폴딩고는 절대 실수하지 않는다. 그건 불가능하다.

문득 어떤 노랫말이 옥사의 머릿속을 맴돌기 시작했다. 그녀는 거의 들리지 않는 작은 소리로 콧노래를 했다.

나는 네 마음속에 있는 분노를 누그러뜨려주고 싶어
네 아름다움이 그저 표면적인 게 아니라는 것을 일깨워주고 싶어
난 네가 가진 악몽 같은 기억을 떨쳐내주고 싶어……
(뮤즈(Muse)의 〈Undisclosed Desires〉 일부―지은이)

놀란 튀그뒤알이 그녀를 쳐다보다가 눈길을 돌렸다. 두 사람 모두 끊임없이 출렁이는 물결의 움직임에 취해, 잠시 아무 말 없이 포효하는 바다를 바라보았다.

"무슨 생각해?" 옥사가 도취 상태에서 빠져나와 물었다.

"너를 바라볼 때?"

"동문서답 좀 그만해!" 옥시는 웃음을 참으며 한숨을 내쉬었다.

"옥사, 너 시간 있니?"

"묻지 말고 질문에 답을 하라니까!"

"그걸 원한 거구나. 내 생각은 대부분 눈이 보는 것에 따라, 그리고 본 것을 어떻게 해석할 것인지 그 방법에 따라 달라져. 네 아버지와 아바쿰 할아버지를 처음 만났을 때는 하얗고 투명한 빙산을 생각했어. 빙산은 보이는 부분보다 훨씬 더 거대한 본체를 숨기고 있지. 아바쿰 할아버지 역시 거대한 힘을 숨기고 계셔. 레미니상스 할머니와 조에를 보면 심장 한가운데 박혀 잔인한 독을 한 방울씩 떨어뜨리는 단검이 생각나. 드라고미라 할머니와 우리 할머니, 할아버지를 볼 때는 불시에 내리꽂히는 운명의 벼락에 대해 생각하지. 바다를 볼 때면 해양 플랫폼

위에 앉아 있는 아버지 생각이 나고, 저 시꺼먼 물속에 뛰어들고 싶다는 생각도 들어."

그의 목소리가 깨지듯 들려왔다. 튀그뒤알은 지독하게 창백해진 얼굴로 갑판 난간을 신경질적으로 꽉 잡고 말을 이었다.

"쿠카를 보면 내가 저지를 수도 있는 피범벅의 살인 현장이 떠올라. 내 어린 남동생을 보면 어쩔 수 없이 잃게 될 순수함에 대해 생각하게 되지. 그리고 너, 옥사 폴락을 볼 때면 네가 구현하고 있는 희망과 권력에 대해 생각해. 그게 나를 매료시켜."

이 말을 끝내자마자 튀그뒤알은 조개처럼 입을 꼭 다물고 다시 돌처럼 무표정한 얼굴을 드러냈다. 옥사는 그의 얘기가 너무 과장된 동시에 충분치 않다고 생각했다.

"오빠의 흥미를 끄는 건 그것뿐이야? 내가 상징하는 권력에만 관심이 있어?" 그녀는 목이 메어 중얼거렸다.

"아니라는 거 알잖아. 너와 관련된 건 전부 다 관심 있어. 지난가을 저녁, 네가 드라고미라 할머니의 거실에 들어오던 그 순간부터. 넌 잠옷 바람에 머리카락은 젖어 있었고, 맨발이었지. 특히 배에 나타난 흔적 때문에 무척 당황한 상태였어. 모든 걸 알고 싶다면 말해줄게." 그가 목소리를 높이며 덧붙였다. "**그래**, 네가 상징하는 무한한 권력이 나를 사로잡았어. 네가 여왕이 아니어도 상관없다고 말하면 네가 좋아하리란 것도 알아. 하지만 너 같은 꼬마 때문에 내가 떨었다는 것을 이해하겠니? 넌 여왕이야. 그런데 너는 내가 너를 여왕이 아닌 것처럼 대하고 행동하기를 바라잖아! **어떻게 그것을 무시할 수 있겠어?**"

옥사는 이 말이 귀에 거슬려 입술을 깨물었다.

"너는 왜 스스로를 괴롭히는 질문만 하는 거지?" 튀그뒤알이 이를 빠드득 갈며 말을 이었다.

튀그뒤알의 목소리에 깃든 긴장, 거칠게 내뱉는 문장, 흥분해서 경련이 이는 턱, 이 모든 것이 옥사를 뒤흔들었다. 그녀는 격렬한 고통을 받았다. 입을 열어 뭐라고 말할 수조차 없었던 옥사는 절망적인 표정으로 잠시 튀그뒤알을 쳐다보다 눈을 내리깔았다. 그러자 튀그뒤알이 검지 끝으로 옥사의 고개를 들어 올리며, 강렬한 눈빛으로 그녀를 바라보았다.

"여왕이 아니었다면 내가 널 사랑했을까?" 그가 각 음절을 또렷하게 발음하며 연속으로 강타를 날렸다.

옥사는 온몸을 떨었다. 이 질문은 그녀를 끈질기게 괴롭혀온 의심 속으로 밀어 넣었고, 이에 맞설 대답은 준비되지 않았다. 옥사는 본능적으로 한 걸음 뒤로 물러섰다. 하지만 그 무엇도 튀그뒤알을 멈추게 할 수 없었다.

"어때? 넌 어떻게 생각해?" 그는 마치 자기 자신을 괴롭히려는 것처럼 잔인하게 계속했다. "만약 네가 다른 여자애들과 똑같았다면, 내가 이렇게 나의 모든 것을 보여줬을까? 한 번도 이런 일이 없었는데 말이야."

그의 눈이 극도의 흥분으로 차올랐고, 온몸과 영혼은 소름 끼치는 동시에 매혹적인 어떤 것을 뿜어냈다. 옥사는 비틀거렸다. 또다시 하늘이 그녀의 감정과 맞물려 으르렁거리며 더욱 어두워졌다.

"질문은 너를 끝없이 괴롭히지만, 대답은 너를 두렵게 하지." 튀그뒤알이 옥사의 귀에 대고 속삭였다. "설령 내가 그러고 싶어서 죽을 지경이 된다 해도, 이제는 너를 더 애타게 만들지 않을게."

튀그뒤알은 말을 멈추고 옥사의 입술에 자신의 입술을 포갰다.

공중 시범

"우리는 쉰여섯 번째 위도선을 넘었습니다!" 오후가 막 시작될 무렵, 퀼뷔 겔라르가 외쳤다. "곧 물 섬과 트레시니시 섬 근해를 지날 거예요. 그리고 아드나머천 다리와 쉰일곱 번째 위도선을 넘어 럼과 만나면 반역자들의 섬이 보일 겁니다."

이 소식은 오늘 하루도 영원히 끝나지 않는 끔찍한 날이 되리라 생각한 탈주자들에게 짜릿한 영향을 미쳤다. 그렇다면 이제 곧 여행이 끝난다는 뜻이다! '바다의 늑대'호가 북쪽을 향해 다가갈수록, 탈주자들의 얼굴과 몸짓에는 조바심이 역력히 드러났다. 항해술은 부족했지만, 파벨과 아바쿰은 그 어떤 항해사보다 뛰어난 집중력을 보여주었다. 인간 요정의 어깨 위에 앉은 퀼뷔 겔라르는 항해용 지도와 다양한 계기만큼 정확한—게다가 훨씬 수다스러운—길라잡이로 밝혀졌다.

"시간은 얼마나 남았지?" 불안해진 파벨이 이마에 주름을 잡으며 물었다.

"다섯 시간이요." 자신이 큰 기여를 하게 되어 몹시 행복한 퀼뷔 겔라르가 대답했다. "밤이 내리기 전에 도착할 거예요."

"좋아." 파벨이 말했다.

갑판에서는 탈주자 몇몇이 심하게 동요하던 하늘이 잠깐 잠잠해진 틈을 타 바깥 공기를 쐬고 있었다. 누군가는 다리를 주무르기도 했고, 누군가는 트롤선을 빙 둘러싼 시꺼먼 바다 가까이 날아오르며 열심히 몸을 풀었다. 가장 놀라운 사람은 레미니상스로, 그녀는 갑자기 우아한 자세로 몸을 높이 던졌다. 긴 머리카락을 뒤로 흩날리며 화려하게 제자리에서 맴도는 그녀를 바라보던 모두의 입이 떡 벌어졌다. 때마침 브륀느와 드라고미라가 나타나 세 명의 노부인은 공중을 날며 큰 즐거움을 만끽했다.

"할머니들, 정말 멋지세요!" 옥사가 소리쳤다.

"근사합니다! 정말 근사해요! 이런 멋진 모습을 수십 년 동안 숨겨 왔다고 생각하면 얼마나 안타까운지……." 카메론이 옥사 옆에서 덧붙였다.

옥사는 입을 헤 벌리고 있는 카메론을 남겨두고 그야밀로 순식간에 갑판에서 사라졌다. 젊은 여왕은 가장 가까운 구름 너머로 올라간 브륀느를 만나기 위해 로켓처럼 하늘로 돌진했다. 그러고는 목청껏 소리를 지르며 급강하하다가, 레오미도가 가르쳐준 것처럼 수면 바로 몇 센티미터 위에 딱 멈춰 섰다.

"옥사!" 파벨이 조타실에서 이 모습을 보고 비명을 질렀다.

아바쿰이 파벨의 팔에 손을 올렸다.

"걱정하지 말게. 그 애가 뭐 그리 위험하게 굴겠나?"

파벨은 깊은 한숨을 내쉬었다.

"위험은 늘 있죠. 다른 선박이나 레이더가 저 경솔한 네 여성을 본다고 생각해보세요! 우리는 등에 군대를 업고 있는 꼴이라고요. 솔직히 지금은 때가 아니에요."

그 말에 아바쿰의 표정이 어두워졌다. 이번에는 파벨의 말에 영향을 받은 퀼뷔 겔라르가 몸을 던졌고, 가장 가까운 구름과 파도의 물마루 사이에서 공중제비를 돌아 하늘에 있는 여성들에게까지 날아올랐다. 퀼뷔가 드라고미라의 귀에 경고하자, 그녀는 곧바로 집합하라는 신호를 했다. 몇 초 후, 네 명의 모험가 여성은 탈주자들의 박수를 받으며 갑판으로 내려왔다. 옥사는 조타실에서 이 장면을 보고 있는 아버지에게로 고개를 돌렸고, 어두워진 그의 눈과 마주쳤다. 옥사는 자신의 행동 때문에 아버지가 더욱 불안해졌다는 것을 의식하고 얼굴이 창백해졌다. 파벨이 옥사에게 약간 찡그려 보이자, 그녀는 아버지의 불안이 누그러졌으리라는 희망을 품으며 웃음을 터뜨렸다.

"환상적이야!" 카메론이 옥사에게 다가가며 말했다. "넌 참으로 재능이 풍부하구나!"

"음…… 날아오를 줄 아는 다른 탈주자들보다 특별히 재능이 많은 건 아니에요." 옥사가 중얼거렸다.

"농담하니? 버르장머리 없는 놈으로 보이고 싶진 않지만, 함께 날아오른 세 노부인은 너보다 훨씬 오랜 세월, 몇십 년은 더 경험 있으신 분들이야. 넌 언제부터 날아오르기를 했지?"

"음, 그러니까…… 1년 전부터요."

"바로 그거야. 넌 정말 타고났어!" 카메론이 기뻐서 어쩔 줄 몰라하며 외쳤다.

"그럼 한 가지 여쭤봐도 돼요?"

"원하는 건 뭐든지!"

"아저씨도 날아오를 수 있어요?"

"난 좀 늦게 배웠어." 카메론이 옥사에게 대답했다. "나는 제대로 연습할 기회가 없었단다. 우리 아버지는 갈리나와 나를 입문시키기 전, 한참을 망설이셨지. 청년이 될 무렵, 그러니까 우리가 이해할 나이가 돼서야 비로소 아버지는 에데피아의 비밀과 그 결과를 알려주셨어. 아버지는 포르텐스키 가문의 모든 후손의 안전을 위해 나중에 밝히기로 결정하신 거지. 나는 아버지의 결정이 훌륭했다는 것을 인정해. 사실 어떤 부분은 받아들이기가 너무 힘들었거든. 이 비밀을 지키는 동안 크뉘트 일가에서 일어난 유감스러운 사건만 봐도 알 수 있지."

"튀그뒤알 오빠를 말씀하시는 거예요?" 옥사가 열에 들떠 물었다.

"그래. 녀석은 비싼 대가를 치렀지. 출생의 비밀을 밝히지 않겠다는 크뉘트 일가의 결정은 그들 가족에게 심각한 결과를 초래했고, 특히 튀그뒤알이 큰 영향을 받았어. 그토록 급박한 상황에서 비밀이 밝혀졌으니 얼마나 타격이 컸겠어! 또 모두에게 얼마나 위험했겠니! 그 상황을 견디려면 아주 강해야 했는데, 튀그뒤알은 준비가 완벽히 돼 있지 않았지."

"아저씨는 사람이 그런 일에 준비할 수 있을 거라 생각하세요? 배경이 어떻든 비밀을 안다는 자체가 끔찍한 충격이라고 생각해요!"

카메론은 애매한 표정으로 턱을 만지작거렸다.

"네 말이 틀린 건 아냐. 외부인에게 내 정체가 들통 날까 봐 몇 달 동안 전전긍긍하고, 공포에 떨었던 것이 기억나는구나. 특히 우리 아버지는 강박관념에 시달렸거든. 그가 어땠는지 너한테 밝히지는 못하겠지만 말이다!"

"그 말을 들으니 누군가가 떠오르네요." 옥사가 멀리서 자신을 관찰하고 있는 파벨을 흘깃 바라보며 말했다.

"하지만 진실을 알고 있으면 위험이 줄어든다는 건 인정해야 해. 발견될지도 모른다는 불안 속에 살긴 했지만, 조금만 주의하면 누군가 우리가 그들과 다르다는 것을 알아차릴 이유가 전혀 없었지."

"이상하네요. 모든 게 과거형이에요." 옥사가 지적했다.

"이제 그건 우리 뒤에 있으니까……." 갑판 주위에 거칠게 거품을 일으키는 바다 저 멀리를 바라보며 카메론이 중얼거렸다. "어떤 일이 일어나든, 이제 외부 세계에의 인생은 과거에 속하잖아."

옥사의 표정이 딱딱하게 굳어졌다. 카메론의 말이 옳다. 그녀가 살아온 15년간의 삶의 광경이 머릿속에 차례로 나타났고, 쓸쓸한 눈물이 가슴을 채웠다. 옥사는 추억의 소용돌이 속으로 빠져들었다.

"옥사, 괜찮니? 정신 차려, 옥사!"

눈을 떠보니 10여 개의 시선이 그녀를 뚫어지게 바라보고 있었다. 옥사는 자신이 조타실의 해먹에 누워 있는 것을 보고, 잠시 정신을 잃었음을 깨달았다.

"무슨 일이죠?" 옥사가 몸을 일으키며 물었다.

"카메론 아저씨와 대화하다가 쓰러졌어." 파벨이 창백한 낯빛으로 대답했다.

옥사는 눈썹을 찡그렸다. 연이어 나타나던 장면들, 무서울 만큼 치밀한 몇 초로 압축된 그녀의 인생……. 사람이 죽을 때 이런 기분이지 않을까? 옥사는 소름이 끼쳤다. 그녀의 과거는 더 이상 이 자리에 존재하지 않았다. 하지만 이제 지나간 과거는 그녀의 일부를 이루었다. 자신이 과거에 어떠했는지를 잊고 인생을 생각할 수는 없었다. 그것은 마치 모든 것을 살아 있는 채로 남겨두고 죽는 것과 마찬가지였다! 이 역설이 그녀를 깜짝 놀라게 했다.

"저건 나 때문인가요?" 옥사가 바깥을 바라보며 물었다.

하늘이 몹시 어두워지더니 마치 오닉스처럼 번득이는 검은빛이 줄무늬를 그었고, 사나운 물줄기가 바다와 배 위로 쏟아졌다.

"그럴 확률이 높지." 튀그뒤알이 카운터 위에 걸터앉아 중얼거렸다.

"통제할 줄 알아야 하는데……." 짜증이 난 옥사가 중얼거렸다.

"알게 될 거다. 걱정 말렴, 옥사. 모든 일에는 다 때가 있는 법이니까." 드라고미라가 옥사를 안심시켰다.

"네가 아는지 모르겠다만." 아바쿰이 끼어들었다. "우리가 살던 시베리아 마을에도 비정상적으로 뇌우가 자주 발생했고, 네 할머니 역시 그곳의 국지성 기후에 대한 책임이 있었단다. 그녀가 감정을 제대로 통제하기 전에는 말이야."

"정말이에요?" 옥사가 놀라 물었다.

"그렇단다!" 드라고미라가 인정했다. "이 카파시퇴르를 삼키렴. 큰 도움이 될 게다."

옥사는 할머니가 내민 작은 은빛 알약을 받아서 아무것도 묻지 않고 삼켰다. 옥사는 곧 효험 좋은 수액을 마신 것처럼 싱싱하고 생동감 넘치는 에너지가 몸속에 퍼지며 힘이 돌아오는 것을 느꼈다.

"이게 뭔지 가르쳐주셔야 해요." 옥사가 중얼거렸다.

"적어놔!" 드라고미라가 말했다.

소녀의 상태에 좌우되던 요란한 하늘이 금세 잠잠해졌다. 시꺼먼 구름이 사라지자 모습을 드러낸 붉은 석양은 불꽃처럼 타오르며 바닷속으로 빠져 들어가는 듯 보였다.

"큼큼……."

드라고미라의 폴딩고가 탈주자 무리에 가까이 다가와 격하게 마른기침을 하며 주의를 끌려 했다. 노부인이 마침내 폴딩고의 기척을 알아차리고 물었다.

"무슨 일이니, 폴딩고?"

"늙은 여왕님과 동료분들은, 젊은 여왕님이 명명한 반역자들의 섬이 매우 예리한 눈과 넓은 시야를 확보하고 있다는 소식을 받으셔야만 합니다."

탈주자들은 수평선을 향해 몸을 휙 돌리며 눈살을 찌푸렸다. 저 멀리에서 작은 돌기 하나가 마지막 석양빛이 타오르는 하늘 가운데 뚜렷이 드러났다.

반역자들의 섬

　나프탈리와 피에르의 인도를 받으며 파벨의 흑룡은 세찬 날갯짓으로 반역자들의 섬을 향해 다가갔다. 30미터 아래에서는 파도가 어두운 바위 절벽에 부딪쳐 산산이 부서졌다. 줄무늬 그림자가 얼룩진, 어마어마하게 큰 보름달이 바다 위에 창백한 빛을 비추었다.

　섬은 거대한 하나의 덩어리로 이루어졌으며, 그 앞에는 바닷속 심연에서 솟은, 송곳니처럼 뾰족한 암초들이 버티고 있었다. 그들의 배는 아무 장애물도 없는 작은 만을 통해서만 들어갈 수 있을 것 같았다. '바다의 늑대'호와 거의 맞먹는 크기의 선박이 거기에 정박되어 있었다.

　흑룡이 날개를 더욱 힘차게 퍼덕였다. 섬의 상공을 날아 섬 전체를 대충 훑어보고 싶었던 것이다.

　"그만둬!" 나프탈리가 가까이 다가가며 외쳤다.

　"두 분은 여기 계세요!" 파벨이 응수했다. "혼자 한 바퀴 돌아보고 올게요. 어쨌든 우리가 도착했다는 사실을 그들도 알고 있잖아요."

파벨의 말이 옳았기 때문에 나프탈리와 피에르는 그의 말에 따를 수밖에 없었다. 그들은 큼지막한 바위에 내려앉아 파벨을 기다렸다.

섬을 둘러싼 높은 절벽에서 날아오른 파벨이 처음으로 주목한 것은, 건조한 황야 한가운데 자리 잡은 큰 집이었다. 나무 한 그루, 덤불 하나 없었다. 단지 거의 바닥에 닿을 듯이 얕게 자란 식물들뿐. 사암으로 만든 건물은 거세게 휘몰아치는 바람에 맞서 당당하고 웅장하게 서 있었다. 그 건물은 퀼뷔 겔라르가 묘사한 대로였다. 1층과 2층으로 이루어진 집은 높다란 장벽처럼 섬을 둘로 나누며 옆으로 길게 뻗어 있었다. 50미터 정도 떨어진 거리에는 작은 예배당이 요동하는 바다를 지키는 망루처럼 절벽 위에 불쑥 솟아 있었다.

흑룡은 집 가까이 다가갔다. 굴뚝에서 연기가 모락모락 피어올랐고, 몇 개의 창문은 흐릿한 빛으로 밝혀져 있었다. 심장이 끊어질 듯 두방망이질했고, 톡 쏘는 불안이 온몸에 타올랐다. 마리가 저기 있다, 저 창문 중 하나에…… . 파벨의 내면이 뜨겁게 불타오르면서 흑룡의 목구멍을 통해 둔중하게 그르렁거리는 소리가 울려 퍼졌다. 비명이 터져 나왔고, 위협적인 파문이 섬 전체를 감쌌다. 거대한 흑룡은 노골적으로 날개를 퍼덕이며 건물을 여러 번 돌고는, 입구에서 몇 미터 떨어진 공중에 멈춰 섰다. 망대처럼 솟은 작은 탑 꼭대기 창문에 그림자 하나가 나타났다. 파벨은 그가 누구인지 단번에 알아볼 수 있었다. 오손은 꼼짝도 하지 않고 파벨이 있는 방향만 뚫어지게 바라보고 있었다. 뜨거운 통증이 견딜 수 없을 정도로 강렬해졌다. 돌연 흑룡의 입에서 기다란 불꽃이 뿜어져 나와 창문의 가장자리에서 널름거렸다. 흑룡은 몸을 홱 돌려 바다로 날아갔다.

전조등을 모조리 끈 채, 탈주자들이 탄 배는 숨 막히는 침묵 속을 천천히 나아갔다. 이상하게도 바람이 잦아들어 세찬 파도가 가라앉았고, 덕분에 물결은 부드럽게 찰랑거렸다.

"폭풍 전 고요로군." 튀그뒤알이 맑아진 하늘을 향해 눈을 들며 중얼거렸다.

"그런 것 같네." 마침내 배에서 내린 옥사가 달빛 아래 빛나는 작은 모래 해안을 밟으며 낮은 목소리로 인정했다.

탈주자들은 차례로 작은 만에 내렸다. 모두 무사히 도착했다는 사실에 홀가분해진 동시에, 그토록 가까운 적과 싸울 생각에 불안해했다. 저들도 탈주자들처럼 내부인이었다. 저들이 탈주자들과 유일하게 다른 하나는 반역이라는 길을 선택했다는 것뿐이었다.

"옥사, 괜찮니?" 조에가 친구에게 다가가며 속삭였다.

"음, 대답하기 어려운데. 제시간에 잘 도착한 것 같아. 저 배에서 한 시간만 더 있었어도 폭발했을 거야!"

"언제나 행동하는 것이 기다리는 것보다 낫지." 코크렐이 충고하는 투로 말했다.

"그러길 바라요……." 조에가 불안한 표정으로 주위를 둘러보며 중얼거렸다.

작은 만을 둘러싼 높은 절벽이 탈주자들의 마음에 깃든 강한 불안을 더욱 부풀렸다. 모두 고개를 뒤로 젖히고 모서리가 예리하게 벼려진 절벽을 바라보았다.

"누구 구스 보신 분?" 문득 옥사가 물었다.

"나 여기 있어……." 소년의 무거운 목소리가 들려왔다.

구스는 등을 구부린 채, 무릎에 팔꿈치를 대고 모래 위에 앉아 있었다. 드라고미라와 잔느가 그 옆에 쪼그리고 앉아 있었고, 보드킨은 그들을 비추기 위해 트라시빌을 들고 있었다. 꼬마 폴딩고가 커다랗고 부드러운 눈으로 구스를 바라보며, 스웨터를 꼭 붙잡고 귀엽게 종알거리고 있었다.

드라고미라가 구스에게 작은 약병을 내밀며 단숨에 마시라고 권했다. 옥사는 잠시 머뭇거리다가 두근거리는 마음으로 가까이 다가갔다. 친구의 안색은 처참했다. 두 눈은 붉게 충혈됐고, 양쪽 뺨은 움푹 꺼져 있었다. 그는 숨 쉬기가 몹시 힘들어 보였다. 보드킨이 옥사가 지나갈 수 있도록 길을 비켜주며 트라시빌을 넘겨주었다.

"고맙습니다." 젊은 여왕이 말했다.

보드킨은 인사를 하고 멀리 가버렸다.

"좀 어때?" 옥사가 구스를 바라보며 용기 내어 물었다.

"죽을 것 같아." 구스가 대답했다.

옥사는 웃음을 참을 수가 없었다. 대답이 본인과 꼭 닮아 있었던 것이다!

"나를 끝장내러 온 거면, 제발 부탁이니 지금 해줘!" 그가 괴로운 척하면서 계속했다. "난 준비가 끝났어!"

"장난치지 마라, 구스!" 드라고미라가 따뜻하게 꾸짖었다. "그 약이 몇 분 후면 네 두통을 잠재워줄 거야."

"머리가 아파?" 옥사가 놀랐다.

"날 죽게 할지도 모를 두통과 이명(耳鳴)이지. 어떤 건지 알겠지?" 구스가 흐릿한 눈을 찡긋하며 대답했다. "오래 고통을 주기 위해 일부러 죽음이 천천히 오고 있어. 얼마나 잔인하니."

옥사는 친구를 다시 찾았다는 기쁨과 이 상황이 그에게 어떤 영향을 미칠지 모른다는 걱정에 히스테릭하게 웃었다. 옥사는 본능적으로 튀그뒤알을 찾느라 뒤쪽으로 눈길을 던졌다. 그는 절벽에 등을 기대고 서서 무심하게 크라쉬 그라녹스를 관찰하고 있었다.

'난 둘 다 사랑해.' 옥사는 그렇게 생각하며, 여기, 반역자들의 섬에 도착해 이런 결론을 내린 것에 깜짝 놀랐다.

"구스는 배에 머무는 게 나을 것 같아요!" 옥사의 생각을 끊으며 잔느의 부드러운 목소리가 울려 퍼졌다.

"아, 아니에요, 제발!" 구스가 신음했다. "배는 싫어요. 난 여기 모래 위에서 죽는 게 더 좋아요……."

그는 두 손으로 머리를 감쌌다.

"다들 나를 골칫거리라고 생각하시겠죠." 구스가 말을 이었다. "그 더러운 곤충한테 물린 적도 있죠, 또 그림 속에 갇히기도 했죠, 게다가 이제는 불쌍한 '인간'이나 걸리는 이름 모를 병 때문에 시간을 지연시켰죠."

그 말을 들은 꼬마 폴딩고가 구스에게 더욱 딱 달라붙어 팔에 작은 머리를 비볐고, 옥사는 눈을 들어 하늘을 바라보았다.

"네가 오랫동안 투정을 안 한다 했다."

아들 옆에 서 있던 피에르가 갑자기 멀어지더니, 몇 미터 떨어져 있는 아바쿰과 레미니상스에게 다가갔다. 세 사람은 목소리를 낮추고 이야기를 나누기 시작했다. 옥사가 무슨 얘기인지 들으려고 슈쇼로트를 써서 귀를 기울였다.

"이제 선택의 여지가 없어요. 더는 시간을 버리면 안 돼요. 만약 그들이 해독제를 갖고 있다면 진행이 느려질 것이고 구스는 기회를 잡을 수 있을 거예요." 레미니상스가 말했다.

옥사는 비명을 질렀다. 구스가 무슨 기회를 잡는단 말인가? 살 수 있는 기회? 옥사의 심장이 마구 날뛰었다. 겁에 질린 옥사의 눈이 아바쿰의 시선과 얽혔다. 아바쿰은 그녀가 대화를 엿들었다는 것을 알아챈 듯했다. 인간 요정은 한참 동안 옥사를 응시했다. 그의 시선을 따라 피에르와 레미니상스도 몸을 돌렸다. 당황한 옥사는 절벽을 관찰하는 척했다.

"자, 갑시다!" 피에르가 구스 옆으로 되돌아오며 외쳤다. "내가 부축해줄게, 구스."

"걷는 게 도움이 좀 될 것 같아요." 구스가 일어서면서 말했다.

자리에서 일어나긴 했지만, 구스는 중심을 잡기 위해 아버지의 팔에 의지해야만 했다. 그는 몇 초 동안 눈을 감았다가 뜨고는, 자신을 둘러싼 사람들에게 창백한 미소를 건넸다. 구스의 시선이 트라시뷜을 든 채 나머지 한쪽 손의 손톱을 잘근잘근 씹고 있는 옥사에게 한참을 머물렀다.

"그거 아니, 아가씨?" 구스가 자신 없는 목소리로 말했다. "난 기운이 넘친다고! 그러니 손톱 좀 그만 물어뜯어!"

"마지막 손톱까지 다 끝냈는걸?" 옥사가 구스에게 미소를 지으며 응수했다.

"넌 정말 대단한 폭식가야." 그가 아버지의 팔을 움켜쥐며 말을 이었다.

"자, 이제 우리를 초대한 주인을 만나러 갈 시간이야." 파벨이 쉰 목소리로 말했다. "날지 못하는 분들은 모두 내 등에 올라타세요!"

파벨은 너무 심하게 집중한 나머지 표정이 딱딱하게 굳어 있었다. 달빛 덕분에 사람들은 파벨의 등에 새겨진 문신에서 빠져나온 멋진 흑룡을 볼 수 있었다.

"아빠, 정말 근사해요." 옥사가 눈물을 글썽이며 중얼거렸다.

파벨은 용기와 친절이 가득 담긴 눈길로 옥사를 바라봤다. 깊은 인상을 받은 아바쿰과 버지니아, 쿠카와 앤드류가 환상적인 힘으로 날아오를 준비를 마친 흑룡의 척추에 타기 위해 다가왔다. 그사이 피에르가 구스를 꼭 껴안고 먼저 날아올랐다. 옥사와 조에도 차례가 되자 드라고미라, 레미니상스, 그리고 포르텐스키 일가를 뒤따라 곧바로 몸을 날렸다. 크뉘트 가족의 일원은 맹페름 족의 장점을 확실히 보여주며 깎아지른 듯 높은 벽면을 맨손으로 오르기로 결정했다. 커다란 거미처럼 그들은 수직으로 치솟은 바위를 가볍게 오르며, 뾰족하고 날카롭게 튀어나온 부분에서조차 한순간도 머뭇거리지 않고 놀라울 만큼 빠른 속도로 전진했다. 그 광경에 매혹된 옥사는 이쪽저쪽으로 방향을 바꿔 날며 그들의 재능을 찬탄했다. 특히 올로프 아저씨와는 달리 무리한 경로를 선택한 것처럼 보이는 튀그뒤알의 능력에 감탄했다. 그들 뒤에서는 틸의 어머니가 조심스레 날아오르며 틸을 단단히 받쳐주었고, 꼬마는 즐거운 환성을 질렀다.

마침내 탈주자 전원이 절벽 가장자리에 모였다. 바다를 아래에 두고 그들 뒤로 펼쳐진 광대한 허공은 이제 대수롭지 않아 보였다. 그들 앞에 탁 트인 황야가 나타났고, 그 끝에 우뚝 선 위협적인 건물에는 두 세계의 미래를 여는 열쇠가 기다리고 있었으니까.

일촉즉발

오솔길 하나가 황야를 지나 섬의 한가운데 세워진 집까지 구불구불 이어져 있었다. 파벨과 흑룡의 공중 호위를 받으면서, 탈주자들은 서로의 얼굴을 쳐다보며 기색을 살폈다. 머릿속을 어지럽히는 초조와 불안이 얼굴에 고스란히 드러났다. 하지만 어쩌겠는가? 주사위는 이미 던져졌다.

열띤 논의 끝에, 그들은 세 그룹으로 나눠지기로 했다. 바바 폴락이 옥사의 손을 잡고 앞으로 나아가자, 레미니상스와 아바쿰, 올로프와 조에가 뒤따르며 그들을 둘러쌌다. 그들 뒤에는 폴딩고들과 얼뜨기들, 그리고 제토릭스들이 조용히 줄지어 섰다. 드비나이유들은 드라고미라의 긴 양모 재킷 주머니 속에 몸을 웅크렸고, 프티츠킨들은 드라고미라의 목걸이에 달린 작은 황금 둥지에 자리를 잡았다. 전투에 좀 더 익숙한 구성원으로 이루어진 두 번째 그룹—크뉘트 부부, 피에르, 코크렐과 펑리—은 늑대의 무리처럼 재빠른 움직임으로 황야를 지나 집 뒤쪽으로 사라졌다. 마지막으로 잔느, 보드킨, 헬레나와 튀그뒤알은 포르텐스키 일가의 보호 아래 작은 예배당 내부에서 외부인의 동정을 살피며 기다리기로 했다. 이 분류에 튀그뒤알은 완고하게 입을 다무는 것으로 반대 의사를 표명했다. 어머니 옆에 서서 청바지 주머니에 두 손을 찔러 넣은 채 불같이 화를 내다가, 안 된다는 드라고미라의 눈짓도 눈치채지 못하고 맨 앞에 선 첫 번째 그룹으로 가기 위해 늘어선 사람들 사이를 파고들었다. 아바쿰이 헬레나를 향해 몸을 돌리고 눈빛으로 질문했다. 헬레나는 고개를 끄덕였다. 결국 튀그뒤알은 공식적으로 젊은 여왕 뒤에 자리를 잡았다.

"다 잘됐군. 조로(검은 옷과 복면을 쓰고 악당들을 물리치는 1900년대의 만화 주인공—옮긴이)가 가장 유리한 자리를 차지했어." 구스가 보다 못해 중얼거렸다.

"큰 도움이 될 거야." 구스의 어머니가 말했다.

"엄마 말이 맞아요." 소년이 한숨을 내쉬었다.

"자, 갑시다!"

두 그룹은 과감하게 앞으로 나아가기 시작했다. 휘황한 보름달이 독특하고 찬란한 우윳빛을 사방에 비췄다.

"우리가 걸어가는 모습이 보일 거예요!" 옥사가 소리쳤다.

"오, 우리 공주! 우리는 절대 보이지 않는, 도저히 알 수 없는 어둠 속으로 들어갈 거야. 오손과 그의 동료는 우리가 왔다는 사실을 결코 알 수 없어."

"끔찍하네요."

소녀는 두려움에서 벗어나려 눈을 들고 하늘을 바라보았다. 날개를 활짝 편 흑룡이 하늘을 맴돌고 있었다. 옥사는 아버지에게 조그맣게 손짓한 다음, 다시 오솔길과 반역자의 집에 주의를 집중했다. 창문에서는 불빛 하나 새어 나오지 않았지만, 저 암흑 뒤에서 반역자들이 탈주자들의 움직임을 관찰하고 있으리라는 의심을 하지 않을 수 없었다.

"정말 끔찍해요." 옥사가 한 번 더 강조했다.

드라고미라가 옥사의 손을 더욱 꽉 잡았다. 달리 무엇을 할 수 있겠는가? 탈주자들은 운명을 향해 걸었다. 이제 되돌아가는 것은 불가능했다. 앞으로 나아가야만 했다. 갑자기 숨 막히는 비명 소리가 울려 퍼졌다. 고개를 돌린 사람들은, 구스가 몸을 잔뜩 구부린 채 두 손으로 귀를 막고 있는 모습을 보았다. 겉으로 보기에도 그가 견딜 수 없는 고통의 희생양이 됐음이 느껴졌다.

"저길 보세요!" 튀그뒤알이 손가락으로 하늘을 가리키며 소리쳤다.

탈주자들은 눈을 찡그리며 하늘을 보고는 그들 머리 위, 보름달의 중심에 뿌옇게 나타난 새 떼를 구별했다. 파벨이 조심스레 다가가 파닥이는 새 떼 주위를 돌아보더니 동료에게로 날아오며 날개를 활짝 펼쳐 그들을 덮었다.

"새 떼가 아니에요! 해골 머리 곤충이에요!" 그가 소리쳤다.

탈주자들은 날벼락 같은 소리에 당황을 감추려 애쓰며, 일제히 크라쉬 그라녹스를 쳐들고 삐죽삐죽 가시처럼 늘어서 방어벽을 만들었다. 하지만 하늘에 떠 있는 해골 머리 곤충 떼는 움직이지 않았다. 수백 개나 되는 조그맣고 새빨간 눈알이 어스름한 어둠 속에서 빛나며 탈주자들의 정신력을 시험했다.

"맙소사, 저것들 숫자 봤어요?" 옥사가 놀라서 소리쳤다. "공격받으면 끝장이에요!"

"공격하진 않을 거다. 오손이 단지 겁을 주려고 짓궂게 구는 거야." 아바쿰이 말했다.

"대부 말이 맞아요." 드라고미라가 인정했다. "지금 싸우는 건 그의 관심사가 아니에요. 하나도 두려워할 거 없어."

"저 괴물들은 기분이 좋지 않은 모양이네요." 아바쿰의 얼뜨기가 지적했다. "눈이 새빨간 것 같은데, 보셨어요?"

"바로 그거야, 얼뜨기!" 제토릭스 중 한 마리가 응수했다. "쟤들은 심한 결막염에 걸린 거라고!"

"오, 불쌍하기도 해라." 어이없게도 얼뜨기는 진지하게 말했다. "그런 병에는 물총새가 쏘는 물이 기적을 일으키는 것 같던데……."

"인간 요정님은 진실성이 충만한 말을 하는 재능이 있으십니다." 드라고미라의 폴딩고가 끼어들었다. "탈주자들의 마음은 안도로 가득 찼습니다. 해골 머리 곤충은 싸울 계획이 없습니다."

"그렇다고 저것들을 극평화주의자라고 할 수도 없지." 제토릭스가 폴짝폴짝 뛰며 반대 의사를 밝혔다.

조금 마음을 놓은 탈주자들은 머리 위에서 소리를 내며 눈동자를 시뻘겋게 빛내고 있는 곤충 떼에 시선을 고정한 채, 다시 걸음을 옮기기 시작했다. 앞장선 그룹 바로 뒤를 구스가 따라가고 있었는데, 그는 상태가 더 나빠진 듯 보였다. 잔느와 갈리나의 부축으로 간신히 걸을 뿐이었다.

"더는 균형을 못 잡겠어……. 머리가…… 빙빙 돌아요. 못 버티겠어요……." 구스가 신음하며 말했다.

구스의 신음을 듣자, 옥사는 과거의 한 장면을 떠올렸다. 1년 전, 레오미도와 오손이 대적하던 '열기구 공격' 때, 구스가 저 끔찍한 곤충에게 물리지 않았는가. 그녀는 그 당시 무슨 얘기가 오갔는지 떠올리려고 기억을 더듬었다.

'구스가 공격을 받았다고 레오미도 진외할아버지가 알려주셨지. 하지만 정도는 경미하고, 드라고미라가 할머니가 적절한 처방을 했기 때문에 이제 위험하지 않다고 하셨어. 여기서 나프탈리 할아버지가 말씀하셨어. "후유증은 없나? 해골 머리 곤충은 매우……." 그런데 레오미도 진외할아버지가 쓸데없이 일을 복잡하게 만들지 말라며 말을 막으셨지.'

옥사는 손으로 얼굴을 쓸었고, 불길한 연관성이 떠올랐다. 너무 혼란스러워, 그녀는 우뚝 걸음을 멈추었다.

"무슨 일이니, 우리 공주?" 드라고미라가 나지막한 소리로 물었다.

옥사는 다시 걸음을 옮기며 할머니의 손을 꼭 잡았다.

"바바, 솔직하게 대답해주세요. 구스가 아픈 건 저 곤충들 때문이죠, 그렇죠?" 옥사가 물었다.

"그래." 드라고미라가 잠시 머뭇거리다가 대답했다. "그때 물린 상처에 독이 몇 달 동안 잠복하고 있다가 섬에 가까워지자 갑작스레 혈관 속으로 퍼졌단다."

"정말 끔찍해요! 해골 머리 곤충과 가까이 있는 게 고통을 일으킨다는 건가요?" 옥사가 숨 막히는 목소리로 물었다.

"어떤 점에서는 그렇지."

"그럼 구스를 멀리 떼어놓아야죠! 저렇게 고통스러워하는데, 왜 가까이 있게 하는 거예요?"

"선택의 여지가 없단다." 드라고미라가 속삭였다. "곤충들은 구스가 물린 그 순간부터 결정된 필연적 결과를 가속시키는 거야. 하지만 구스도 우리와 함께 이곳에 와야만 했잖니."

옥사는 눈물이 치솟는 것을 느꼈다. 코가 시큰해져, 산소가 부족한 사람처럼 빠르게 숨을 들이마시고 내쉬었다.

"필연적 결과요? 할머니 말씀은……." 옥사가 목이 메어 말했다.

"오손이 해독제를 갖고 있어." 드라고미라가 옥사의 말을 끊었다.

"오손이요?"

"해골 머리 곤충에 대해 제일 잘 아는 사람이 바로 오손이잖니. 레미니상스 언니가 이 주장을 강하게 피력하고 있지. 오손은 저 곤충을 통제하고 지휘할 줄 알 뿐 아니라, 공격적이지 않은 작은 곤충으로도 만들 수 있고, 가공할 만한 전쟁용 무기로 쓸 수도 있어. 그는 저것들의 사용법을 알고, 특히 저것에 물린 상처도 잘 안단다."

"구스를 구하려면 오손에게 의지해야 한다는 말씀이세요?"

"그래, 내가 하고 싶은 말이 바로 그거란다. 안타깝게도……."

이번에는 눈물을 참아내지 못했다. 옥사의 심장은 금방이라도 터질 것만 같았다.

"우리는 구스를 구할 거야, 약속할게." 드라고미라가 옥사의 손을 더욱 꼭 쥐며 말했다.

"어떤 희생을 치르더라도 반드시 구해야지." 레미니상스가 옥사의 어깨를 꾹 누르며 덧붙였다. "나도 약속하마."

옥사는 두 뺨에 번들번들 흘러내린 눈물을 닦고 다시 몸을 돌려 구스를 바라보았다.

"아, 어지러워……. 정말 끔찍해!"

우윳빛으로 빛나는 달빛 아래에서, 소년은 더욱 약해진 것처럼 보였다. 옥사는 그의 용기를 북돋기 위해 조그맣게 손짓을 했다.

"기운 내, 구스!" 그녀가 소리쳤다.

두 번째 그룹은 이미 예배당으로 가려고 준비 중이었다. 구스가 고개를 끄덕였다. 메시지가 전달된 것이다. 구스는 멀어져 갔고, 꼬마 폴딩고가 그 뒤를 종종걸음으로 따라갔다. 옥사는 근심을 감추기 위해 고개를 돌렸다. 그녀는 조심스레 곤충들을 살피며 크게 심호흡한 후, 다시 빠르게 걸음을 옮기는 드라고미라와 아바쿰에게 이끌려 갔다. 서둘러야 했다. 구스를 위해. 마리를 위해. 두 세계를 위해. 문제를 제기하지 말고. '특히 의심은 더더욱 하지 말고.' 튀그뒤알이 며칠 전 옥사에게 한 말이었다. 그녀는 바로 뒤 왼쪽에서 그의 존재를 느꼈다. 옥사는 튀그뒤알을 흘긋 쳐다보았다. 그는 어느 때보다 긴장한 듯, 얼굴이 창백하고 냉정했다. 튀그뒤알의 시선이 비스듬히 그녀를 향했지만 앞머리가 그의 얼굴을 가려 소녀는 아무것도 읽어낼 수 없었다. 갑자기 드라고미라와 레미니상스가 걸음을 멈췄다. 심장이 미친 듯이 두근거렸고, 피가 핏줄 속에서 다 엉켜버리는 듯했다. 탈주자들이 멈춰 선 바로 몇 미터 앞에 반역자의 집이 우뚝 서 있었다. 거대하고 고요하며 위협적인 모습으로. 드라고미라가 퀼뷔 겔라르에게 몇 마디를 중얼거리자, 퀼뷔는 곧장 여주인의 어깨를 떠났다가 20여 초 후에 천금 같은 정보를 가지고 돌아왔다.

"2미터 50센티미터 높이의 문 바로 뒤에 길이 6미터 20센티미터, 넓이 3미터 85센티미터 크기의 홀이 있어요." 퀼뷔가 몸을 흔들며 드라고미라에게 알렸다. "왼쪽에 있는 이중문은 88제곱미터 규모의 거실로 통하는데, 그 거실은 같은 규모의 두 공간으로 나뉘어 있어요. 오른쪽에 난 문은 42제곱미터 크기의 부엌쪽으로 열려 있네요. 입구에 있는 홀 안쪽에는 폭 1미터 50센티미터에 각 단의 높이가 20센티미터인 스물두 개의 계단이 2층으로 뻗어 있고요, 이 계단 밑의 공간에는 지하로 내려가는 1미터 80센티미터 크기의 작은 문이 있어요. 이 문은 눈가림용 그림으로 감춰져 있는데, 계단 난간의 철제 세공품 속에 숨겨진 기발한 수력 장치로 개폐됩니다."

"훌륭하구나, 퀼뷔." 드라고미라가 퀼뷔의 조그만 머리를 토닥이며 칭찬해주고는 떨리는 목소리로 말을 이었다. "그리고…… 사람의 흔적은 찾아냈니?"

"스물여덟 명이 있어요." 퀼뷔 겔라르가 대답했다. "그중에는 에데피아에서 탈출한 열아홉 명의 반역자가 있고요, 그 열아홉 명에는 여섯 명의 뮈르무가 속해 있네요. 그리고 그 뮈르무들의 직계 후손이 열세 명 있어요. 거기에 외부인이 아홉 명 더 있고요. 젊은 여왕님의 어머니는 빼고 말이죠."

어머니라는 단어에 옥사는 분노가 치밀어 몸서리를 쳤다. 흑룡을 문신 속에 잠재우고 원래의 모습으로 돌아가 그녀 옆에 서 있던 파벨이 마지막으로 딸을 꼭 끌어안았다. 곧 가장 강한 동료들이 저 집으로 달려가 안으로 사라질 것이었다. 옥사는 사나운 눈초리로 몸을 곧추세웠다.

드라고미라가 을씨년스러운 집을 향해 첫발을 내디디며 중얼거렸다.

"운명에 맞설 시간입니다, 이제."

불편한 재회

어두운 색깔의 나무 문이 반쯤 열려 있어, 그 틈으로 흔들리는 불빛이 새어 나왔다. 앞으로 나아가는 드라고미라를 용감한 전위대 여섯 명이 바로 뒤따랐다. 아바쿰은 옥사가 바바의 폴딩고와 얼뜨기—고단수이지만 엉뚱한 분위기의 호위대—옆으로 비켜서도록 했다. 드라고미라가 과단성 있게 무거운 현관문을 밀자, 경첩에서 끼익하는 소리가 났다. 드디어 퀼뷔 겔라르가 알려주었던 커다란 홀이 눈앞에 나타났다.

유리구로 보호해 벽에 고정시킨 큰 촛대에는 초가 몇 개 꽂혀 있었고, 그 위에서 흔들리는 촛불이 불안정하고 희미한 빛으로 공간을 흐릿하게 비추었다. 천장에 걸린 샹들리에의 크리스털 장식에 불꽃이 닿아 빛났다. 문이 열리면서 흘러 들어온 공기가 그 장식을 울려 땡그랑거리는 소리가 퍼졌고, 온 벽은 크리스털과 촛불이 움직이며 만들어낸 수백 개의 반짝이는 점으로 뒤덮였다. 바다에서 불어온 소금기 머금은 바람과 오랜 세월 탓에 빛이 바랜 짙은 색 마룻바닥에는 낯선 동시에 눈에 익은 기하학적 무늬가 밝게 새겨져 있었다. 꼭짓점이 여덟 개인 팔각형 별, 바로 에데피아의 상징이었다. 옥사의 배꼽을 둘러싸고 있는 바로 그 '징후'. 소녀는 놀라서 배에 손을 댔다. 그녀는 이 별의 가치를 알고 있었고, 자신이 관련된 모든 것과 그 의미를 깨닫고 있었다. 바닥에 그려진 거대한 별을 본 옥사는 내면에서 자신이 에데피아의 계승자라는 큰 힘을 느꼈다. 그녀, 열여섯 살 소녀 옥사 폴락, 롤러스케이트 마니아이자 로큰롤 팝뮤직의 팬인 평범한 소녀가 특별한 운명에 연루된 것이다. 그녀는 여기, 반역자들의 섬에 있는 집의 홀 중앙에 있었다. 세상의 중심에. 옥사는 눈살을 찌푸리며 숨을 크게 들이쉬고는 고개를 들었다. 마음속 깊이, 그리고 난생처음, 옥사는 진정 자신이 무엇인지 깨달았다. 두 세계의 심장이라는 사실을.

탈주자들은 같은 의지와 같은 두려움으로 똘똘 뭉친 채 조심스레 전진했다. '형제'인 적들과 맞서 싸우기 위해. 망을 보면서, 그들은 불안을 이기려 본능적으로 크라쉬 그라녹스를 꽉 움켜쥐었다. 옥사는 반역자가 불쑥 나타나기라도 하면 어떻게 해야 할지 정확하게 일지는 못했지만, 그래도 신중하게 주위를 둘러보았다. 별안간 뒤쪽이 밝아지더니 위압적으로 뻗은 계단 꼭대기에 실루엣 하나가 나타났다. 그 그림자는 뻣뻣하게 굳은 드라고미라의 발치까지 드리웠다. 우아하고 도도한 실루엣이 다른 두 개의 거대한 실루엣을 동반하고 천천히 계단을 내려왔다. 그들이 계단 중간에 다다르자 마침내 촛불이 그 얼굴을 비추었다.

"안녕, 드라고미라. 잘 지냈니, 젊은 여왕?" 여자의 목소리가 울려퍼지는 순간 몇 명은 누구의 목소리인지 바로 알아차렸다. "든든한 호위를 받고 있군!"

"안녕, 메르세디카." 드라고미라가 치밀어 오르는 분노를 억누르며 대답하고는 메르세디카를 호위하는 두 명의 젊은 남자를 보며 덧붙였다. "네 인사를 그대로 돌려주지."

"정말 고맙구나." 오만한 스페인 여자는 조롱 조로 응수하고 느닷없이 내뱉었다. "널 다시 만나다니 정말 반가운데, 레미니상스. 세월이 그렇게나 흘렀는데…… 조카들은 알아보겠지, 응?"

옥사는 레미니상스가 몸을 떠는 것을 느꼈다. 이런 적대감을 조성하는 데는 단 몇 초면 충분했다. 메르세디카는 그 틈을 놓치지 않았다. 비록 표정은 창백했지만 레미니상스는 생각보다 훨씬 강했다. 그녀는 고개를 꼿꼿이 세우고 차가운 눈초리로 세 사람을 뚫어지게 바라보았다.

"모티머와 그레고르야, 네 쌍둥이 오빠의 아들들이지!" 메르세디카는 과녁 한가운데에 맞춰 활을 당기는 여자처럼 만족스러운 목소리로 말했다.

두 젊은이는 옥사 일행을 의식하며 희미하게 도발적인 미소를 지었지만, 레미니상스의 반격에 미소는 곧바로 사라졌다.

"네 생각은 어떨지 몰라도, 메르세디카, 나는 네가 '내 조카'라고 부르는 저들이 내 주머니 속에서 굴러다니는 휴지 조각만큼도 가깝게 느껴지지 않는구나."

말을 마친 레미니상스는 둥그렇게 뭉친 휴지를 꺼내 손이 닿는 거리에 있는 커다란 촛대로 다가갔다. 모두 놀라 침묵하는 가운데 휴지가 불타올랐다. 레미니상스는 그것을 바닥에 떨어뜨리고 남아 있는 불꽃을 발로 비벼 껐다.

"하지만 피로 맺어진 관계는 그 지저분한 휴지보다 훨씬 강하지, 레미니상스." 메르세디카는 비열한 미소를 지으며 비웃고는, 마지막 몇 계단을 내려오며 말을 이었다. "그 얘기는 잠시 후에 더 나눠보자고. 자, 들어와!"

계속해서 그레고르와 모티머의 호위를 받으며 메르세디카는 왼쪽에 있는 이중문으로 걸어가 문을 활짝 열었다. 오손 때문에 다시 모인 사람들이 죽음 같은 침묵 속에서 탈주자들에게 시선을 고정한 채 기다리고 있었다.

드라고미라가 제일 먼저 거실로 들어갔고, 옥사와 레미니상스, 아바쿰이 바로 그 뒤를 따랐다. 반들반들 윤이 나는 사암 벽에 고정된 등잔의 불꽃이 흔들리며 거실을 밝혔고, 바닥에는 두툼한 융단이 깔려 있었다. 장작불이 활활 타는 커다란 벽난로 정면과 무늬가 새겨진 나지막한 금속 테이블들 주위에 낡은 가죽 안락의자 몇 개가 반원형으로 놓여 있어, 작은 거실을 여러 개 만들어놓은 듯 보였다. 안쪽 벽에는 오랜 세월의 흔적이 새겨진 낡은 책이 가득 꽂힌 책꽂이가 자리 잡고 있었다. 그 장소를 지배하는 지독하게 긴장된 공기를 제외하면, 전체적인 분위기는 사치스럽고 제법 따스했다.

그곳에 있는 사람 중 탈주자들이 제일 많이 당황한 것은 아니었다. 사실 반역자들은 그 거친 성격에도 불구하고, 그 자리에 나타난 탈주자들이 뿜어내는 위엄 있는 오라와 한 명 한 명에게서 풍기는 특별한 분위기를 인정하지 않을 수 없었고, 떨리는 마음을 감추지 못했다. 두 명의 여왕, 그들의 대장인 오손의 쌍둥이 여동생과 대단한 인간 요정, 보이지는 않지만 집 바깥에 있을 것이라 추정되는 사람들과 여러 생명체의 존재는 계산하지 않더라도 그들에게 조심성을 불러일으키기에 충분했다. 반역자들 앞에서 자신들과 마주한 얼굴들을 응시하는 아바쿰과 드라고미라, 레미니상스 역시 비슷한 감정을 느꼈다.

에데피아를 떠나온 지 50년이 넘었지만, 몇몇 사람은 놀라우리만큼 낯이 익었다. 이 섬에서 이르든 늦든 과거 동료들을 다시 만나게 되리라 예상했지만, '옛' 내부인들은 재능 있는 광물학자였던 루카스와, 그 옛날 '기억 자료실'의 사서—'여왕들의 기록' 관리자—였던 아가퐁을 알아보고는 마음속에 이는 동요를 막을 수가 없었다. 양쪽의 어느 누구도 이렇듯 직접적인 대면에 완벽히 준비되었다고 할 수 없었다.

"자, 앉아!" 벽을 따라 자리한 여러 개의 소파를 반지 낀 손으로 가리키며 메르세디카가 권했다.

탈주자 일곱 명 중 어느 누구도 움직이지 않았다. 모두 다른 사람을 관찰하는 데 온 신경을 집중했다. 옥사는 모티머가 조에에게서 눈을 떼지 않는 것을 눈치챘다. 그는 정말 많이 변했다! 비만일 정도로 초과되었던 체중이 쭉 빠져 세련된 동시에 건강해 보였다. 조에에게 지지하는 눈빛을 보내려고 고개를 돌린 옥사는, 완강하게 팔짱을 끼고 차갑고 적대적인 눈초리로 젊은 반역자에게 도전하는 그녀를 보고 깜짝 놀랐다. 옥사는 생김새로 보아 오손의 친척이 틀림없는 다른 젊은 남자에게 주의를 기울였다. 마른 체형, 새까만 눈동자, 뻣뻣한 자세. '아, 저자가 그 유명한 그레고르로군!' 젊은 여왕이 완고해 보이는 그의 얼굴을 꼼꼼히 뜯어보며 생각했다. '감히 바바를 때렸던 놈이렷다? 고라노브와 여왕의 목걸이를 뺏어간 것도 저 녀석이지! 나쁜 놈.'

마침내 드라고미라가 팽팽한 분위기를 깨고 움직였다. 눈에 흥분의 빛을 띠고, 단호한 걸음걸이로 메르세디카에게 다가간 것이다. 가벼운 술렁임이 반역자들을 사로잡았다. 몇 명은 싸울 준비를 하며 강경한 방어 태세를 취했다. 붉은 핏빛의 짧은 윗옷으로 상체를 꼭 죄고, 목과 양손은 커다란 보석으로 잔뜩 치장한 배반자 메르세디카는 이 상황이 즐거운 양 짓궂게 미소 지었다. 옆에서는 그녀의 딸 카타리나가 탈주자들을 경멸하듯 위아래로 훑어보았다.

"한가하게 잡담이나 하려고 여기 온 게 아니야." 마침내 늙은 여왕이 둔중한 목소리로 뱉어냈다. "오손은 어디 있지? 쥐구멍에 숨었나?"

"무슨 일이든 다 때가 있기 마련이지!" 메르세디카가 도발적으로 대답했다. "자, 말해봐, 당신들은 일곱 명뿐인가? 나머지 친구들은 무서워서 되돌아갔나?"

몇 사람이 코웃음을 쳤고, 나머지는 비웃었다. 드라고미라는 대답하는 수고를 하지 않아도 되었다. 옥사가 대신했으니까.

"우리를 감시했잖아요!" 소녀가 떨리는 목소리로 외쳤다. "그러니 우리 숫자가 당신들보다 훨씬 많다는 걸 잘 알 텐데요!"

"친애하는 옥사." 메르세디카가 재미있다는 듯 한숨을 내쉬었다. "확실히 너희들은 숫자가 많아. 하지만 숫자가 항상 힘을 의미하는 건 아니지."

현관 입구의 홀에서 커다란 소동이 일어나는 소리가 들리며 문이 요란하게 열렸다.

흉측하게 생긴 생물 하나가 쉬어빠진 목소리로 고함을 치며 거실로 뛰어들었다.

"**으헤!** 늙어빠진 마녀와 퇴화한 후손들이로군! 저들은 모두 죽을 거야!"

"누가 저 녀석 아니랄까 봐……." 아보미나리를 알아본 드라고미라가 한숨을 내쉬었다.

뼈가 드러나고 피부가 끈적거리는 혐오스러운 생물이 비틀린 손톱을 앞으로 내밀고 드라고미라 쪽으로 달려왔다. 드라고미라가 그를 향해 손을 뻗었다. 그녀의 손바닥 가운데에서 섬광이 번쩍이더니, 가느다랗고 빛나는 발사체 하나가 뻗어나가 그 생물에게 닿았다. 아보미나리는 휙 날아가 벽난로 앞 쇠창살에 내동댕이쳐졌다. 그는 바닥에 쓰러졌고, 어깨에서는 연기가 모락모락 피어났다. 화가 난 아보미나리가 으르렁거리며 다시 드라고미라에게 달려들었다.

"기필코 네 배를 가르고 썩어빠진 네 창자로 악취 풍기는 끈을 만들 거야, 이 하이에나 같은 마녀야!"

이번에는 메르세디카가 아보미나리의 끈적거리는 팔을 낚아채며 길을 막아섰다. 아보미나리가 몸부림을 쳤다.

"여전히 매력적이란 말이야." 드라고미라가 비꼬았다.

"구역질 나는 그 아가리 닥쳐, 썩어 문드러진 심술쟁이 마귀할멈!" 아보미나리가 부르짖었다.

"당신에게는 우리의 늙은 여왕님께 그런 버릇없는 표현을 쓸 권리가 없습니다!" 화가 나서 얼굴빛이 완전히 반투명해진 폴딩고가 소리쳤다.

"난 내가 하고 싶은 걸 할 권리가 있어, 이 돼지 같은 노예야!"

짜증이 난 옥사는 마네튀스를 던졌다. 거실 구석의 책상 위에 있던 종이칼이 아보미나리의 딱딱하게 굳은 발가락 사이로 다가가 발육이 나쁜 세 개의 발가락 중 하나를 자르려 했다.

"이 암돼지 같은 계집아!" 아보미나리가 비명을 질렀다.

"호오! 잘하는 짓이다!" 옥사가 신경질을 냈다.

이 역겨운 생물은 도를 넘었다! 옥사는 장작이 가득 담긴 바구니가 벽난로 옆에 놓여 있는 것을 발견하고 정신을 집중했다. 잠시 후, 단단한 장작이 아보미나리의 머리를 두들겨 팼고, 그는 비틀거리다가 말로 형용할 수 없을 만큼 끔찍한 소리를 내며 바닥으로 쓰러졌다.

"쯧쯧쯧. 자, 자, 친구들. 이 뜻밖의 재회를 좀 더 영광스럽게 할 방법은 없을까?" 굵직한 남자 목소리가 울렸다.

수천 개의 목소리 중에서도 이 목소리의 주인공이 누구인지는 단번에 분간할 수 있는 탈주자들이 그 자리에서 동작을 멈췄다. 깊은 침묵 속에서 벽을 가로지른 남자가 탈주자들 사이를 지나 드라고미라의 정면에 멈춰 섰다.

"안녕, 드라고미라!" 남자가 가볍게 고개를 숙이며 인사했다. "아니, 이렇게 말해야 하나? 잘 지냈니, 사랑하는 내 동생."

마리 구출 작전

한편 파벨과 그의 친구들은 눈 하나 깜짝 않고 비바람과 맞서며 각자 상황에 맞는 능력을 발휘해 임무를 충실히 수행했다. 나프탈리, 브륀느, 피에르와 펑 리는 커다란 거미처럼 아주 조그만 돌출부만 있어도 그 부분을 움켜잡고 건물 정면을 천천히 올라갔다. 그동안 파벨과 코크렐은 이 창문에서 저 창문으로 날아다니며 창문 안쪽에 무엇이 있는지 감지하기 위해 고군분투했다. 선택한 방법이 무엇이든, 한 가지 이유로 뭉친 그들 모두 투지와 용기가 백배했다.

"마리…… 당신, 어디 있는 거요?" 파벨이 이를 악물며 중얼거렸다.

차가운 돌풍에 얼굴이 벌겋게 언 피에르가 파벨에게 신호를 보냈다. 그는 지붕 가장자리를 장식한 작은 돌을새김에 손가락 하나만 건 채 온몸을 지탱하고 있었다. 거대한 몸의 바이킹은 뒤로 공중제비를 돌아 파벨에게 날아왔다.

"저기야!"

여섯 명의 탈주자들은 서로 눈짓을 하며 한군데로 모여, 바닥에서 몇 미터 떨어진 곳에 둥둥 뜬 채 속삭속삭 대화를 나누었다. 파벨이 나프탈리의 어깨에 손을 올리며 승낙의 뜻을 표하자 거대한 스웨덴 남자가 손에 크라쉬 그라녹스를 들고 벽 속으로 사라졌다. 벽 너머에서 갑자기 비명이 울려 퍼졌고, 탈주자들의 불안은 더욱 커졌다. 마침내 창문이 열리고 승리로 빛나는 나프탈리의 얼굴이 나타났다.

나프탈리가 던진 아르보레상스에 묶여 휘둥그레진 눈으로 멍하니 입을 벌리고 있는 여자를 앞에 두고, 파벨은 마리가 누워 있는 침대까지 한달음에 달려갔다. 두 사람은 말로 표현할 수 없는 안도감을 느끼며 서로를 꼭 끌어안았다. 반역자들이 두 사람을 갈라놓은 지 넉 달 만이었다. 하지만 끔찍한 소식을 접했을 때의 충격만큼이나 고통스러운 긴장이 다시 찾아왔다. 사랑하는 아내를 되찾았다는 지극한 위안에, 파벨은 수개월 동안 가슴속에 품었던 불안이 녹으며 심장에 금이 가는 듯했다. 그는 흉곽에 부딪치는 미친 듯한 심장박동을 조절하기 위해 깊게 숨을 들이켜고는, 두 손으로 마리의 얼굴을 받치고 그윽하게 바라보았다.

"조심해! 누가 온다!" 침실 문에 귀를 딱 붙이고 망을 보던 피에르가 조그맣게 외쳤다.

파벨은 펄쩍 뛰어오르며 침대 앞에서 방어 자세를 취하고 나프탈리가 포박한 여자를 꼼짝 못하게끔 위협했다. 여자는 두려워하며 애원하는 표정이었다.

"그녀를 해치지 마세요!" 마리가 말했다.

파벨이 의아한 눈길을 마리에게 던졌다.

"나를 많이 도와줬어요." 마리가 말을 마치자마자 요란하게 문이 열렸다.

네 명의 반역자들이 침실로 뛰어 들어오다가, 낯선 '점령자'들을 보고 그 자리에 멈춰 섰다. 반역자들은 추측했던 것보다 탈주자들이 훨씬 강해 보인다고 생각했다. 크뉘트 부부의 비범한 체형, 피에르와 코크렐의 엄청난 덩치, 펑 리의 냉정한 얼굴과 파벨의 분노가 그들 무리에서 풍기는 사납고 확고한 결심에 강한 인상을 보탰다.

입조차 떼지 못하는 경악과 동요가 흐르는 짧은 순간을 이용해, 브륀느는 말 그대로 날아오르며 반역자들 중 한 명의 상체에 두 발을 날렸다. 공격당한 상대방은 쓰러지면서 나머지 세 명을 도미노처럼 덮쳤다. 그들은 바닥을 구르며 그라녹을 쏘아 역습을 꾀했지만, 탈주자들은 교묘하게 피했다. 순간 파벨이 숫아오르는 푸폴레토를 감지하고 중간에 저지했다. 하지만 그는 불꽃을 맞은 것도, 고통조차도 느끼지 않는 것 같았다. 숨을 죽이고 섬광처럼 빠른 공격으로 사태를 마무리 지은 것은 피에르였다. 그는 반역자 네 명의 목덜미 한가운데에 노크 봉을 던졌다. 반역자들은 힘없이 털썩 쓰러졌다.

"조심해!" 창문 앞에서 보초를 서던 펑 리가 소리쳤다. "다른 녀석들이 밖에 나타났어!"

"이쪽도 마찬가지야!" 파벨이 복도를 흘깃 바라보고 소리쳤다.

헛되다는 것을 알면서도 파벨은 침실 문을 거칠게 닫고 크라쉬 그라녹스를 꺼냈다. 탈주자들은 서로 시선을 주고받았다. 친구들의 눈빛 깊숙이에서 서로 용기를 북돋는 강인함을 확인했다. 그들은 진정한 전사로서, 벽과 창문을 넘어 마리의 침실로 침입하는 10여 명의 반역자들과 맞서 싸울 준비를 했다.

독화살

옥사는 뒤로 한 걸음 물러섰다. 오손이 거기 있었다, 완벽한 원래의 모습으로. 두꺼운 검은 안경을 썼지만, 크뤼시마필라가 그의 얼굴과 손에 남긴 몇 개의 흔적뿐만 아니라, 나머지 다른 부위에 남은 상흔도 확실하게 보였다. 멀리서 보았을 때는 그의 피부가 진줏빛으로 빛나는 듯했지만 가까이 다가올수록 곰보처럼 얽은 피부를 확인할 수 있었다. 미세한 구멍들을 뭔가…… 고라노브의 진액 비슷한 것으로 섬세하게 메운 것 같았다! 옥사는 신경이 몹시 나약한, 그 불쌍한 식물에 대해 생각하지 않을 수 없었다. 그래도 살아 있기만 하다면…… 오손의 머리카락은 까마귀처럼 새까맣던 색깔을 잃어버리고, 알루미늄 같은 금속성 회색빛으로 염색을 한 듯 보였다. 그는 방 한가운데에 이르자 안경을 벗었다. 순간 불가사의하고 칠흑같이 까만 그의 눈빛을 잘 알고 있던 사람들은 또 한 번 깜짝 놀랐다. 머리카락처럼 눈동자 역시 옛날보다 더 잔인한 금속성 빛을 내며 흔들리고 있었던 것이다.

옥사는 조그만 손이 자신의 손안으로 들어오는 것을 느꼈다. 폴딩고가 오손에게 향하는 옥사의 동요를 감지한 것이다. 나쁜 기억들이 떠오르며 이 남자가 제공했던 수많은 위험이 물밀듯 위협해와, 젊은 여왕은 약해지지 않으려 애썼다. 오손은 옥사의 가족과 그녀가 사랑하는 사람들에게 엄청나게 많은 고통을 안겨주지 않았던가! 그는 '거의 죽었'었는데, 마치 크뤼시마필라가 그를 더욱 강력하게 탈바꿈시킨 것처럼, 오늘, 매우 강해진 모습으로 다시 나타난 것이다. 위험하리라 짐작되는 힘은 감춰지지 않았지만, 그가 입은 검은색 스웨터와 진회색 바지 덕분에 오손의 실루엣이 조금 부드러워 보였다. 그는 호기심 어린 눈초리로 눈을 가늘게 뜨고 탈주자들과 함께 온 생명체들을 바라보았다. 그러고는 몇 배는 더 강렬한 관심을 보이며 옥사에게 시선을 돌렸다. 오손의 차가운 눈동자에 비쳐진 순간, 젊은 여왕은 몇 달 전으로 훌쩍 되돌아간 기분이었다. 런던의 중학교로 전학 간 날, 가슴속 깊은 곳에서 느꼈던 견디기 힘든 고통—저 반역자 수학 선생을 처음 만났을 때의 그 혼란스러움—이 주먹으로 배 한가운데를 세게 때린 것 같았다. 오손은 평온한 표정이었다. 옥사는 손목에서 끊임없이 자신을 압박하는 퀴르비타 페토의 도움을 받아, 괴로움과 두려움을 이겨내려고 무진장 노력했다. 옥사 바로 뒤에서 후위대로 서 있던 아바쿰이 그녀의 어깨에 두 손을 올렸다. 감지되지 않을 만큼 미미한 머뭇거림이 오손의 얼굴에 드리우는 것을 확인하자, 다시 에너지와 신뢰가 그녀의 온몸에 퍼졌다. 오손은 악랄하고 강력한 힘에도 불구하고 인간 요정을 두려워했다. 그것은 부정할 수 없었다.

몇 초 후, 오손은 옥사를 포기하고—잠시 긴가민가 했지만—쌍둥이 여동생에게로 몸을 돌렸다. 표정이 일그러진 레미니상스는 몸이 뻣뻣하게 굳은 채, 자신과 마주 선 인간의 깊이 없는 시선과 위엄 있게 맞섰다.

"훌륭한 내 동생……." 오손이 중얼거렸다.

어느 누구도 오손의 어조가 슬픈 것인지 혹은 비웃는 것인지 알 수 없었다. 어쩌면 둘 다인지도…….

"자, 이제 네 편을 선택하렴." 오손이 말을 이었다.

"난 선택 같은 걸 할 생각이 전혀 없어. 난 마음에 따를 거야, 피가 아니라." 레미니상스가 놀라울 만큼 침착하게 응수했다.

이 재빠른 대답은 오손을 불안하게 만든 것 같았다.

"왜 너희들은 하나같이 우리의 관계를 그리 고집스레 던져버리려는 거지?" 오손이 상대방을 자극할 목적으로 과장되게 물었다. "유전은 논의의 여지가 없는 확실한 과학인데."

"그렇다고 그것이 사람을 단결시키는 불가결한 요소는 아니지!" 레미니상스가 말을 끊었다.

오손은 악독하고 이글거리는 눈빛으로 그녀를 뚫어지게 바라보다가, 방 중앙에 놓인 육중한 가죽 의자에 앉았다. 그러고는 긴장된 침묵을 깨며 다시 입을 열었다.

"아주 건강해 보이는구나, 레미니상스!"

"물론 오빠 덕분은 아니지!" 레미니상스가 기다란 캐시미어 카디건의 옷자락을 끌어당겨 여미며 대꾸했다.

오손의 얼굴이 실룩거리며 일그러졌다.

"물론이야. 내가 잊고 있었어. 네가 이렇게 여기 있는 건 너의 추종자였던 특별하고 완전무결한 레오미도 덕분일 테지! 무엇보다 당신들 사이에서 그를 볼 수가 없다니, 더욱 놀라운걸." 오손이 눈을 가늘게 뜨며 말했다. "레오미도는 자신의 이부형제와 싸우기가 두려운 건가? 아니면 우리가 형제라는 것이 부끄러운 건가?"

탈주자들의 얼굴이 창백해졌다. 뜻밖에도 오손은 레오미도의 죽음을 알지 못했다. 오손이 빅토우 광장에서 던졌던 질문, 즉 그가 젤다의 몸에 숨어들었던 그때의 질문은 도발이 아니었던 것이다. 오손은 자신의 이부형제에게 무슨 일이 생겼는지 알고 싶었던 것이다! 옥사는 그 두려운 사실을 자신이 폭로하게 될까 봐 걱정스러워 숨을 꾹 참았다.

"난 그가 진실을 받아들이지 않는다는 것을 알고 있었지!" 오손이 나지막한 목소리로 말을 이었다. "정말 실망스럽군. 수십 년 동안 그는 내가 본받아야 할 모범적인 인물이었는데 말이야! 그런데 오늘은 얼굴을 드러내는 대신 겁먹은 쥐새끼처럼 숨는 걸 선택하다니. 정말 실망이야."

"레오미도는 죽었어!" 레미니상스가 터질 듯한 분노를 간신히 참으며 그의 말을 끊었다.

이 말은 오손을 정통으로 후려쳤다. 모두 그의 얼굴이 변하는 모습을 보았다. 두 눈이 커지더니 갈피를 잃는 것 같았고, 얼굴은 끔찍할 정도로 창백해지며 일그러졌다. 두 손이 의자의 팔걸이를 너무 꽉 움켜쥐어 뼈마디에서 우두둑 소리가 났다. 그는 이 대답을 전혀 예상하지 못한 것 같았다. 적이면서 형제인 레오미도와 자신의 사이에 이런 결말이 도래할 줄은. 동요하던 오손은 호기심과 걱정으로 자신에게 고정된 10여 개의 시선을 피하기 위해 두 눈을 질끈 감고 말았다. 한참 후 다시 눈을 뜬 그는 증오심을 감추기 위해 최선을 다하고 있는 쌍둥이 여동생의 얼굴을 주의 깊게 바라보았다.

"어떻게 된 거지?" 오손이 쉰 목소리로 물었다.

"지키기엔 너무 무거운 비밀이었지." 레미니상스가 중얼거렸다. "그는 사라지길 원했어. '마음 수색꾼'이 그를 삼켜버렸다고."

그 말에 오손은 누구에게도 눈을 두지 않고 벌떡 일어섰다. 그는 벽난로의 장식용 선반에 두 손을 얹고 등을 구부린 채 멍하니 서 있었다. 놀란 탈주자들과 그의 친위대가 한동안 그를 지켜보았다.

바깥에서는 거친 돌풍으로 변한 바람이 벽을 흔들었고, 덧문들이 요란한 소리를 내며 닫혔다. 허탈해진 오손이 오랫동안 침묵을 지키자 탈주자들은 하나둘씩 의자에 앉아버렸다.

옥사는 무거운 정적을 틈타 반역자들을 관찰했다. 특히 두 남자가 그녀의 주의를 끌었다. 많은 나이에도 불구하고 눈에 띄는 당당한 풍채에, 지적인 분위기와 가공할 잔인성을 뿜어냈다. '아가퐁과 루카스가 분명해.' 소녀가 추측했다. '잔인한 뮈르무들!'

둘 다 덩치가 크고 키도 큰 데다, 건장한 몸집이 비정상적으로 젊어 보이는 외모 때문에 더욱 강조되어 말 그대로 빛이 났다. '장수의 구슬 앵탕포랭타 덕분이야!' 옥사가 생각했다. 그들은 에데피아의 전통 의상을 입고 있었다. 모직으로 된 기모노 스타일의 짙은 색 의상으로, 깃과 소매에는 기하학적 문양이 수놓아져 있었다. 그중 한 명이 옥사와 눈이 마주치자 살짝 고개 숙여 인사했다. 옥사는 당황해 몸을 돌렸다. 오손이 마침내 다시 방 중앙에 있는 의자에 앉았고, 모두 반역자 대장에게 주의를 집중했다.

레미니상스는 팔짱을 끼고 적의를 품은 눈초리로 쌍둥이 오빠를 관찰했다. 그는 자신을 너무 미워하는 것 같았다. 그들은 같은 수정란에서 잉태되었고, 같은 세포를 나누었다. 그런데 어찌 이리도 다른 길을 갈 수 있단 말인가? 그들은 레미니상스가 오시우스의 명령에 따라 장차 펼쳐질 여자로서의 인생을 짓밟힌 '사랑의 제거'를 당하기 전까지는 서로 사랑하는 남매였다. 오손은 원하기만 했다면 그 끔찍한 상황을 막을 수도 있었을 것이다. 그가 죄책감을 느끼긴 했을까? 광기에 다다르기 전에는 확실히 느꼈을 것이다. 레미니상스는 오손이 아버지 오시우스에게 품어온 불만이 그 상황에 한몫했다 해도 놀라지 않았을 것이다. 그는 인정하지 않지만, 죄의식은 그의 무의식 저 깊은 곳에서 수십 톤의 무게로 자리하고 있을 것이다. 이런 신념에도 불구하고, 레미니상스는 오손이 거만하게 구는 것을 견딜 수 없었다. 냉정하고 날카로운 분노가 그녀의 이성을 점령했다. 그것이 그녀보다 훨씬 강했다. 레미니상스가 방 가운데로 몸을 던져 쌍둥이 오빠의 몇 센티미터 앞에 멈춰 서더니, 그의 눈을 똑바로 바라보았다. 반역자들도 즉각 공격적인 태도를 취하며 반응했지만, 오손이 손을 들어 그들을 제지했다.

"오빠가 레오미도의 죽음을 애석해한다고 믿게 하려는 거야?" 그녀는 화가 나서 거칠게 내뱉었다. "왜 오빠는 수많은 인생을 망가뜨리는 거지? 오손, 오빠가 얼마나 많은 사람을 죽였는지 알기나 해? 얼마나 죽였어? 그걸 알기는 하느냐고!"

반역자가 얼굴에 조롱 섞인 표정을 띠며 고개를 기울였다.

"이런, 이런, 내 멋진 여동생. 전쟁은 늘 상실을 동반하는 법이야. 너도 잘 알 텐데! 굳이 따지자면 전쟁이 문제인 거라고."

"어떤 전쟁을 말하는 거야?" 레미니상스는 허리에 두 손을 올린 채 오손 앞에 버티고 서서 부르짖었다. "열등감으로 가득한 오빠의 자아를 만족시키기 위한, 그 사적이고 하찮은 전쟁?"

"그런 말은 허락하지 않는다." 오손이 으르렁거렸다.

그의 눈에서 작은 불빛이 불안하게 탁탁 튀었다.

"내가 오빠의 계획에 반대할까 봐 나를 영원히 그림 속에 가두려 했잖아!" 레미니상스는 계속 소리쳤다. "오빠는 내 아들과 며느리를 죽였어! **그 아이들이 방해가 된다는 단 하나의 이유만으로 그들을 죽여버렸다고!**"

얼굴이 하얗게 질릴 정도로 화가 난 레미니상스가 크라쉬 그라녹스를 꺼냈다. 오손은 꼼짝도 하지 않았다.

"넌 그럴 능력이 없어." 오손이 이 사이로 말을 뱉어냈다. "넌 나를 아프게 할 수 있고 상처를 줄 수도 있지만, 절대 나를 막을 수는 없어."

"오빠를 막지는 못하겠지. 하지만 저 애는 달라!" 분노로 창백해진 레미니상스가 대꾸했다.

그녀는 오손의 둘째 아들인 모티머에게 아르보레상스를 던졌다. 가장된 평화를 유지하던 이쪽 편과 저쪽 편의 노력이 순식간에 무너졌다. 너무나 많은 분노와 원망이 탈주자들의 가슴을 짓누르고 있었고, 명예에 대한 꿈과 그에 따른 오만이 반역자들을 눈멀게 했다. 아보미나리가 제일 먼저 공격을 시작했다.

"이 더럽고 늙은 생쥐 같은 노파야, 네 얼굴에 침을 뱉어줄 테다!" 그는 성이 나서 입에 기품을 물고 격하게 내뱉었다. "네 몸을 댕강 잘라 조각내서, 잔치를 벌이라고 개들한테 던져줄 거야!"

"그래그래, 물론 그래야지." 드라고미라가 아보미나리의 주둥이를 막아버릴 수 있는 그라녹을 던지며 중얼거렸다.

"누가 침을 뱉는다고 하는 거예요?" 얼뜨기가 끼어들었다.

옥사는 지체 없이 기회를 낚아챘다. 발톱을 죄다 날카롭게 세운 아보미나리가 소리를 죽이고 드라고미라에게 달려들자, 옥사는 느릿한 얼뜨기에게 몸을 기울여 귀에 대고 몇 마디를 속삭였다. 잠시 후, 아보미나리는 얼뜨기가 묻힌 치명적인 침 때문에 너무 고통스러운 나머지 동작을 멈추었다. 피부가 거무죽죽하게 변하면서 메케하고 심한 악취를 풍기는 연기가 피어올랐고, 아보미나리는 바닥에 쓰러졌다. 옥사는 만족스럽게 두 손을 비볐다.

"잘했어!" 옥사가 말했다.

그동안 두 패거리 사이에 극심하고 무질서한 난투극이 진행되었다. 오손은 평생 숙적이었던 인간 요정을 악착같이 추격하고 있었다.

"아바쿰 할아버지! 조심하세요!" 옥사가 위험을 알리며 고함을 쳤다.

옥사가 오손에게 대포알처럼 몸을 던지려는 찰나, 파벨이 방으로 뛰어들었다.

"뭐든 다 하라고 허락하지는 않았을 텐데!" 파벨이 옥사에게 엄하게 소리쳤다.

"하지만 아빠······."

"넌 여기 있어, 꼼짝도 하지 말고!" 파벨이 옥사를 커다란 소파 뒤로 잡아끌면서 지시했다.

"엄마는요? 엄마는 찾았어요?"

"엄마는 예배당에 안전하게 있어. 여기 있어라!"

사방에서 비명이 울리는 긴장된 상황이었지만, 옥사는 말로 형용할 수 없을 만큼 안도했다. 그녀 옆에서 인간 요정이 상자주 족 요정이었던 어머니에게 물려받은 지팡이를 꽉 쥔 채 떨어지는 10여 개의 그라녹을 교묘히 피하고 있었다. 어렴풋이 보이는 방어벽이 탈주자들의 위쪽과 앞쪽에 버티고 서서 반역자들의 그라녹을 굵은 밀가루만큼도 위험하지 않게 만들었다. 그들의 공격에 놀란 파벨이 몸을 던져 민첩하게 벽 위를 달렸다. 그레고르와 루카스가 바로 반응하며 그를 향해 손가락 끝에서 빛을 뿜었다. 하지만 파벨이 훨씬 빨랐다. 그는 마지막 바퀴를 돌고는 방 안쪽에서 오손에게까지 날아가려고 도약했다. 반역자의 목이 파벨의 넓적다리 사이에 끼워져 나사처럼 돌아갔다. 두 사람은 공중에 둥둥 뜬 채, '한 몸'으로 합체되어 빙빙 돌았다. 장소가 너무 좁아 반역자를 다치게 하지 않고는 반격하기가 불가능할 것 같았다. 하지만 아가퐁이 위험을 무릅쓰고 공격했다.

"대장님! 토르나필롱이에요!" 그가 오손에게 경고하려고 부르짖었다.

그 그라녹이 두 사람에게 이르자, 오손은 토르나필롱의 원심력을 피하기 위해 온 힘을 다해 도망쳤다. 그는 멀리 피하면서 토르나필롱이 만든 회오리바람의 포로가 된 파벨과, 그 앞에 마주 선 탈주자들에게 도발적인 시선을 던졌다. 옥사는 겁이 나서 두 손을 쥐어짰다. 그녀는 튀그뒤알에게 절망적인 시선을 던졌다. 하지만 소년은 탈주자들에게 끈질기게 푸폴레토를 던지는 카타리나에게 잡혀 있었다. 사방에서 온갖 결투와 대결, 도발, 몸싸움이 난무했다. 옥사는 자신의 카파시퇴르 중 하나인 방토자를 삼키고, 곧장 천장으로 뛰어올랐다.

"이야아아아앗!"

옥사가 고함과 함께 날아올랐다. 두 손이 마치 자성을 띤 것처럼 천장에 딱 붙었다. 그녀는 미친 듯이 불어대는 회오리바람에 휩쓸리지 않으려고 있는 힘껏 미끄러운 천장에 매달리며 아버지에게 가까이 다가갔다. 그녀의 머리카락과 옷이 회오리바람에 휩쓸리며 수평으로 팽팽하게 당겨졌다. 그녀가 입고 있는 것은 죄다 그 탐욕스러운 바람에 빨려 들었다. 목을 졸라오는 머플러를 끄르자, 그것은 순식간에 사라져버렸다.

"조심해, 옥사!" 그레고르가 던진 그라녹의 일제사격을 피하며 튀그뒤알이 소리쳤다.

위험했지만, 옥사는 주저하지 않고 돌풍 속으로 팔을 뻗어 아버지를 세게 끌어당겼다. 두 사람은 가차 없이 바닥으로 굴렀다.

"아야!" 소녀가 몸을 웅크리고 신음했다.

아무리 여왕이라 해도 그녀가 인간이란 사실에는 변함이 없었다. 몸의 충격이 그것을 자각하게 해주었다.

"내 말 들으라니까!" 파벨이 이를 갈며 꾸짖었다. "넌 지금 쓸데없이 무모하게 굴고 있어."

옥사는 당황해 아버지를 바라보았다. 아버지는 그녀가 어떻게 하기를 바라는 것일까? 그가 죽도록 가만히 놔두라고? 옥사의 호흡이 점점 빨라지며 눈빛이 어두워졌다.

"자, 자, 사랑하는 조카, 네 딸은 희생심이 있구나."

옥사는 뻣뻣하게 굳었다. 오손이 다가와 가장 심하게 다친 그녀의 어깨를 밟았다. 그는 아주 도발적인 눈빛으로 파벨을 뚫어지게 바라보며 무자비하게 점점 더 발에 힘을 주다가 갑자기 파벨의 목을 낚아채며 발끝으로 옥사를 밀었다. 소녀는 바닥에 쓰러졌다. 납덩이처럼 무거운 반역자의 발에 가슴이 으깨진 것 같았다. 옥사는 숨이 막혀 눈을 크게 떴다. 그녀의 위쪽에서 오손이 계속 파벨의 목을 누르며 드라고미라와 튀그뒤알의 공격을 막아내고 있었다.

'오손은 이길 수가 없어. 우린 다 죽을 거야!' 옥사가 한탄했다. 그녀는 마음 깊은 곳에서 진동하고 있는 분신을 불러오려 노력했다. 그 분신이란 것은 오손을 묵사발로 만들지 않고 뭘 기다리는 거야? 어떻게 하는 거지? 제길, 그녀는 어떻게 해야 할지 도무지 알 수 없었다…….

"오빠! 그만해!" 돌연 레미니상스의 목소리가 울려 퍼졌다.

모두들 그녀를 향해 몸을 돌렸다. 레미니상스는 크라쉬 그라녹스를 흔들고 있었다. 그녀의 크라쉬 그라늑스에는 아르보레상스의 가느다란 끈이 연결되어 있었고, 그 끝에는 모티머가 묶여 있었다. 그녀는 마치 채찍처럼 그것으로 공중을 때렸다. 단단히 결박된 모티머가 공중으로 붕 떠오르더니 충격을 막을 새도 없이 내팽개쳐졌다. 그는 천장과 사방 벽, 바닥에 부딪치며 두려움과 고통의 비명을 내질렀다.

"그들을 놓아줘!" 레미니상스가 얼음같이 차가운 어조로 오손에게 소리쳤다.

오손은 아주 태연했다.

"오빠가 하는 짓에 자신이 있는 거지?" 레미니상스가 도전적인 눈빛으로 그를 쏘아보며 외쳤다. "핏줄의 가치를 그렇게 역설하더니, 본인은 혈육을 희생할 준비가 되셨나?"

그녀는 크라쉬 그라늑스를 더욱 세게 흔들었고, 모티머는 더욱 고통스러운 비명을 질렀다. 곧 오손의 얼굴이 창백해졌고, 그레고르는 분노가 솟구쳐 주먹을 꽉 쥐었다. 탈주자들 뒤에 서 있던 조에는 소리 없이 눈물을 흘렸다. 견디기 힘든 분위기였다. 레미니상스도 오손도, 양보하고 싶은 마음은 없는 것 같고, 이 싸움은 몇 시간이고 계속될 수 있었다. 모두 그 사실을 잘 알고 있었다. 모티머의 비명이 조금씩 잦아들며, 소년은 서서히 무의식으로 빠져들었다.

"넌 끝까지 가지 못할 거야." 오손이 분노로 떨리는 목소리로 중얼거렸다.

"과연 그럴까?" 레미니상스가 대꾸하며 크라쉬 그라늑스로 바닥을 세게 내려치자, 모티머의 몸이 공처럼 튀어 올랐다. "만약 내가 오빠처럼 한다면…… 내가 조금도 망설이지 않고, 오빠가 내 자식을 죽인 것처럼 오빠 아들을 죽인다면?"

"그만해……."

오손은 창백해진 얼굴로 난폭하게 파벨을 내던졌고, 파벨은 마룻바닥 위로 털썩 떨어졌다. 오손은 발끝으로 한 번 더 옥사를 세게 밀었다. 고통이 엄습했지만 소녀는 다리를 세워 꿋꿋하게 일어섰다. 더 이상 양 진영이 싸울 때가 아니었다. 레미니상스와 오손은 이 세상에 둘만 있는 것처럼, 자신들이 주위에 일으킨 재난에는 무관심한 채 결판을 지으려 목소리를 높였다.

"네 아들과 며느리는 비행기 사고로 죽었어, 너도 잘 알잖아!" 오손이 말했다.

"그래, 하지만 오빠의 악마 같은 머리가 꾸며낸 사고였지! 그 일을 가지고 장난할 생각은 하지 마, 제발. 오빠가 내 아들을 죽인 순간 내 인생은 망가졌어. 내가 고통받은 만큼 오빠가 고통받을지 의문이지만, 난 오빠의 아들을 죽일 거야! 내 말 들려? **난 모티머를 죽여버릴 거라고!**"

탈주자들과 마찬가지로 반역자들 역시 소름이 쫙 끼쳤다. 레미니상스는 몹시 단호하고 무자비해 보였다. 탈주자들은 여리고 부드러운 이 노부인이 그림 속에서 몇 달을 헤매고 다니면서, 그들과 더욱 단단히 결속되었음을 깨달았다. 동시에 그녀는 아주 잔인하고 독립적이기도 했는데, 왜냐하면 지금 이 순간 레미니상스는 탈주자들이 정한 규칙에도 불구하고 복수의 갈증에 복종하고 있었던 것이다. 반역자들 입장에서는 그녀가 자신들의 우두머리의 훌륭한 쌍둥이 여동생이었으므로, 그녀가 힘과 잔인성의 한계를 뛰어넘으리라는 것을 누구도 의심하지 않았다. 그녀의 결심은 흔들리지 않을 것 같았다. 심지어 오손마저도 설득당한 듯 보였다. 레미니상스의 눈동자 깊숙이에서 빛나는 엄격한 빛은 어떤 의심의 여지도, 일말의 희망도 남기지 않았다. 그녀는 모티머에게 치명적인 위협이 될 일격을 가하려고 다시 팔을 들었다. 조에가 절망적으로 비명을 질렀다.

"죽이지 마세요! 할머니, 제발요."

레미니상스는 잠시 동요하는 듯했다. 옥사는 숨을 헐떡이며 조에를 쳐다보았다. 몇 달 동안 모티머는 부모를 잃은 소녀에게 친오빠 같았고, 그가 조에에게 보여준 진정은 절대 지워질 수 없었다. 조에는 두 손을 비틀며, 터질 듯한 고통을 더 이상 막지 못해 끅끅거렸다.

"모티머 삼촌을 죽이지 마세요. 너무 많은 사람이 죽었어요……."

"제발 이렇게 애원할게요!" 저 안쪽 줄에서 뒤쪽에 물러나 있던 한 여인이 나와 눈물을 흘리며 울부짖었다. "내 아들을 살려주세요. 그 아이를 죽이면 아마도 또 많은 죽음을 낳겠죠. 하지만 그 무엇도 그들을 돌려놓지는 못할 겁니다."

조에의 인생이 뒤집힌 4월의 그 끔찍한 날, 맥그로우의 집을 떠난 이후, 처음으로 바바라 진외할머니를 보는 조에에게 이 상황은 너무 가혹했다. 소녀가 신음을 뱉어내자 레미니상스는 전율하며 두 손에 얼굴을 묻고 무너져 내렸다.

"그들 얘기를 들어요!" 눈에 간청의 빛을 띠며 아바쿰이 중얼거렸다.

그러나 고통은 이성보다 훨씬 강했다. 비통하면서도 분노에 찬 흐느낌 속에서 레미니상스는 팔을 들어 파괴적인 의지로 모티머를 내려쳤고, 그 어떤 것도, 어느 누구도 그녀를 말릴 수 없었다.

이성 회복

갑자기 방 한가운데에서 요란한 소리와 함께 황금색 빛이 번쩍거려 귀가 먹먹하고 눈이 부셨다. 모두 반사적으로 팔을 들어 눈을 가리며 이 놀라운 빛을 막으려 했다.

"상자주 족이에요!" 옥사가 감탄을 금치 못하며 가벼워진 마음으로 외쳤다.

오손은 탈주자와 반역자 무리 사이에 나타난 황금빛 후광을 보고 두 눈을 크게 뜨며 인상을 찌푸렸다. 옥사는 오손이 의아해하는 모습에 놀라 그를 쳐다보았다. '확실해! 그들을 한 번도 본 적 없는 거야!' 옥사가 속으로 중얼거렸다. 후광에서 실루엣 하나가 나타났다. 그 형체는 몽롱하고도 부드럽게 움직였고, 긴 머리카락은 마치 바다 깊은 곳에서 자라는 김처럼 물결쳤다. 그녀는 바닥에서 수십 센티미터 둥둥 뜬 채, 서로 마주 보고 선 두 무리의 사람을 한참 동안 관찰했다. 자신들이 경험하는 지금 이 순간이 미래를 위해 중요하다는 사실을 확신하며, 모두 얼어붙은 듯 꼼짝도 하지 않았다. 실루엣이 옥사에게 다가가자 오손은 한 걸음 뒤로 물러났다.

"경의를 표합니다, 젊은 여왕님."

매혹적인 맑고 청아한 목소리가 퍼지자 반역자들의 가슴속에 존경스러운 침묵이 일었다. 사람들은 감동해 저마다 크라쉬 그라녹스를 내려놓고, 옥사에게 공손히 인사하는 상자주 족 여인에게 집중했다. 지금껏 그들 중 어느 누구도 옥사를 이토록 존중하지 않았던 것이다.

"연합할 시간이에요. 세계의 심장 에데피아가 죽어갑니다." 그녀가 알렸다.

"오시우스 님은요?" 오손의 무정한 눈길 아래 아가퐁이 그녀의 말을 끊었다.

"오시우스는 충분히 많은 것을 했습니다." 상자주 족 여인이 말을 잘랐다. "말로란과 그는 오늘날 두 세계가 파괴에 이른 '대혼란'의 책임을 공유합니다. 이제 여러분 모두가 행동할 때입니다. 여러분이 개입하지 않는다면 모든 게 끝나버릴 겁니다."

"우리가 뭘 해야 하죠?" 옥사가 부르짖었다.

"여러분을 하나로 만들 수 있는 힘을 찾으세요." 상자주 족 여인이 대답했다.

모두 의구심과 불신을 드러내며 서로를 바라보았다.

"그 어느 것도 우리를 하나로 묶을 수 없습니다." 파벨이 응수했다.

"그러나 두 세계의 생존은 이 연합에 달려 있습니다."

잠시 납덩이처럼 무거운 침묵이 깔리더니, 두 진영이 소란스레 웅성거렸다.

"연합은 불가능해요!" 반역자 그룹에서처럼 탈주자 그룹에서도 여러 명이 소리쳤다.

"절대 있을 수 없는 일입니다!"

"말도 안 돼요!"

"상황이 소문처럼 심각하지 않을지도 몰라요!" 이 소란을 뚫고 메르세디카의 목소리가 울렸다.

거칠게 딱 하는 소리가 들려 모두 대화를 멈추었다. 상자주 족 여인을 감싸고 있던 후광이 눈에 띄게 어두워지더니, 전 세계에서 일어나는 대재앙의 영상이 나타났다. 마치 수십 개의 텔레비전이 켜진 것처럼 수많은 방송기자들의 목소리가 다양한 언어로 울려 퍼졌다. 영상만으로도 외부 세계를 강타한 재앙을 충분히 짐작할 수 있었지만, 탈주자와 반역자들은 다양한 언어로 전달되는 정보를 이해하려고 귀를 기울였다. 휴화산이 차례로 깨어나기 시작했고, 지진이 전 세계를 뒤흔들었으며, 해일이 높게 올라와 해안가를 휩쓸었고, 폭우에 땅이 잠겼으며, 큰 산불이 마을과 숲을 황폐하게 만들었다……. 사람들은 최후의 희망을 품고 이 무시무시한 혼돈에서 달아나려 사방에서 안간힘을 쓰고 있었다. 하지만 헛된 노력이었다.

"두 세계의 종말이 상상하지 못할 정도로 빠르게 다가오고 있습니다." 상자주 여인이 말했다. "'펠르린의 방'으로 보호받던 두 세계의 심장의 균형이 '말해서는—안—되는—비밀'이 폭로되면서 회복될 수 없을 만큼 깨졌어요. 그날 이후, 정도의 차이는 있어도 질서는 유지되어왔는데, 이제는 우리 모두 파국으로 치닫고 있네요. 상처가 깊습니다. 하지만 아직은 균형이 다시 세워질 수 있어요. 사태를 진정시키려면 자신을 희생하고 서로에게 양보하며, 연합해야 합니다. 왜냐하면 두 세계의 미래가 여러분에게 달려 있으니까요. **여러분 모두에게.**"

상자주 여인은 드라고미라를 향해 몸을 돌리고 수많은 황금 궁륭으로 그녀를 감쌌다.

"'경계의 문'은 제때, 제자리에 놓일 것입니다." 가까이 있는 사람들만이 느낄 수 있는 숨소리를 내며 상자주 여인이 말했다.

"당신의 폴딩고가 안내하는 방법을 알 겁니다, 그가 바로 '절대 좌표'의 수호자니까. 준비하세요, 드라고미라. 당신은 남아 있는 현재의 여왕이며, 사라져가는 균형의 일부를 그 가슴속에 간직한 사람이니까요."

상자주 여인의 말은 황금 궁륭에 둘러싸인 드라고미라만이 들을 수 있을 뿐, 황금 궁륭 외부에는 전혀 의미를 알아들을 수 없는 중얼거림만이 울려 퍼졌다. 잠시 후, 후광은 실루엣을 싣고 사라지며 황금빛 흔적만을 남겼다.

탈주자, 반역자 할 것 없이 모두가 경아하고 당황스러워했다. 아바쿰과 파벨의 부축을 받는 드라고미라의 얼굴색은 몹시 창백했다. 그녀의 얼굴은 부담감에 움푹 팼고, 푸르고 커다란 두 눈이 그 무게에 잠겼다.

"의논해야 할 시간인 것 같아." 드라고미라가 쉰 목소리로 말했다.

그녀가 손에 닿는 의자에 무너지듯 주저앉자, 두 무리의 일원도 그녀를 따라 각자 의자에 앉았다. 레미니상스는 아직도 손에 크라쉬 그라녹스를 들고 있었고, 그 끝은 여전히 꼼짝 않고 바닥에 쓰러져 있는 모티머에게 연결되어 있었다. 오손도 마지못해 자리에 앉았다.

"이제 우리는 명백한 사실을 인정해야만 해요." 드라고미라가 입을 열었다. "우리에게 갈등이 있다는 것은 확실해요. 하지만 균형을 다시 세우기 위해서는 서로가 필요해요. 만약 우리가 균형을 다시 세우지 않는다면, 내부 세계에서건 외부 세계에서건 우리 모두 죽을 겁니다. 그것이 우리가 원하는 바인가요?"

무거운 침묵이 흘렀다. 개개인을 자극하는 야망과는 관계없이, 한 가지 대답이 일제히 머릿속을 엄습했다.

"오손, 우리는 에데피아로 갈 수 있는 수단을 하나씩 갖고 있어요. 당신은 내 어머니의 목걸이를 갖고 있고……."

"우리의 어머니지." 오손이 정정했다.

"그래요, 맞아요." 드라고미라가 눈을 찡그리며 말을 이었다. "당신은 우리 어머니의 목걸이를 갖고 있어요. '경계의 문'을 열어줄 주문이든 목걸이죠. 그런데 '경계의 문'은 저 넓은 세계 어딘가에 있어요. 그게 어딘지 정확히 아는 건 누구일까요? '절대 좌표의 수호자', 나의 충성스러운 폴딩고에게만 그것을 알려줄 능력이 있죠. 따라서 당신은 열쇠를 갖고 있지만 '경계의 문'이 어디에 있는지 몰라요. 나는 '경계의 문'이 어디 있는지는 알지만 열 수가 없고요."

오손은 이마에 주름을 잡으며 정신을 집중하려고 애썼다. 시간이 흐르면 흐를수록 결정은 점점 어려워 보였다. 사람들을 무력하게 하는 상황이었다…….

"오빠는 왜 그렇게 에데피아로 돌아가려 하는지, 그 이유를 동료들에게 설명할 수 있어? 여러분은 여러분이 맹목적으로 따르는 저 사람이 어떤 사람인지 알고 있나요?" 레미니상스가 끼어들었다.

"안 돼, 레미니상스. 제발, 그러지 마요." 아바쿰이 그녀를 만류했다.

인간 요정은 논쟁을 일으킬 가능성이 있는 표현을 걱정하는 것 같았다. 레미니상스의 질문은 그만큼 중대하고 사적인 것이었으므로……. 오손의 얼굴이 일그러졌다. 그의 시선에서 매섭고 난폭한 빛이 번득였다. 반역자는 주위에 큰 피해를 주지 않으려 참는 것 같았다.

"오빠는 아버지가 결국에는 오빠를 사랑할 거라고 생각해?" 레미니상스가 냉랭한 목소리로 말을 이었다. "그래? 아버지는 자기 자신밖에 사랑하지 않았어. 자기 자신과 권력만 사랑했지. 오빠가 무엇이 되든 아무것도 바뀌지 않아. 오빠가 지금껏 해온 것들은 다 아무것도 아닌 것을 위한 거였어. 불쌍한 오빠!"

"그만해요, 레미니상스!" 아바쿰이 놀라울 만큼 단호하게 소리치더니 훨씬 낮은 목소리로 덧붙였다. "지금은 때가 아니오, 적을 자극할 필요는 없다고. 지금 중요한 건 모두 힘을 합하는 것이오. 시간이 없소."

모두에게 그 사실을 되새겨주기 위해서인 양, 성난 돌풍이 또 한 번 벽을 뒤흔들었다. 광풍이 벽난로 도관 속에서 소용돌이치며, 아궁이 주위에 진한 먼지구름을 일으켰다. 바깥에 내리던 비는 우박이 섞인 소나기로 변한 모양이었다. 온갖 요소의 압력 때문에 집이 심하게 삐걱거렸고, 기왓장들이 바닥으로 떨어져 깨지는 소리가 들려왔다. 돌연 대지 깊은 곳에서 시작된 진동이 섬 전체를 뒤흔들었다. 천장과 칸막이벽들이 소름 끼치도록 삐거덕거렸고, 수십여 개의 물건과 액자 등이 거실에 모인 사람들 주위로 마구 떨어졌다. 모두 공포에 질려 눈이 휘둥그레진 채 서로에게 매달렸다. 시작됐을 때와 마찬가지로 진동은 느닷없이 끝났다. 벽들은 쩍쩍 갈라졌고, 생명체들은 공포를 공유하며 꼭 붙어 있었다. 오손조차 동요하는 것 같았다. 그는 깊이 심호흡했고, 차가운 시선이 쌍둥이 여동생에게 고정되었다. 레미니상스는 비길 데 없이 부드러운 동작으로 크라쉬 그라녹스를 들었다. 그러자 아르보레상스에 묶인 모티머의 몸이 일어났다. 아주 능숙한 손놀림으로 노부인은 정신을 잃은 소년을 바바라가 있는 곳까지 인도해 그 앞에 내려놓았다. 오손이 그녀에게 마지막 시선을 던졌다. 그를 소진시킨 불길이 원망으로 돋우어졌는지, 아니면 감사로 돌우어졌는지 아무도 모를, 수수께끼 같은 시선이었다. 바바라 옆에 있던 반역자는 아들을 품에 안고 현관 입구의 홀을 향해 걸어갔다.

"오손, 기다려요!" 갑자기 날카로운 목소리가 울려 퍼졌다. "우리 역시, 치료가 필요해요."

오손이 몸을 돌렸고, 다른 모든 반역자와 탈주자도 그를 따라 돌아보았다. 머리끝에서부터 발끝까지 땀으로 푹 젖은 잔느 벨랑제가 꼬마 폴 딩고를 데리고 거실 층계참에 서 있었다.

"구스!" 옥사가 완전히 의식을 잃고 잔느의 팔에 안겨 있는 친구를 보며 울부짖었다.

구스의 머리카락이 뒤쪽으로 늘어져 시체처럼 창백한 얼굴이 드러났다. 아바쿰이 잔느를 도우려고 달려갔다. 소년의 눈꺼풀을 열어본 그의 얼굴이 어두워졌다. 아바쿰이 오손을 향해 몸을 돌리자, 오손은 강력한 적수에게 의문의 시선을 던졌다.

"해독제가 필요하오." 아바쿰이 짧게 말했다.

오손의 입술이 의기양양하면서도 잔인한 미소를 띠며 벌어졌다. 고통으로 몸을 비틀고 있는 구스의 미래에는 이 한 마디면 충분했다.

"얼마든지!"

오손이 부드럽게 말했다.

해독제

　오손의 최측근 호위대—루카스, 아가퐁, 그레고르, 메르세디카와 바바라로 구성된—가 음산한 어둠 속에 잠긴 넙찍한 입구로 들어갔다. 곧이어 아바쿰이 구스의 부모, 드라고미라, 나프탈리, 파벨, 옥사와 더불어 그 무리를 따랐다. 레미니상스가 그들과 합류하려고 무거운 걸음을 옮기사 오손의 목소리가 천둥처럼 울려 피졌다.

　"그녀는 여기 남게 하시오! 가까이 두고 싶지 않소!"

　"언니는 여기 남는 게 낫겠어요." 드라고미라가 중얼거렸다. "친구들을 돌봐주세요, 우리는 언니를 믿어요."

　노부인이 고개를 끄덕였고, 무리는 반역자들을 따라 거실 밖으로 멀어졌다.

　홀 안을 지배하는 암흑에 불안해진 드라고미라는 재빨리 크라쉬그라녹스로 트라시빌을 불러내 눈부신 촉수들로 넓은 공간을 밝혔다.

"촉수가 열한 개인 트라시뷜이로군!" 오손이 감탄하며 휘파람을 불었다. "네가 그런 전형적인 녀석을 갖고 있었는지는 몰랐구나."

"당신이 나에 대해 모르는 게 그거 하나만은 아닐 거예요." 드라고 미라가 응수했다.

오손은 복잡한 철 공예로 장식된 계단 난간으로 다가가며 신경질적인 미소를 흘렸다. 그는 일식(日蝕)을 표현한 철 세공품 중 하나를 손바닥으로 누르며 팔목을 돌렸다. 계단 밑 골방에 숨겨진 작은 문이—퀼뷔겔라르가 거기에 있다고 언급했던—스르륵 열렸고, 기름등잔으로 밝힌 또 다른 계단이 나타났다. 오손이 그곳으로 들어가자, 모두 납덩이처럼 무거운 침묵을 지키며 그 뒤를 따랐다. 튀그뒤알과 조에가 탈주자들 뒤로 몰래 휩쓸려 들어간 순간, 문이 천천히 닫혔다.

"두 사람은 여기서 뭐 하는 거야?" 옥사가 그들이 따라온 것을 알아차리고 속삭였다. "무지 위험하다고!"

"아무리 위험하다고 해도 우리가 너 혼자 저 아래로 내려가게 할 거라 생각했니, 꼬마 여왕!" 튀그뒤알이 꼬마 폴딩고를 품에 안고 대답했다.

옥사는 두 친구가 자신과 함께 있다는 사실에 마음의 위안을 얻었지만, 겉으로는 이를 감추기 위해 허공을 보며 고개를 돌렸다.

"그럼 반역자들의 소굴이 뭘 감추고 있는지 좀 볼까." 튀그뒤알이 두 소녀를 이끌며 말했다.

계단참을 여러 개 내려간 다음, 두 그룹은 거대한 복도로 들어섰다. 복도 가장자리에는 섬의 가장 깊은 곳과 연결된 것처럼 보이는 10여 개의 문이 죽 둘러서 있었다. 빛이 사암 벽면 위에서 흔들렸고, 폐쇄된 공간의 탁한 공기 때문에 호흡하기가 힘들었다. 그들이 들어서자 복도 끝의 벽에 매립된 대형 통풍기가 돌아가기 시작했고, 소금기가 실린 바닷바람이 들어오며 답답함을 순간적으로 해소해주었다.

"이쪽으로 오시오!" 오손이 여러 개의 문 중 하나를 열며 말했다.

그를 따라 들어가자 보이지 않는 자물쇠들이 덜그럭 부딪치는 소리가 들리고 다시 문이 잠겼다. 방으로 들어간 탈주자들은 그곳이 엄청나게 큰 연구실이라는 사실을 깨달았다. 드라고미라의 증류기만큼이나 인상적인 기구가 방 한가운데 떡 버티고 서 있었고, 벽에는 약병, 각종 크기의 시험관, 수많은 병과 별의별 크기의 호리병이 가득했다. 돌멩이와 수정 등이 들어차 입추의 여지가 없는 상자들이 어두운 구석을 차지했다. 오손은 간이침대에 아들을 눕힌 다음, 커다란 가구 속을 뒤지며 안에 든 물건을 거의 반 정도는 바닥으로 던졌다. 마침내 그가 금갈색으로 반짝이는 액체가 든 작은 병을 꺼냈다. 드라고미라가 궁금해하며 다가갔다.

"내가 만든 묘약이야." 그녀의 말 없는 물음에 오손이 대답했다. "고통을 흡수하기 위해 옐로스톤공원의 샘물에 공작석을 오랫동안 담가놓았고, 피로를 이기기 위해 마다가스카르에서 캐낸 래브라도라이트의 빛을, 골절된 뼈의 접합을 활성화하기 위해 사라고사의 아라고나이트 한 조각을 함께 넣었지. 그리고 차마 그 정체를 밝힐 수 없는, 꼭 필요한 요소도 잊지 않았단다."

말을 마친 오손은 몸을 숙여 모티머의 입을 벌리고, 묘약을 몇 방울 흘려 넣었다. 몇 초 후, 소년은 넋이 나간 표정으로 고개를 들더니 드라고미라와 파벨이 눈에 띄자 침대 구석으로 뒷걸음질 쳐 몸을 웅크렸다. 바바라가 그를 안심시키기 위해 두 팔로 끌어안았다. 모티머는 여전히 몸이 아픈 듯 신음했다.

"몇 방울 더 마셔라." 오손이 그에게 작은 병을 내밀며 말했다.

아버지의 말을 따라 고분고분 약을 마시던 모티머의 시선이 조에게 멈췄다. 모티머는 원래대로 기운을 차린 것에 만족하며 그녀에게서 눈을 떼지 않은 채 기지개를 폈다. 비록 얼굴에 커다랗게 멍이 들긴 했지만 고양이처럼 유연하게 펄쩍 뛰어 일어나는 그를 보고, 그의 빠른 회복 속도에 깜짝 놀랐다.

"광석의 힘은 정말 매력적이야, 그렇지 않나?" 오손이 말했다.

"식물의 힘 역시 그렇죠." 드라고미라가 그의 흡족한 표정에 신경질적으로 응수했다.

"그렇다면 친애하는 동생, 이번엔 왜 직접 저 불쌍한 소년의 치료를 맡지 않은 거지?" 그가 구스를 바라보며 이죽거렸다.

드라고미라는 오손이 지나치게 거만하게 구는 것이 못마땅했지만, 자신은 겸손한 태도를 지키기로 결심했다.

"구스가 저렇게 된 원인이 당신에게 있으니까요." 드라고미라는 가능한 감정 없는 객관적인 어조를 띠려 애쓰며 말했다. "우리는 당신에게 해독제가 있다는 것을 알아요. 상자주 족 여인의 말을 들었잖아요. 시간이 없어요. 왜 내가 당신이 이미 갖고 있는 치료제를 고심하여 만드느라 귀한 시간을 낭비해야 하나요? 혹시라도 협박을 할 생각이라면, 그것이 결정적으로 두 세계의 미래를 위태롭게 한다는 사실을 잊지 마요. 결과적으로는 당신 자신을 위협하는 셈이죠."

"오! 드라고미라, 사랑하는 드라고미라……." 오손이 한숨을 내쉬었다. "욕구불만 때문에 마구 지껄이는구나. 내가 어떻게 그리 무책임할 수 있겠니?"

"정말로 어떻게 그럴 수 있겠어요." 드라고미라가 말을 이었다.

그녀는 다른 쪽 간이침대에 누워 있는 구스에게 몸을 기울였다. 구스의 부모와 아바쿰이 구스 옆에 놓인 의자에 앉아 있었다. 잔느는 아들의 손을 꼭 잡은 채 눈을 떼지 못했다. 침대 위로 기어 올라가 공처럼 동그랗게 몸을 말고 소년에게 기댄 꼬마 폴딩고도 마찬가지였다.

"어떻게 된 일인지 우리한테 설명해줄래요?" 드라고미라가 폭발하려는 분노를 억누르며 물었다.

"아주 간단해." 오손이 눈에 거슬릴 정도로 기뻐하며 대답했다. "나의 사랑하는 해골 머리 곤충의 독이 저 불쌍한 소년의 혈관에 퍼지는 중이야. 이 독은 신체 기관이 인간과 자연, 혹은 기계가 만들어내는 초저주파와 초음파에 특별히 큰 영향을 받게끔 해. 내가 가공할 만하다고 인정하는 방법이지. CIA가 전과는 차원이 다른 신세대 무기를 개발할 때 이것에서 영감을 얻기도 했지. 너희들이 보호하는 소년이 견디고 있는 고통은 그가 무의식에 빠지고 싶어 하기 때문에 일어나는 현상이란다."

"내 아들이 무의식에 빠지고 싶어 한다고?" 피에르가 오손을 날카롭게 쏘아보며 소리쳤다.

"그에게 해독제를 줘요, 지금 당장!" 드라고미라가 외쳤다.

오손이 짓궂게 비웃었다.

"네 생각이 얼마나 단순한지 모르겠구나! 내가 정말 그렇게 기본적인 방법을 사용했을 거라고 믿는 거야? 아냐, 아니, 아니지. 네가 보호하는 저 소년은 조용히 죽음을 향해 나아가는 중이란다."

"**아네요!**" 옥사가 울부짖었다.

잔느는 두 손에 얼굴을 묻으며 눈물을 흘렸고, 피에르는 몹시 낙심해 어깨가 축 처졌다.

"그렇다니까!" 오손은 자신이 만든 상황을 즐기며 말을 이었다. "내가 개입할 경우를 제외하고는 말이야, 물론."

"약속했잖아요!" 미친 듯이 화가 난 옥사가 그의 말을 끊었다.

"그래. 그래서 나는 두 가지 해결책 중 하나를 선택하라고 제안할 거야."

"대단히 잘난 인간 나셨군." 파벨이 휘파람을 불었다.

"첫 번째, 여러분이 보호하는 소년은 견딜 수 없는 고통과 무의식을 번갈아 겪으며 청소년기를 보낸다. 사춘기가 끝난 후 결국 죽는다."

"지금 그게 해결책이라는 거예요?" 드라고미라가 짜증을 냈다.

"두 번째는 이거요. 소년은 신진대사를 통해 해독제를 흡수할 수 있는 피를 수혈받는다. 이 해독제는 어두운 사춘기를 즐겁게 극복하도록 해줄 거요. 단, 그동안 그 독의 효력이 얼마나 대단한지를 알게 되지. 흥미롭지 않소?"

탈주자들은 두 번째 가능성의 영향과 작용을 이해한 건지 알 수 없어 아무 말도 하지 못했다.

"날 의심하는 것 같구려." 오손은 그 어느 때보다 확신에 차 말을 이었다. "내 제안은 삶과 죽음 사이의 단순한 선택일 뿐, 그 이상도 이하도 아니오!"

"미쳤군요." 드라고미라의 입에서 이런 말이 흘러나왔다.

"내가 자네를 아는 한, 피를 수혈해줄 마음 넓은 사람은 뮈르무일 거란 생각이 드는데." 아바쿰이 쉰 목소리로 끼어들었다.

오손이 그를 향해 몸을 돌리며 눈을 가늘게 떴다.

"멋진 추리력이로군." 그가 조롱하듯 박수를 쳤다.

"그럼 그게 사실이었군." 아바쿰이 중얼거렸다.

"뭐가요, 아바쿰 할아버지?" 옥사가 참지 못하고 물었다. "뭐가 사실이란 거죠?"

비열한 적

인간 요정이 오손의 잔인한 시선에서 눈을 떼고 옥사와 탈주자들을 향해 고개를 돌렸다.

"에데피아에 있을 때, 사람들은 뮈르무들이 비밀 조직을 만들면서 뛰어난 과학자들을 협박하기 위해 끔찍한 무기를 개발했다고들 했소. 단순히 인질을 삼기 위한 고도의 방법으로, 그중에서도 가장 내성적인 아이들을 노렸지. 그 불행한 아이들은 해골 머리 곤충에게 물렸다오. 곤충의 독은 온몸에 퍼졌지만 청년기까지는 활동하지 않고 몸속에 잠복해 있었소. 사춘기가 되면 고통이 심해져 결과는 치명적일 수밖에 없었지. 하지만 뮈르무들은 독이 육체에 머무르는 시간을—특히 사춘기를—줄이는 해독제의 비밀을 알고 있었으면서도, 불필요한 고통을 겪게 해 그 아이들에게서 청년기를 빼앗았어요. 그 대가는 무시무시했지. 부모는 자신의 아이가 뮈르무가 되는 것을, 아이들은 자신이 뮈르무가 되는 것을 받아들여야 했으니까. 여러분이 이미 알고 있는 그런 결과들과 더불어 말이오.”

“자, 자, 뮈르무가 되면 이익이 많아요!” 오손이 속살거렸다.

“물론이야, 하지만 어떤 대가를 치러야 하지?” 아바쿰이 씁쓰름한 어조로 말했다. “‘정념의 사냥꾼’ 디아팡 족에게 던져져야 하지. 이 부당한 희생은 에데피아가 끔찍한 상황을 알고 있었음을 의미하는 거요.”

인간 요정은 친구들에게 말을 하려고 다시 고개를 돌렸다.

“몇 년 동안, 뮈르무들은 탐나는 과학자들에게 영향을 끼쳤소. 그들의 아이들을 살릴 것인지 죽일 것인지 결정을 보류하면서 말이오.”

“정말 비열하군요.” 드라고미라가 참지 못하고 중얼거렸다.

“그런데 왜 구스가 뮈르무의 피를 수혈받아야만 하는 거죠?” 옥사가 한숨을 쉬며 물었다.

“해독제는 뮈르무에게만 효과가 있으니까, 멍청한 아가씨야!” 오손이 빈정거리며 대답했다.

“왜 그랬죠, 오손? 왜 그렇게 파렴치한 것을 만들었어요?” 드라고미라가 가슴에 손을 얹고 우물거렸다.

“사춘기는 인간의 삶에서 가장 불행한 시기거든. 치욕적이고 뻔뻔스러울 뿐이지.” 반역자가 차갑게 대답했다.

“보편적 이론과는 전혀 다른 의견이로군!” 아바쿰이 반박했다. “아마도 자네에게는 그 시기가 불행했나 본데, 그렇다 해도 난폭한 행동은 정당화되지 못하네. 자네가 그렇게 주장한다 할지라도 다른 관점에서 보면 자네는 이 역겨운 방법의 개발자가 아니니까. 시초는 자네의 선조인 테미스토클이지. 단지 자네의 조부모가 물려준 극단적인 열정을 적용했을 뿐이라고. 그러니 자네는 아무것도 만들어낸 게 없어.”

반역자는 화가 나 입술을 비죽거렸고, 표정이 굳어졌다. 아바쿰의 말이 불러일으킨 모욕감이 오만한 그의 머릿속을 파고들면서 점점 눈살이 찌푸려졌다.

"어쨌든 오늘 저 소년을 구할 해독제를 가진 사람은 바로 나요!" 오손이 기분 나쁜 표정으로 내뱉었다. "오로지 나뿐이오."

피에르와 잔느가 더 이상 오손을 자극하지 말라고 애원하는 눈빛으로 아바쿰과 드라고미라를 바라보았다. 구스의 목숨은 그에게 달려 있었고, 모두 하마터면 사태가 비극으로 치달을 뻔했다고 생각했다.

"아니면, 원한다면 세 번째 가능성도 있지." 오손이 차가운 목소리로 말을 이었다. "해독제에는 두 가지 종류가 있소. 한 가지는 여기 이 방에 있는 것이고, 또 한 가지는 '낭떠러지' 산맥에 아버지와 함께 머물던 수정 동굴 금고에 넣어놓은 것이오. 만약 내 도움이 안 내킨다면, 소년을 에데피아로 들어가게 해서 그 두 번째 해독제를 먹이시오. 하지만 그 해독제라고 해서 뮈르무의 피를 수혈받는 것이 면제되지는 않소. 수혈은 나의 해골 머리 곤충이 일으킨 고통을 이겨내기 위해서는 반드시 필요하다는 사실을 기억하시오. 어쨌든 그 아이는 외부인이니 우리와는 체질이 다르오." 날카로운 짧은 웃음이 그의 입에서 새어 나왔다.

"망설이지 맙시다!" 피에르가 차가운 목소리로 끼어들었다. "내가 제대로 이해한 거라면, 구스가 당신이 갖고 있는 해독제를 먹기 위해서는 뮈르무 한 명이 그에게 피를 수혈해야만 합니다. 고통은 멈추겠지만, 그 대가로 몇 년은 늙어버리겠죠."

"기껏해야 2년이나 3년일 거요." 뼈가 드러난 손을 허공에서 휘저으며 오손이 말했다.

"하지만 어떻게 외부인이 뮈르무가 될 수 있죠?" 옥사가 의심 가득한 얼굴로 중얼거렸다.

오손의 얼굴이 묘한 미소로 환해졌다.

"참으로 똘똘한 종손녀로구나!" 그가 소리쳤다. "외부인도 뮈르무의 묘약을 마신 후에는 완전한 뮈르뮈가 될 수 있단다."

"디아팡의 콧물을 기본으로 한 야비한 술수로군요?" 옥사가 참지 못하고 소리를 질렀다.

오손이 놀라서 그녀를 쳐다보다가 이내 잔인한 표정으로 고개를 끄덕였다.

"어디서 그런 정보를 얻었는진 모르지만, 아주 정확해. 소년에게는 피로 충분하지 않을 거야. 그는 묘약이 새로운 '체질'을 완성할 때까지 그 상태를 계속 유지해야 하지."

"속임수야!" 나프탈리가 화를 냈다. "피는 충분해!"

"당신이 그걸 어떻게 압니까?" 오손이 그를 경멸하듯 위아래로 훑어보았다.

"나는 뮈르무가 되기 위해 그 악마 같은 묘약을 삼킬 필요가 없었거든." 거대한 덩치의 스웨덴 노인이 설명했다. "어머니가 나를 임신했을 때 피를 통해 유전자가 전해졌으니까."

오손이 경련하듯 발작적인 웃음을 터뜨렸고, 폐쇄된 공간의 사방 벽에 그 소리가 불길하게 메아리쳤다.

"불쌍한 나프탈리." 그가 한숨을 내쉬었다. "당신의 어머니는 뛰어난 화학자였지만, 정신력은 너무 나약했어. 그녀의 피는 당신이 뮈르무가 되기에는 분명 충분했을 거야. 하지만 그러기 위해선 당신을 임신했을 때 그녀가 이미 뮈르무였어야 할 텐데! 당신 어머니가 뮈르무가 되기 전에 당신이 태어났다는 말은 안 했나 보군? 당신이 태어났을 때, 당신은 그저 맹페름 족에 불과했어, 몰랐나? 당신이 결정적으로 뮈르무가 되도록 묘약을 먹인 사람은 바로 당신 어머니야. 물론 우리 아버지의 친절한 상담을 받기는 했지만."

나프탈리가 충격으로 창백해지며 비틀거렸다. 아바쿰이 위로하기 위해 그의 어깨에 손을 얹었다.

"그녀는 나약한 자신을 받아들이기 힘들어했지." 오손이 조롱 조로 말을 이었다. "극도로 불안해했고, 죄의식도 매우 컸어! 당신 어머니는 선택의 여지가 없었네."

"오시우스가 내 어머니를 협박했다는 뜻인가?" 나프탈리가 조급하게 중얼거렸다. "뮈르무에 가담하도록 내 어머니를 압박한 거야?"

"우리 아버지 덕분에 이렇게 비교할 수 없을 만큼 강한 힘을 가진 인간이 되었잖은가! 그러니 그런 역겨운 표정 대신 감사하는 마음을 지녀야지."

이 말은 도가 지나쳤다. 거대하게 우뚝 솟아 있던 나프탈리의 몸이 패배감으로 무너져 내렸다.

"당신이 지적한 부분으로 다시 돌아오자면, 친애하는 나프탈리, 피는 분명 가장 중요한 것 중 하나요. 하지만 당신들이 보호하는 저 꼬마가 뮈르무가 되기에는 충분치 않소. 그는 뮈르무의 묘약을 마시고도 완벽하게 구제되기 힘들 거요."

"그럼 또 뭐가 필요하죠?" 신경이 극도로 예민해진 옥사가 고함쳤다.

오손이 허공을 향해 두 눈을 들었다가, 흥분한 동시에 몹시 기쁜 표정으로 소녀에게 시선을 고정했다.

"이 중에 디아팡 족을 본 사람 있나?" 오손이 주위를 둘러싼 반역자들에게 물었다. "묘약을 만드는 데 필요한 '낭떠러지' 산맥의 아주 작은 '발광석' 한 조각이라도 갖고 있나?"

반역자들이 부정의 뜻으로 고개를 저었다.

"그렇다면 뮈르무의 묘약에 대해 아주 잘 알고 있는 것 같은 우리 젊은 여왕도 확인했겠지. '발광석'도 없고, 디아팡 족도 없다면 묘약도 없다는 것을. 그렇지 않은가, 젊은 여왕?"

"그 더러운 것을 마셔야만 구스가 위험에서 빠져나올 거예요." 옥사는 오손이 나열한 무자비한 논리에 동요하며 웅얼거렸다. "어쩌면 디아팡에게 먹잇감을 제공하기 위해 누군가 사랑의 감정을 영원히 희생하게 될지 모르죠……."

대답 대신 오손은 선조 대대로 내려오는 잔인한 눈빛을 띠며, 냉소를 지었다.

논의의 여지가 있는 협력

탈주자들은 낯빛이 창백해진 채 가능한 냉정하게 생각해보려 노력했다. 그들은 간이침대에 시체처럼 창백한 얼굴로 누워 있는 구스를 걱정스러운 눈으로 바라보았다. 어른들의 근심 가득한 표정을 본 조에는 크게 낙심해 두 손을 쥐어짰다. 옥사는 심한 동요를 억누를 수 없어 강박적으로 손톱을 물어뜯었다.

"받아들여야만 해……." 옥사가 불분명하게 중얼거렸다.

구스의 아버지는 드라고미라, 아바쿰과 몇 마디를 나누었다. 끔찍한 결정이 심판의 칼날처럼 떨어졌다.

"좋소." 아바쿰이 뻣뻣하게 말했다. "단 조건이 하나 있어요. 우리들 중, 탈주자이면서 뮈르무인 사람이 구스에게 수혈해주는 거요."

오손이 놀라며 흥미롭다는 표정으로 고개를 기울이고는, 이를 악물며 말했다.

"당신들이 협상할 위치에 있다고 생각하는 거요?"

돌연 외마디 비명이 들려와 대화가 끊겼다. 오랫동안 기절해 있던 구스가 깨어난 것이다. 그는 독의 공격 때문에 지독하게 고통스러운지 온몸을 잔뜩 웅크리고 일그러진 표정으로 괴로워하고 있었다. 구스의 부모가 달려가 그의 몸을 펴보려고 최선을 다했지만 구스의 힘이 그열 배는 되는 것 같았다. 구스가 벌떡 일어나 잔느의 손을 거칠게 할퀴었다. 행동이 너무 난폭해 소년을 통제할 수 없게 될까 봐 걱정스러워진 사람들이 모두 뒷걸음질 쳤다. 아바쿰만이 가까이 다가가 할퀴거나 물어뜯는 것에 개의치 않고, 소년의 귀에 불가사의한 단어를 중얼거리며 온 힘을 다해 꽉 붙잡았다.

"솜씨가 아주 좋군." 날카로운 눈으로 지켜보던 반역자가 조용히 박수라도 칠 기세로 평가했다.

인간 요정의 품에 안긴 구스의 발작이 조금 약해졌다. 공포와 고통으로 커다랗게 치뜬 눈이 옥사에게 잠시 머물렀다. 구스와 눈이 마주친 소녀는 벼락을 맞은 것처럼 큰 충격을 받았다.

"내가 할게요!" 갑자기 튀그뒤알이 손을 들고 앞으로 나서며 소리쳤다.

드라고미라가 그에게 다가서서 두 손을 그의 어깨에 올렸다.

"정말 용감하구나, 튀그뒤알. 하지만 내 생각에는 구스와 피가…… 가장 잘 맞는 사람을 선택하는 게 좋을 것 같아."

실망한 튀그뒤알의 표정이 어두워졌다.

"진심으로 고맙다, 튀그뒤알." 이번에는 피에르가 말했다. "네 뜻에 무척 감동했어. 하지만 드라고미라 아주머니의 말이 맞아. 구스는 외부인이고, 우리는 그 아이에게 맞는 가장 적합한 기회를 찾아야 해."

"아직도 네가 별로 환영받지 못한다는 사실을 깨닫지 못한 거냐?" 튀그뒤알의 친절에 오손이 거칠게 내뱉었다. "내게 와라. 그러면 네 가치에 걸맞는 대우를 해주지. 아직 늦지 않았어!"

튀그뒤알은 검은 스카프 속에 목을 깊숙이 묻고 상처받은 표정으로 그를 응시했다. 튀그뒤알이 보여준 수많은 애정의 증거에도 불구하고, 옥사는 어느새 자신이 그가 이 유혹에 넘어갈까 봐 두려워한다는 사실을 깨달았다. 그녀는 왜 의심하는 것일까? 그런 생각을 한다는 것이 몹시 비겁하게 느껴졌다. 만약 누군가 비겁한 사람이 있다면 바로 그녀였다, 튀그뒤알이 아니라.

"우리는 튀그뒤알이 생각하는 것보다 훨씬 더 그를 사랑해요. 그것이 그의 귀한 능력 때문만은 아니죠." 드라고미라가 응수하자 튀그뒤알은 깜짝 놀랐다.

"내가 레미니상스를 찾으러 갈게!" 나프탈리가 말을 끊었다.

"내 도움을 거절하는 대신 그녀를 선택하는 거요?" 오손이 외쳤다. "웃기는군! 우리가 완전히 같은 피를 나누었다는 것을 잊었나 본데? 내 피나 그녀의 피나 똑같소!"

"그래, 하지만 가슴에 품고 있는 것은 전혀 같지 않지!" 거구의 스웨덴 노인이 반박했다. "이 문을 열게나, 오손."

반역자는 냉정한 표정으로 앉은자리에서 꼼짝도 않은 채 그저 손가락 끝을 살짝 돌려 문을 열었다. 열쇠 구멍이 거칠게 딸가닥 소리를 내며 움직이더니 문이 복도 쪽으로 열렸다. 나프탈리가 구스의 질식할 듯한 비명 소리 아래 문밖으로 사라졌다.

몇 분 후, 레미니상스가 막대기처럼 꼿꼿한 자세로 널따란 방으로 들어왔다. 반역자들 쪽으로는 눈길 한 번 주지 않은 채, 레미니상스는 정신을 잃은 구스의 머리맡으로 달려갔다. 그녀는 다정하게 구스의 이마에 입을 맞추고 슬픈 동작으로 뺨을 쓰다듬었다. 그러고는 팔뚝을 걷고 푸른 정맥이 튀어나오게 하려 주먹을 꽉 쥐었다. 그녀가 재킷 안주머니에서 단검을 꺼내 팔목을 그을 준비를 하자, 오손이 조롱 조의 웃음을 터뜨렸다.

"이런 이런, 친애하는 동생아, 기사들이 쓰던 그런 싸구려 장신구 따위를 꺼낼 필요는 없다. 적어도 지금은 21세기잖아!"

부아가 치밀어 오른 레미니상스가 눈을 들고 자신을 비웃는 오빠를 쳐다보았다. 그는 수혈에 필요한 의료용품이 매달린 T자형 도구를 들고 다가왔다.

"날 건드리지 마." 레미니상스가 박절하게 중얼거렸다.

오손이 갑자기 멈춰 섰다.

"널 여기 매단다고 하진 않았다! 안니키! 누가 안니키 좀 찾아봐!" 그가 복도 쪽을 보며 소리쳤다.

몇 초 후 금발의 젊은 여자가 나타났다. 그녀는 방 안에 있는 사람들의 시선이 모조리 자신에게 쏠리자 놀란 듯했다. 그녀는 레미니상스에게 지나칠 정도로 공손하게 소파 위에 누우라고 말한 뒤, 비닐 팩이 연결된 주삿바늘을 노부인의 팔에 찔렀다. 붉은 피가 빠르게 흐르며 비닐 팩을 금세 꽉 채웠고, 마침내 안니키는 수혈 준비를 마쳤다. 그렇게 구스는 죽음과 같은 침묵 속에서 팔뚝에 관을 꽂고, 어머니는 여왕이고 아버지는 뮈르무이며 에데피아에서 가장 강하고 위험하다고 알려진, 어두운 동시에 빛나는 핏줄, 전설적인 테미스토클의 후손 레미니상스의 피를 수혈받았다.

점점 나쁘게

몇 시간 동안 구스의 핏기 없는 얼굴을 바라보던 옥사는 졸음이 쏟아졌고, 희망이라고는 눈곱만치도 느낄 수 없는 혼란스러운 꿈에 시달렸다. 다른 것보다 유난히 거친 마지막 꿈이 그녀를 완전히 깨웠다. 얼이 빠져 멍하니 있던 옥사는 꿈속에서 본 광경을 쫓아내려 머리를 흔들었다. 구스가 위협적인 까마귀로 변신해 발톱으로 그녀의 얼굴을 갈기갈기 찢어놓고, 기묘하게 빛나는 수평선을 향해 날갯짓하며 멀어진 것이다. 마음이 불편해져 한숨을 내쉬던 옥사는 배가 고파서 죽을 지경이라는 사실을 깨달았다. 언제부터 아무것도 먹지 않은 것일까? 텅 빈 위장이 꾸르륵거리며 울려대자, 옥사는 괴로움에 몸을 떨었다. 구스가 저 지경인데, 1미터 떨어진 곳에 있는 자신은 이렇게 배고파하다니, 이것을 어떻게 해석해야 할까?

옥사는 주위를 둘러보았다. 그녀는 작은 방에 혼자 있었고, 한쪽에 튀그뒤알과 조에가 잠들어 있었다. 조금 더 멀리, 넓은 연구실에서 어른들도 잠시 휴식을 취하는 중이었다. 꼬마 폴딩고가 구스에게 딱 붙어서 소년의 목에 얼굴을 파묻고 갸릉갸릉 코를 골았다. '어린것이 얼마나 귀여운지.' 옥사는 꼬마 폴딩고를 쓰다듬으려 손을 뻗으며 생각했다. 이어 눈길이 튀그뒤알에게 가닿았다. 다리를 꼬고 누운 튀그뒤알의 마른 몸. 잠이 그의 비밀스러운 고뇌를 저버린 듯, 얼굴에 옥사가 일찍이 알지 못했던 표정이 떠올라 있었다. 그녀는 잠시 그의 얼굴을 바라보았다. 이런 상황을 이용하는 게 부끄러웠지만 유혹은 막강했다.

구스가 조그맣게 신음하며, 헛것이 보이는지 앞으로 손을 뻗어 무언가를 쫓으려 했다. 옥사는 일어나려다가 다시 의자 깊숙이 몸을 파묻었다. 응급 상황은 아니었다. 친구의 구원은 제대로 진행되는 것 같았다. 구스의 몸이 느슨하게 풀어졌고, 숨소리도 훨씬 편안해졌다. 하지만 결코 평범하지 않은 이 일의 결말을 누가 알 수 있겠는가? 옥사는 진홍빛 핏방울이 똑똑 떨어지는 비닐 팩과 꼼짝 않고 누운 구스를 차례로 보았다. 그녀의 친구이다. 옥사의 가슴속에 한결같은 자리를 차지하고 있는 친구.

거실의 괘종시계가 무겁게 댕댕 울리며, 불길한 종소리처럼 온 집 안에 퍼졌다. 여섯 시였다. 오늘도 어제와 똑같이 날이 밝은 것이다. 막 시작된 새로운 하루가 끝날 즈음이 되면, 구스는 어제와 똑같은 사람이 아닐 것이다. 키가 몇 센티미터는 커지고 몸집도 불어나리라. 얼굴도 더 성숙해지고, 턱 선도 더 날렵해질 테고, 눈빛은 더욱 어른스러워질 것이다. 구스는 자신이 열여덟, 열아홉 살의 청년이 되었다는 사실을 마음으로 받아들일 수 있을까? 새로운 몸과 소년의 정신 사이에 벌어질 시차를 수용할 수 있을까? 몸과 마음이 서로 영향을 미칠까? **그녀는 언제나 그랬듯 그를 좋아하게 될까?** 마치 옥사의 생각을 읽은 것처럼 조에가 중얼거렸다.

"중요한 건, 구스가 저 고통에서 살아남는 거야."

이 말을 들은 옥사는 자기도 모르게 관찰당한 것에 소스라쳤다. 물론 가장 중요한 것은 구스가 살아남는 것이었다. 이 비극적인 순간에 무엇이 그녀를 가장 고통스럽게 하겠는가? 구스가 두세 살 많은들 어떻단 말인가!

"난 형편없는 애야. 바보 천치 머저리야. 난 죽어야 돼!" 옥사가 스스로를 저주했다.

옥사는 깊게 한숨을 쉬고 조에를 바라보았다. 친구는 핏기 없는 안색에 눈은 붉게 충혈됐고, 입술은 불안감에 바짝 마르고 창백했다. 탈주자들 중 조에가 그 누구보다 초조해 보였다. 그녀는 최근 몇 달 동안 연이은 큰 충격을 견뎌온 것이다. 더구나 모티머와의 재회는 전혀 준비되지 않은 상황이었다.

"많이 변했어, 그치?" 옥사가 말을 꺼냈다.

"누구?"

조에가 안락의자에서 몸을 웅크렸다. 그녀는 옥사와 이 화제에 대해 논할 생각이 없는 듯했다.

"모티머 말이야. 옛날하고 달라." 옥사가 고집스레 말을 이었다.

조에가 한숨을 내쉬었다. 옥사가 모르는 것, 아무도 짐작할 수 없는 것. 그것은 조에를 뒤흔드는, 측량할 길 없는 강렬한 불안이었다. 조에는 이대로 침묵을 지키는 것과 비밀을 털어놓고 싶은 욕구 사이에서 갈등하며 친구를 바라보았다. 옥사가 눈빛으로 그녀의 용기를 북돋았다. 털어놓으면 분명 마음이 가벼워지리라!

"할머니가 그를 죽이는 줄 알았어." 조에가 간신히 들릴 만큼 조그맣게 말을 시작했다. "너무 무서웠어, 옥사……. 난 할머니를 잘 알지 못했다는 것을 깨달았고, 할머니가 그렇게 할 수 있다는 걸 보고 두려웠어."

"끔찍한 고통을 겪으셨으니까." 옥사가 목이 메어 중얼거렸다.

"그건 변명이 안 돼." 소녀가 낙심한 목소리로 반박했다. "할머니에게는 복수의 갈증이 있었던 거야. 할머니는 오손과 무척 닮았어. 나는 할머니에게서 발견한 이 사실에 큰 충격을 받았고, 자아가 분열될 지경이었어."

조에는 무력한 옥사의 시선 아래 크게 심호흡했다.

"그래, 이 모든 것이 악의 영향을 확대하고 집약하는 폐쇄된 사슬에 갇혔기 때문이야. 내 아버지는 오손한테 살해당했어, 난 그 사실을 알게 된 것만으로도 힘들었어. 하지만 할머니에게 닥친 비극은, 넌 이해할 수 있니? 쌍둥이 오빠가 아들을 죽인 거잖아! 단 하나밖에 없는 아들을! 난, 나는 이 무시무시한 일을 오늘에서야 알았어. 할머니는 몇 달 동안 이 생각을 그저 가슴속에만 품고 사셨던 거야. 그는 왜 그랬을까, 옥사? 왜 오손은 우리 아버지를 죽인 걸까?"

조에는 두 손에 얼굴을 묻었다. 그녀와 마주한 옥사는 온몸이 뻣뻣하게 굳었다. 무슨 말을 해야 할까? 옥사뿐 아니라, 어느 누구도 대답을 알지 못했다. 조에가 가진 내면의 상처가 벌어지고 커지는 것이 느껴졌지만, 그것을 막기 위해 옥사는 아무것도 할 수 없었다. 아무것도. 그래도 옥사는 자리에서 일어나 그녀 옆에 억지로 자리를 만들게 했다. 옥사는 작은 크로스 백을 뒤져, 가죽으로 엮어 만든 조그마한 지갑을 조에에게 내밀었다. 인생에 먹구름이 낄 때 하늘을 밝혀주던 옥사의 부적이었다. 그녀의 하늘보다 조에의 하늘에 드리운 먹구름이 훨씬 짙었으니까.

조에는 옥사의 어깨에 머리를 얹고 옷소매로 눈물을 훔쳤다.

"고마워." 조에가 속삭였다.

옥사는 엷은 미소를 지어주었다.

"나 역시 모티머 삼촌이 변했다고 생각해." 조에가 말을 이었다.

"썩 편안한 표정은 아니더라." 옥사가 덧붙였다. "네게 오고 싶었는데, 차마 오지 못한 것 같았어."

조에는 아무 말도 하지 않았다. 하이드파크에서 마지막으로 만났을 때의 기억이 상황을 더 분명히 해주었다. 그들은 각자 자신의 진영을 선택한 것이다.

"네게서 눈을 떼지 않더라." 옥사가 말을 이었다.

조에는 지친 동작으로 의자에 등을 기댔다. 그렇다, 모티머는 그녀에게서 눈길을 돌리지 않았다. 그의 눈빛에서 읽히는 어떤 감정이 그녀를 뒤흔들었다. 그것은 그의 제안을 거절한 것에 실망해 가슴속에서 자라난 일종의 원망 같은 것이었다. 슬픔 역시 묻어 있었다. 혹은 어쩌면…… 연민이었을까? 모티머의 마음을 잠글 수만 있었다면……. 그에게 아무것도 침투하지 못하게, 좋은 것만 받아들이게 했을 텐데. 비현실적인 소망이라는 것을 조에는 잘 알고 있었다. 하지만 옥사에게 말했듯이, 지금 이 순간 제일 중요한 것은 구스가 살아남는 것이었다. 조에는 구스를 진정으로 사랑하고 있었다. 그리고 구스는 옥사를 진정으로 사랑하고 있고…….

"수혈이 끝났어요." 갑자기 안니키가 다가와 속삭였다.

매우 조심스럽게 그녀는 구스의 팔에서 관을 뺐다. 수혈을 받는 내내 구스는 꼼짝도 하지 않았고, 모두 그가 깊은 혼수상태에 빠졌다고 생각했다. 따라서 소년이 별안간 눈을 크게 뜨고 동공이 팽창된 채 벌떡 일어나자 다들 깜짝 놀랐다. 안니키가 비명을 지르며 뒤로 물러서자, 옥사와 조에가 자리를 박차고 일어섰다.

"기분이 어때?" 두방망이질하는 심장을 누르며 옥사가 소리쳤다.

구스가 멍한 표정으로 그녀를 쳐다보았다.

"이상해." 그가 몸을 떨며 대답하더니 수혈용 도구를 가져가는 안니키를 보며 덧붙였다. "무슨 일 있었어?"

뭐라고 설명할 시간도 없었다. 그 무엇보다 격렬하고 황폐한, 새로운 발작이 구스를 휩쓸었다. 그의 몸은 뭔가에 반항했고, 목구멍에서 솟아나온 비명은 소녀들과 튀그뒤알을 공포로 얼어붙게 했다. 옥사가 구스에게 달려가 간이침대 끝에 앉았다.

"옥사……." 맹독의 무자비한 공격으로 얼굴을 잔뜩 찌푸리며 구스가 간신히 발음했다.

"다 잘될 거야, 두고 봐! 우리는 널 치료하는 중이야." 옥사의 두 뺨이 눈물로 번들거렸다.

"그런데 왜 우는 거야?" 그가 심한 경련에 몸을 반으로 구부리며 물었다. **"왜 이렇게 아픈 거냐고?"**

아무도 예상하지 못했다. 구스가 옥사의 손을 휙 낚아채더니 손목을 꽉 문 것이다. 옥사는 날카로운 비명을 질렀다. 곧장 튀그뒤알이 구스에게 달려들어 꼼짝 못 하게 끌어안았고, 그사이 혼비백산한 탈주자와 반역자 들이 작은 방으로 몰려왔다. 파벨이 뛰어와 옥사가 있던 간이침대에서 그녀를 끌어내 멀리 끌고 갔다. 팔을 타고 점점 올라오는 형용할 수 없는 고통 이상으로, 옥사는 이 모든 것을 이해할 수 없어 심장이 미친 듯 뛰었고, 극도로 불안해졌다.

"도대체 나한테 왜 이러는 거야, 구스? 내가 뭘 어쨌다고?" 옥사가 중얼거렸다.

그녀 주위에 있던 사람들 모두가 동요했다. 심지어 반역자들도 불안을 감추지 못했다. 젊은 여왕이 구스에게 물렸다. 온몸의 세포가 큰 혼란을 겪고 있는 소년은 몸속에 해골 머리 곤충의 독을 다량 품고 있는 상태 아니던가. 결과는 치명적일 수 있었고, 모두 그 사실을 깨닫고 두려움에 떨었다. 피에르와 아바쿰이 구스를 단단하게 옥죄었고, 구스는 부끄러움과 분노로 마음이 황폐해져 발버둥 쳤다.

"왜 그랬는지 모르겠어! 일부러 그런 게 아니야! 옥사! 미안해!" 그가 고함을 쳤다.

갑자기 구스의 머리가 가볍게 흔들리기 시작하더니 새로운 무의식의 단계로 빠지면서 몸을 잔뜩 구부렸다. 조에는 겁에 질린 눈빛으로 방 한쪽 구석을 쳐다봤다. 튀그뒤알이 그곳에서 자신의 크라쉬 그라녹스를 정리하고 있었다.

치명적인 파장

"뭘 한 거야?" 조에가 부들부들 떨며 말했다. "오빠가 죽였어. 오빠가 구스를 죽였다고!"

튀그뒤알은 무거운 얼굴로 그녀를 바라보다가 뜻밖에도 자신을 똑바로 보게끔 신중한 태도로 조에의 고개를 들었다.

"구스는 이제 우리 핏줄의 일원이야. 난 그게 뭐든 그를 위험에 빠뜨릴 일은 절대 하지 않아. 단지 도르미당 그라녹을 쏘았을 뿐이야. 옥사와 구스를 보호하기 위해서. 나를 믿어야 해, 조에. 나는 절대 저들 편은 들지 않을 거야." 그가 반역자들을 가리키며 말했다.

조에는 혹독한 한기가 엄습하는 것을 느꼈다. 튀그뒤알은 인정받지 못하는 것처럼 보이는데도, 조에보다 훨씬 탈주자들에게 충실했다. 이 모든 상황은 튀그뒤알이 그렇게 유도한 걸까? 설사 그렇다 할지라도…… 튀그뒤알은 손톱만큼도 주저하는 모습을 보인 적이 없었다. 조에의 생각을 확인하기라도 하듯, 튀그뒤알이 거의 들리지 않는 목소리로 말했다.

"넌 탁월한 선택을 한 거야. 반역자들은 너를 이용하기만 했을 테니까."

그는 조에게 진지하고 인자한 시선을 던진 후, 그녀를 옥사에게로 데리고 갔다.

탈주자들에게 둘러싸인 옥사는 이런 고통이 존재하리라고는 믿을 수 없을 만큼 무척 괴로웠다. 통증은 몸의 각 기관을 침범했고, 시간이 지날수록 몸이 부어올랐다. 숨을 들이쉬고 내쉬는 소리, 그녀 자신과 동료들의 심장박동 소리, 섬을 둘러싼 바다의 움직임, 하늘을 맴도는 갈매기들의 날갯짓, 이 모든 것이 그녀의 내부에서 충격파로 변했다.

만약 자신이 견디고 있는 극심한 고통을 단어로 표현할 힘이 있었다면, 옥사는 그것을 산(酸)을 실은 뜨거운 숨결이 두개골과 양쪽 허파, 몸속 모세혈관을 녹인다고 했을 것이다. 그녀는 끔찍한 파장의 영향을 좀 약하게 해보려고 두 손으로 귀를 막았지만 아무 소용 없었다. 어떤 장벽도 초저주파음을 막지 못했다. 그 소리들은 그녀의 내부에 퍼지고 퍼져 그녀를 죽일 지경이었다. 반역자들 역시 불안을 감추지 못하며 탈주자들 주위에서 동요했다. 오손은 부하들에게서 떨어져 옥사에게 다가가려 했지만, 곧 드라고미라와 레미니상스에게 저지당했다.

"당신의 야비한 행동이 초래한 결과에 만족하나요?" 드라고미라가 치를 떨며 그에게 내뱉었다.

오손이 전율했다. 그의 얼굴에 진심으로 염려하는 표정이 드러났다.

"내가 말한 상황을 기다려야 할 거야." 그가 냉정하게 휘파람 같은 소리를 냈다. "이렇게 사소한 사고가 존재하거든, 알았소? 이제 해독제를 받아야 하는 사람은 여러분이 보호하는 소년만이 아니구려."

그가 머리를 잡고 신음하는 옥사를 향해 시선을 돌리더니 여동생들의 눈앞에 약병 하나를 흔들며 손가락 끝으로 그녀들을 밀었다. 탈주자들은 할 수 없이 그가 구스에게 다가가도록 내버려두었다.

"안니키! 피펫 가져와!" 그가 명령했다. "수혈 도구도!"

젊은 여자는 민첩하게 움직였다. 잠시 후, 오손은 두 무리의 긴장된 눈길 아래 구스의 푸르뎅뎅한 입술을 벌리고 그 안에 해독제를 흘려 넣었다.

"이제 어떻게 할 거죠?" 드라고미라가 엄숙하게 물었다.

오손이 한 손으로는 안니키가 바쁘게 준비 중인 수혈용 도구를, 다른 손으로는 아버지의 품에서 고통으로 떨고 있는 옥사를 가리켰다. 모두 무슨 일이 생길지, 떨리는 마음으로 짐작했다.

"다른 선택은 없는 겁니까?" 얼굴이 고통으로 일그러진 파벨이 중얼거렸다.

비탄에 빠진 드라고미라가 그에게 다가와 고개를 저었다. 침묵이 너무 무겁고 숨 막혀 단단하게 굳어버리는 것만 같았다. 오손이 소매를 걷고 팔을 내밀려 하자, 레미니상스가 화를 내며 펄쩍 뛰어올랐다.

"꿈도 꾸지 마! 오빠 피를 수혈해 옥사를 뮈르무로 만들 수는 없어!"

오손이 우뚝 동작을 멈추고 눈앞의 먹이에 덤벼들기 직전의 야수처럼 눈을 번득였다. 그는 동요하고 있었다.

"넌 이미 많은 피를 수혈했잖아! 그만큼 했으면 분명 네 몸은 약해졌어. 또 피를 뽑으면 해로울 수도 있다고."

겁먹은 탈주자들이 불안한 마음으로 레미니상스를 바라보았다. 피로와 온갖 감정의 영향으로 노부인의 얼굴은 마치 재투성이 베일을 덮은 것처럼 회색빛이 돌았다. 눈 밑에 잡힌 짙은 주름이 열에 들뜬 그녀의 시선을 더욱 무겁게 했고, 굽은 등이 호리호리한 그녀의 실루엣을 해쳤다. 그럼에도 불구하고 초인적인 노력으로 몸을 꼿꼿이 세운 그녀가 단호한 목소리로 내뱉었다.

"옥사가 저 괴물의 피를 받지 않게 하기 위해서라면 죽음도 불사할 거야!"

이 말을 듣고 조에는 흐릿한 신음을 뱉어냈다. 설마 할머니가 목숨을 내놓을 각오를 했을 줄은 몰랐다. 이것은 악몽이었다.

"아무렴! 내 사랑하는 여동생이 결정한 대로 해야겠지!" 오손이 불만에 찬 표정으로 말했다. "자, 안니키!"

젊은 여자가 신중하게 도구를 제자리에 놓았다. 새로운 수혈 작업은 아주 섬세했다.

"몇 시간이 지나면 해독제의 효과가 나타날 거야." 오손이 말했다. "옥사와 소년은 일시적으로 구조될 거야. 아주…… 조금…… 변할 테고."

설명 끝에 신경질적인 딸꾹질이 따라붙었다.

"많이 고통스러운 거요?" 파벨이 증오로 떨리는 목소리로 물었다.

"그렇기도 하고 아니기도 하지. 해독제는 모든 형태의 초저주파음과 파장을 막는 구조용 장벽을 세우고 독의 영향을 차단하지. 하지만 그 효과가 가속되면 육체적인 고통과 더불어 정신적으로 몇 가지 장애가 수반될 수 있어."

"무슨 장애요?" 피에르가 소리를 질렀다.

오손이 위험한 눈빛을 그에게 던졌다.

"건강에는 아무 지장 없이, 몇 년 동안 늙지 않아……."

"제발요! 더는 기다릴 시간이 없어요!" 파벨이 다급하게 끼어들었다.

모두가 그를 향해 몸을 돌렸다. 그의 팔에 안긴 옥사가 몸이 축 늘어진 채 혼수상태에 빠져 있었다.

가속

옥사가 의식을 잃고 끌려 들어간 심연에서 빠져나올 때, 처음으로 느낀 감정은 절대적인 행복이었다. 그 다음에는 살아 있던 순간을 포함해, 자신의 마지막 순간이 완벽하게 떠올랐다. 자신의 모든 의지를 파괴한, 참을 수 없이 괴로웠던 잔인한 순간이었지만, 일시적으로 정신은 온전했다. 그녀는 죽었던 것일까? 구스가 물어뜯은 상처가 그녀를 죽였던 것일까? 그녀는 자신의 몸이 무중력상태에 있는 것처럼 가볍게 휘어진 것을 느꼈다. 호흡이 규칙적으로 가슴을 들어 올렸다 내렸고, 심지어 위장이 꾸르륵거리는 소리도 들렸다! '난 살아 있어!' 옥사는 기뻐서 미칠 지경이었다. 그런데 어디에 있는 것일까? 그녀가 본 마지막 장면은 레미니상스의 야윈 팔에 주삿바늘을 꽂는 안니키의 모습과 미칠 듯 괴로워하는 아버지의 눈빛이었다. 고통은 사라졌지만, 기억은 여전히 생생하게, 위협적으로 남아 있었다. 그러나 옥사는 두렵지 않았다. 설사 두렵다 해도 기분은 좋았다. 평온하고 낙관적이었다.

이런 정신 상태로 옥사는 과감하게 눈을 떴다. 뿌옇고 미지근한 안개가 그녀를 감싸고 있었지만, 바로 옆이 그녀가 있는 은신처의 경계라는 것은 감지할 수 있었다. 손을 뻗자 자신의 생각이 옳다는 것이 확인되었다. 옥사의 손가락이 쓰다듬는 것은 커다란 구(球)인 나상티아—쌍둥이 폴딩고의 태반 부산물—의 내부 윤곽이 확실했다. 잎맥이 느껴지는 섬세한 막이 심장처럼 편안하게 고동쳤다. 몇 개월 전, '과학실 사건'으로 충격받은 그녀에게 힘과 활력을 불어넣었을 때처럼 말이다.

귀를 기울이자 탈주자들의 목소리와 익숙한 몇 가지 소리를 구별할 수 있었다. 오손의 목소리 역시……. 완벽하게 깨어났지만, 아직 빠져나올 준비는 충분히 되어 있지 않았다. 아직은 아니었다. 아직은 나갈 때가 아니었다. 등 뒤에서 또 다른 숨결과 또 다른 심장박동이 느껴졌다. 옥사는 자세를 바꾸려고 몸을 비틀며 돌아누웠다. 나상티아 바깥에서 시작된 안도의 탄성이 그녀에게까지 다다르며, 나상티아를 흔들었다.

가까스로 몸을 반쯤 돌린 옥사는 누군가의 등과 낯설지 않은 흑단 같은 머리카락을 맞닥뜨렸다. 구스다! 구스가 그녀와 함께 나상티아 안에 있었다! 두 사람은 같은 치료를 받고 있었다. 그들은 완벽하게 같은 상황이었다. 아니, 거의 같은……. 일견 외부인의 피와 내부인의 피는 호환이 가능해 보였다. 하지만 누가 확신할 수 있단 말인가? 옥사는 두려워서 침울해진 마음으로, 친구에게서 보이는 징후들을 관찰했다. '진정해, 옥사!' 그녀는 스스로를 안심시키려고 속으로 말했다. '구스는 살아있어. 우리 둘 다 살아 있는 거야. 그 외에 중요한 건 없어.' 그녀는 관찰을 계속했다. 구스는 머리카락이 쑥 자라 있었고, 머리를 받치고 있는 한쪽 손이 길어 보였다. 어깨도 넓어진 것 같았고, 입고 있는 셔츠가 팽팽하게 당겨져 바느질한 솔기들이 터지기 일보 직전이었다. 그녀 자신의 옷도 작아진 것을 느꼈다. '어럽쇼, 어라?' 옥사는 이런 변화가 목숨을 구해주었다는 것은 생각하지 못하고, 당혹감에 제정신이 아니었다.

"구스? 구스? 내 말 들려?" 그녀가 중얼거렸다.

귀에 들려오는 자신의 목소리를 듣고 옥사는 몸이 굳었다. 훨씬 성숙하고 여성적인 목소리였다. 흥분한 옥사의 심장이 미친 듯이 방망이질했다. 나상티아가 유익한 파장을 규칙적이고 느린 리듬으로 불어넣는 듯, 막의 고동이 더욱 분명하게 드러났다. 팔목에 찬 퀴르비타 페토의 적극적인 협력으로 옥사는 어떤 평온이, 모든 위험신호를 지워버린 긍정적인 체념 같은 것이 자신을 지배한다고 느꼈다. 그래서 구스가 몸을 돌렸을 때, 그녀가 받은 충격은 조금 완화되었지만, 그래도 충격 자체를 피할 수는 없었다. 두 친구는 깜짝 놀라 입을 멍하니 벌리고 서로를 주시했다.

"와우!" 두 사람이 동시에 합창했다.

구스의 목소리는 부드럽고 묵직했다. 하지만 이 변화는 다른 것에 비하면 극히 사소한 것이었다. 광대뼈가 눈에 띄게 돌출되어 강인한 이미지가 새롭게 부각되었다. 턱은 전체적으로는 섬세한 분위기를 유지하면서 아래턱이 약간 더 각이 졌고, 심지어 억센 수염도 몇 가닥 나 있었다. 두 눈은 신선한 빛으로 빛났다. 옥사는 그가 여전히 잘생겼다는 사실을 금세 깨달을 수 있었다. 하지만 이 미모는 구스가 열여섯이었을 때의 것과는 전혀 달랐다.

"정말 놀라운데! 넌 구스인 동시에 구스가 아니야." 옥사가 소리쳤다.

구스가 눈을 크게 떴다.

"네 모습을 못 봐서 그런 말을 하는 거야, 이 아가씨야."

그 말을 듣자마자 옥사는 자기 손을 보며 신음했다. 그녀는 조심스레 얼굴을 더듬어보았다. 얼굴 골격이 팽팽하게 늘인 것처럼 변해 있었다. 두 뺨의 통통한 볼살이 빠진 것 같았고, 코는 좀 부드러워진 듯했다.

"난 어떤데?" 옥사는 불안했지만 궁금증을 참지 못하고 물었다.

"끔찍하게 못생겼어." 구스가 온화한 어조로 대답했다.

옥사가 신음 소리를 냈다. 그 소리에 구스의 얼굴이 환하게 밝아지는가 싶더니, 이어 웃음을 터뜨리고는 젊은 여왕을 위로했다.

"아냐! 아주 예뻐!" 구스가 푸른 눈을 내리깔며 말했다.

옥사는 자신에 대한 면밀한 조사를 이어나가다가 비명을 질렀다. 바뀐 것은 얼굴만이 아니었다. 몸 역시 화려한 변화를 겪었다. 가슴이 돌출한 것이 가장 혼란스러운…… 변화였다. 어리둥절해진 옥사는 조사를 멈추고 말았고, 한편 구스는 순진하게 귀밑까지 새빨개지며 고개를 돌렸다. 불행히도 얼굴이 빨개지는 버릇은 사라지지 않았다고 구스는 생각했다.

"지금 나갈 수 있을 것 같아?" 당황한 구스가 물었다.

"난 겁이 나……."

"나도. 그렇다고 이 안에 평생 있을 수는 없잖아, 안 그래?"

"아늑하잖아." 소녀가 말을 이었다.

"하지만 우리의 새로운 몸에 비해선 너무 좁잖아! 넌 적어도 1미터 70센티는 되는 것 같은데!"

"그만해! 괴롭단 말이야!"

두 사람은 머릿속에서 미친 말처럼 질주하는 명백한 새로운 현실 때문에, 잠시 꼼짝도 않고 가만히 있었다. 옥사는 아버지를 생각했다. 그는 너무 불안한 나머지 병이 났을 것이다. 엄마는? 엄마를 다시 보고 싶어 옥사는 초조해졌다. 튀그뒤알에게 생각이 미치자 심장은 미친 듯이 쿵쾅거렸다. 그는 '새로운 옥사'를 사랑해줄까? 옥사가 이리저리 뒤척이자 막에 입구가 생기며 따뜻한 얼굴 하나가 안으로 쑥 들어왔다.

"아바쿰 할아버지!" 두 친구가 동시에 고함을 질렀다.

"기분이 어떠니?" 인간 요정이 물었다.

기쁨을 숨기려 노력했음에도, 그의 목소리와 눈빛에 큰 안도감이 묻어났다.

"통조림 속 꽁치처럼 꽉 꼈어요!" 옥사가 소리쳤다.

아바쿰은 참지 못하고 활짝 미소 지었다. 새삼스레 그의 눈이 두 사람에게 오랫동안 머물렀다. 그는 나상티아의 입구를 벌려 통로를 만들어주었다.

"먼저 나가." 옥사가 구스를 밀면서 말했다.

"얼마나 친절한지!" 구스는 불안했지만, 옥사가 자신에게 의지하는 것이 행복해 짐짓 반박하는 체했다.

과제는 쉽지 않았다. 심리적으로도, 육체적으로도. 아바쿰이 소년을 도왔고, 그는 몸을 최대한 비틀어 공 밖으로 빠져나가는 데 성공했다. 몸의 과도한 움직임을 견디지 못하고, 결국 셔츠의 어깨 부분이 찢어지고 말았다. 발을 내놓은 구스는 자신을 빙 둘러싼 10여 명의 탈주자와 반역자의 놀란 표정 앞에서, 동물원 원숭이가 된 듯한 비참함을 느꼈다. 두 무리의 사람들이 전율하며 술렁거렸다.

"맙소사……." 드라고미라가 심장에 두 손을 대고 중얼거렸다.

"놀랍군." 오손이 나지막하게 감탄했다.

오직 잔느와 피에르만이 충격을 받지 않은 것 같았다. 그들은 구스에게 달려가 그를 품에 꼭 끌어안았다. 결국 가까스로 버티던 셔츠의 마지막 솔기마저 뿌드득 터졌다.

"하느님, 감사합니다. 내 아들, 살았구나!" 잔느가 소리쳤다.

구스는 잔느보다 훨씬 키가 컸고, 아버지와의 키 차이는 현저하게 줄어 있었다. 약간 정신이 없고 거북했지만 소년은 그들이 포옹하도록 가만히 두었다. 몇 시간 전만 해도 넉넉하고 편안하게 맞던 바지가 꽉 끼어 허리띠가 배를 짓누를 정도여서, 옷이 터지면 어쩌나 하는 걱정을 막을 수가 없었다. 셔츠는 이미 벌거벗은 상체를 반쯤 드러내고 있었다. 아바쿰은 구스가 당황해하는 기색을 알아차리고 자신이 입고 있던 패딩 재킷으로 그를 덮어주었다. 구스는 훨씬 낫다고 느꼈다.

"이제 옥사를 도와줘야 해요." 구스가 다른 사람들의 시선을 피하기 위해 말하고는 나상티아 속으로 머리를 들이밀며 외쳤다. "자, 이리 나와, 아가씨! 네 차례야!"

"나가고 싶은지 아직 잘 모르겠는데……" 옥사가 웅얼거렸다.

"안 나올 거야?" 그녀가 망설이자 구스는 분개했다. "다들 너만 기다리고 있어!"

"거기에 다른 사람도 있니?"

"그래. 자, 나와!"

구스가 옥사의 손을 잡았는데, 이 접촉에 두 사람은 감전된 기분이었다. 둘 다 몹시 당황했으면서도 태연하려 애썼지만, 그 느낌은 진짜로 충격적이었다. 나상티아의 좁다란 문을 조심스레 넘고 수줍어하며 고개를 든 옥사는 곧 행복한 현기증에 사로잡혔다.

"엄마!"

어머니가 옥사 앞에, 휠체어에 똑바로 앉아 있었다. 정말 아찔했다.

심장이 끊어질 듯 두근거리기 시작하면서 극도의 안도감이 천문학적인 빠르기로 핏줄 속에 퍼져나갔다. 금방이라도 심장이 터질 것 같았다! **마침내,** 어머니가 여기 있다! 옥사는 한달음에 어머니에게로 달려갔다.

"우리 예쁜 공주." 마리가 딸의 머리카락에 얼굴을 묻으며 한숨을 내쉬었다.

"엄마…… 진심으로 기뻐요!" 옥사는 마리를 두 팔로 안으며 한숨 속에 탄성을 뱉었다.

불현듯 젊은 여왕의 청회색 눈에서 눈물이 홍수처럼 흘러넘쳤다. 지난 몇 주간의 측량할 길 없던 공포가 갑작스레 사라지며 심장을 잘게 찢어놓았다. 한 번도 어머니를 영원히 잃을지 모른다는 두려움을 털어놓지 않았지만, 소녀의 마음속 깊은 곳에서는 그 불안이 늘 떠나지 않았던 것이다. 육체적인 고통보다, 어떤 커다란 위험보다, 그 무엇보다 두려운 것은 부모님을 잃는 것이었다. 격한 흐느낌이 옥사의 몸을 흔들었다. 그녀는 눈물로 번들거리는 양쪽 뺨을 씩씩하게 닦고, 어머니의 어깨에 얼굴을 묻었다. 기쁨과 안도, 동시에 극심한 불안으로 숨이 찼다.

"몸은 좀 어떠세요?" 옥사가 어머니의 귀에 대고 중얼거렸다. "아직 못 걸으시네요……."

"아주 좋아, 걱정 마. 걷지는 못하지만 건강은 괜찮단다. 게다가 네가 있으니 더 좋아진 것 같구나."

실제로 마리는 건강해 보였다. 딸과 재회한 흥분에 볼이 붉어지고 눈이 반짝이는 것 말고도, 옥사가 그림 속으로 들어가기 직전, 그러니까 마지막으로 봤던 4개월 전보다 건강해 보였다. 긴 갈색 머리카락은 윤기를 잃었지만, 안색이 좋고 행동에도 자신감이 넘쳤으며, 몸도 훨씬 튼튼해 보였다. 마음이 놓이는 한편 예기치 않던 당혹감이 생겼다.

'반역자들이 엄마를 잘 대우해줬나 본데. 지하실에 가둬놓고 말라비틀어진 빵이랑 물만 준 건 아닌가 봐!' 소녀가 속으로 생각했다.

"여러분은 우리가 몰인정한 야만인과는 거리가 멀다는 것을 알게 될 거요!" 옥사의 생각을 읽은 듯 오손이 끼어들었다. "우리는 분별 있게, 손님이 받아 마땅한 대접을 했소."

"손님 대접을 했다고요?" 옥사가 목멘 소리로 외쳤다. "정말 뻔뻔하군요!"

마리가 손을 휘휘 저었다. 오손의 말에는 거의 관심이 없는 것 같았다.

"오! 엄마." 옥사가 마리에게 몸을 딱 붙인 채 중얼거렸다.

"이제 다 괜찮잖니?" 마리가 어깨 위로 흘러내린 옥사의 머리카락을 쓰다듬으며 귀에 대고 속삭였다. "네가 살아 있고 우리가 함께 있잖아. 그게 제일 중요하지."

"나 어때요, 엄마?"

마리는 옥사를 끌어안았다가 자세히 살펴보려고 가볍게 밀었다. 그녀의 두 눈이 뿌옇게 흐려졌다.

"넌 지금도 내 딸이고, 언제까지나 영원히 내 딸일 거야. 그것 말고는 어떤 것도 중요하지 않아."

문득 뺨을 어루만지는 아버지의 두툼한 손이 느껴졌다. 파벨이 거기 있었다. 딸을 다시 만났다는 사실에 아주 기쁜 동시에, 마음속에 어리게만 머물러 있던 딸아이가 이제는 이렇게 성숙한 아가씨가 되었음을 받아들여야 한다는 사실에 낙담한 모습이었다. 옥사는 아버지의 품으로 뛰어들어 꼭 끌어안았다. 감정이 복받쳐 숨이 막혔다. 옥사는 자신의 몸이 활짝 피어났다는 느낌을 받았지만, 이 새로운 모습을 맞닥뜨리는 순간을 밀어내려고 안간힘을 썼다. 아버지의 어깨 너머로―이제는 아버지의 어깨가 턱에 닿았다―드라고미라와 레미니상스의 놀라워하는 눈빛이 눈에 들어왔다. 바바 폴락은 울고 있는 것 같았다. 오손과 메르세디카는 뒤로 물러서 있었다. 두 사람은 만족스러운 듯 젠체하는 표정이었다. 브륀느와 나프탈리는 드라고미라와 레미니상스 옆에서 침착한 태도를 유지하고 있었지만, 그들의 촉촉하게 젖은 눈에서 강한 감동을 찾는 것은 어렵지 않았다. 그 옆의 조에와 튀그뒤알도 나상티아에서 튀어나온 낯선 커플에게서 눈을 떼지 않았다. 창백한 낯빛의 조에는 두 눈이 휘둥그레졌다. 튀그뒤알은 충격을 받았다기보다는 궁금하고 의아하다는 표정으로 눈썹을 찡그렸다. 옥사를 머리끝부터 발끝까지 관찰하는 그의 두 눈은 섬세하고 조심스러웠지만, 옥사는 그래도 몹시 불편했다. 옷이 몸을 꽉 죄고 있어 숨 쉬기가 힘들었고, 자신의 몸이 어떻게 생겼는지 전혀 짐작도 할 수 없는 가운데 모두 그녀만 응시하고 있는 상태가 거북했다. 옥사를 열렬히 숭배하는, 그런 상황이었다.

"정말 멋지다." 파벨이 말했다.

"아빠니까 그렇게 말하는 거예요!"

파벨이 고개를 위로 들면서 한숨을 내쉬고는, 옥사의 손을 잡고 온몸을 비출 수 있는 커다란 거울이 있는 구석으로 끌고 갔다. 지나가면서 옥사는 처음으로 몸을 편 구스에게 흘깃 눈길을 던졌다. 와, 키가 엄청 컸네! 그리고 진짜 잘생겼다…….

"그래, 나도 알아, 헐크 같다는 거." 구스가 온통 찢어지고 바지가 무릎까지밖에 안 오는 자신의 옷을 가리키며 말했다.

옥사는 참지 못하고 웃음을 터뜨렸다. 키는 15센티미터가량 더 자랐지만 유머 감각은 조금도 잃지 않았다. 그를 이렇게 되찾다니, 정말 좋았다!

"함께 가서 거울을 볼까?" 구스가 심각한 어조로 물었다.

옥사는 아무 말도 하지 못하고 고개를 끄덕였다. 조금 떨어져서 따라오는 두 부모님의 호위를 받으며, 두 사람은 대형 거울 앞으로 조심스레 다가갔다.

신경전

드라고미라의 퀼뷔 젤라르가 거울 앞에서 굳어버린 구스와 옥사의 머리 위를 커다란 곤충처럼 윙윙 날며 또렷한 목소리로 외쳤다.

"오늘로 젊은 여왕님은 만 16세 2개월 13일이 되셨답니다. 키는 172센티미터, 몸무게는 56킬로그램, 허리둘레는……."

"됐어, 퀼뷔!" 퀼뷔가 극히 사적인 부분을 자세히 밝히려 하자 옥사가 막았다. "이제 구스에게로 넘어가자."

구스가 신음하며 "자비를 베풀어줘!" 하고 중얼거렸다.

"지시대로 따르겠습니다, 젊은 여왕님!" 퀼뷔가 몸을 똑바로 세우며 외쳤다. "젊은 여왕님의 친구분은 이제 만 16세 7개월 28일 되었습니다. 키는 179센티미터, 몸무게는 62킬로그램. 더 자세한 정보를 원하시나요?"

"아냐, 고마워 퀼뷔. 그 정도면 충분해." 옥사가 무덤덤한 목소리로 중얼거렸다.

옥사는 어쩔 줄 몰라 하며 거울 가까이 다가가, 손가락 끝으로 거울에 비친 자신의 모습을 쓰다듬었다. 친숙하면서도 낯설었다. 전체적인 윤곽이 더욱 고르게 정리되고, 더욱 풍만해진 것 같았다. 눈빛은 훨씬 깊어져 전과 달라 보였다. 옥사는 어깨에 닿을 만큼 자란 짙은 갈색 머리카락을 손으로 매만졌다. 몇 년 후 자신의 모습을 상상했던 적은 때때로 있었다. 시뮬레이션 게임에서처럼 그녀는 거울 속에 비친 자신의 머리를 금색이나 밤색으로 바꿔보았고, 풍만하게도 또 호리호리하게도 바꿔보았으며, 운동선수 스타일이나 모델 스타일로 변신해보기도 했다. 하지만 지금 거울 속 모습은 그녀가 기억하는 모습과는 영 거리가 멀었을 뿐 아니라, 이 비슷한 모습도 바란 적이 없었다. 어쨌든 옥사는 자신의 모습이 마음에 들었다. 그러나 이 모습이 자기 자신인지는 확실치 않았다. 너무 이르고 갑작스러운 변화였다. 옥사는 거울을 통해 자신을 바라보는 마리에게 소심한 미소를 보냈다.

"넌 전에도 충분히 멋졌는데, 지금은……." 뒤에서 튀그뒤알의 목소리가 들려왔다.

옥사는 차마 몸을 돌리지 못하고, 거울을 통해 그가 다가오는 모습을 지켜보았다.

"이제 키가 거의 같아졌네!" 튀그뒤알이 옥사의 어깨에 손을 올리며 말했다.

그가 아주 가까이 서 있어서 목덜미에 그의 숨결이 느껴졌다. 하지만 튀그뒤알은 그녀가 겁먹지 않도록 거리를 유지할 뿐, 그 이상의 접촉은 제한했다. 오직 뜨거운 눈빛만이 거울을 통해 그녀의 눈에 고정되었다. 그의 손바닥에서 전해지는 열기가 젊은 여왕의 마음속으로 퍼졌다. 옥사의 눈길이 본능적으로 구스를 향했다. 그는 차가운 분노를 담아 튀그뒤알을 쳐다보고 있었다.

"형은 사실 별로 크지 않군." 구스가 비웃음을 담아 중얼거렸다.

"그래, 난 별로 크지 않아." 튀그뒤알이 응수하며 옥사에게 조금씩 다가갔다. "하지만 숫자가 그렇게 중요한가?"

구스는 적의에 찬 눈빛을 튀그뒤알에게 보내며 투덜거렸다. 옥사는 '새롭고' 명백한 국면을 인지하기 시작했다. 단 몇 시간 만에 구스가 모든 면에서 튀그뒤알을 따라잡은 것이다. 두 사람은 이제 동등해졌다. 그들이 원하든 원하지 않든, 두 사람은 각자 자신이 방법으로 같은 특성과 같은 결점을 공유한 것이다. 이목을 집중시키는 매력, 고약한 성깔머리, 날카로운 지성, 어둡고 기복이 심한 성격 등. 특히, 둘 다 기세 좋게 옥사의 심장을 두근거리게 하고 있었다.

"너무 빠르잖아……." 그녀가 중얼거렸다.

겉으로 보기에는 성숙한 처녀가 되었다는 것에 아무런 의심의 여지도 없지만, 이 상황이 극도로 혼란스러운 사실임에는 변함이 없었다. 아직 어디에 둬야 좋을지 알 수 없는 시선과 육체의 모든 부분……. 그녀의 마음속 깊은 곳은 엄청난 충격으로 여전히 몹시 어지러웠다. 가슴이 어찌나 심하게 방망이질하는지! 열다섯 살 때의 소심한 두근거림과는 달랐고, 그 차이는 상당히 컸다. 여기, 지금 이 순간, 어마어마한 감정이 옥사의 가슴속에서 소용돌이쳤다. 두 가지 모순된 욕망이 뒤섞인 감정이었다. 튀그뒤알에게 영혼과 육체를 맡긴 채, 구스의 어깨에 얼굴을 묻고 싶었다. 어떻게 이런 생각을 할 수 있을까? 도대체 어떤 인간이 되어버린 걸까?

그런 감정을 알아챈 듯 튀그뒤알이 옥사의 목 아래쪽에 깃털처럼 가벼운 입맞춤을 했다. 곧바로 옥사의 온몸이 달아올랐다. 이 강렬한 감정은 '그전'에 느꼈던 것보다 열 배는 더 거세진 것 같았다. 그녀의 커다란 청회색 눈이 열띤 눈빛으로 거울을 통해 튀그뒤알을 직시했다. 이 뜨거운 열기는 이해하고 느낄 수 있었지만, 아직 그녀 자신의 감정이라고 인정할 수는 없었다.

"정말 환상적이야, 꼬마 여왕." 튀그뒤알이 그녀의 귀에 대고 속삭였다.

소녀를 온통 뒤흔드는 소름이 그녀의 몸에 쫙 돋았고, 그 모습을 두 소년은 놓치지 않았다. 튀그뒤알은 옥사를 힘껏 안았고, 옥사의 핏줄에서 뜨거운 불꽃이 타오르기 시작했다. 그는 마리가 기다리고 있는 쪽으로 옥사를 데리고 갔다. 옥사는 고개를 돌리지 않을 수 없었다.

"네가 지금 뭘 하고 있는지 잘 생각해봐." 구스가 고통스럽고 무거운 눈길로 그녀를 바라보며 내뱉었다.

날카로운 칼날이 옥사의 심장을 찔러 정확하게 절반으로 갈라놓았다.

"이 충격적인 상황에 휘말릴 필요는 없어!" 소년이 베인 상처에 칼날을 더욱 깊이 박으며 소리쳤다. "스스로 책임져! 넌 이제 어린 소녀가 아니잖아!"

재구성된 가족

　이제 또 다른 현실로 서둘러 돌아와야만 했다. 탈주자들과 두 세계
가 존재하는 현실로. 옥사는 황야에 드리운 우중충한 날씨에 흘깃 눈길
을 던졌다. 날씨는 흐렸지만 시야에 장애물이 없는 것을 보니, 반역자
들의 집 2층에 있는 것이 분명했다. 바람은 잠잠했지만, 하늘에는 흉터
가 쫙 벌어진 것처럼 시꺼멓고 걱정스러운 흔적이 잔뜩 드러나 있었다.
회색빛 바다에서는 파도가 물기둥처럼 인상적으로 솟아올라 바위에 부
딪치며 부서졌다. 멀리서 물보라에 머리 깃털이 마구 헝클어진 젤리노
트들이 천천히 발을 풀고 있었다. 그 자리에 있는 사람들의 얼굴빛까지
포함해, 주위는 온통 칙칙한 납빛 일색이었다. 오직 오손만이 분위기에
어울리지 않는 만족감을 드러냈다.
　"모두 맛있는 식사 하러들 오시오!" 느닷없이 그가 말했다.
　드라고미라가 경계하며 그를 쳐다보았다.
　"그의 말이 맞소." 아바쿰이 나지막하게 말했다. "이 끔찍한 밤이 지

나고 나면 다시 힘을 내야만 합니다.”

자랑할 일은 아니지만, 옥사의 배고픔 문제는 호전되지 않았을 뿐 아니라, 오히려 그것과는 아예 거리가 멀었다! 옥사는 배가 고팠다. 위장이 바짝 오그라들어서, 그녀는 진짜 골칫거리를 얻은 기분이었다! 오랜 세월 아무것도 먹지 않은 기분이었다…… 한 2년 동안!

“여러분은 내 손님이오!” 오손이 강조했다.

“그렇게 과장할 필요 없어요.” 레미니상스가 짜증스레 응수했다.

“너무 지나치다고요!” 드라고미라가 독살스러운 어조로 덧붙였다.

오손은 드라고미라에게 도발적인 미소를 던지고 방문을 열었다. 집주인과 메르세디카가 돌로 된 복도로 나가자 파벨이 마리의 휠체어를 밀며 따라나섰고, 그다음으로 탈주자들이 옥사와 구스를 둘러싸고 뒤따랐다. 옥사와 구스는 자신들의 옷이 아플 정도로 몸을 꽉 죄는 바람에, 체형이 비슷한 탈주자들의 옷을 빌려서 갈아입어야 했다. 옥사는 레오미도의 손녀 중 한 명이 신던 운동화와 청바지를 빌렸고, 튀그뒤알이 기어코 빌려주겠다 고집부린 검은색 후드 스웨터를 입었다. 구스는 라이벌의 옷을 단칼에 거절하고, 코크렐의 아들의 두꺼운 회색 바지와 카키색 울 스웨터를 고맙게 받았다. 다리 관절이 쑤시고 아직 새로운 몸에 익숙하지 않아, 두 친구는 뭉그적거리며 걸어갔다. 옥사는 절망적인 눈빛을 구스에게 던졌지만, 소년은 양 볼이 빨갛게 달아오른 채 지나치게 먼 거리를 유지했다. 앞에서 걷는 아바쿰의 등을 뚫어지게 바라보는 그의 시선은 절대 빗나가지 않을 것 같았다. 1층에 다다르자 옥사는 예민해졌다. 구스의 무관심한 척하는 표정이 그녀를 불안하게 했고, 무엇보다 신경을 건드렸다. 그녀가 구스를 팔꿈치로 툭 쳤지만 그는 냉정하게 아무 반응도 하지 않았다.

"나 좀 봐!" 옥사가 이를 악물고 말했다.

"넌 아주 예쁘다고 이미 말했을 텐데." 구스가 여전히 앞만 쳐다보며 응수했다. "무슨 말이 더 필요한데?"

"그런 얘기가 아냐!" 옥사가 신경질을 냈다. "나를 좀 봐! 제발."

"우리의 우정을 기억해서, 이 말이냐?"

옥사는 신경질적으로 한숨을 내쉬었다.

"날 내버려둬, 옥사." 구스가 말했다. "이런 나에게 익숙해지길 바란다. 넌 이 모든 일이 내게 어떤 면에서 힘든지 모를 거야."

"알아."

"아니, 넌 몰라." 구스는 그녀의 말을 끊고 주방으로 휩쓸려 들어갔다.

대화라기보다는 불평에 불과했던 두 사람 사이의 대화는 옥사의 가슴을 찢어놓았다. 그 모습을 관찰하던 마리가 옥사에게 다가와 손을 잡았다.

"힘드니?"

"내가 어디에 있는지 모르겠어요, 엄마……."

"모든 게 제자리를 찾으려면 시간이 좀 더 필요할 거야." 마리가 다정하게 말했다. "너희 둘 다 너무 급작스러운 변화를 겪었잖니."

"집중해야 해, 옥사 상." 파벨이 신중한 어조로 말했다. "힘든 시험들이 우리를 기다리고 있고, 일촉즉발의 위험에 처한 사람은 이제 엄마를 포함해 세 명이라는 사실을 잊어서는 안 돼."

그들은 널찍한 주방으로 들어갔다. 네 개의 테이블 위에 김이 모락모락 나는 작은 파이들과 샐러드, 각종 치즈, 브리오슈, 따뜻한 음료 등이 가득 놓여 있었다. 점심 식사는 더없이 풍요롭게 차려져 있었지만, 분위기는 그와 대조적으로 냉랭했다. 두 그룹은 서로 섞이지 않으려 매우 조심했고, 커다란 화덕이 윙윙거리는 소리만 진동할 뿐 다들 말없이 식사에 전념하는 척했다.

옥사가 마리의 휠체어를 밀며 들어서자 모두 숨도 쉬지 않았다. 구스가 먼저 들어와 주목을 받았기 때문에 어느 정도는 마음의 준비를 했지만, 충격은 조금도 약해지지 않았다. 모두 젊은 여왕의 화려한 변신에 입을 떡 벌렸다. 그녀는 주방을 눈으로 훑었다. 구스는 은근히 옥사를 모르는 척하면서 온 신경을 코코아에 집중했다. 튀그뒤알이 신호를 하자 옥사는 망설이지 않고—뭐라 말할 수 없이 실망스러웠지만—어머니가 탄 휠체어를 조종해 튀그뒤알 옆에 앉았다.

"나의 꼬마 여왕, 기분이 어때?" 튀그뒤알이 커피처럼 진하게 우러난 홍차를 잔 가득 건네주며 귀에 속삭였다.

"엄마를 다시 만난 기쁨에 미칠 지경이지! 그게 아니었다면 기분이 정말 이상했을 거야." 옥사가 대답했다.

"어디 아프니?"

"전혀! 난 어떻게 사람이 아무런 고통 없이 이렇게 빨리 자랄 수 있는지 생각 중이야. 관절이 조금 쑤실 뿐이거든. 이해할 수 있어? 어렸을 때는 이렇게 성장하려면 위기가 있을 거라고 생각했는데……. 놀랍지 않아?"

"평범한 경험은 아니라고 말할 수 있지. 이제 넌 나보다 7개월 어릴 뿐이야, 알고 있니?"

"겨우?" 옥사가 놀랐다.

"넌 네가 살아온 16년 2개월 13일 이후의 미래를 어떻게 생각해?"

"솔직히 말해 전부 다 악몽 같아. 우리를 기다리는 일들과 특히, 우리가 제대로 해내지 못할 경우 위협이 될 것에 대해 생각하면 너무 끔찍해. 에데피아의 위치를 찾아야 하는데, 그건 지푸라기 속에서 바늘을 찾는 거나 마찬가지잖아. 설령 그 위치를 찾는다 해도 그다음엔 내부로 들어가야만 하고, 구스와 내가 완벽한 뮈르무가 되기 위해서는 디아팡 족과 접촉해야만 하지. 만약 우리가 그전에 지독한 고통 속에서 죽지 않는다면 말이야. 그러고 나면 '가까이하기 힘든 땅'으로 가서 엄마를 치료하기 위한 토샬린을 채집해야 하지. 게다가 '가까이하기 힘든 땅'이란…… 가까이 가기 어렵다는 뜻이잖아. 마지막으로는 오손보다 먼저 '펠르린의 방'을 찾아야 하고, 두 세계를 구해야 해. 정말 대단한 프로젝트이지, 안 그래?" 옥사가 이마에 주름을 잡으며 중얼거렸다.

"탈주자들에게는 쉬운 것이 없어. 그리고 폴락 일가는 모든 기록을 갱신하는 거지!"

"그런 말 하지 마!"

옥사는 울고 싶은 마음을 감추기 위해 설탕을 뿌린 큼직한 브리오슈를 한 입 가득 깨물었다. 침묵이 다시 그녀를 감쌌다. 주위 사람들은 때때로 적의 무리에 슬그머니 눈길을 던지며 점심 식사에 열중했다. 오직 프티츠킨들만이 드라고미라의 머리 위에서 공중회전을 하며 짹짹거려 조금이나마 가벼운 분위기를 만들었다. 좀 멀리서는, 폴딩고들이 협동 정신이 투철한 생명체들의 도움을 받아 화덕 주위에서 '집안일에 흥미 있는 노동자'로서 자신들의 역할을 완벽하게 수행하고 있었다.

"오, 이 따뜻한 열기, 정말 행복해!" 드비나이유들이 토스터에 딱 붙은 채 킥킥거렸다.

"날개가 다 타버리겠다, 이 암탉들아!" 제토릭스가 웃음을 터뜨리며 비웃었다. "날개 없는 드비나이유라니, 진짜 우습겠는데! 하하!"

드비나이유들이 분개하며 몸을 파르르 떨었다.

"네 입을 통해 나오는 말은 언제나 야유로 가득해서 성질을 돋우는구나." 드라고미라의 폴딩고가 오렌지를 꽉 짜며 말했다.

"아무렴, 친구!" 제토릭스는 지친 듯 깨끗하게 인정했다.

갑자기 폴딩고의 행동이 멈춰버렸다. 옥사가 앉은 자리에서, 손에 행주를 든 채 그대로 굳어버린 폴딩고가 보였다. 두 동료는 당황한 표정으로 폴딩고를 바라보았다. 제토릭스가 그를 깨우려고 앞치마를 잡아당겼다. 눈이 툭 튀어나온 드라고미라의 충실한 하인이 마침내 움직이더니 여주인을 향해 발을 질질 끌며 다가갔다.

"무슨 일이니, 폴딩고?" 바바 폴락이 반투명하게 변한 그의 얼굴을 보며 걱정스레 물었다.

숨 막히는 침묵이 잠시 계속되었다.

"늙은 여왕님과 친구분들, 그리고 적들도 마찬가지로, 매우 중요한 정보를 받으셔야만 합니다." 폴딩고가 말했다.

그가 잠시 머뭇거리자 드라고미라가 용기를 북돋아주었다.

"당신 하인의 머릿속에 표시가 샘솟았습니다." 드디어 작은 생물이 말을 꺼냈다. "늙은 여왕님, '좌표'가 모습을 드러냈습니다."

희미한 웅성거림이 탈주자들 사이에서 들려왔다. 반역자들 측에서는 믿을 수 없다는 의견이 지배적이었다.

"'경계의 문'이 접근을 허락했습니다." 폴딩고가 말을 이었다. "당신의 하인은 이제 지리적으로 정확성을 갖춘 위치를 알게 되었습니다."

드라고미라가 핏기 없는 얼굴에 무거운 표정을 띠자, 옥사를 필두로 한 탈주자들이 깜짝 놀랐다. 아바쿰이 드라고미라에게 몸을 기울이고 그녀의 두 눈을 가만히 바라보았다. 드라고미라는 엄숙하게 고개를 끄덕였다. 그러고는 힘겹게 자리에서 일어나 쉰 목소리로 말했다.

　"'절대 좌표의 수호자'가 말하길, '경계의 문'이 나타났고, 에데피아
와 내부인들이 우리를 기다리고 있답니다."

열이틀 낮과 열이틀 밤

"우리가 천박한 하인들처럼 당신들의 뒤를 따른다는 것은 생각할 수 없는 일이야!" 오손이 고함을 질렀다.

"당신이 우리보다 손톱만큼이라도 앞서 가는 것 또한 생각할 수 없긴 마찬가지죠!" 드라고미라가 응수했다. "어쨌든 우리의 운명은 연결되어 있고, 당신은 그것을 잘 알고 있어요. 그러니 자신이 대단한 인물인 양 젠체하는 그 모욕적인 태도는 그만두세요, 제발! 우리는 내가 이끄는 곳으로 함께 가야 하고, 이론의 여지는 없습니다."

바바 폴락이 격분한 오손의 정면에 있는 테이블을 주먹으로 꽝 내리쳤다. 공공연한 두 적수는 한참 동안 눈빛으로 맞섰다.

"난 너를 절대 믿을 수 없어." 오손이 음절을 끊어 또박또박 발음했다.

"나도 마찬가지예요." 드라고미라가 대답했다. "어쨌든 우리는 동등한 입장이죠, 당신에겐 목걸이가 있으니까."

오손이 인상을 썼다.

"물론이야. 하지만 내게 추가로 담보를 다오, 사랑하는 동생!"

이 말이 끝나기 무섭게, 오손은 당황해서 완전히 투명해진 폴딩고를 잡으려고 재빨리 튀어 올랐다. 파벨과 나프탈리가 오손을 막기 위해 몸을 던졌지만, 그레고르와 아가퐁이 이미 막아선 뒤였다. 탈주자들은 곧바로 각자의 크라쉬 그라녹스를 꺼냈고, 반역자들 역시 정확히 같은 반응을 보이며 치밀하게 늘어서 정면으로 맞섰다. 튀그뒤알이 반사적으로 먹이를 향해 돌진하는 치타처럼 오손을 향해 몸을 날렸다. 그는 지나는 길에 모티머를 넘어뜨리고, 놀라서 돌처럼 굳어진 폴딩고의 허리 부분을 두 팔로 낚아채 드라고미라 옆으로 끌고 갔다.

"시간만 허비하게 하는군요." 바바 폴락이 오손을 위아래로 훑어보며 비난했다. "우리가 서로 대적하는 것은 무의미하다는 걸 언제쯤 깨달을 건가요? 우리의 힘은 동등하답니다, 그것을 인정해야만 해요."

말을 마친 드라고미라는 몸을 구부려 바들바들 떨고 있는 폴딩고를 안고서, 화가 나 하얗게 질린 이부 오빠를 남겨두고 휙 돌아섰다.

"드라고미라, 좌표가 어디 있다는 거지?" 아바쿰이 물었다.

"아직 몰라요. 하지만 내 폴딩고가 곧 알려줄 거예요!" 노부인이 솔직하게 말했다.

탈주자 중 핵심 인물들이 반역자들의 거주지 가장 꼭대기, 지붕 위로 우뚝 솟은 작은 탑에 모였다. 헌신적인 코크렐과 올로프가 망루로 올라가는 계단 발치에서 보초를 섰다.

"네 얘기에 귀를 기울일게, 폴딩고."

작은 생명체는 마침내 두 눈을 엄청나게 크게 뜨고, 숨도 안 차는지 단숨에 귀한 정보를 읊었다.

"좌표가 '경계의 문'의 위치를 알려주었습니다. 늙은 여왕님과 젊은 여왕님, 친구분들인 탈주자들, 그리고 적들인 반역자들은 북위 42도, 동경 101도에 위치한 고비사막까지 이동해야만 합니다. '경계의 문'은 가순호(고비사막 남부, 해발 400~500미터 분지에 있는 소금 호수—옮긴이)의 서쪽에 고정되어 있습니다."

튀그뒤알이 그 자리에서 휴대전화 자판을 이것저것 누르더니, 몇 초 후 완벽한 정보를 전했다.

"가순호는 중국과 몽골 사이 국경 지역에서 남쪽으로 약 20킬로미터 지점에 위치한 호수네요. 시장 강의 물이 흘러 들어오고, 작은 도로가 이 호수를 둘러싸고 있어요."

이 정보가 탈주자들에게 전해졌지만, 머릿속이 흐릿한 상태라 두려움과 함께 안도감도 느껴졌다. '경계의 문'이 드디어 위치를 드러냈다! 하지만 그곳에 이르는 길은 아주 복잡할 것 같았다.

"무진장 먼 길이네." 옥사가 걱정스레 말했다.

"여기서 7,084킬로미터 거리래." 튀그뒤알이 휴대전화를 참고해 말했다.

옥사가 이 사이로 휘파람을 불었다.

"제시간에 도착할 수는 있을까요? 그리고 또 다른 문제가 있는데……. 폴딩고, '경계의 문'을 찾도록 우리에게 허락된 좌표는 움직인다고 했잖아. 혹시 우리가 도착하기 전에 이동하지는 않을까?"

폴딩고는 마른기침을 해 목소리를 가다듬고, 짝다리로 서서 흔들거렸다.

"에데피아는 세상 가장자리에 있고, 좌표는 움직일 수 있으며, 이 내용은 절대적입니다. 하지만 당신의 하인은 확실한 정보를 드렸습니다. 불사조가 당신의 하인이 알려드린 바로 그 장소에서 두 여왕님의 도착을 기다리고 있습니다. 북위 42도, 동경 101도에 위치한 고비사막, 가순호의 서쪽에서 말입니다. 불사조는 열이틀 낮과 열이틀 밤 동안 인내할 것입니다. 이 시간이 지나면 '경계의 문'은 좌표를 지울 것이고, 불사조 역시 두 세계처럼 끝내 사라져버릴 것입니다."

파벨이 답답한 듯 가까스로 욕설을 한마디 뱉어냈을 뿐, 탈주자들은 하나같이 당황해 현기증에 사로잡혔다. 미래는 분명해졌다.

"바로 길을 떠나야겠네요, 그렇죠?" 오랜 침묵 끝에 옥사가 말했다.

"행운을 빕시다, 친구들. 그게 필요할 겁니다." 아바쿰이 흥분한 목소리로 대답했다.

드라고미라를 중심으로 한쪽에는 탈주자들이, 다른 한쪽에는 반역자들이 모여, 극도의 흥분 상태에서 다음 단계를 위해 꼭 알아야 하는 정보를 들었다.

"7천 킬로미터를 가서 '경계의 문'을 찾는 데 12일밖에 시간이 없다는 건가요?" 드라고미라가 전한 사실에 납덩이처럼 무거운 침묵이 드리운 가운데, 아가퐁이 정적을 깨며 물었다. 드라고미라는 눈도 깜빡이지 않고 인정했다.

"그 이상 자세한 부분은 모른다고 하지 마!" 오손이 끼어들었다.

"우리에게 필요한 세부 사항은 전부 알고 있어요." 드라고미라가 대답했다. "하지만 당신한테 다 알려줄 거라 기대하지는 마요. 때가 되면 다 알게 될 테니까."

오손이 드라고미라를 차갑게 쏘아보며 주먹을 불끈 쥐었다. 그러고는 권위적인 동작으로 메르세디카를 향해 손바닥을 내밀며, 그녀를 보지도 않고 명령했다.

"'여왕의 목걸이'를 주시오!"

시간이 흘렀지만 메르세디카는 꼼짝도 하지 않았다. 화가 난 오손이 그녀를 향해 몸을 돌렸다.

"메르세디카, 목걸이를 달라니까!" 그가 차가운 목소리로 한 번 더 말했다.

오만한 스페인 여자가 턱을 쳐들었다.

"목걸이는 당신 것이 아니에요, 오손!" 그녀가 오손을 경멸하듯 위아래로 훑어보며 내뱉었다. "이제부터 그건 내 소유야, 내 것이라고!"

한 배신자의 고백

"목걸이는 어디 있어? 어쨌지?" 오손이 부르짖었다.

반역자는 정신이 나간 상태였다. 턱은 부들부들 떨렸고, 두 눈은 뜨거운 분노로 번득였다. 메르세디카의 거만한 침묵 앞에서 오손은 손을 번쩍 들었다. 그토록 모욕적인 방법으로 공공연히 자신에게 도전한 여자의 뺨을 때릴 기세였다. 그러나 메르세디카는 그의 동작을 막았고, 그것은 오손의 증오를 더욱 부추겼다.

"이제 다신 반복하지 않을 것이다! **이 더러운 배신자, 목걸이는 어디에 있난 말이다!**" 그가 과거 동료였던 여자의 얼굴 바로 앞에서 거칠게 내뱉었다.

사방에 서 있던 모두가 경악했다. 치밀어 오르는 불안의 압력 아래 옥사는 신경질적으로 반응했다.

"반역자들의 우두머리에게 '배신자'라고 낙인찍히는 것은, 오히려 자랑거리네요." 그렇게 중얼거리던 옥사는 반사적으로 떠오른 자신의 생각에 놀랐다.

그녀는 몸을 떨었다. '여왕의 목걸이'가 없다면 에데피아는 영원히 잃어버린 땅으로 머물 것이다. 구스와 옥사는 죽을 때까지 극심한 고통을 겪을 것이고, 죽음이 어머니를 삼킬 때까지 불행은 계속 그녀를 갉아먹을 것이다. 하지만 두 세계는 곧 사라질 것이므로, 이런 것들은 더 이상 중요하지 않았다. 저주받은 목걸이와 저 가증스러운 배신자 때문에.

"난 당신과 재회한 그날부터 충직한 동료였지." 메르세디카의 강압적인 목소리가 울렸다. "풍피냐의 내부에서 보낸 8년 동안 당신 아버지에게 충성했던 것처럼. 하지만 여러분은 오늘날 무엇이 나를 이렇게 행동하도록 이끌었는지 알 필요가 있어요."

메르세디카는 거기 모인 사람들을 위아래로 훑어본 후, 조금 전까지 오손의 차지였던, 방 한가운데 놓인 안락의자에 가서 앉았다. 오손은 그녀에게 죽일 듯이 살벌한 시선을 던지며, 두 주먹을 꽉 쥔 채 그대로 서 있었다.

"당신과 나는 언제나 같은 욕망과 같은 야망을 품었지." 메르세디카가 오손을 뚫어지게 바라보며 말을 이었다. "권력은 우리의 원동력이었어. 외부 세계에 도착한 나를 구한 것은 지배에 대한 의지였고, 나는 목적을 달성하기 위해 내 능력을 모조리 쏟아부었지. 우선 나는 재계에서 한몫을 했어. 이 세계에서는 돈이 권력을 좌우한다는 사실을 일찌감치 깨달았거든. 예상 밖으로 아주 쉽게 큰 재산을 모은 다음에는 국제 관계에 마음이 끌렸지. 난 정부의 그림자 속에서 행동했다고 말할 수 있는데, 특히 남아메리카와 근동 지역에서 꽤 재미를 봤어. 철저히 비열한 협정으로 해결한 분쟁들이 인간의 나약함에 대한 나의 확신을 증명해주었지. 공작은 20여 년간 내 활동의 중심이었고, 나는 기꺼이 그것에 전념했다고 털어놓을 거야."

"누구도 감히 의심하지 못했지⋯⋯." 드라고미라가 침울한 어조로 중얼거렸다.

"그 뒤 1978년 봄, 참으로 우연찮게, CIA 건물 복도에서 오손과 마주쳤지." 메르세디카가 다시 말을 이었다. "살아오면서 많은 남자들이 나에게 치근거렸지만, 나는 딱 두 남자만을 진심으로 사랑했어. 내 딸 카타리나의 아버지와 오손 당신."

오만한 스페인 여자의 목소리가 약간 떨리자, 그녀를 둘러싼 사람들 모두가 아연실색했다. 오손은 눈을 찌푸렸는데, 그 모습은 마치 잔인한 코브라처럼 보였다.

"우리를 갈라놓았던 10여 년의 세월에도 불구하고, 나는 즉시 당신의 영향력 내로 들어갔지. 몸과 마음을 모두 당신한테 바쳤어. 왜냐고? 사랑 때문에, 아주 단순하게 말이야."

"권력에 대한 사랑이겠지!" 오손이 불만스러운 어조로 반박했다.

"그래, 아니라고는 말하지 않을 거야. 하지만 다른 무엇보다도 당신에 대한 사랑 때문이었어. 내가 이 세상에서 가장 위대한 권력자들과 함께 일했으면 더 큰 권력을 갖지 못했을까? 그들과 결탁하는 것이 더 만족스럽고 흥미진진하진 않았으리라 생각해? 당신은 한 번도 그런 적 없지만, 어둡고 부패했던 남아프리카의 정부는 내게 무척 고마워했어. 당신 옆에서 보낸 30여 년 동안, 내가 부족한 적 있었나? 당신을 실망시킨 적 있던가? 당신이 보기에 이 충성심은 뭘 의미하지? 이제 나는 여든 살이 넘었어. 그 긴 세월 동안 내가 품은 사랑은 당신의 자기중심적인 야망의 메아리 외에는 아무것도 받지 못했지. 이 사랑은 한계에 다다랐어, 오손. 당신은 맹목적으로 당신을 따르는 다른 사람을 이용하듯이 나를 이용했어."

"틀렸어요!" 아가퐁이 강한 어조로 소리쳤다. "우리가 오손 곁에 있는 것은 신념 때문이오!"

"그럴 수도 있겠지." 메르세디카가 냉정하게 내뱉었다. "하지만 내 입장에서는 잔인한 계약을 했던 거였어. 우선 나는 말로란 여왕을 배신했고, 그다음에는 다시 만나서 무척이나 행복했던 드라고미라와 탈주자들을 배신했지."

이 말에 분개한 드라고미라가 신음을 흘렸다. 메르세디카가 그녀에게 몸을 돌렸고, 슬픈 그림자가 그녀의 자만에 찬 눈을 덮었다.

"그래, 드라고미라, 네가 믿든 안 믿든 말이야." 그녀는 나지막한 목소리로 계속했다. "내가 아무리 냉정하고 권모술수에 능한 여자라 할지라도, 널 다시 만난 건 내 인생 가장 큰 행복 중 하나였어. 난 그날을 절대 잊을 수 없을 거야. 오손은 이미 몇 년 전에 네 가족의 흔적을 찾았고, 너와 접촉시키기 위해 나를 파리로 보냈지. 약초 가게의 유리창 너머로 네 모습을 보았을 때, 원래 나는 감동 따위는 받지 않는 성격인데도 그 충격은 엄청났어. 여자가 된 널 난 바로 알아봤지. 아바쿰은 늘 그랬던 것처럼 훌륭한 수호자로 네 옆에 있더구나. 물론 두 사람은 팔을 활짝 벌리고 진심으로 나를 반겨주었어. 두 사람의 강한 연대가 나를 감동시켰지만, 그렇다고 내가 가진 뿌리 깊은 본성이나 오손에 대한 애착을 바꾸지는 못했어. 그래서 난 당신들을 배신했어. 조금 아쉽기는 했지만 망설임은 전혀 없었어. 왜냐하면 이제 나는 알거든, 사랑보다 강한 건 없다는 사실을. 무시당한 사랑보다 더 파괴적인 건 없다는 사실을."

메르세디카는 잠시 입을 다물고 아무 말도 하지 않았다. 그녀를 바라보던 사람들은 점점 더 거북해졌다. 그녀는 위풍당당하게 자리에서 일어서며 말을 이었다.

"난 인생의 절반을 당신이 내 사랑에 답하기를 기다리며 보냈어요, 오손. 나는 당신을 위해 사람을 죽이기까지 했어. 당신은 감사의 뜻으로 뭘 했지? 당신은 다른 사람들을 이용하듯이 나를 이용하기만 했어, 아가퐁은 이 말이 마음에 들지 않겠지만. 우리는 가공할 커플이 됐을 거야, 당신도 알겠지. 우리 둘이 함께라면 세계를 지배할 수 있었을걸. 나를 천박한 '도우미'로나 여기다니, 당신은 잘못 선택했어. 하지만 오늘은 당신에게 없는 열쇠를 바로 내가 쥐고 있지. 이제 역할이 바뀐 거야, 오손. 목걸이는 나 혼자만 아는 곳에 잘 두었거든."

"네가 죽인 사람이 누구였지?" 레미니상스가 잠긴 목소리로 그녀의 말을 끊었다.

두 번의 수혈로 매우 허약해졌지만, 레미니상스는 일어나 의자 등받이에 기댔다. 가까스로 지탱한 그녀의 몸이 가늘게 떨렸다. 본능적인 불길함을 느끼고 표정이 어두워진 아바쿰과 나프탈리가 재빨리 그녀를 둘러쌌다. 메르세디카가 몸을 돌리고 새까만 눈으로 레미니상스의 엷은 눈동자를 뚫어지게 바라보았다.

"오손의 지시에 맹목적으로 복종한 나는, 네 아들과 며느리를 죽였어, 레미니상스. **오손에 대한 사랑 때문에!**" 그녀가 오손을 손가락으로 가리키며 외쳤다.

아바쿰과 나프탈리는 아무것도 할 수 없었다. 섬광처럼 빠르게 레미니상스는 크라쉬 그라녹스를 꺼내 불었다. 메르세디카는 두 눈을 크게 뜨고 바닥에 쓰러졌다.

불화

"넌 완전히 미쳤어!" 오손이 쌍둥이 동생을 향해 무섭게 외쳤다. "에데피아로 돌아갈 마지막 희망을 망쳐버린 거야!"

아바쿰과 나프탈리가 이 일에 깜짝 놀라 레미니상스를 붙잡았다. 사태의 심각성을 알아챈 반역자 몇 명이 꼼짝도 하지 않는 메르세디카에게 달려갔다. 레미니상스가 쏜 스튀파락스 그라눅이 질식을 유발해 푸르뎅뎅하게 변한 그녀의 얼굴 주위로, 무겁게 틀어 올렸던 머리가 헝클어지며 장례식장의 장막처럼 드리웠다. 아무것도 할 수 없는 몇몇 사람들은 울기 시작했고, 옥사도 진정한 재앙이 임박했음을 느끼며 눈물을 흘렸다. 드라고미라가 조심스레 레미니상스에게 다가가, 가슴이 답답한 듯 숨을 몰아쉬며 중얼거렸다.

"왜 그런 거예요?"

"그녀가 내 아들을 죽였어, 드라고미라. 아무런 양심의 가책도 없이 내 아들과 며느리를 죽인 거야. 그녀가 파벨과 마리에게 그렇게 했다고 생각해봐……. 넌 어떻게 했겠니?"

드라고미라는 두려움에 소름이 끼쳐 몸을 떨었다. 이 질문에 어떻게 대답하겠는가? 레미니상스가 물어온 이 가정은 악몽 같았다. 상상조차 할 수 없는 일이었다. 드라고미라는 한참 동안 레미니상스를 바라보다가, 다시 탈주자들에게로 눈길을 돌렸다. 그녀의 시선이 창백해진 옥사에게 오래 머물렀다.

"언니의 복수는 이해할 수 있어요. 하지만 지금으로서는 우리 모두에게 사형 판결을 내린 셈이에요." 그녀는 간신히 그렇게 말하고 의자에 쓰러지듯 주저앉았다.

"어머니는 죽지 않았어요!" 메르세디카의 옆에 무릎 꿇고 앉아 있던 카타리나가 불쑥 외쳤다.

오손이 제일 먼저 달려가 메르세디카를 둘러싼 사람들을 사정없이 밀치며 파고들었다. 그는 카타리나를 밀어젖히고는, 쪼그리고 앉아 과거 동맹자의 얼굴에 자신의 얼굴을 바짝 갖다 댔다.

"아직 숨을 쉬고 있어." 몇 초 후에 그렇게 말한 그는 메르세디카의 어깨를 흔들며 헐떡거렸다. "목걸이는 어디 있소?"

"당신이 이렇게 하리라고 짐작했어요." 드라고미라가 가까이 다가가며 오손에게 내뱉었다. "만약 희망이 남아 있다면 그것이 아무리 보잘것없다 해도, 당신은 그걸 놓치지 않을 테니까!"

"이 정신 나간 여자의 숨이 끊기기 전에 너도 그녀의 기억을 되살려야만 할걸!" 오손이 여동생에게 분노의 주먹을 흔들며 화를 냈다.

"저리 비켜요!" 드라고미라가 자신의 배낭에서 작은 약병을 꺼내며 말했다.

오손은 꼼짝도 하지 않았다.

"아마도 스튀파락스를 고안한 것이 아바쿰 대부와 레오미도 오빠라는 사실을 모르나 본데…… 스튀파락스의 제조 비밀을 알게 된다면, 그들이 어떤 결과와도 맞서 싸울 수 있는 준비를 했다는 것을 짐작할 수 있을 거예요."

오손은 그녀가 지나가도록 비켜섰다. 바바 폴락은 그가 자신의 말을 이해했는지 확신하지 못했지만, 그녀를 잘 아는 사람들은 제대로 알아들은 것이 분명했다. 드라고미라는 메르세디카 옆에 무릎을 꿇고 앉았다. 미동도 없는 메르세디카의 까만 눈동자가 드라고미라에게 고정되었다. 완전한 공황 상태에 빠진 카타리나는 무릎에 어머니의 머리를 올려놓았다. 드라고미라가 약병을 열었다. 썩은 식물 냄새를 지독하게 풍기는 거무칙칙한 색깔의 연기가 흘러나오더니 메르세디카의 콧속으로 들어갔다. 곧 그녀의 눈동자가 뒤집혔고 몸이 격렬한 경련을 일으키며 흔들렸다. 그 약이 치명적인 악영향을 미칠까 봐 모두가 무서워했다.

"무슨 약이에요?" 옥사가 조급하게 중얼거렸다.

이 광경에 두려움을 느끼는 사람은 젊은 여왕 혼자만이 아니었다. 메르세디카의 콧구멍과 입에서 작은 벌레가 무더기로 쏟아져 나온 것이다. 수백 마리의 갑각류와 날개 달린 시꺼먼 벌레들이 구름 떼처럼 우글거리며 끝도 없이 흘러나왔다. 메르세디카는 말로 형용할 수 없는 공포에 사로잡혀 벌레들에게서 눈을 떼지 못했고, 그것들은 그녀에게서 약간 떨어져 공중에서 몇 초간 멈추었다가, 마침내 어렴풋한 폭발음을 내며 사라져버렸다.

"하마터면 큰일 날 뻔했어." 드라고미라가 다시 약병 뚜껑을 닫으며 중얼거렸다.

"만약 할머니가 아무것도 하지 않았다면, 저 무시무시한 벌레들이 메르세디카 할머니 안에서 터졌을 거라는 말씀이세요?" 옥사가 눈을 크게 뜨며 물었다.

"그래, 정확히는 그녀의 목구멍 안에서."

이 최후의 구조 작업에도 불구하고 메르세디카의 상태는 좋지 않은 것 같았다. 스퇴파락스 공격으로 그녀의 얼굴은 흙빛이 되었고, 숨을 쉴'때마다 가슴이 들릴 만큼 힘든 호흡이 그녀를 극도로 고통스럽게 했다. 엄청난 노력 끝에 그녀는 손을 들어 드라고미라를 자기 쪽으로 끌어당겼다. 오손은 그녀가 마지막으로 비밀을 털어놓으려 한다는 것을 눈치챘다. 그는 카타리나에게 몸을 던져 거친 동작으로 그녀를 잡아당기고는 움직이지 못하게 꼭 붙잡았다. 메르세디카의 시야를 확보한 그는 그 중심으로 카타리나를 전리품처럼 확실하게 밀어 넣었다.

"나를 두 번 배신할 생각은 하지 마." 오손이 이를 악물고 중얼거렸다.

"메르세디카는 지금 죽어가고 있어요!" 드라고미라가 분개하며 외쳤다.

"바로 그거야! 그녀는 더 이상 잃을 것이 없다고! 그녀가 딸내미를 무덤 속으로 끌고 들어가고 싶지 않다면 말이야."

"역겨운 인간!" 드라고미라가 인상을 썼다. "목걸이가 어디에 있는지 얘기해줘요, 메르세디카." 드라고미라가 사경을 헤매는 오랜 친구에게 몸을 돌리며 간청했다. "만약 그를 위해 말하고 싶지 않다면, 우리를 위해 알려줘요! 당신이 우리와 함께했던 그 오랜 세월을 생각해서, 제발!"

메르세디카는 경련을 일으켰다. 그녀는 오손의 강철 같은 팔에 붙들린 딸을 보고 신음하며 가까스로 입을 열었지만 아무 소리도 나오지 않았다. 그녀는 눈을 크게 뜨고, 울면서 몸부림치는 자신의 딸을 응시했다. 잠시 후, 그녀의 머리가 한쪽으로 툭 떨어졌다. 마지막 숨결이 흘러나오며 가슴이 내려갔고, 얼굴의 긴장이 풀렸다.

 "심장이 뛰지 않아요. 메르세디카는 죽었어요……." 낙담한 드라고미라가 중얼거렸다.

열쇠

메르세디카는 집 뒤편에 묻혔다. 그녀의 무덤은 둔탁하게 철썩거리며 노호하는 바다를 향해 자리 잡았다. 가공할 만한 스페인 여자의 배신에도 불구하고 드라고미라와 아바쿰은 갈리나의 남편인 앤드류 목사가 주도하는 엄숙한 장례식에 참석했다. 나머지 탈주자 역시 전원 자리했다. 2층 침실에 누운 레미니상스만 제외하고. 그들 중 어느 누구도 메르세디카가 그들의 일원이었다는 사실을 잊지 않았다. 물론 그 고백이 그녀가 개입한 끔찍한 사건들을 정당화하지는 못했다. 하지만 그녀를 죽음으로 이끈 상황은 이 거만한 여인을 동정받을 만한 존재로 만들었다. 납작한 자갈로 뒤덮인 메르세디카의 무덤 주위에 모인 그녀의 옛 친구들은 그녀를 용서하지 않았다. 그들은 그녀가 불쌍히 여기는 것을 세상에서 가장 싫어한다는 사실을 알았기 때문에, 가슴으로만 그녀를 동정했다. '동정받는 사람보다 동경받는 사람이 되어라'라는 격언은 그녀가 항상 마음 깊이 새기는 문장이었는데, 오늘에야말로 이 격언이

제대로 의미를 찾은 것이다. 반역자들 측에서는 카타리나만이 오손이 임무를 맡겨 파견한 아가퐁과 루카스의 호위를 받으며 유일하게 참석했다.

"반역자들은 배신을 용서할 수 없나 봐." 튀그뒤알이 옥사의 귀에 대고 속삭였다.

소녀는 눈물에 잠긴 시선을 그에게 던졌다. 튀그뒤알은 그녀의 뺨을 집게손가락으로 쓰다듬으며 창백한 미소를 지었다. 불행히도 죽음을 눈앞에서 목격한 것이 이번이 처음은 아니었기 때문에, 옥사는 더욱 고통스러웠다. 죽음을 맞이한 사람이 그녀의 가족을 그토록 괴롭혔던 메르세디카라는 사실도 그녀의 마음을 편하게 하지 못했다, 이상하게도. 충격이 연달아 계속됐고 옥사는 그것들을 견디고 있었다. 하지만 어디까지 견딜 수 있을까?

메르세디카에게 마지막으로 작별을 고하고 거실로 돌아온 바바 폴락은 다시 협상 지휘봉을 쥐었다.

"친애하는 우리 아이들아." 드라고미라가 튀그뒤알과 옥사, 구스에게 말했다. "너희에게 열이틀이 되기 전에 가순호에 도착할 수 있는 여행 계획 수립을 맡기마. 단 두 가지 중요한 조건이 있다. 우리는 쉰여덟 명이고, 어떤 경우에도 절대 헤어져서는 안 된다."

"이미 다 된 일이나 마찬가지예요!" 튀그뒤알이 휴대전화를 꺼내며 차분하게 말했다.

"'여왕의 목걸이'는요, 바바?" 옥사가 물었다.

"그건 내가 알아서 할게." 드라고미라가 의미심장하게 대답했다.

세 젊은이는 서로 대립하는 두 무리의 사람들과 거리를 두고, 책이 잔뜩 꽂힌 거대한 책장 옆에 자리를 잡았다. '아이들이 정말 많이 자랐구나.' 드라고미라는 벅차오르는 가슴으로 인정하지 않을 수 없었다.

"이제 우리 차례야!" 노부인이 낙담해 웅크리고 있는 카타리나를 보며 말을 이었다.

"내가 그 배신자 침실을 온통 다 뒤졌어." 오손이 말했다.

"그래서요? '여왕의 목걸이'를 못 찾았어요?" 드라고미라가 물었다.

"응. 하지만 이 상자 안에 있는 게 확실해." 그가 여행 가방의 중간에 위치한 보관함을 가리키며 대답했다.

"그렇다면 그걸 열어요!" 드라고미라가 소리쳤다.

반역자의 표정이 어두워졌다.

"온갖 수단을 다 동원했어요. 그런데 마법을 써도, 힘을 써봐도 자물쇠가 열리지 않아요." 오손의 맏아들인 그레고르가 고백했다.

"어떻게 열 수 있는지 알아내는 아주 좋은 방법이 있지." 오손이 크라쉬 그라녹스를 꺼내 카타리나를 겨누며 말했다.

"난 아무것도 몰라요!" 카타리나가 두려워 휘둥그레진 눈으로 저항했다. "어머니는 내게 아무 말도 안 했어요. 맹세해요, 오손 아저씨!"

"그럼 너는 죽음의 문턱 앞에서 그녀가 우리를 속였다는 거냐?" 심술궂은 표정으로 고개를 기울이며 그가 반박했다. "숨이 멎기 전 그녀가 마지막으로 바라본 사람은 너였어."

"내가 딸이니까 그런 거죠!" 카타리나의 입에서 공포와 고통이 뒤섞인 긴 신음이 흘러나왔다.

오손은 적의를 드러내며 열심히 자신의 크라쉬 그라녹스를 관찰하는 척하다가, 괴로움을 숨기기 위해 최선을 다하고 있는 카타리나를 똑바로 바라보았다. 드라고미라가 노기등등한 눈빛으로 앞으로 나왔다.

"오손, 당신이 폭력적인 노선을 선택했다는 것은 우리 모두 알고 있었어요! 하지만 더 세심하고 효과적인 방법을 모르기 때문은 아닌지……." 드라고미라가 말했다.

그녀는 재킷의 주름 안으로 손을 집어넣어, 너무 흥분해 까칠해진 드비나이유를 꺼냈다.

"이 방의 온도는 견딜 만하네요. 하지만 이 말은 해야겠어요. 바깥의 기후 조건은 정말 고약하다고요!" 작은 암탉이 고함쳤다.

옥사는 고개를 들고 미소 지었다.

"우리가 고비사막을 건너야 한다는 사실을 드비나이유한테 말하는 게 잘하는 일인지 모르겠네요." 옥사가 중얼거렸다.

"문제는, 드비나이유한테는 아무것도 감출 수 없다는 거지." 구스가 들여다보고 있던 지도책에서 눈을 들며 말했다.

"드비나이유가 알아차리면 아주 귀찮은 일이 생기겠지!" 여전히 휴대전화의 문자판을 두드리면서 튀그뒤알이 덧붙였다.

드라고미라가 이 임무를 맡겼을 때, 옥사는 최악의 사태가 벌어질까 봐 걱정했다. 그녀는 소파 양쪽 끝에 자리 잡은 두 소년 사이에 앉아 있었다. 그들은 서로 눈길을 피했고, 몇 분 동안 팽팽한 긴장감이 감돌았다. 그래도 상황이 급박해지니 그들은 서로 물러설 기색이었다. 하지만 때마침 풀어졌던 분위기는 거기서 끝이었다…….

"내가 도와줄까?" 별안간 쿠카가 구스의 옆자리를 차지하며 끼어들었다.

옥사는 쿠카의 긴 황금빛 머리카락이 아무렇게나 구스의 손을 스치는 것을 보고, 그녀에게 화가 난 눈길을 흘깃 던졌다. 옥사는 가슴이 뜨끔했다. 낯짝이 두껍기도 하지!

"자기가 매력적이라고 착각하게 그냥 내버려둬." 당황한 젊은 여왕의 얼굴에 그림자가 드리우는 것을 보고 튀그뒤알이 말했다. "아는지 모르겠지만, 쟤는 네가 생각하는 것만큼 예쁘지 않거든."

쿠카는 구스의 어깨에 바짝 붙어서 깜짝 놀라 얼어붙은 그의 귀에 대고 몇 마디를 속삭였다.

"음, 내 별난 사촌이 저 엄청난 유혹을 멈추면, 진지하게 일을 합시다." 튀그뒤알이 휴대전화에 집중하며 내뱉었다.

쿠카가 작게 도발적인 웃음을 터뜨렸지만 옥사는 무시하려 노렸했다.

"드비나이유가 뭐라고 하는지 들어봅시다!" 신경질을 감추려고 옥사가 말했다.

드비나이유는 드라고미라의 어깨 위에 뻣뻣하게 서서 조그만 부리를 사방으로 움직였다.

"섭씨 6도의 기온에 습도 90퍼센트, 시속 85킬로미터의 바람이라니, 이 기후를 온화하다고는 할 수 없어요! 사람들은 나를 또 속이려는 모양이지만, 결코 그렇게는 안 될 거예요!" 드비나이유의 날카로운 목소리가 울려 퍼졌다.

"드비나이유, 우리는 네가 필요해." 드라고미라가 탈지면을 돌돌 뭉친 솜뭉치로 추워하는 드비나이유를 감싸며 끼어들었다.

"늙은 여왕님, 말씀하세요! 저는 이 불친절한 지방에서 시시각각 생존이 위협당하는 당신의 드비나이유에게 큰 동정심을 보여주시는 것에 감사드립니다."

"너, '여왕의 목걸이'가 어디 있는지 아니?"

솜뭉치 속으로 파고드는가 싶던 드비나이유의 조그만 머리가 금세 다시 나왔다. 깃털이 완전히 헝클어진 상태였다.

"당연히 알죠!" 그녀가 목청껏 소리쳤다. "난 드비나이유(프랑스어로 '점치다', '예언하다'라는 뜻의 동사 'deviner'에서 파생된 이름이다—옮긴이)니까요! 난 가장 깊이 파묻힌 비밀도 다 알아요. 그것이 병아리였을 때부터의 내 역할이었으니까요, 잘 아시잖아요!"

드비나이유가 자극적으로 휘파람을 불기 시작했다. 반역자들은 당황해서 서로를 쳐다보았다. 제일 나이 많은 사람들도 에데피아를 떠난 이후로는 드비나이유를 보지 못했고, 그다음 세대들은 실제로는 한 번도 보지 못한 채 얘기만 들었을 뿐이었다.

"기분이 나쁜가." 튀그뒤알이 속삭였다.

"성격이 조금 괴팍할 뿐이야." 옥사가 그에게 미소를 지으며 강조했다.

"끔찍하고 무시무시한 북북서풍이 이 방을 관통하네요." 드비나이유가 말을 잇자 모두 집중해서 귀를 기울였다. "아무도 저 창문과 문을 통제할 생각이 없는 거죠?"

"드비나이유." 드라고미라가 부드럽게 그녀를 불렀다. "질문이 하나 있단다."

"네, 네, 알아요! 근데 난 추워서 죽을 지경이에요!"

한숨을 참으며 아바쿰이 조심스럽게 드비나이유가 든 솜뭉치를 잡아 벽난로 가까이 가져갔다.

"보세요, 마침내 누군가 내 말을 이해했군요!"

"우리는 시간이 얼마 없단다, 드비나이유." 인간 요정이 간청했다.

"브르르르르르." 작은 암탉이 몸을 흔들며 소리를 냈다. "'여왕의 목걸이'는 메르세디카가 숨겨둔 곳에 있어요!"

"얼마나 값진 정보인지!" 오손이 이죽거렸다.

"이 방 안에 있는 여자 한 명이 그곳을 알아요." 드비나이유가 말을 이었다.

오손이 포효하며 강철 같은 팔심으로 카타리나의 팔을 낚아챘다.

"거짓말이에요! 난 몰라요!" 카타리나가 신음했다.

"당신은 나를 모욕했어요! 당신은 드비나이유들이 거짓말을 할 줄 모른다는 단순하고도 훌륭한 이유로 절대 거짓말하지 않는다는 사실을 알아야만 해요. 내가 여자 한 명이 감춘 곳을 안다고 말한다면, 여자 한 명이 감춘 곳을 알고 있는 거예요! 난 그게 당신이라고는 결코 말한 적 없어요." 드비나이유가 흥분해서 떠들었다.

그 순간, 사건의 추이가 완전히 논리에서 벗어나며 그 자리에 있는 사람들을 하나같이 패닉 상태로 몰아넣었다. 단 한 사람만 뺀 모두를.

"이제 그런 식으로 상자를 열려는 짓은 그만두세요!" 갑자기 마리가 위엄 있는 목소리로 외쳤다.

모두가 경악했다. 보석 상자를 둘러싸고 있던 반역자들은 곧바로 행동을 멈췄다. 방 안의 모든 시선이 휠체어에 똑바로 앉아 있는 옥사의 어머니에게 향했다. 그녀는 태연하게 오손을 위아래로 훑어보았다.

"그래요, 오손. 바로 내가 그 상자의 비밀을 쥐고 있어요." 마리가 말했다.

"그렇죠?" 드비나이유가 깃털을 부풀리며 덧붙였다. "이런데도 여전히 내가 거짓말을 했다고 주장할 건가요? 용서를 구하세요! 나한테 잘못했다고 빌어요! 내 발밑에 엎드리라고요!"

드라고미라가 시끄러운 입을 막기 위해 드비나이유를 주머니 속으로 밀어 넣었다. 작은 암탉의 목소리가 점점 줄어들다가 마침내 멎었다.

"무슨 생각을 하세요?" 마리가 반역자들의 대장에게 물었다. "당신 눈에 나는 무능력한 불구자, 하는 일 없이 그저 침실에서 뒹구는 사람이었겠죠? 아뇨, 오손. 웃음거리밖에 안 되는 상황에서도 나는 감금되어 있던 긴 시간 동안 끊임없이 관찰하고, 귀를 기울였어요. 심지어 많은 것을 알아냈죠. 특히 메르세디카 아주머니가 당신에게서 '여왕의 목걸이'를 슬쩍 훔치는 것을 본 날, 나는 깜짝 놀랐어요. 아주머니는 양심의 가책도, 도덕적 거리낌도 없이 무척 냉정했어요. 하지만 그녀의 마음은 당신처럼 썩어 문드러지지는 않았어요. 마음이란 게 뭔지 알긴 하나요, 오손?"

반역자는 짜증 난다는 표정으로 혀를 끌끌 찼다. 마리가 드라고미라와 아바쿰을 향해 몸을 돌렸다.

"메르세디카 아주머니는 가장 비열한 방법으로 여러분을 배신했어요. 역설적이기는 하지만, 그녀가 파리에서 두 분을 만났을 때 느꼈던 행복과 감동을 회상할 때는 진실을 말한 거예요. 그녀가 나에게 털어놓은, 진심으로 느껴졌던 몇 년간의 우정에 대한 기억 때문에, 지금 이 순간 어떻게 목걸이를 찾을지 떠올랐거든요."

오손이 위협적인 동시에 의기양양한 태도로 마리에게 다가갔다.

"나를 거칠게 다룰 필요는 없어요!" 마리가 그를 멈추게 했다. "어쨌든 그렇게 단순하다고는 생각하지 않잖아요? 메르세디카 아주머니는 선견지명이 있었어요. 그녀는 목걸이가 어디에 있는지 나한테 말해주셨죠. 하지만 그것만으로는 충분치 않아요, 아시다시피 말이죠."

"이 상자를 어떻게 열지?" 오손이 울부짖었다.

"소리 질러봤자 아무 소용 없어요." 마리가 차갑게 말했다. "암호가 하나 있어요."

오손은 분노로 폭발하기 일보 직전이었다. 목에는 핏대가 시퍼렇게 튀어나왔고 눈빛이 무섭게 번득였지만, 그래도 겉으로는 냉정하게 품위를 지켰다.

"카타리나, 모두가 당신 아버지를 루퍼트라고 불렀지만, 그는 나치를 피하기 위해 신분을 위조했어요, 그렇죠?" 마리가 메르세디카의 딸을 바라보며 말을 이었다. "메르세디카 아주머니와 당신만이 그의 진짜 이름을 알고 있고요."

카타리나가 당혹스러운 듯 그녀를 바라보았다.

"사무엘이었어요." 젊은 여인이 중얼거렸다.

즉시 오손이 열쇠 구멍에 입을 바짝 대고 그 이름을 읊었다. 아무 일도 일어나지 않았다.

"당신은 어이없을 만큼 순진하군요." 마리가 비웃었다. "메르세디카가 해결책을 위임한 사람은 나였어요, 당신이 아니라. **사무엘!**"

그녀가 이름을 외치자 상자가 천천히 열리며 수백 개의 목걸이와 귀걸이, 팔찌 등이 모습을 드러냈다.

"목소리를 구별하는군요." 옥사가 어머니를 경탄 어린 눈으로 바라보며 중얼거렸다. "정말 재치 있네요!"

오손이 뒤엉킨 패물 속으로 손을 넣었다. 메르세디카가 소유했던 이 귀금속들은 모두 진짜 보석을 세공한 것이었다. 모든 게 다이아몬드, 에메랄드, 루비 등으로 만들어진, 화려하게 반짝이는 예술 작품이었다. 반역자는 울화가 치밀었지만 고함을 지르지는 않았다.

"해답의 두 번째 요소는 '열쇠'라는 단어예요." 마리가 말을 이었다.

오손은 미친 듯이 상자 속을 헤집었고, 곧이어 아들들이 그를 도왔다. 그들 주위에서는 아가퐁과 루카스가 아주 미세한 열쇠일지도 모를 것을 찾기 위해, 무엇인지 알아보기도 힘든 작은 패물들을 일일이 늘어놓았다.

마지막으로 큼지막한 다이아몬드가 박힌 사치스러운 반지 하나만 남자 오손의 분노는 극에 달했다. 그는 보석을 한 줌 움켜쥐고 냅다 벽에 던졌다. 끔찍할 정도로 고조된 긴장이 감돌았고, 모두 뻣뻣하게 몸이 굳은 채 무엇인지도 모르는 무언가를 기다리고 있었다. 갑자기 구스가 벌떡 일어나더니 마리에게 다가갔다. 그러지 말라는 오손의 눈빛과 그 눈빛이 주는 두려움에도 불구하고, 구스는 마리가 앉은 휠체어를 붙들고 좀 떨어진 곳으로 밀고 갔다.

"해답은 '열쇠'라는 단어라고, 분명히 그렇게 말씀하셨죠? 단어라고요?" 구스가 마리의 귀에 대고 속삭였다.

마리가 의아하다는 듯이 고개를 끄덕이더니 이내 얼굴이 환하게 밝아졌다. 그녀도 알아차린 것이다!

"좀 물러나 주실래요?" 마리가 휠체어로 오손을 밀며 말했다. "당신과 부하들 전부 다, 저기 방구석으로 좀 물러서세요."

선택의 여지가 없는 오손은 마지못해 마리의 말을 따랐다. 구스의 도움을 받아 마리는 잔뜩 쌓인 패물 더미 속을 뒤지기 시작했다. 두 사람은 귀금속을 하나씩, 세심하게 살폈고, 마침내 구스가 반역자들의 패배를 알리며 회중시계 하나를 흔들었다.

"그 시계는 제 아버지 것이에요." 메르세디카의 딸이 두 그룹에게 설명했다. "아버지는 내가 태어났을 때 그 시계를 어머니에게 선물했어요. 시계 뚜껑에 새겨진 것을 보세요."

탈주자들은 시계를 관찰했다. 그 회중시계는 고풍스럽고 멋졌으며, 섬세하게 세공되어 있었다. 쇠고리 위에는 아주 작은 보석 조각들로 짧은 글귀가 새겨져 있었다. 카타리나의 아버지가 사랑하는 여인 메르세디카에게 바친 것이었다.

내 모든 비밀의 열쇠를
영원히 쥔 당신에게
S.

드라고미라가 조심스레 '열쇠'라는 단어를 누르자 뚜껑이 열리면서 똑딱거리는 초침 소리가 미세하게 들리는 시곗바늘이 나타났다. 그녀가 집게손가락 끝으로 바늘들을 12에 모으자, 찰칵하는 소리가 났다. 문자판이 반으로 나뉘면서, 두 겹으로 된 바닥이 보이더니, 별처럼 빛나는 전설적인 '여왕의 목걸이'가 모습을 드러냈다.

"와, 굉장하다! 구스, 넌 천재야!" 옥사가 소리쳤다.

그러나 소년이 대답하기도 전에 오손과 그의 부하들이 혼란을 틈타 탈주자들에게 접근했다.

"조심해요!" 튀그뒤알이 고함쳤다.

순간, 오손이 드라고미라의 손에서 거칠게 목걸이를 낚아챘다. 누구도 대응할 수 없을 만큼 순식간에 일어난 일이었다. 시계는 바닥에 떨어져 오손의 발아래에서 산산조각이 났다.

"무한한 감사를 표하네, 친구들." 오손이 의기양양하게 말했다.

그는 도전적으로 탈주자들을 바라보다가 자신의 눈동자를 드라고미라의 눈에 고정한 채, 천천히 '여왕의 목걸이'를 목에 걸었다.

"자, 다정한 내 동생, 사소한 문제는 이제 해결되었네. 그런데, 전에 우리가 어디까지 얘기했더라?"

드라고미라는 홱 돌아서서 무거운 마음으로 방을 떠났다.

"이번에는 내가 졌다, 오손! 하지만 진짜 싸움에서 진 건 아니야!" 커다란 홀의 계단에 서서 그녀가 울부짖었다.

무서운 파도

순풍의 도움을 받아 '바다의 늑대'호는 곧장 남쪽으로 나아갔다. '암흑의 독수리'호라 이름 붙은 반역자들의 배가 그 뒤를 바짝 쫓았다. 두척의 선박 주위로 음산한 안개가 스코틀랜드의 굴곡진 해안가를 감싸며 밤이 내리기 시작했다. 반역자들의 섬이 마침내 수평선 너머로 사라졌다. 새로운 장이 펼쳐진 것이다. 드라고미라가 빅토우 광장의 집과 레오미도 집의 문 앞에서 그랬던 것처럼, 섬을 떠날 때, 오손은 자신이 기거하던 회색빛 돌집의 문을 잠갔다. 메르세디카의 무덤에는 눈길 한번 주지 않은 채, 그는 '암흑의 독수리'호가 정박된 작은 만으로 내려갔다. 납덩이처럼 무거운 침묵을 지키며 동료들이 뒤를 따랐다.

"아일랜드에서 무슨 일이 있었는진 모르겠지만, 분명 심각한 것 같아." 파벨이 갑자기 하늘을 올려다보며 말했다.

군용기 여러 편대가 지독한 소음을 내며 하늘을 가로질러 서쪽을 향해 날아갔다.

"더블린 지역에 지진이 일어났대요." 휴대전화 덕분에 전 세계의 소식을 계속 접하고 있는 튀그뒤알이 알려주었다. "리히터 규모 진도 8의 지진이라네요."

"맙소사, 불쌍한 아일랜드인들…… 불쌍한 지구……." 드라고미라가 슬프게 한숨지었다.

"모두 꽉 잡아요!" 파벨이 불쑥 선박 측면을 가로막으며 외쳤다.

"무슨 일이에요?" 옥사가 놀라 물었다.

떨리는 손가락으로 구스가 배의 뒤쪽을 가리켰다. '바다의 늑대'호의 전주등과 선미등 불빛 속에서 반역자들의 배가 똑같은 항로를 따라오고 있었다. 그러나 파벨의 경고는 탈주자들의 적이 아닌, 그보다 무서운 적에 대한 것이었다. 수평선에서 거대한 파도가 무시무시한 높이로 솟아올랐다. 강한 엔진을 장착했음에도, 두 척의 배는 역류하는 물살을 이기지 못하고 뒤로 밀려났다. 화물창이 가차 없는 무서운 힘에 굴복하며, 노호했다.

"지진이에요. 이제 해일이 밀려올 거예요!" 구스가 외쳤다.

아바쿰에게 조타 장치를 맡기고 파벨은 서둘러 조타실에서 나왔다. 갑판으로 나간 그는 흑룡의 날개를 펼치고 날아올랐다. 나프탈리와 피에르가 즉시 그와 합류했다. 파벨은 에데피아로 들어가기 위한 열쇠 중 하나를 가진 '암흑의 독수리'호에 불안한 시선을 던졌다. 만약 '여왕의 목걸이'를 잃어버린다면 모든 게 끝장나는 것이다. 흑룡의 목구멍에서 분노와 공포의 고함이 터져 나오면서 동시에 기다란 불꽃이 새어 나왔다.

"저길 봐!" 피에르가 소리쳤다.

반역자들 역시 탈주자들과 똑같은 생각이었다. 약 10여 명의 사람들이 날아올라 검은 선체를 둘러쌌고, 이 광경은 파벨의 가슴을 새로운 희망으로 가득 채웠다. 물로 된 벽처럼 치솟은 거대한 파도와의 거리는 이제 겨우 몇백 미터밖에 남지 않았다. 모두가 바다의 포효를 들을 수 있었다. 주위의 빛이 눈에 띄게 약해지며, 세상에 종말이 온 것 같은 공포를 불러일으켰다.

"이 지옥에서 빠져나가야만 해요!" 옥사가 벌벌 떨며 부르짖었다.

그녀는 아버지한테 가려고 했지만 드라고미라가 막았다.

"할머니! 난 여왕이에요, 큰 도움이 될 수 있다고요!"

"옥사! 할머니 말 들어!" 마리가 절대 거역하지 못할 엄한 어조로 말했다.

소녀는 피가 나도록 입술을 깨물었다. 엄청난 압력 때문에 두 선박은 당장이라도 부서질 것처럼 삐걱거렸다. 그래도 아바쿰은 희망을 놓지 않고 조타 장치에 매달렸지만, 자연의 파괴적인 힘을 막으려는 것이 헛된 일임을 알고 있었다. 그는 바닷물이 산처럼 솟아올라 가까이 다가오는 것을 보았다. 조타실에 다시 모인 옥사와 탈주자들이 그의 시선을 따라갔다. 별안간 익숙한 황금색 빛이 탈주자들의 배를 감쌌다. 선체가 무서울 정도로 우지끈하는 소리를 냈고, 선상에 있던 사람들은 최후의 순간이 온 듯해 두려움에 떨었다. 그때, '바다의 늑대'호가 들어 올려졌다. 이 위급한 상황을 보고 구조를 위해 나타난 상자주 족 요정들의 도움을 받아, 파벨과 동료들이 힘을 합쳐 요동치는 바다에서 배를 들어올린 것이다. 뒤쪽에 있던 '암흑의 독수리'호도 마찬가지였다. 똑같은 방법으로 상자주 요정들과 반역자들 몇 명이 살인적인 파도에서 배를 끌어내기 위해 다 같이 힘을 합쳤다. 두 척의 선박은 시꺼먼 바다 위 몇십 미터 높이에 둥둥 떠 있었다.

몇 초 후, 탈주자들과 반역자들은 그들이 탄 배의 선체 아래로 괴물같이 높은 파도가 지나가는 것을 보았다. 파도는 시꺼먼 거품을 뿜으며 내리꽂히더니, 제일 가까운 해안을 향해 가차 없이 내달렸다. 해안가 마을에서 요란하게 울리는 경보 소리가 들려왔고, 새로운 비행기 편대가 하늘에 나타났다. 결국 파벨이 며칠 전부터 걱정하던 일이 일어났다. 다른 팀원들보다 관찰력이 뛰어난 네 명의 조종사가 황금빛 구름에 감싸여 공중에 떠 있는 배 두 척을 발견한 것이다. 게다가 한 명은 흑룡의 발톱에 배가 잡혀 있다는 것도 알아챈 것 같았다! 곧바로 네 대의 비행기가 높은 파도 소리만큼이나 위협적인 소음을 내며 다가왔다.

"우린 죽었다……." 강철 괴물 같은 군용기가 그들을 향해 똑바로 날아오는 것을 보고 옥사가 신음했다. "저들은 우리가 외계인이라고 생각할 테고, 이 끔찍한 파국에 책임이 있다고 믿을 거예요! 우리를 공격할 거라고요, 확실해요!"

모두 일그러진 얼굴로 서로를 쳐다볼 뿐이었다. '아듀, 이 세계여. 이번에는 어떻게 이 궁지를 벗어날 수 있을지 모르겠다.' 옥사가 생각했다. 갑자기 꼬마 폴딩고가 거의 투명할 정도로 안색이 변한 채 자리에서 일어섰다. 그러고는 몹시 날카로운 소리로 휘파람을 불었다. 뒤이어 이상한 현상이 일어났다. 마치 시간이 고무줄로 늘인 것처럼 늘어나고, 늘어나고, 늘어났다……. 탈주자들의 움직임이 느려졌고, 팔다리는 두껍게 풀을 바른 양 끈적끈적해 보였다. 하지만 효과는 외부인에게 훨씬 강력하게 나타났다. 그들은 움직임뿐 아니라 생각까지도 시간에 의해 굳어져 그대로 멈춰버렸다. 옥사는 경악하며 구스를 바라보았다. 소년은 옥사에게 시선을 고정한 채 그 자리에 굳어 있었다. 마리와 몇

몇 탈주자들도 엄청나게 뻣뻣해졌다. 비행기 네 대의 조종사들 역시 공격적이던 접근을 멈췄다.

"네에에에가아아아아…… 시이이이가아아안으으으을…… 머어어어엄추우우우운…… 거어어어니이이이?" 옥사가 꼬마 폴딩고 쪽으로 몸을 돌리며 물었다.

집중하고 있는 어린 생명체는 대답하지 않았다.

"저 녀석은 어린애야. 아직 불안을 관리할 줄 모르는 거지." 아바쿰이 초인적인 노력을 기울여 제대로 발음하며 설명했다. "우리에게는 행운이지, 꼬마의 무절제가 시간을 왜곡한 거니까."

"난 완전 힘이 하나도 없는 것 같아아아아요오오오오……." 얼뜨기가 말했다.

"하하하아아아아아!" 제토릭스의 나른한 목소리가 울려 퍼졌다.

시간이 멈춤에 따라 입에서 나오는 말이 변형되며 느리게 울렸다. 꽤 심각한 상황인데도, 옥사는 웃음을 참을 수가 없었다.

"이건 저어엉마알 바아아아보오오오 가아아알아아요오……." 그녀는 무겁게 늘어진 목소리로 내뱉었다.

이 놀라운 상황을 이용해 탈주자들과 반역자들은 상자주 요정들을 도와 재빨리 배를 다시 물 위에 내려놓았다. 황금색 후광은 금세 흐려졌고―요정들이 임무를 완수했기 때문에―, 두 그룹에서 날아올랐던 사람들은 갑판으로 내려와 동료에게 돌아갔다. 그들은 기적이 일어났음을 자각하며, 최악의 사태를 피한 것에 안도의 한숨을 내쉬었다. 그들은 구조된 것이다! 모든 것이 제자리를 찾았고, 꼬마 폴딩고의 긴장도 풀렸다. 꼬마의 얼굴은 다시 아기같이 뽀얀 분홍빛으로 변했고, 시간은 조금씩 원래의 리듬을 회복했다. 탈주자들의 몸과 마음도 평온해졌다.

네 대의 비행기는 두 척의 선박 주위를 맴돌았다. 결국 조종사들은 자신들이 봤다고 믿었던 것이 매우 불확실하다고 생각하며 비행기를 돌렸다.

"간신히 위기를 모면했네." 옥사가 창백한 얼굴로 중얼거리고는 꼬마를 다정하게 품에 안으며 덧붙였다. "고맙다, 꼬마 폴딩고!"

꼬마 폴딩고는 아기처럼 옹알거리며 옥사의 어깨에 머리를 얹었다가 절대 그 곁을 떠나고 싶지 않은 사람에게로 갔다. 바로 구스에게로.

"'영원히—그림 속에—간힌—주인님'의 하인과 그 자손은 여러분께 공헌할 수 있어 무척 행복하답니다." 폴딩고가 말했다.

"아주 주목할 만한 공헌이었다." 인간 요정이 감사의 마음이 가득 담긴 눈길로 바라보며 덧붙였다. "정말 대단했어, 꼬마 폴딩고!"

탈주자들은 감동받아 눈물을 글썽이며, 고마운 마음을 담아 박수를 쳤다.

파벨이 옥사를 꼭 끌어안으며 진지하게 말했다.

"이번에는 진짜 뼈도 못 추릴 뻔했어."

"외부 세계가 위기에 처한 거야." 드라고미라가 중얼거렸다.

"바로 그렇기 때문에 더 이상 지체하지 말아야 하오." 아바쿰이 동의했다. "서두릅시다! 우리는 비행기를 타야 하오."

관찰

옥사는 선실 칸막이벽에 묶은 해먹에 누워 멍하니 허공을 바라보고 있었다. 구스는 멀지 않은 곳에서 나무 상자 위에 두 손으로 머리를 괴고 누워, 옥사에게서 눈길을 떼지 않았다. 휠체어에 걸터앉은 튀그뒤알 역시 가끔 한 번씩 빙그르르 돌며 옥사만 보고 있었다.

"그것 좀 그만 돌릴 수 없어?" 구스가 지친 어조로 말했다.

"왜?" 튀그뒤알이 내뱉었다.

"신경에 거슬리니까."

"그렇게 신경이 약하면, 지금 우리를 기다리고 있는 일들을 견딜 수 있을지 의심스러운데?"

"깜짝 놀라게 해주지." 구스가 대꾸했다.

"그날만 기다리고 있다고!" 튀그뒤알이 미소를 지으며 응수했다.

"그렇게 쉬지 않고 옥신각신하는 게 지겹지도 않아?" 옥사가 끼어들었다.

"사사건건 트집 잡는 건 네 친구야!" 튀그뒤알이 대답했다.

"나를 도발하려고 별짓 다 하는 건 네 남자 친구라고!" 구스가 응수했다.

옥사는 깊게 한숨을 내쉬었다.

"지금으로서는 친구도, 남자 친구도 없어! 짜증 나고 유치한 어린애 둘만 있다고!"

튀그뒤알이 웃음을 터뜨리자 구스는 투덜대며 두고 보자고 위협했다. 그는 뒷골 깊숙이에서 느껴지는 두통을 없애려고 관자놀이를 문질렀다. 성장 이후, 구스는 해골 머리 곤충이 남긴 상처에서 기인한 그 끔찍한 고통이 더 이상 두렵지 않았고, 안도하게 되었다. 하지만 위협은 여전히 떠돌았고, 그는 그 사실을 잘 알고 있었다. 악은 구스의 저 깊은 내면에 자리 잡고서, 공격할 절호의 기회를 기다리는 약탈자처럼 매복하고 있었다. 옥사도 똑같이 느낄까? 그는 그 문제에 대해 그녀와 대화를 나눌 시간이 없었다. 아니, 오히려 용기가 없었다. 그들 두 사람은 똑같은 일에 연루된 것이다. 구스는 전혀 생각지도 않았던 대담하고 강렬한 감정으로 옥사를 바라볼 수 있다는 것에 놀랐다. 드라고미라가 그들에게 고비사막까지의 여정을 계획하도록 했기 때문에, 옥사는 자신들이 찾아낸 정보에 열중해 이마를 찡그리고 있었다. 그녀는 아주 예뻤다. 구스는 옥사가 튀그뒤알을 바라보는 것처럼 자신을 바라봐 주기를 강하게 열망했다…….

그 옆의 튀그뒤알은 자신감에 차서, 소란에도 무감각해 보였다. 하지만 사실은 수많은 고통이 그의 가슴을 할퀴고 있었다. 어머니 헬레나가 그를 피하는 것 같았고, 무엇보다 최악은 그가 어머니를 이해한다는 사실이었다. 자신 때문에 가족이 부서져버렸다. 아버지는 도망갔다. 아마도 아버지는 전 세계 어느 바다에서나 창궐하는 살인적인 파도에 휩쓸려 죽었을 것이다. 인터넷에서 얻은 가장 최근의 정보는, 특히 북해에서 파괴적으로 나타난 일련의 자연재해 때문에 해양 플랜트가 조금밖에 남지 않았다고 알리고 있었다. 아무 말도 안 하고 있었지만, 불안 대신 슬픔이 조금씩 커져갔다. 쓰라린 후회도. 튀그뒤알의 아버지는 외부인이었고, 이 대재앙에서 살아남을 가능성은 거의 없었다. 그들과 함께였다면 기회가 있었을 텐데…….

쿠카 역시 튀그뒤알의 고통에 일부 책임이 있었다. 그는 폭탄 같은 사촌 여동생을 피하기 위해 최선을 다했지만, 그녀는 구스 주위를 끊임없이 배회했고, 구스는 절대 옥사와 멀리 떨어지지 않았기 때문에 결과적으로 그녀는 튀그뒤알 주위를 배회하는 셈이 되었다. 마지막으로 불행한 침묵에 둘러싸인 조에까지 포함하면 이상한 5인조가 형성되었다. 조에는 튀그뒤알을 좋아하지 않았다. 아니, 그를 제대로 평가하기에는 그에 대한 조에의 불신이 너무 컸다. 튀그뒤알은 그 점을 알고 있었고, 이해할 수 있었다. 그는 겉으로 드러난 자신의 이미지—자의건 타의건 간에—에 대해 냉철했고, 사람들이 자신을 좋아하지 않는다는 사실에 조금도 놀라지 않았다. 튀그뒤알은 자신의 외모와 태도, 자신의 선택에 따른 결과를 받아들였고, 쿠카의 음흉함보다 조에의 솔직한 경계심을 훨씬 더 좋아했다. 사촌 여동생은 너무 자주 그를 함정에 빠뜨렸다. 그는 악의 가득한 그녀의 공격에 대비하기 위해 많은 에너지를 썼다. 언제나 겉으로는 냉정함을 잃지 않았지만 속으로는 감정이 격해져서, 그것을 억제하느라 서서히 망가지고 있었다. 그는 충동을 억누르는 것이 싫었다.

그리고 옥사. 그 누구보다도 그녀는 죽음 앞에 놓여 있었다. 그녀는 그 사실을 의식하고 있을까? 튀그뒤알은 구스에게 물리면서 전해진 해골 머리 곤충의 독이 젊은 여왕에게 치명적일까 걱정하는 오손과 아가퐁의 대화를 단편적으로 듣고 깜짝 놀랐다. 두 반역자는 아주 냉담하게, 만약 '펠르린의 방'에 들어가기 전 옥사가 죽어 그들의 계획이 위태로워질까 봐 불안해했다. 그 얘기를 들은 튀그뒤알은 강하지만 조용한 분노에 빠져들었다. 그는 태연하게 소녀를 바라보았다. 아무것도 티내지 않는 것, 이것이 그가 할 수 있는 전부였다. 옥사를 보호할 유일한 수단이었다. 구스가 심각한 표정으로 옥사를 바라보자 그녀가 구스 쪽으로 시선을 돌리는 것이 보였다. 구스는 옥사에게 미쳐 있는 것이 확실했다. 사람이 어쩜 저렇게 솔직할 수 있을까? 그는 자신이 무능하다는 것을 깨닫지 못한 걸까? 튀그뒤알의 관점에서는 소년의 감정 표현과 집요한 눈길이 비참하고 어리석기 그지없었다. 그러나 그의 가슴속 깊은 곳에서는 자신도 구스처럼 하길 원했다. 자연스럽고 솔직하게.

"두 사람, 하나도 안 듣고 있잖아!" 옥사의 목소리가 울려 퍼졌다.

각자의 생각에 잠겨 있던 두 소년이 펄쩍 뛰어올랐다.

"이걸 전부 다시 봐야 한다고!" 긴장한 소녀가 말했다. "퀼뷔 겔라르가 방금 에든버러 공항으로는 통행이 불가능하다고 했단 말이야!"

곧바로 튀그뒤알이 휴대전화를 두드렸다.

"아직 접속이 돼?"

"응, 잘돼." 튀그뒤알이 옥사를 안심시켰다.

"글래스고는 어떤지 좀 봐줘." 구스가 말했다.

몇 초 후, 평결이 떨어졌다.

"좋아! 오늘 글래스고와 우루무치 항로는 괜찮대!" 튀그뒤알이 소리쳤다.

"휴우." 그들을 만나러 온 드라고미라가 안도의 한숨을 내쉬었다.

"그럼 그다음 여정을 바꿔야 할까?" 파벨이 걱정스레 물었다.

"아뇨." 옥사가 튀그뒤알의 어깨 너머로 휴대전화 화면을 들여다보며 대답했다. "우루무치에 도착하면 칭수이까지 기차로 갈 거예요. 열두 시간이 걸리고, 기차는 매일 있대요. 칭수이에 도착한 다음 싸이한 타라로 집결하기 위해서는 또 다른 기차를 이용할 수 있어요. 그러고 나서 고비사막을 백여 킬로미터만 달리면 가순호에 도착하는 거죠."

"브라보!" 드라고미라가 진지하게 칭찬의 박수를 보냈다. "난 이 여행이, 시작했을 때보다는 더 확실한 정보를 바탕으로 계속되기를 바랐거든."

"완전히 다 예측하기는 힘들어요." 튀그뒤알이 말했다. "십중팔구 전 세계 방방곡곡이 아비규환일 거예요. 사람들은 해안과 화산에서 멀리 떨어진 곳으로 도망가고 있고, 우루무치에서 가순호에 이르는 길에 몇 번의 지진이 일어났어요. 하지만 심각한 피해로 이어지지는 않았대요. 다행히 기차들도 무사하답니다. 우리가 가순호에 도착할 때까지 돌이킬 수 없는 일이 일어나지 않기만을 바랄 뿐이죠."

"최근 몇 년은 차치하고라도, 고비사막에 눈이 내릴 가능성이 있고 그 때문에 여정에 차질이 생길 수도 있어요." 구스가 덧붙였다. "기차가 잘 굴러가기만 바라야죠! 만약 계획대로 안 된다면……."

구스가 옥사에게 걱정스러운 시선을 던졌다.

"만약 계획대로 안 된다면 우리 자신에게 기대할 수밖에 없어요. 마법에 기대야죠." 옥사가 문장을 끝맺었다.

상처

밤새도록 끈질기게 앞길을 막는 성난 바람과 쏟아지는 빗줄기에도,
두 척의 배는 다음 날 새벽이 밝을 즈음 클라이드 강 하구에 다다랐다.
'바다의 늑대'호와 '암흑의 독수리'호 승객들은 복잡한 마음으로 갑판
이나 선실에서 해안을 바라보았다. 초대형 파도의 위태로운 공격 이후
대부분이 밤새 불면증에 시달렸다. 모두 녹초가 된 동시에 과도하게 흥
분한 가운데, 눈앞에 펼쳐진 침통한 광경에 낙심했다. 눈에 띄게 상승
했던 클라우드 강의 강바닥을 보고 막 잠에서 깬 주민들은 경악했다.
범람했던 강물이 빠진 현장은 참혹했다. 용케 부서지지 않은 집들에 갖
가지 거칠고 쓸쓸한 흔적이 남아 있었다. 진흙이 덮이고 산산조각 난
수많은 잡동사니와 가구, 자동차 등이 한때 도로였을 곳을 쓰레기장처
럼 뒤덮고 있었다. 사방에는 무엇인지 불분명한 물건들이 추억과 인생
이 가득 찬 슬픈 산처럼 잔뜩 쌓여 있었다. 파괴적인 파도의 힘에 충격
을 받은 사람들이 좀비처럼 멍하니 이리저리 돌아다니는 것이 보였다.

어떤 사람들은 헛되게도 미친 듯이 일에 매달렸다.

"아듀, 외부 세계여…….." 드라고미라가 눈물을 흘리며 중얼거렸다.

"우리가 구할 수 있을 거예요, 바바! 두고 보세요!" 옥사가 할머니를 위로했다.

노부인은 몸을 떨었다. 그녀는 짙은 자줏빛 모헤어 재킷의 깃을 올려 얼굴을 일부 감추고, 상갑판의 난간에 힘껏 매달렸다.

"할머니, 괜찮으세요?"

드라고미라는 대답을 피하고 싶은 듯 고개를 돌렸다. 옥사는 걱정스레 할머니를 살폈다.

"할머니가 좀 피곤하신가 보다." 아바쿰이 오래된 친구에게 어두운 시선을 던지며 끼어들었다.

아바쿰은 소녀의 어깨를 감싸고 선실 쪽으로 끌고 갔다.

"우리는 글래스고에 늦지 않게 도착할 거야, 아가씨! 별수 없이 반역자들과 규합해야겠지. 넌 괜찮니?"

"반역자들은 목적지에 대해 얼마나 알고 있어요?"

"사실대로 말하자면 별로 많이 알지는 못하지. 그래서 오손은 머리 끝까지 화가 났어."

"무지 거만하게 굴더니 제대로 한 방 맞은 거죠!" 옥사가 내뱉었다.

"그래, 솔직히 개인적으로는 꽤 만족스럽단다."

"아, 아바쿰 할아버지!" 옥사가 분개한 척하는 어조로 외쳤다. "할아버지처럼 현명하고 올바른 분께서!"

"내가 아무리 인간 요정이라 하더라도, 덜 인간적인 사람은 아니란다. 그냥 지나칠 수 없는 작은 기쁨들이 있지." 아바쿰이 웃으며 고백했다.

"오손이 멋진 배 위에서 노발대발하면서 우리에게 좌지우지되는 모습은 상상만 해도 무척 즐겁구나."

"얼굴이 새파랗게 질렸을 거예요!" 옥사는 통쾌해 웃음을 터뜨렸다.

아바쿰이 은밀히 동조하는 미소를 지었다. 옥사는 할머니의 행동이 불안해 보였기 때문에, 이 여담을 이용해 그녀에 대해 이야기하지 않을 수 없었다.

"난 이제 만 16세가 넘었고, 따라서 많은 것을 이해할 수 있다는 사실, 잊지 마세요! 할머니는 결과에 회의적이신 거죠, 그렇죠? 우리가 실패할 거라고 생각하시는 거예요?"

"지난 며칠 동안 우리 모두 무시무시한 충격을 견뎠잖니."

노인이 온화하게 대답하고는 몸을 돌려 허리에 단단하게 졸라맨 그라녹 상자와 두 개의 복시미누스를 열심히 살피기 시작했다. 대화는 거기에서 끝났다.

"30분 후면 글래스고에 도착합니다!" 스피커를 통해 파벨의 목소리가 흘러나왔다.

옥사는 깊이 한숨을 내쉬고 시꺼먼 하늘을 바라보았다. 갑자기 소름이 끼쳤다. 끝없는 시험이 펼쳐진 이 잔혹한 운명에 정면으로 맞설 만큼, 탈주자들은 강한가?

글래스고가 입은 홍수 피해는 상대적으로 크지 않았다. 도시의 가장 낮은 곳 일부분만 흙탕물이 넘쳐 힘들어하고 있었다. 그렇다 해도 사람들이 느끼는 혼란은 감지할 수 있었다. 상점들 앞에는 기다란 줄이 늘어서 있었고, 너저분한 잡동사니가 쌓인 도로로 쏟아져 나온 차량은 진짜 문제였다.

'늑대'호와 '독수리'호는 지난밤의 폭풍우로 인해 글래스고 항구에서

표류하는 10여 척의 배들 사이에 그럭저럭 자리를 만들었다. 탈주자들과 반역자들은 부교 중 하나에 소형 보트를 묶고, 서로 섞이지 않기 위해 철저히 경계하며 부두에 내렸다. 이런 차가운 대치 상태에도 불구하고 안니키는 마리가 괜찮은지 확인하기 위해 탈주자들에게 접근했다. 옥사는 그녀의 얼굴에서 존중과 친절을 읽고 깜짝 놀랐다. 안니키는 환자를 보호하는 데 자신의 명예를 건 것처럼 진심으로 환자를 걱정하는 듯 보였다.

"갑시다, 여러분." 아바쿰이 말했다.

그러자 모두가 뒤쪽으로는 눈길 한 번 주지 않고, 상처 입은 도시의 끔찍한 혼돈 속으로 발을 내디뎠다.

"공항까지 갈 방법을 찾아야 해요." 드라고미라가 말했다.

"그 말은 우리가 비행기를 타야 한다는 뜻인가?" 오손이 화가 나서 물었다.

"열한 시간 비행해서 우루무치로 가야 해요." 드라고미라가 얼음같이 차가운 어조로 대답하고는 손목시계를 들여다보며 덧붙였다. "공항에 제시간에 도착하려면 겨우 두 시간가량 남았고요. 낭비할 시간이 없어요."

반역자들은 화가 난 듯했다. 그들은 무의식중에 그런 행동을 보였고, 오손은 그들 중 가장 참지 못하는 인물이었다.

"'경계의 문'이 우루무치에 있나?" 그가 드라고미라의 어깨를 잡으며 고함쳤다.

바바 폴락은 재빨리 몸을 빼냈고, 동시에 아바쿰과 파벨이 위협적인 표정으로 다가섰다.

"우루무치는 글래스고 다음으로 거치는 두 번째 단계일 뿐이에요." 드라고미라가 뻔뻔한 표정으로 내뱉었다. "솔직히 오손, 내가 그 이상을 얘기할 거라고 생각하진 않았잖아요?"

그 말을 끝으로 드라고미라는 몸을 휙 돌려 그를 등졌다.

"10분 후에 공항으로 가는 버스가 있어요." 튀그뒤알이 전화를 귀에 대고 말했다. "버스 정류장은 2백 미터 거리에 있고요."

"브라보, 튀그뒤알!" 드라고미라는 튀그뒤알을 칭찬하며 집요하게 오손을 응시했다. "적어도 너는 네 몫을 다하잖니!"

"굉장히 고마운 일을 하셨군." 구스가 투덜댔다. "고마워, 조로!"

옥사가 하얗게 눈을 흘겼다.

"똑같은 주제로 계속 그렇게 구시렁거린다면, 조심해야 할 거야." 옥사가 무뚝뚝하게 말했다.

두 그룹은 버스 정류장까지 걸었다. 정류장에 도착하자 구스가 느닷없이 넘어졌다. 그는 긴 다리를 모으고 두 손에 머리를 묻었다. 잠시 후, 옥사도 급작스레 두통에 시달리며 구스와 똑같은 자세를 취했다.

"무슨 일이니? 몸이 안 좋아?" 파벨이 불안에 사로잡혀 물었다.

옥사가 흐릿한 눈길로 아버지를 바라보았다.

"머리가 너무 아파요." 그녀가 관자놀이를 세게 문지르며 대답했다.

"누군가 네 머릿속을 뚫는 것 같지?" 구스가 신음했다.

"그래, 맞아!"

드라고미라는 바로 배낭을 뒤져 코프르통을 꺼냈다. 그녀는 구스와 옥사에게 작은 은색 구슬을 하나씩 건네며 삼키라는 손짓을 했다.

"친애하는 여동생과 오만 가지 약품이라." 오손이 조롱 조로 중얼거렸다.

"당신 조상이 그 악마 같은 발명만 하지 않았다면, 우리는 여기에 있지도 않았을 거예요!" 드라고미라가 응수했다. "그리고 미리 알리지만, 우리의 미래는 철저히 저 두 아이들의 건강에 달려 있어요."

"여러분은 나를 여기에서 죽게 내버려둘 수도 있겠죠, 그건 절대 바뀌지 않을 거예요." 구스가 불평했다.

물론 옥사에게는 그의 말이 강한 팔꿈치 가격에 비길 만했다.

"입 닥쳐, 구스." 옥사가 으르렁거렸다. "제발 나처럼 하라고, 입 다물고 견디란 말이야!"

드라고미라가 건네준 작은 은색 구슬이, 두 젊은이의 시야와 사고력을 흐리게 하던 거북하고 메스꺼운 상태를 호전시키며 끔찍하고 고통스러운 두통을 조금씩 잠재웠다. 그들을 둘러싼 탈주자들과 반역자들은 버스가 도착하기를 초조하게 기다렸다. 몇 사람은 흠뻑 젖은 건물 벽에 등을 기댔고, 몇 사람은 제자리에서 계속 왔다 갔다 했다. 어떤 행동을 하든, 모두 팽팽한 긴장감을 느꼈다.

옥사는 저린 다리를 풀기 위해 일어섰다. 유리창에 비친 자신의 모습을 본 그녀의 머리가 빠르게 돌아가기 시작했다. '이게 나야? 진짜로?' 그녀는 놀라며 가까이 다가갔다. 유리창에 코를 바짝 붙인 채 옥사는 자신의 모습에 넋이 나간 동시에 매혹되어 얼굴을 더듬었다. 옥사가 자신의 모습을 보지 못하는 한, 이 변화에 대처하는 것은 큰 문제가 아니었다. 키와 외모에 적응하기만 하면 되었다. 어쨌든 새로운 얼굴과 성숙해진 몸매는 옥사의 마음에 들었고, 결국에는 익숙해질 것이다. 그보다는 감정을 관리하는 쪽이 확실히 더 어려웠다. 감정의 변화는 훨씬 강하고 거칠었으며, 충격적이었다. 구스의 존재나 튀그뒤알의 눈빛이 불러일으키는 감정은 며칠 전과 완전히 달랐다. 며칠 사이에 그녀는 2년이

나 늙어버린 것이다. 그런 생각을 상기시키기 위해서인 듯 유리창에 튀그뒤알의 모습이 비쳤다. 어떻게 그에게서 벗어나겠는가? 옥사의 눈에는 그밖에 안 보이는데! 갑자기 금발의 쿠카가 그들 사이에 완벽한 실루엣으로 위풍당당하게 나타났다. 옥사는 돌아서서 그녀가 튀그뒤알에게 다가가는 모습을 지켜보았다. 옥사는 심한 동요를 느꼈지만, 청년은 악의 있는 사촌 여동생을 피하려는 어떤 행동도 하지 않았다. '가만 좀 내버려둬.' 옥사가 질투 때문에 산산조각 난 심장으로 맹렬히 비난했다. '그런데 왜 튀그뒤알은 저 애가 다가오도록 그냥 놔두는 거지? 저 애를 싫어하잖아!' 낙심한 옥사는 우울하게 침묵을 지키며 보도 가장자리, 구스 옆에 섰다. 그녀는 작은 희망을 품고 우울한 생각을 쫓으려 관자놀이를 문질렀다.

20분 후에도 여전히 버스는 오지 않았고, 인내심은 불쾌한 흥분으로 변해갔다. 더 기다려봤자 아무 소용 없다는 것을 깨달은 그들은 다른 해결책을 찾으려 했다.

"날아갑시다!" 그레고르가 제안했다.

"또다시 군대의 주의를 끌 거요. 고맙지만 사양합니다!" 파벨이 응수했다.

"우리는 잘 무장한 군대도 무력화시킬 능력이 있잖소." 그레고르가 반박했다.

"물론 그렇죠. 하지만 그러려면 인간적인 가치가 완전히 상실된 정신 상태여야만 해요. 그럴 수는 없어요."

오손이 파벨의 의견에 조롱 조로 박수를 보냈다.

"맞아. 그렇지만 그게 우리를 목적지로 인도해줄 중요한 가치는 아니잖아!" 오손이 내뱉었다.

"이 도시에서 운행되는 버스 전 노선의 차고지가 여기서 불과 몇 걸음 거리에 있어요." 튀그뒤알이 어깨에 퀼뷔 젤라르를 올리고 대화 중간에 끼어들었다. "버스 한 대쯤은 빌릴 수 있지 않을까요?"

모두 얼이 빠진 듯 멍한 얼굴로 서로 바라보았다. 무척이나 간단한 해결책이지 않은가!

"정말 훌륭한 생각이야! 빨리 서두릅시다, 시간이 없소!" 아바쿰이 외쳤다.

버스 정비사는 60여 명의 사람들이 차고로 들어오는 것을 보았지만, 미처 어떤 반응을 보일 틈이 없었다. 드라고미라가 벌써 그들에게 '생각 지우개' 그라녹을 던졌던 것이다. 정비사는 공구 상자 앞에서 공허한 눈길로 정지해버렸다.

"저걸 탑시다!" 주차된 수많은 버스 중 한 대를 가리키며 파벨이 소리쳤다. "저게 전원이 탈 수 있을 만큼 커요. 퀼뷔, 네가 우리를 안내해주겠니?"

퀼뷔가 고개를 끄덕였다.

"그럼 내 바로 옆에 있어, 괜찮지? 네가 길을 알려주면 돼. 우리가 공항에 빨리 도착할수록, 오늘 예정된 비행기를 탈 확률이 높아지는 거야." 파벨이 걱정스레 손목시계를 들여다보며 말했다.

탈주자들과 반역자들이 버스 안에 자리를 잡기 시작했다. 구스가 옥사 옆에 앉았다.

"너네 아빠, 버스를 운전하신 적 있어?" 구스가 물었다.

"음…… 아니! 배를 운전한 적도 없으셨는데, 뭐!"

"그렇군. 다음번에 탈 비행기에는 조종사가 있었으면 좋겠다."

분명 적절한 때는 아니었지만, 두 아이는 터져 나오는 웃음을 참을 수가 없었다. 둘이서 무지 재미있게 본 〈에어플레인〉(1980년에 개봉한 패러디 영화로, 원제는 〈비행기에 조종사가 있는가?〉이다. 우리나라에는 〈에어플레인〉이라는 제목으로 소개되었다─지은이/옮긴이)이라는 영화가 떠올랐기 때문이었는데, 웃음소리를 들은 튀그뒤알이 무관심한 척 그들 쪽으로 눈길을 주었다. 옥사가 그에게 눈을 찡긋하자 튀그뒤알은 미소를 감추려 바로 고개를 돌렸다.

"당신들 지금 뭐 하는 겁니까?" 느닷없이 커다란 고함 소리가 울려 퍼졌다.

한 남자가 불쑥 차고에 나타났다! 아직 버스에 오르지 못한 세 명의 반역자들이 몸을 돌려 방어 태세를 취했다.

"맙소사, 당신들 지금 버스를 훔치는 겁니까? 당장 내리지 않으면 경찰을 부르겠소, 이 더러운 강도 패거리들!"

반역자들이 미소를 지었다. 그들은 별것 아닌 일에도 경솔하게 행동할 수 있었다. 하지만 이 상황에 개입한 것은 옥사였다. 젊은 여왕은 재빨리 버스 창문을 열고 그라녹을 쏘았다. 곧 남자의 얼굴이 무척 행복해 보이는 미소를 띠더니 긴장이 풀어졌다. 그는 엄격한 반역자 아가퐁에게로 다가가 뜨거운 포옹을 했다.

"잘 돌아가시기 바랍니다, 친애하는 두목님! 두목님이 무척 아끼시는 이 환상적인 위스키는 제가 안전한 곳에서 잘 지키겠습니다. 그리고 포커에서도 멋지게 복수할 테니, 두목님은 손해 보실 게 하나도 없지요!" 남자가 웃음을 터뜨리며 덧붙였다.

구스가 호기심 어린 표정으로 옥사를 바라보았다.

"새 그라녹을 꼭 써보고 싶었거든." 옥사가 말했다.

그녀가 함박웃음을 지으며 아바쿰을 돌아보았다.

"효과가 정말 끝내주는데요, 할아버지가 만든 히프나고스요! 진짜 좋아요!"

비밀스러운 공범처럼 인간 요정도 그녀에게 미소 지었다.

"이제 출발합니다, 조심하세요!" 파벨이 도로로 버스를 몰며 소리쳤다.

처음 운전을 시작할 때는 약간 위태로웠지만, 파벨은 이 거대한 차량의 교묘한 특성을 금세 파악했다. 버스는 글래스고의 혼잡한 도로를 달리기 시작했다.

혼란스러운 탈출

옥사는 좌석에 파묻혀 싸이한타라를 향해 질주하는 기차의 규칙적인 흔들림에 몸을 맡기고 있었다. 비행기와 기차로 여행하며 보낸 지난 이틀 동안은 육체적인 움직임이 꽤 많이 줄었음에도 불구하고 피로가 심했다. 옥사는 연달아 나타나는 단조로운 풍경을 바라보았다. 하얀 눈이 얇게 한 꺼풀 덮인 고비사막의 벌판과 언덕은 겉으로 보기에는 매우 조화롭게 계속 이어졌다. 눈에 보이는 풍경은 전부 다, 세상이 무자비한 혼돈에 빠져 있음을 믿기 어려울 만큼 평온해 보였다. 마치 지구 상에서 이곳만이 피난처인 듯, 철도가 연결된 몇몇 도시들은 아무 일 없이 평화롭게 살아가는 듯했다. 인생은 늘 힘들지만, 주민들은 환영의 미소를 잃지 않았다.

그렇다고 이 상대적인 평안이 여행 전체에 영향을 미친 것은 아니었다. 버스를 운전하는 파벨의 뛰어난 솜씨에도 불구하고 글래스고 공항으로 가는 길은 정말 힘든 시련이었다. 도시의 중심을 벗어나는 길과 교외에서 목격한 어마어마한 통행량은 일찍이 본 적이 없는 것이었다. 다시 해일이 일어날지도 모른다는 두려움 속에서 사람들은 모두 내륙 지방으로 피신하기 위해 탈출을 시도했다. 지구과학 분야의 훌륭한 전문가들은 재난에 대한 자신들의 예측이 옳았다고 인정할 수밖에 없었다. 해일이나 큰 파도, 화산 분출, 지진, 지각 변동 등에 심각하게 노출된 전 세계의 다른 도시들처럼, 글래스고 주변에도 교통 정체가 극심했다. 이 몇 가지 재난이 발생한 데에는 논리적인 이유가 있었다. 보편적 생태학의 기본적인 개념으로 보았을 때, 인간이 오랜 세월 동안 장님, 귀머거리 행세를 하며 환경을 소홀히 다룬 탓이었다. 하지만 어느 누구도 전 세계에 큰 피해를 주고 있는 비극의 원인을 정확하게 설명하지 못했다. 이 무시무시한 위협들은 이해할 수 없고, 헤아릴 수 없이 많으며, 예측 불허였다.

교통 체증 탓에 길바닥에서 속수무책으로 시간만 보내던 탈주자들과 반역자들은 하마터면 우루무치행 비행기를 놓칠 뻔했다. 드라고미라가 도로 한가운데서 고장 나버린 자동차 한 대를 은밀히 마법의 힘으로 치웠기에 그나마 다행이었다. 비행기가 이륙하기 불과 몇십 분 전, 마침내 버스는 공항에 도착했고, 긴장은 절정에 달했다. 서둘러 티켓을 끊었다. 탈주자들과 반역자들의 목적지는 아주 인기 없는 장소였기 때문에 다행히 좌석은 많이 비어 있었다. 하지만 이륙장은 항공편을 찾으려는 극도로 흥분한 여행자들 때문에 아수라장이었다. 문명화된 세상의 가치들이 눈에 띄게 사라져버린 이 정글 안에서는 서로를 떼밀어야 했고, 때때로 주먹다짐도 해야 했다. 특히 바로 눈앞에서 일어난 경악스러운 일이 옥사에게 상처를 주었다. 한 남자가 마리에게 달려가더니,

장애인이라면 비행기 표를 얻을 수 있을지도 모른다는 희망을 품고 휠체어를 빼앗으려 마리를 바닥에 내동댕이친 것이다. 곧 파벨과 나프탈리가 그 남자를 땅바닥에 메다꽂았다. 물론 도르미당 그라눅을 던지는 것도 잊지 않았다. 아직도 메르세디카의 죽음이 준 충격에서 벗어나지 못한 레미니상스와 조에는 늑대같이 난폭한 몇몇 남자들에게 쉬운 먹잇감이 되었다. 레미니상스는 가방을 빼앗겼고, 가방을 되찾으려던 조에는 오히려 주먹으로 어깨를 세게 얻어맞았다. 이번에는 튀그뒤알이 마법으로 그 상황에 개입했다. 가방을 찾는 데는 마네튀스를 썼고, 그 돼먹지 못한 놈에게는 퓌트르팍티오 벌을 주었다. 남자의 팔이 지독한 냄새를 풍기며 썩어 들어가기 시작하자 공항에는 진짜 패닉의 바람이 불었다.

"맙소사, 호되게도 혼내주네!" 옥사가 놀라서 외쳤다.

"지금 이 경우에 딱 맞는 말이네, 꼬마 여왕." 튀그뒤알이 매혹적인 미소를 지으며 중얼거렸다.

그 순간을 떠올리며 옥사는 눈으로 튀그뒤알을 찾았다. 탈주자들과 반역자들은 고비사막으로 달려가는 기차의 같은 찻간에 탔다. 여행이 시작된 이후 튀그뒤알과 구스는 호시탐탐 옥사의 옆자리에 앉을 기회를 노렸지만, 둘 다 성공하지 못했다. 마리, 파벨, 드라고미라 혹은 아바쿰이 이 '특권'을 마음껏 누렸다. 그래도 두 라이벌은 잠시도 한눈팔지 않고 소녀를 주시했다. 마찬가지로 오손 역시 절대 먼 자리에 있지 않았다. 섬에서 떠나던 순간부터, 반역자는 노여움을 가라앉히지 못했다. 반면 드라고미라는 완벽하게 차가운 표정으로 일관하며 탈주자들과 적들의 목적지에 대해 어떤 정보도 흘리지 않았다. 탈주자들이 매

순간 철저하게 감시한 덕분에 반역자들의 계략은 모조리 무산되고 말았다. 심지어 바바 폴락의 찻잔에 진실의 묘약을 넣으려던 시도마저 성공하지 못했다.

"얼마나 썩어빠진 인간인지……." 옥사가 반역자 우두머리에게서 눈을 돌리며 중얼거렸다.

"뭐라고 했니, 우리 아가씨?" 마리가 물었다.

젊은 여왕은 슬픈 눈으로 어머니를 바라보았다. 마리는 자신이 견디고 있는 고통에 대해 아무 말도 하지 않았지만, 그녀의 상태는 따로 설명할 필요도 없을 만큼 눈에 띄게 악화되었다. 지난 이틀 동안, 그녀의 얼굴은 보기 흉한 회색빛으로 변했고, 깊은 음영을 드리우며 움푹 팼다. 그녀의 몸은 고통으로 오그라들고 있었다.

"오손이 우리 가족을 배려하지 않았다고 혼잣말한 거예요." 옥사가 납덩이처럼 무거운 마음으로 대답했다.

"적어도 그렇게 말할 수 있지." 어머니가 신경질적으로 눈을 깜빡이며 말했다. "기분이 어때?"

"으음…… 녹아내린 분화구 위에 놓인 줄을 건너가는 곡예사가 된 기분이에요. 한 발만 잘못 디디면 떨어지는 거죠, 뒤에는 온 세상 사람들을 다 이끌고. 뭔지 알겠죠, 엄마?"

"물론이지. 하지만 우린 벗어날 거야!" 마리가 한숨을 내쉬었다.

"그럼 좋겠지만……."

옥사는 고개를 돌려 검은 줄이 길게 죽 그어진 하늘과 눈 덮인 언덕에 주의를 집중했다. 끝없이 펼쳐진 풍경을 한참 바라보고 있자니 마음이 가라앉았다. 멍하니 넋을 놓고 한동안 그렇게 앉아 있던 그녀의 눈길이 저절로 구스를 향했다. 깊은 슬픔을 감추고 평정을 가장한 구스의 모습이 그녀의 시야에 들어왔다. 의심할 여지가 없었다. 고비사막을 통과하는 여정이 그의 내부에 숨어 있던 중국에 대한 기억을 끄집어낸 것 같았다. 자신을 세상에 태어나게 한, 이 넓디넓은 나라 어딘가에 있을 생모를 생각하는 것일까? 그럴지도 모른다. 그가 언제라도 끊어질 수 있는 끔찍한 유예에 완벽히 정신을 빼앗기지 않는 한……

"뭘 생각해?" 구스의 옆으로 다가앉으며 옥사가 물었다.

"뭐, 특별한 건 없어." 그가 살짝 물러나며 대답했다.

"긴 여행이야." 그녀가 강조했다.

구스는 의자 깊숙이 몸을 파묻고 고개를 돌렸다. 옥사가 비스듬히 그를 바라보았다.

"난 너랑 동석하는 걸 참 좋아하는데, 알아? 넌 정말…… 수다쟁이 잖아!" 그녀가 구스를 자극했다.

"어이! 네가 지겨워 미치겠다고 해서 나를 귀찮게 할 권리가 있는 건 아니지!"

옥사는 입술을 깨물며 다리를 길게 쭉 뻗었다. 앞자리에 집중하는 척하며 그녀는 낡은 의자의 천을 긁어 비죽 튀어나온 실오라기를 잡아당겼다.

"지겨워 미칠 지경은 아냐." 한참이 지난 후에 옥사가 말했다.

구스가 슬그머니 그녀에게 눈길을 던졌다.

"미안해."

"괜찮아, 벌써 잊어버렸어!" 휴전으로 마음이 가벼워진 옥사가 말했다.

그녀는 구스가 이 기세를 몰아가기를 기다렸지만, 구스는 고통스러운 표정으로 이마를 찡그린 채 침묵을 지켰다.

"그 불쌍한 의자를 다 풀어헤칠 생각이야?" 구스가 물었다.

"왜 네 걱정에 대해 말하지 않니?" 옥사가 좌석의 머리 받침에 팔꿈치를 대고 그를 향해 몸을 돌리며 과감하게 물었다.

"넌 우리 중 누군가는 에데피아로 들어갈 수 없을 거라는 생각 해본 적 있어?" 구스의 떨리는 목소리가 흘러나왔다.

옥사의 눈이 휘둥그레졌고, 숨소리가 점점 거칠어졌다.

"무슨 말을 하고 싶은 거야?"

"만약 외부인들은 에데피아의 입구에서 출입이 막힌다면? 만약 '경계의 문'이 그들에게 출입 금지라면?"

옥사는 손으로 얼굴을 쓸었다. 식은땀이 관자놀이로 흘러내렸고, 말로 형용할 수 없는 불안에 현기증이 몰려왔다.

"왜 그런 말을 해? 왜 그렇게 끔찍한 생각을 하는 거지?"

구스가 옥사의 눈을 뚫어지게 바라보았다. 옥사는 소름이 끼쳤다.

"그런 생각을 하는 건 나 혼자만이 아니야, 옥사. 모두 그 생각을 해. 네 부모님도, 내 부모님도, 드라고미라 할머니도……. 넌 그저 이 생각에서 멀어지고 싶은 거야. 하지만 네 생각에 그럴 확률이 낮다고 해서 '불가능한'이라는 명찰이 붙는 건 아냐."

"하지만 구스……."

단어들이 그녀의 목을 졸랐다. 옥사는 너무 당황해 주위를 둘러보았다. 어머니가 아버지의 어깨에 머리를 기대고 있었고, 아버지는 부드럽게 그녀의 머리카락을 쓰다듬었다. 불쑥, 마리가 눈을 들어 옥사에게 힘겨운 미소를 던졌다. 옥사의 심장이 죄어왔다. 구스의 두려움이 근거 없지는 않다는 생각이, 그녀의 가슴속에 강하고 난폭하게 자리 잡았다.

옥사는 눈으로 열차 안을 훑었다. 올로프와 그의 아내가 쿠카의 응석을 받아주고 있었다. 포르텐스키 가족은 낮은 목소리로 대화를 나누었다. 코크렐은 아내의 두 손을 자기 앞으로 당겨 꼭 잡고 있었다…… 옥사는 반역자들 측에서도 같은 모습을 확인했다. 모든 외부인이 특별한 배려의 대상이 되었다. 이례적인 배려일까? 의문은 해결되지 않았다. 구스가 손잡이를 꽉 잡고 의자에서 몸을 웅크렸다. 또다시 발작인가? '오, 맙소사, 안 돼.' 옥사가 속으로 애원했다.

"저게 도대체 뭐야?" 소년이 황급히 일어서며 소리쳤다.

기차 안에 있는 다른 승객처럼 옥사도 창밖을 내다보았다. 수백 마리의 동물이 북쪽을 향해 달리는 기차와는 반대로, 남쪽으로 달려가고 있었다. 설표와 조랑말 무리가 길을 열었고, 그 뒤로 무질서하게 질주하는 낙타와 거대한 곰, 양과 염소 등이 떼를 지어 뒤따랐으며, 마지막으로 미친 듯이 퍼덕이는 새 떼가 새까맣게 날아갔다. 그 동물들 뒤쪽 멀리에서 엄청난 규모의 먼지구름이 일어나 지평선을 가로막았다. 기차가 현저히 속도를 늦추었다. 기관사는 뛰어넘을 수 없는 장벽에 가까이 가기를 주저하는 듯했다. 기차 안에서는 두 개의 복시미누스가 경련하듯 요동치기 시작했다. 그 안에 있는 생명체들도 사막 동물들의 정신없는 도주와 똑같은 패닉에 빠진 것 같았다. 절대 좋은 일은 아니리라 추측되는 상태 말이다.

여행객들은 무시무시한 마력에 휩쓸려 빠짐없이 열차 창문에 매달린 채, 먼지 장벽을 뚫어지게 바라보았다. 갑자기 기차가 멈췄다. 비명이 터져 나왔고, 두 명의 운전기사가 탈주자들과 반역자들이 탄 열차 칸으로 고함을 지르며 나타났다.

"뭐라고 하는 거예요? 중국어잖아요? 하나도 못 알아듣겠어요!" 옥사가 성급하게 질문을 퍼부어댔다.

가장 노련한 멤버들이 폴뤼스랭구아 능력을 이용해 귀를 기울였다. 잔뜩 흥분한 운전기사들은 커다랗게 팔을 휘저으며 소리쳤다.

"거대한 황룡이래." 통역을 시작한 아바쿰의 얼굴이 창백해졌다. "엄청난 모래 폭풍이야……."

거대한 황룡

어마어마한 먼지구름의 소용돌이가 거대한 괴물처럼 노호하며 계속 다가왔다. 소용돌이는 빈약하게 내리쬐던 햇빛을 가리고 불투명한 암흑 속에 모래언덕을 파묻으며 금세 하늘을 뒤덮었다.

"엄청나게 높아요!" 옥사가 신음했다.

"퀼뷔……." 드라고미라가 배낭 속에 손을 넣으며 불렀다.

"네, 늙은 여왕님?" 퀼뷔가 차렷하며 대답했다.

"이 폭풍에 대해 뭘 알고 있지?"

몇 초 동안 창문에 붙어 있던 퀼비 겔라르가 대답했다.

"이 모래 폭풍은 모든 것을 초토화하는 강력한 힘을 과시합니다. 보시는 대로, 이 폭풍은 하늘까지도 뒤덮기 때문에 파도를 피하기 위해 선박을 들어 올린 것처럼 기차를 들어 올릴 수는 없습니다."

"폭풍의 깊이는?"

퀼뷔가 다시 창문에 딱 붙어 정신을 집중했다.

"이 모래 구름은 대략 125킬로미터 깊이에, 시속 160킬로미터로 움직입니다."

"다 산산조각 나겠어요!" 옥사가 두 손을 배배 꼬며 불안해했다.

"그 폭풍 속을 지나가려면 약 40분 정도 걸려요." 구스가 골똘히 계산했다.

"40분이나?" 옥사가 몸을 떨면서 외쳤다. "하지만 그렇게 오래 버틸 수는 없을 거야. 전부 다 질식사할지도 몰라요! 뭔가를 해야 해요! 내가 폭풍우를 불러오면 도움이 좀 될까요? 왜냐하면, 머지않아 폭발할 것 같거든요."

모두들 이 제안에 대해 숙고해보았다.

"벽 안쪽에서 느껴지는 바람의 위력으로 보아, 에너지가 추가로 흡수되면 폭풍에 힘이 더해질까 무섭구나. 그러면 더 나빠질 거야." 아바쿰이 말했다.

"그럼 토르나필롱 그라녹은 어떨까요? 우리 모두 토르나필롱을 저 모래바람에 던진다면, 아마도 저…… 끔찍한 것을 밀어낼 수 있을 거예요!" 옥사가 다시 제안했다.

"한번 해볼 만한 가치는 있지." 파벨이 열차 칸의 문 쪽으로 향하며 말했다.

각자의 크라쉬 그라녹스를 가진 탈주자들과 반역자들이 눈 쌓인 모래 위에서 다시 만났다. 처음으로 모두 함께 힘을 모아, 윙윙거리며 다가오는 모래 장벽에 시선을 고정하고 온 정신을 집중했다. 옥사는 두개골이 터질 것 같았다. 그녀는 공황에 맞서 싸우며 힘을 썼다. 온 힘을 바쳐 애쓰는 탈주자들과 반역자들 위에서 칠흑같이 검은빛이 우르릉 부딪치는 소리를 냈다.

"내 신호에 맞춰요! 셋, 둘, 하나!" 아바쿰이 소리쳤다.

모두 속으로 필요한 주문을 외우는 것을 잊지 않고, 동시에 각자의 크라쉬 그라녹스를 불었다.

그라녹의 힘으로

네 껍질을 부술 때

네 주위로 바람이 불어

폭풍우가 너를 데리고 가리라

거대한 비눗방울처럼 투명한 두루마리가 놀라운 속도로 움직이는 모래 장벽을 향해 빠르게 달려들었다. 충돌의 효과로 커다란 구멍이 생기며 몇 톤은 됨 직한 모래가 공중으로 뿜어져 나왔는데…… 몇 초 후 구멍은 다시 메워졌다.

"다시 시작해요!" 드라고미라가 외쳤다.

두 번 더 시도한 후, 탈주자들과 반역자들은 어렵사리 불안을 감추며 다시 기차에 올라탔다.

"되돌아가는 건 어떨까?" 나프탈리가 의견을 물었다

"이 기차는 속도가 빠르지 않아서 곧 잡힐 겁니다." 파벨이 말했다.

"꼬마 폴딩고가 시간을 늦출 수 있잖아요." 이번에는 피에르가 의견을 내놓았다.

"아주 훌륭한 해결책이지만……." 아바쿰이 대답했다. "불행히도 그 능력은 인간에게만 적용될 뿐, 사물에는 통하지 않는다네."

"옥사?" 구스가 약해질 기미 없이 점점 가까워지는 가공할 모래 구름에 눈길을 둔 채 옥사를 불렀다. "인터넷에서 봤던 동영상 기억나?"

옥사가 의아한 얼굴로 구스를 바라보았다.

"어떤 동영상?"

"오스트레일리아 사람들이 자신들을 향해 다가오는 엄청난 모래 장벽을 만났던 동영상 말이야. 그들이 어떻게 거기서 빠져나왔는지 기억나?"

"되돌아가거나 도망가는 대신, 모래를 뚫기 위해 전속력으로 달려들었지."

"바로 그거야!"

"하지만 구스……." 마리가 목이 메어 끼어들었다. "그 지옥 속에서 40분이나 버틸 수는 없을 거야!"

"40분이라는 시간은 우리가 움직이지 않고 가만히 있을 때 빠져나가는 시간이고요. 우리도 앞으로 나아간다면, 폭풍을 가로지르는 데 걸리는 시간이 훨씬 짧아질 거예요." 구스가 대답했다.

"하지만 모래가 우리를 가로막을 거야. 독 안에 든 쥐처럼 꼼짝 못할 거라고."

"토르나필롱이 터널을 만들어 길을 열어준다면 사정은 다르겠죠!"

모두 어안이 벙벙해져 서로를 번갈아 바라보았다.

"구스?" 옥사가 쉰 목소리로 구스를 불렀다.

"왜, 옥사?"

"너, 네가 천재인 거 아니?"

소년은 그녀에게 희미하게 미소를 보내고 고개를 돌렸다.

"**빨리!** 폭풍이 다가와요!" 드라고미라가 외쳤다.

아바쿰은 예비 그라녹이 들어 있는 상자로 달려가, 크라쉬 그라녹스를 갖고 있는 사람들에게 나누어주었다. 그러고는 기관사들이 버리고 떠난 기관차를 향해 달려갔다. 기관사들은 모래 폭풍뿐만 아니라 이상한 능력을 가진 승객들 때문에도 공포에 떨었던 것이다. 아바쿰은 기차의 조종 장치를 잡았고, 그동안 파벨은 동료들의 반대 속에 밖으로 달려갔다.

"파벨, 제발 부탁이에요. **나가지 마요!**" 마리가 그를 잡으려 고함쳤다.

동료들과 깜짝 놀란 승객들이 지켜보는 가운데, 파벨의 등에서 흑룡의 날개가 솟아나 퍼덕이기 시작했다.

"용들의 싸움이로군." 아바쿰이 열차의 조종간을 작동하며 중얼거렸다.

서른 명 정도의 사람들이 깊은 침묵 속에서 아바쿰 주위로 모였다. 그라녹을 최대한 많이 던지기 위해 기차의 창문을 조금 열어놓고 번갈아 교대하려는 목적이었다. 기관차 위쪽에서는 파벨의 흑룡이 모래 장벽을 향해 전속력으로 달려가는 기차를 호위했다.

"우리는 완전히 미쳤어."

옥사는 조급하게 중얼거리고, 겁을 먹어 사시나무 떨듯 떨었다.

"잘될 거야!" 튀그뒤알이 그녀 뒤에 바짝 붙어 두 팔로 그녀를 감쌌다.

"**준비하시오!**" 아바쿰이 조종 장치를 꽉 잡으며 소리쳤다.

거대한 장벽과 기차가 서로를 향해 어마어마한 속력으로 달렸다. 충돌이 임박했다. 호흡이 짧고 거칠어진 탈주자들과 반역자들은 치미는 공포에 대항하며 정신을 집중했다. 금방이라도 숨이 끊어질 듯 긴박한 순간이었다. 이제 몇십 미터만 있으면, 몇 초 후면……

모래 폭풍의 중심에는 새까만 어둠뿐이었다. 가시거리는 거의 제로에 가까웠고, 기차의 헤드라이트만이 용감하게 달려가는 기관차를 노란 불빛으로 희미하게 둘러쌌다. 기온이 급작스럽게 떨어지면서 느껴지는 강한 추위도 잊은 채, 서로 적수인 두 무리의 일원은 박자를 맞추어 힘을 모았다. 열 배는 강해진 수많은 토르나필롱이 크게 회전하며 폭발해 터널을 뚫었고, 기차는 그 안으로 속력을 더해 달려갔다. 파벨과 흑룡 역시 환상적인 힘으로 협력하며, 몰아치는 폭풍을 밀어내는 거센 바람을 끌어냈다. 반역자들도 탈주자들과 마찬가지로 파벨이 아주 중요한 역할을 한다는 사실을 인정했다. 그리고 모두 그의 안전을 걱정했다. 만약 폭풍이 파벨의 힘보다 강하다면 그는 쓸려 가버릴 것이 분명했다. 모든 사람이 토르나필롱에만 철저히 집중했다. 옥사는 끔찍한 결말을 떠올리지 않을 수 없었다. '힘내요, 아빠. 힘내야 해요!' 그녀는 소리 없이 기도했다. 퀴르비타 페토가 옥사의 손목에서 끊임없이 물결쳤다. 퀴르비타가 이렇게 필요한 적도 없었다. 옥사는 지쳐버렸고, 거의 미칠 지경이었다. 가공할 위력의 폭탄이 그녀의 힘을 몽땅 터뜨려버린 것 같았다.

"이제 정확히 48킬로미터 남았습니다." 퀼뷔 젤라르가 알렸다. "지금과 똑같은 리듬만 유지한다면, 12분 후에 모래 폭풍을 완전히 통과할 것입니다."

12분. 12분이라는 짧은 시간이 몇 시간처럼 느껴졌다. 그들은 모래 폭풍을 무사히 빠져나갈 수 있을 것인가? 의문이 심장을 후벼 팠고, 대답은 매우 불확실했다. 모두가, 내부인의 힘이 제아무리 강하다 할지라도, 자연의 위력을 누를 수 없다는 사실을 알고 있었다. 오늘, 에데피아의 문 앞에서 바라는 단 하나의 희망은 이 거대한 자연이 그들에게 기회를 주는 것이었다. 단 한 번의 기회.

"한 번 더 합시다! 우리는 더 힘든 일도 해냈어요!" 드라고미라가 피곤에 지쳐 초췌한 얼굴로 외쳤다.

용기를 북돋는 할머니의 말에도 불구하고, 옥사는 정작 '더 힘든 것'이 온 듯한 끔찍한 기분에 사로잡혔다.

모래 폭풍의 힘은 더 세졌고, 탈주자들과 반역자들의 힘은 줄어들었다. 기차는 여전히 최고 속도로 달렸지만, 모래 회오리바람의 공세는 기차에 가혹한 타격을 주었다. 약간 열린 기관차의 창문을 제외하고 모든 출구가 닫혀 있는데도 아주 작은 틈새를 통해 밀려든 모래가 기차 바닥에 거의 1미터 두께로 쌓이자, 절망과 패닉은 더욱 심해졌다. 무거워진 기차는 속도가 느려지고 있었다.

"아바쿰 대부, 무슨 일이에요?" 드라고미라가 외쳤다.

인간 요정은 대답할 시간이 없었다. 갑자기 엄청난 진동이 기차를 거칠게 흔들어, 기차는 레일 위에서 비틀거렸다.

"우리가 너무 무거운 거요!" 그는 얼굴이 파랗게 질려 외쳤다. "탈선할 것 같아! 나프탈리! 피에르! 열차 칸을 풀어요!"

두 남자가 달려 나갔고, 오손과 그레고르가 바로 그 뒤를 따랐다. 모래 때문에 움직이기 힘든 상황이었지만, 그들은 기차 뒤쪽을 향해 빨리 날아갔다. 앞쪽 열차 칸에 모인 승객들은 헛것을 보는 양 멍한 눈길을 보냈다. 몇 분 후, 무게가 반으로 줄어든 기차는 다시 속도가 빨라졌다. 하지만 폭풍의 극렬한 기세 때문에 몇백 미터를 달린 후에는 다시 느려지고 말았다.

"갑시다!" 옥사가 자신도 놀라며 사람들을 격려했다. "이대로 모래 폭풍에 파묻히고 말면 너무 아깝잖아요, 네?"

모래가 허리까지 차오르자 각자 최후의 수단을 끌어냈다. 어떤 대가를 치르더라도 이 지옥을 빠져나가야만 했다! 순간 그 어떤 소리보다 가슴을 찢는 애절한 포효가 지붕에서 들려오더니 흑룡의 날개가 기관차의 작은 창문에 부딪쳤다. 흑룡은 한 번 더 날갯짓하며 날아오르려 했지만, 모래 폭풍의 힘으로 흔들리기 시작한 기차 앞을 덮으며 끝내 쓰러지고 말았다. 황룡이 흑룡을 쓰러뜨리고 있었다!

"**아, 안 돼!** 이렇게 끝낼 수는 없어!" 옥사가 비명을 질렀다.

모래에 얼굴을 긁힌 채 차디찬 금속 위에서 정신을 잃은 아버지를 발견하기까지 몇 초밖에 걸리지 않았다. 옥사의 내부에서 분노가 폭발했고, 이 절망적인 상황에서 구원을 호소하는 그녀의 간절한 기도에 답하기 위해 그녀의 분신이 깨어났다. 옥사는 열에 들뜬 채 자신의 일부분이 빠져나가는 것을 아주 구체적으로 느꼈다. 그녀는 자신이 누구인지, 자신의 의식과 생각에 대해 이렇게 명징하게 지각한 적이 없었다. 드라고미라가 눈앞에서 펼쳐지는 초자연적 현상에 감탄하며 옥사를 응시했다. 두 여왕은 비밀이 가득 내포된 시선을 교환했고, 옥사의 분신은 작은 창문 틈새로 빠져나갔다.

흑룡 구조

옥사는 그 후에 무슨 일이 벌어졌는지 보지 못했다. 그러나 직접 경험한 것만큼이나 그 상황을 강렬하게 느꼈다. 그녀의 분신은 기차 지붕 위에 의식을 잃고 쓰러진 파벨과 흑룡을 보호하려고 온몸이 넓게 퍼지면서 길게 늘어났고, 동시에 부풀어 올랐다. 옥사는 전혀 예상치 못한 은신처가 된 자신의 분신 아래에서 아버지의 심장이 조금씩 다시 뛰는 것을 느꼈다. 그녀는 죽을 위험을 무릅쓰고 많은 것을 내놓았던 아버지의 몸속, 핏줄 속에 새로운 피가 도는 것을 느꼈다. 옥사가 질러댄 승리의 함성이 경이로운 숨결을 타고 분신에 반사되어 수백 배로 커졌다.

"저길 봐요!" 아바쿰이 소리쳤다.

착시였을까? 생존 본능이 만들어낸 신기루였을까? 옥사는 두 눈을 깜빡였고, 그녀의 몸속은 말로 표현할 수 없는 행복으로 가득 찼다. 마침내, 모래 폭풍이 사라졌다! 하늘의 햇빛이 서서히 드러나기 시작하더니 눈에 보일 정도가 되었고, 바람은 눈에 띄게 약해졌다.

"살았어!"

기쁨에 찬 탄성이 기차 전 구간에 울려 퍼졌다. 승객 대부분―탈주자들, 반역자들, 외부인들―은 안도감에 눈물을 흘렸다.

"아빠는 어디 있어요?" 옥사가 걱정스레 물었다.

이제는 아무것도 느껴지지 않았다. 그녀의 분신은 옥사가 전혀 알아차리지 못하는 사이에 마음 저 깊은 곳으로 복귀한 것이다. 아바쿰이 기차를 멈춘 다음, 팔을 뻗어 기관차의 문을 열었다. 기차 안쪽에 쌓여 있던 모래들이 작은 언덕을 만들며 밖으로 빠져나갔다. 옥사는 펄쩍 뛰어 밖으로 나가 먼지투성이 바닥에 섰다. 그녀는 거친 숨결을 뱉으며 눈을 들었다.

"**아빠! 아빠!** 어디 계세요?" 옥사가 쉬어빠진 목소리로 고함을 질렀다.

다시 평화가 찾아왔다. 하늘은 맑고 투명했고, 구름 한 점 없었다. 그 주위로 고비사막이 적막하고 드넓게 펼쳐져 있었다. 저 멀리서 뭔지 모를 형태의 생명 하나가 수십 톤의 누런 모래 먼지를 일으키며 사라져가는 어마어마한 장벽에 모습을 드러냈다.

"아빠……." 옥사가 무릎을 꿇으며 신음하기 시작했다.

드라고미라와 아바쿰도 걱정스러운 표정으로 기차에서 내렸다. 그들은 하늘과 모래언덕을 훑어보았다. 애석하게도 아무것도 보이지 않았다. 옥사는 바닥에서 몸을 일으키고 마지막으로 날아오르기를 시도했다.

"저기 있어요! 아빠!" 옥사가 기차 지붕 위에 서서 소리쳤다.

파벨은 금갈색 등껍질로 자신을 보호하는 흑룡의 지친 몸에 덮인 채 쓰러져 있었다. 옥사가 다가가자, 흑룡은 다시 문신으로 돌아갔다. 파벨이 딸에게 팔을 뻗었다.

"우리가 해냈구나……." 파벨이 발작적인 기침을 하며 그 사이사이에 가까스로 말했다.

옥사는 아버지에게 몸을 던져 꽉 껴안았다.

"아빠! 아빠는 정말, 대단히 대단했어요!"

모래언덕 위에서 승객들이 자축하며 떠나갈 듯 요란하게 박수를 쳤다. 파벨은 무의식중에 두 개의 무리로 뚜렷하게 나뉘어 선 탈주자들과 반역자들을 바라보았다.

"다들 대단했어, 모두 다……." 파벨은 감동으로 말을 잇지 못했다.

고개를 돌린 그가 미간을 좁혔다. 옥사도 그의 시선을 따랐다. 지평선에 기이한 색깔로 빛나는 수직 빛다발이 나타났다. 젊은 여왕과 그녀의 아버지가 이제껏 한 번도 보지 못한 색깔이었다…….

마지막 저녁

"난 아무것도 못 봐서 이러는 거야! 잊었어? 난 평범한 것들만 구별할 수 있는 평범한 눈을 가진 평범한 외부인일 뿐이라고! 네가 말하는 그 잘난 수직 광선 따위가 나한테는 안 보인단 말이야, 알았어?"

인상을 잔뜩 찌푸린 구스가 앞자리를 냅다 걷어찼다.

"아야!" 브륀느의 목소리가 울려 퍼졌다.

"앗, 죄송합니다. 할머니께는 아무 감정 없어요. 옥사 때문에 그런 거거든요." 구스가 사과를 했다.

"참 나……." 소녀가 한숨을 내쉬었다.

난처해진 옥사는 고개를 돌려 길 위를 응시했다. 먼지로 덮인 기차는 두 시간 전, 마침내 싸이한타라에 탈주자들과 반역자들을 내려놓았다. 작은 마을은 황룡의 거친 공격으로 입은 상처를 치료하는 중이었다. 전세계 곳곳처럼 이곳 주민 역시, 온갖 폭발적인 일을 겪은 뒤 고통에서 다시 일어서는 중이었다. 사람들에게는 단 한 가지 생각밖에 없었다.

이 폐허에서 도망가야 한다는 강박관념. 따라서 기차가 역으로 들어선 순간, 극도로 흥분한 남녀 무리가 기차를 급습했다. 기차는 싸이한타라에서 정차했다가 남쪽으로 되돌아가기 위해 떠났다. 최근 정보에 따르면, 북쪽에서는 지진이 쉬지 않고 지구를 공격하고 있었다. 전 세계의 대륙에서 오는 수많은 나쁜 소식에도 불구하고, 사람들은 달아나면 어디에선가 출구를 찾을 수 있으리라 믿었다. 예로부터 인간은 늘 이렇게 해왔던 것이다. 다른 곳으로 도망갈 수 있다는 헛된 기대를 가졌고, 도망가기만 하면 살아남을 수 있으리라 여겼다.

이렇듯 거의 실성에 가까운 상태였으니, 신기한 능력을 가진 여행객을 들먹이며 몇몇 승객이 지껄이는 이야기에는 아무도 주의를 기울이지 않았다. 그 신기한 여행객 중 몇 명이—그 장면을 본 승객들이 목숨을 걸고 맹세했지만!—하늘을 날 수 있고, 또 용으로 변신할 수 있다 해도 아무도 믿지 않았다. 탈주자들과 반역자들은 난도질당한 마을의 혼란 속으로 섞여버리거나 은밀히 사라지기 위해 그 복잡한 소요를 이용했다. 드라고미라와 아바쿰은 겨우겨우 굴러가는 낡아빠진 두 대의 버스를 '징발하는' 데 성공했다. 모두가 알아서 북쪽 가순호로 향하는 비스에 올랐다.

버스는 덜컹대면서 울퉁불퉁한 도로를 숨 가쁘게 달렸다. 버스에 탄 사람들은 너무 피곤해 불평할 기력도 없었다. 좌표가 지평선에 나타나자, 오손이 첫 번째 버스의 운전대를 잡으려 서둘렀다. 그는 외길인 도로 위를 일직선으로 달렸고, 그 뒤를 나프탈리가 모는 두 번째 버스가 뒤따랐다.

"오손이 우리보다 유리한 위치에 있다고 믿게 내버려둡시다." 드라고미라가 한숨을 내쉬었다.

구스 역시 서둘렀다. 운전대를 잡기 위해서가 아니라, 튀그뒤알보다 먼저 옥사의 옆자리를 차지하기 위해서……. 실망한 튀그뒤알은 입을 조금 삐죽거렸지만, 조롱 조의 미소를 구스에게 던지는 것으로 기분을 풀었다. 두 대의 버스가 마을을 떠날 때, 옥사는 자석처럼 그들을 끌어당기는 경이로운 광선에 대해 구스에게 설명하려 했다. 하지만 친구가 매혹당한 광선에 대해 마음을 공유할 수 없었던 소년은 부끄러운 한편 상처를 입었고, 부정적인 반응을 보였다. 옥사는 구스를 배려해 무언가 다른 생각을 하게 하는 사소한 것에 정신을 집중하려 애썼다. 그러나 옥사의 생각은 여지없이 하늘을 가로막은 기이한 빛다발에 이끌렸고, 특히 가슴에 큰 구멍을 뚫어버린 구스의 말이 자꾸 떠올랐다. 지워지지 않는 먹물처럼 검은 의혹이 그녀의 머릿속을 어둡게 물들였다. '만약 정말로 외부인들이 에데피아 입구에서 가로막힌다면 어쩌지? 그들이 출입을 금지당한다면?' 옥사는 질겁하며 고개를 절레절레 흔들고는 구스를 바라보았다. 결론적으로 내부인과 그 후손만이 강렬한 빛의 광선을 감지할 수 있음이 드러났다. 다른 사람들은 신비한 그 색깔을 지각할 수 없었고, 그 부인할 수 없는 사실이 구스를 이런 상태로 몰아넣은 것이다……. 그 사실은 모두의 공포를 더욱 악화시켰다. 소녀는 몇 달 전 드라고미라가 한 얘기를 떠올렸다.

'너는 사물이 빛을 반사해 그 빛이 우리의 눈에 다다를 때 비로소 그 사물이 보인다는 것을 잘 알고 있지. 그런데 에데피아의 빛은 특별한 태양 광선을 이용한단다. 외부 세계로부터 들어오는 이 빛의 망토는 완벽하게 보이지도 않고, 뛰어넘을 수도 없으며, 감추어져 있어. 외부 세계는 에데피아 가까이에 있을 수도 있어. 하지만 빛이 아무리 가까이 있어도 빛의 망토가 에데피아를 보이지 않게 만들고, 거기에 가까이 다가가는 사람들을 비껴가게 하지. 하늘에서 봐도 마찬가지야. 똑같은 이유로 에데피아는 가장 정밀한 인공위성에서도 보이지 않지. 우리가 확인한 바에 의하면 이 빛은 보통의 빛보다 훨씬 빨라. 내부 세계에서는 에데피아의 빛의 망토가 보인단다. 그것이 우리의 국경이야. 우리의 눈은 이 국경에 한 가지 색깔을 부여한 놀라운 빛의 속도에 유전적으로 적응했는데, 어느 누구도 외부 세계에서 그 색깔을 찾아내지 못했단다. 즉, 외부인들에게는 미지의 색깔이지.'

이것은 옥사가 출생의 비밀을 알게 되었을 때 바바 폴락이 해준 설명으로, 오늘에서야 그 의미가 드러났다. 만약 외부인들이 빛다발을 보지 못하고, 그들의 걸음이 빗나간다면……. 옥사는 소름이 끼쳤다. 그녀의 눈길이 구스에게로 향했다.

"미안해." 옥사가 중얼거렸다.

"뭐, 괜찮아." 구스가 침울하게 대답했다. "정확하게 그게 어떤 색과 비슷한지 말해줘, 그럼 될 거야."

옥사는 눈썹을 찡그렸다. 존재하지 않는 것을 어떻게 묘사하지? 빛은 분명히 보였지만, 그것을 묘사할 정확한 단어를 찾는 것은 불가능했다. 옥사는 머리를 쥐어짰다. 친구에게 상처를 덜 주기 위해 최선을 다해 고민한 후, 그녀는 자신에게 보이는 것을 있는 그대로 말해주기로 결정했다.

"그 광선은 땅에서 시작해 하늘에 사라진다고 할 수 있어. 하지만 가까이서 보면 실제로는 하늘에서 온 것이지. 그 빛다발은 태양 광선이 수직으로 떨어진 것 같아."

"거기까지는 이해할 수 있어." 구스가 옥사를 안심시켰다. "색깔은 어때, 옥사? 무슨 색과 비슷한지 말해줄래?"

"어떤 것과도 비슷하지 않아, 구스." 옥사가 솔직히 말했다.

"어떻게 비슷한 게 없을 수 있어?"

옥사는 구스에게 분하다는 눈빛을 흘깃 던졌다.

"이 세상에 존재하는 모든 색깔을 다 섞은 거라고 하면 될까. 하지만 그것도 정확하지는 않아. 나도 모르겠어, 구스. 그게 무슨 색과 비슷한지 모르겠어."

구스가 요란하게 한숨을 내쉬더니 체념했다.

"알았어, 널 믿을게."

갑자기 버스가 멈췄다. 나프탈리가 자리에서 일어나 거대한 몸을 쭉 늘이며 기지개를 켰다.

"곧 밤이 올 거야. 휴식을 좀 취해야 해."

옥사의 표정이 어두워졌다. 이렇게 수천 킬로미터를 달리고 수많은 시련을 견디면서 그들이 원하는 단 한 가지 소원은 '경계의 문'을 넘는 것이었다. 그런데 어찌된 일인지 모두들 빛의 광선에 도착하는 것을 늦추려 애쓰는 것 같았다. 논리적이지가 않다! 화가 나 버스의 문을 두드리는 오손을 보자 불안은 더욱 커졌다.

"왜 멈추는 거요?"

"우리는 이 마을에서 밤을 보낼 거예요." 드라고미라가 온화하면서도 위엄 있게 대답했다.

오손이 차가운 눈빛으로 그녀를 쏘아보며 노발대발했다.

"시간 낭비야!"

"그럼 먼저 가서 우리를 기다려요!" 바바 폴락이 응수했다. "우리는 여기서 우리끼리 마지막 밤을 보낼 테니까."

마지막 밤이라고? 옥사는 그 자리에서 얼어붙었다. 그녀는 당황한 표정으로 할머니를 쳐다보고, 또 어머니와 아버지를 보았다. 옥사는 자기 자리를 떠나 비틀거리며 어머니를 향해 걸어갔다.

"엄마? 무슨 말이에요? 사실이 아니라고 말해주세요."

그녀의 목소리가 거칠게 갈라졌다. 마리는 반박도, 긍정도 하지 않고 설득력 있는 침묵을 지키며 옥사를 꼭 끌어안았다. 탈주자들이 한 사람씩 내릴 때마다 낡은 버스가 삐걱거렸다. 마침내 파벨이 마리를 안고 내렸다. 옥사는 엄마의 손을 놓지 않은 채 두려움에 사로잡힌 표정으로 그 뒤를 따랐다.

"저것 봐, 얼마나 아름다운지……." 구스의 목소리가 그녀의 뒤에서 울렸다.

마을은 버려진 것 같았다. 집들은 모두 폐허가 되었고, 무너진 벽을 통해 먼지로 뒤덮인 집 안이 보였다. 가구들은 뒤집히고 부서져, 뒤엉킨 삶의 흔적만 남아 있었다. 이 처참한 살육의 현장 한가운데에 거의 아무런 흠 없이 불교 사원 하나가 우뚝 서 있었다. 회색빛 돌과 고색창연한 나무로 지어진 사원이었다. 몇 장의 기왓장만이 끝이 휜 지붕에서 떨어졌을 뿐이고, 기와가 가지런히 깔린 지붕 위에는 용을 탄 사람을 작게 조각한 장식들이 놓여 있었다. 날이 저물자 오래된 건물에 불가사의한 분위기가 깃들었다.

"네 말이 맞아. 정말 근사하다." 옥사가 중얼거렸다.

드라고미라는 과단성 있게 이미 사원을 향해 걷고 있었다. 오늘 밤 그녀와 동료들이 잘 곳이었다. 드라고미라는 출입문으로 이어지는 계단을 몇 개 올랐고, 내부로 들어가기 전에 트라시뷸을 불러냈다.

"마귀에 홀린 승려의 유령 따위는 없었으면 좋겠다." 구스가 옥사의 귀에 대고 무서운 척하는 목소리로 속삭였다.

소녀가 소스라치며 펄쩍 뛰어오르더니, 그의 어깨를 때렸다.

"이 포악하고 나쁜 녀석아!"

"자, 한번 돌아보자!"

분위기를 가볍게 하려는 노력임을 알아챈 옥사는 그에게 미소를 짓고 뒤를 따랐다. 사원의 내부는 황폐했지만, 그래도 안심이 되는 든든한 은신처로 보였다. 널따란 내부 공간의 중앙에서, 피에르와 아바쿰이 여기저기에서 주워 온 땔나무와 드라고미라의 푸폴레토로 불을 지핀 화로가 공기를 따뜻하게 덥혔다. 탈주자들은 주위의 빈집들을 뒤져, 향연을 벌일 수 있는 것들을 제법 가져왔다. 감자, 육포, 돼지기름과 호두 따위가 그들 손에 들려 있었다.

"배고파서 죽을 지경이야." 숯불 아래 묻힌 감자들을 선망의 눈빛으로 곁눈질하며 옥사가 고백했다.

"다들 네가 식탐이 많아 통통하다는 것쯤은 알고 있다고!" 구스가 말했다.

옥사가 두 눈을 빛내며 구스를 바라보았다. 그녀의 눈빛에는 웃고 싶은 마음과 울고 싶은 마음이 함께 깃들어 있었다.

"그것 때문에 네가 그렇게 쑥 큰 거라고 말하지는 말아줘."

"어휴우우우." 소녀가 한숨을 내쉬었다. "며칠 동안 아무것도 못 먹은 기분이야."

"다이어트 중이세요?" 궁금하다는 눈으로 얼뜨기가 물었다. "하지만 젊은 여왕님은 막대기처럼 비쩍 말랐잖아요!"

얼뜨기는 호두를 와드득 깨물어 껍데기를 뱉은 다음, 알맹이를 씹었다.

"넌 정말 재밌어." 옥사가 얼뜨기의 쭈글쭈글한 피부를 쓰다듬으며 웃음을 터뜨렸다.

모두가 빨갛게 달아오른 화로 주위에 자리를 잡았다. 그들은 본능적으로 가족끼리 모여 앉았다. 폴락 일가, 벨랑제 일가, 크뉘트 일가, 포르텐스키 일가……. 모두의 얼굴에 엄청난 피로의 기색뿐 아니라 깊은 불안이 눈에 띄게 드러났다. 하지만 암암리에 합의한 것처럼 어느 누구도 에데피아의 입구에 도달한 외부인들이 거부당할 가능성에 대해서는 입도 뻥긋하지 않았다. 견디기가 너무 힘들었지만, 그들은 모든 것이 다 잘되리라는 무한한 희망을 품고, 고통스러운 침묵을 지키며 소중하고 아끼는 사람들에게 주의를 기울일 따름이었다.

배가 빵빵해지고 두 손이 돼지기름으로 번들거리는 옥사가 어머니의 어깨에 머리를 기댔다.

"잘될 거야, 우리 공주." 마리가 옥사의 머리카락을 쓰다듬으며 중얼거렸다. "무슨 일이 일어나든지 항상 네 자신을 믿어야 한다. 우리들도 믿어야 하고. 넌 막중한 책임을 지고 있으니까 성공하기 위해서는 뭐든 다 해야만 해, 알았니? 뭐든지 말이야. 그게 제일 중요하단다. 절망할 것은 없다고, 언제나 해결책은 있다고 스스로 되뇌렴."

옥사는 솟구쳐 오르는 울음을 삼켰다.

"정말 그렇게 생각해요, 엄마?"

"물론. 난 그러리라 믿는단다!"

마리는 정말 그렇게 확신하는 것 같았다! 그녀의 말이 귀를 기울인 이들의 가슴을 울리며 쓸쓸한 어둠을 흔들었다.

"넌 혼자가 아니야. 앞으로도 절대 혼자가 아닐 테고. 이걸 잊지 마라,

내 딸."

저절로 낙담의 한숨이 쏟아져 나왔다. 옥사의 시선이 심각한 표정으로 자신을 보고 있는 튀그뒤알에게 향했다. 설사 외부인들이 에데피아로 들어가지 못한다 해도, 튀그뒤알 가족은 헤어지지 않을 것이다. 크뉘트 일가는 모두 내부 세계 출신이었다. 지진에 쓸려 이미 죽은 튀그뒤알의 아버지만 빼고. 그 지진 속에서 세상은 아무런 승산도 없이 무능하게 몸부림쳤다.

"구스를 보러 가야지. 그 애에게는 네가 필요해." 마리가 옥사의 귀에 속삭였다.

옥사는 눈으로 방 안을 훑어보았다. 구스가 없었다. 그의 모습이 저 멀리 하얀 달빛 아래 도드라져 보였다. 사원을 따라 뻗은 난간에 기댄 구스는 검은 머리카락을 커튼처럼 드리워 얼굴을 가리고 있었다. 그는 탈주자들에게 등을 돌린 상태였다. 옥사는 그의 옆에 서서 몸을 기울이고 팔꿈치를 괬다. 두 사람은 먼 곳을 응시한 채, 잠시 아무 말도 없었다.

"사랑하니?" 느닷없이 소년이 물었다.

"무슨 얘기를 하고 싶은 건데?" 옥사가 방어 조로 대답했다.

"뭐긴 뭐야? '고딕 스타일의 슈퍼맨', 네 남자 친구 얘기지!"

"어이구! 구스……." 옥사가 분개하며 한숨을 내쉬었다. "지금이 정녕 그런 얘기를 할 때냐?"

"아마도 이렇게 단둘이 있을 기회는 당분간 없을 테니까."

옥사는 몸을 움츠렸다.

"내가 대답한다고 뭐가 바뀌니?" 그녀가 중얼거렸다.

"……전부 다 바뀌지!"

"그렇다면, 넌 대답 못 하는 나를 이해할 거야."

구스가 고개를 돌려 그녀를 바라보았다. 그녀의 푸른 눈빛이 어두워졌다.

"넌 대답을 해야만 해, 알았어? 네가 그를 사랑하는지 아닌지를 아는 건 나한테 굉장히 중요하단 말이야."

"아! 구……." 옥사는 얼굴이 창백해져 한숨을 내쉬었다.

"당연한 거 아냐? 내 인생이 온통 뒤죽박죽되기 전에, 네가 다른 사람을 사랑하는지 아닌지 알 권리가 있다고!"

"내가 꿈을 꾸는 거니, 아니면 네가 영화를 찍고 있는 거니?" 옥사가 분통을 터뜨렸다.

구스는 인상을 찌푸렸다.

"전혀 그런 게 아니야, 아가씨."

"그런 거야, 맞아." 옥사가 의혹에 찬 눈초리로 응수했다.

그녀는 구스와 몸이 닿지 않도록 주의하며 반들반들한 난간의 나무를 신경질적으로 톡톡 쳤다.

"이번에는 내가 질문해도 될까?" 몇 분 후 옥사가 물었다.

"음." 구스가 웅얼댔다.

옥사는 기침을 했다. 목구멍 안에서 단어들이 마구 날뛰었다. 결국 좀 불안한 목소리가 튀어나왔다.

"넌 나를 사랑하니?"

구스의 몸이 조각처럼 굳었다. 점점 거칠어지는 숨소리만이 그가 동요하고 있음을 나타냈다.

"너 무슨 생각을 하는 거냐?" 앞만 보면서, 구스가 나지막하게 말했다. "어떻게 나처럼 똑똑하고 용감한 소년이 너 같은 여자애한테 관심을 가질 수 있겠냐? 그래, 맞아! 널 좀 봐라. 넌 매력도 없고 못생긴 데다가, 지루하고 바보 같고 유머 감각도 없잖아. 그 '시꺼먼 스웨덴 까마귀 소년' 말고 누가 널 택하겠어?"

구스가 뱉어낸 말 속에서 깊은 고뇌를 알아차리지 못했다면 옥사는 웃음을 터뜨렸을 것이다. 거북한 침묵이 이어졌고, 소년은 버려진 마을에 계속 공허한 시선을 던졌다. 옥사는 구스의 팔뚝에 손을 얹었다. 구스는 팔을 빼려고 했다. 그러자 옥사는 구스에게 몸을 돌리고, 그의 입술에 조심스럽게 자신의 입술을 포갰다.

에데피아의 입구에서

신기하고 화려하게 빛나는 '절대 좌표'의 빛 아래 가순호의 물결이 반짝였다. 썩어가는 상처에 침식당하듯 싸이한타라에서부터 하늘이 조금씩 어두워졌다. 때때로 칠흑같이 까만 섬광이 사막의 침묵을 찢으며 차갑게 터졌고, 그 소리에 여행자들은 소스라쳤다.

어둑고 두터운 안개의 띠 뒤로 태양이 기울었고, 탈주자들과 반역자들을 태운 버스가 호숫가에 도착했다. 초조해진 오손은 더 빨리 가도록 그들을 밀어붙였다. 그의 전 인생의 꿈―혹은 복수―이 곧 실현될 터였으니까. 마침내…… 버스가 멈추자마자, 오손은 맹수처럼 차에서 뛰어내려 운명과 대결한 준비를 마치고, 빛나는 '절대 좌표' 앞에 똑바로 섰다. 이번에는 두 무리의 일원에 둘러싸인 드라고미라가 떨면서 다가갔다. 옥사와 아바쿰이 그녀의 손을 잡았다. 바바 폴락과 인간 요정의 뺨 위로 눈물이 방울져 흘러내렸고, 결정적인 순간을 눈앞에 둔 감동이 물결쳤다.

"늙은 여왕님, 젊은 여왕님, 친구들인 탈주자들, 그리고 함께 계신 반역자들께서는 '경계의 문'이 곧 열리리라는 정보를 아서야만 합니다. 젊은 여왕님의 불사조가 가까이 다가왔다는 신호를 보냈습니다. 만남이 이루어지면, '여왕의 목걸이'가 배에 숨겨놓았던 노래를 토해낼 것입니다. 두 분의 여왕님께서는 '경계의 문'이 열리도록 조화를 이루어 주술을 외우셔야 합니다." 폴딩고가 드라고미라 앞에 서서 말했다.

드라고미라가 비틀거렸다. 아바쿰이 재빨리 그녀를 잡아 몸을 받쳐 주었다.

"괜찮으세요, 할머니?" 옥사가 중얼거렸다.

드라고미라는 쓸쓸한 미소를 지었다. 갑작스러운 현기증이 옥사를 엄습했다. 문득 할머니가 너무도 늙어 보인 것이다…….

"친애하는 동생, 우리가 결국 도착했구나!" 오손이 '여왕의 목걸이'를 자랑스럽게 흔들며 속삭였다.

오손에게 말 한 마디, 눈길 한 번 건네지 않고 드라고미라는 손만 뻗어 목걸이를 받았다. 그녀는 손가락으로 천천히 목걸이를 돌리며 지그시 바라본 다음, 먹물처럼 까만 대리석 무늬로 뒤덮인 하늘을 향해 눈을 들었다. '여왕의 목걸이'가 조그맣게 찰카닥 소리를 내며 열렸다. 장치가 작동하기 시작하면서 오래된 황금 위에 단어들이 연달아 나타났다. 옥사는 드라고미라를 지켜보며 그녀의 신호를 기다렸다.

"시간이 서두르라는 표현을 합니다……." 폴딩고가 상기시켰다.

"1분만 시간을 줘, 폴딩고. 딱 1분만……." 드라고미라가 몹시 지친 목소리로 간청했다.

드라고미라는 친구들을 한 사람씩 끌어안아 주고, 특히 아바쿰과 파벨은 더욱 오래 끌어안았다. 이윽고 옥사만 남자, 드라고미라는 간신히 눈물을 참고 무거운 걸음으로 다가섰다. 그녀는 옥사를 품에 꼭 안았다.

"다 잘될 거예요. 걱정 마세요! 할머니는 잃어버린 땅, 에데피아를 되찾으실 거예요!" 옥사가 중얼거렸다.

드라고미라는 옥사 뒤에 서서 두 팔로 옥사의 허리를 감쌌다. 숨소리조차 들리지 않는 침묵 속에서, '절대 좌표'가 가순호의 물결 속으로 미끄러지며 스르륵 지워졌다. 그러자 대지의 심연에서부터 오는 것 같은 불가해한 반사광들이 호수를 형형색색으로 물들였다.

"불사조야." 레미니상스가 중얼거렸다.

옥사가 고개를 들었다. 피처럼 새빨간 깃털로 뒤덮인 전설적인 생물이 평화롭고 힘찬 리듬에 맞춰 거대한 날개를 퍼덕이며 시야에 나타나더니 쑥쑥 다가왔다.

"정말 멋져요!" 옥사가 나지막하게 외쳤다.

불사조는 탈주자들과 반역자들의 머리 위를 날아 젊은 여왕의 발치에 내려앉았다. 불사조의 날개는 독수리의 날개와 비슷한 크기였고, 몸을 덮고 있는 깃털 하나하나가 불꽃과 황금이 뒤섞인 것처럼 진체 모습은 타는 듯이 붉게 빛났다. 조그만 두 눈도 녹아내리는 용암처럼 강렬하게 이글거렸다. 불사조는 머리 위에 달린 화려한 깃털 장식을 흔들며 공손히 고개를 숙였다. 옥사는 무릎을 꿇고 손을 내밀어 환상적인 생명체를 쓰다듬었다. 곧 처음 느껴보는 열광(烈光)이 옥사의 얼굴을 발갛게 상기시켰다.

"이제…… 이제 뭘 해야 하죠?" 옥사가 말을 더듬었다.

드라고미라는 옥사를 더욱 꼭 감싸 안았다. 옥사는 세차게 뛰는 할머니의 심장박동을 느끼며, 격렬한 불안을 맛보았다. 노부인은 온몸을 떨

며 '여왕의 목걸이'를 앞으로 내밀었고, 두 여왕은 연달아 나타나는 주
문을 읽기 시작했다.

조상 대대로의 적들이
힘을 합친다면
잃어버린 땅을 되찾으리라
그리하여 불사조는
유배된 백성들을 인도하리라
두 여왕의 힘으로 태어난
'경계의 문' 너머로
말해서는—안—되는—비밀은 더 이상 존재하지 않지만
두 세계의 희망은 죽지 않았다
이제 '경계의 문'은
통과의 비밀을 밝히리라

숨 막힐 듯 긴장된 분위기 속에서 몇 초의 시간이 흘렀다. 별안간 불
사조가 날개를 펼치더니, 모래언덕 뒤, 태양이 저물어가는 서쪽으로
날아올랐다. 불사조는 옥사를 향해 고개를 돌리느라 잠시 날갯짓을 늦
추었다. 그 모습이 황혼의 아련한 빛 속으로 사라지며 신비한 노랫소리
가 모두의 가슴속에 울려 퍼졌다.

숙명의 일격

옥사는 이 순간을 수천 번도 더 상상했다. 매번 버전은 달랐지만, 언제나 마법과 열정, 순수한 모험이 뒤따랐다. 하지만 실제로 탈주자들과 반역자들이 엄청난 혼란 속에서 보이지 않는 일종의 허무에 빨려 들어가는 것을 보며, 예상대로 전개되는 것은 아무것도 없음을 깨달았다. 두 세계의 경계를 넘는 순간, 당황한 수많은 사람의 비명이 울려 퍼지다가 뚝 끊겼다. 옥사는 마치 자신의 손이 할머니의 손안에서 녹아버린 듯한 느낌을 받았다. 할머니와 떨어지게 된 것이다. 그리고 오손, 나프탈리, 튀그뒤알, 그레고르 등이 지나가는 것을 보았다. 하지만 거기에 외부인은 없었다. 옥사는 심장이 얼어붙는 것 같았다. 아버지는 어머니와 헤어지기 직전에 얼빠진 마지막 시선을 어머니에게 던지고 무시무시해 보이는 시커먼 구멍 속으로 사라졌다. 이제 옥사의 차례였고, 무자비한 힘이 그녀를 잡아당겼다.

몸에는 어떤 압력도 받지 않은 채, 옥사는 두 눈을 크게 뜨고 그저 가만히 있었다. 그녀는 숭고한 신령의 형태가 떠오르는 황금빛 후광을 통과하는 자신의 모습을 분명히 보았다. 잠시 후, 옥사는 떠나온 것과 하나도 다를 것 없는 새로운 모래언덕 위에 떨어졌다. 다른 점이 있다면 빛이 훨씬 눈부시다는 것뿐이었다. 많은 탈주자들과 반역자들이 거기에 있었다. 넋이 나가긴 했지만 모두 살아 있었다. 파벨과 아바쿰, 나프탈리……. 모두 압도된 표정으로 옥사를 똑바로 쳐다보았다. 그들은 성공한 것이다. 그러나 그들 중 어느 누구도 미처 감당할 준비가 되지 않은 대가가 하나 있었다.

"엄마……." 옥사가 손으로 입을 가리며 신음했다.

온몸이 바들바들 떨릴 정도로 충격의 물결은 강하고 거칠었다. 모두가 두려워하던 일이 닥친 것이다. 외부인들은 한 명도 통과하지 못했다. 사람들의 눈길이 옥사의 뒤에 고정되자, 그녀는 머릿속에 불쾌한 진흙 덩어리가 뿌려지는 무서운 예감에 휩쓸렸다. 옥사는 몸을 휙 돌리고 찢어질 듯 날카로운 비명을 질렀다.

"할머니! 안 돼요!"

모두가 뚫고 지나온 황금빛 후광이 여전히 그 자리에 있었다. 후광의 윤곽은 끝도 없는 것처럼 보였지만, 다들 드라고미라의 실루엣이라는 것을 알아볼 수 있었다. 그녀의 위엄 있는 자태, 왕관처럼 머리 주위를 두른 땋은 머리 따위가 확실히 드러난 것이다. 옥사는 모래 위로 무너졌다. 가슴이 천 갈래 만 갈래로 갈기갈기 찢어지는 것 같았다. 흔들리는 후광은 옥사에게 가까이 다가오고 싶어 하는 것 같았다. 소녀는 모든 것이 잘 해결되었고, 이것은 다만 지독한 악몽일 뿐이라는 바보 같은 희망을 가득 담아 손을 내밀었다. 그러나 그녀는 말짱히 깨어 있었고, 그 사실을 누구보다 잘 알고 있었다. 지독한 악몽이 아니라 지독한 현실이었다.

"바바, 우리와 함께 있어주세요. 제발 부탁해요!" 옥사가 절규했다.

그녀가 아무리 울부짖고 눈물을 흘려도 변하는 것은 없었다. 드라고 미라는 상자주 요정들에게 둘러싸여, 저 멀리 에데피아의 요동치는 하늘을 향해 황금빛 안개 속으로 영원히 사라졌다.

2부
에데피아

새로운 여왕

옥사의 어깨에 누군가의 팔이 둘러졌다. 파벨이 슬픔에 젖은 눈으로 그녀 곁에 앉았다.

"하, 할머니는 도, 돌아가신 거예요?" 큰 충격을 받은 그녀가 불분명하게 중얼거렸다.

"'경계의 문'이 나타나도록 여왕의 능력을 썼기 때문이야." 고통으로 목이 멘 파벨이 대답했다. "'경계의 문'이 열리는 순간, 할머니의 영혼은 상자주 족을 만나기 위해 우리를 떠나신 거란다."

"나는 절대 예전으로 돌아가지 못할 거예요."

소녀는 울음을 터뜨렸고, 격렬한 흐느낌에 온몸이 들썩였다. 그녀는 운명이 그토록 가차 없다는 것을 믿을 수가 없었다. 그녀는 거기, 구현된 '경계의 문'이 곧 사라질 모래언덕 꼭대기를 향해 달려갔다. 에데피아의 창백한 무지갯빛 망토가 희미하게나마 간신히 보였다. 옥사가 가까이 다가서자, 더 이상 다가오지 못하게 하는 저항력이 느껴졌다.

괴로워 이성을 잃은 소녀는 어떻게든 버티며 나아가고 싶었지만, 거칠게 뒤쪽으로 내동댕이쳐지며, 언덕 아래까지 굴러떨어졌다. 옥사는 다시 일어섰다. 탈주자들은 성공 가능성이 희박했던 임무를 완수했고, 그들의 잃어버린 땅을 되찾았다. 하지만 그들이 치른 대가는 너무나 가혹했다. 이 끔찍한 대가가 두 세계를 구원하는 데 긍정적인 영향을 끼치리라고는 누구도 장담할 수 없었다.

옥사는 차가운 모래 위에 가만히 누워 있었다. 고통이 그녀의 심신 구석구석에 파고들어, 모든 원동력을 뽑아내고 할퀴고 불태웠다. 그녀의 인생에서 좋았던 것들까지 모조리. 드라고미라. 옥사의 바바. 옥사가 태어난 순간부터 항상 그녀 옆에 있었고, 그녀를 인도하고 지지해주었던 할머니. 옥사가 아는 모든 마법을 가르쳐주신 분. 할머니가 이렇게 떠날 수는 없었다! 옥사는 옆에 누군가 있는 것을 느꼈다. 아바쿰이 어두운 낯빛으로 드라고미라의 폴딩고와 함께 거기 있었다. 인간 요정은 뭔가 말을 하려 입을 열었지만 헛수고였다. 고통이 그의 목을 졸라 아무런 말도 나오지 않았다. 커다란 눈의 작은 생명체가 통통한 손을 옥사의 이마에 얹으며 그녀를 진정시켰다.

"우리 젊은 여왕님."

마치 몸속에 피가 한 방울도 남아 있지 않은 것처럼 그의 피부에서 핏기가 사라졌다.

"늙은 여왕님은 뼈와 살이 있는 형태를 버리셨어요. 이제부터 그녀의 하인은, 물론 여러분 앞에 있는 폴딩고로 제한된 하인입니다, 새로운 여왕님의 소유입니다."

옥사가 빨개진 눈으로 폴딩고를 바라보았다.

"넌 이제 내 폴딩고로구나……."

옥사는 다시 눈물을 쏟지 않으려 고개를 돌렸다.

"새로운 여왕님의 마음은 고통으로 가득 찼어요. 탈주자들과 반역자들 그리고 당신의 하인도 마찬가집니다. 대화를 나누고 싶으신가요?"

옥사는 고개를 가로저었다.

"고통은 나누어지지 않아." 눈을 꼭 감으며 그녀가 내뱉었다.

"당신 하인의 존재는 영원한 보증입니다. 새 여왕님이 선택하신 순간을 집사 폴딩고가 받아들여 영원히 그에 부응할 것입니다."

무거운 침묵이 내려앉았다. 사랑하는 사람들을 외부 세계에 남겨놓은 두 무리의 일원이 끅끅거리는 흐느낌 소리도 들리지 않았다. 옥사는 어쩌면 다시 못 볼지 모를 그들의 마지막 모습조차 떠오르지 않았다. 모든 것이 너무 빨리 지나갔다. 너무 끔찍하게. 옥사의 가슴속에서 둔중한 비명이 터졌다. 당황하고 겁에 질린 어머니의 얼굴이 떠올랐다. 새로운 삶의 문턱에서 떠나가는 가족들을 보며 혼자 남은 것을 두려워하는 얼굴……. 그럼 구스는? 입술을 포갰을 때 빛나던 그의 눈동자가 다시 보였다. 그는 천국으로 날아간 것 같은 표정이었다. 옥사는 자신들이 나눈 마지막 대화를 생각했다. 그에 대한 그녀의 감정이 정확하게 어떤 것인지 알고 싶어 하던 구스의 의지에 대해, 진지한 위협보다는 불길한 예감에 더 가까운, 조금도 위험하지 않은 애정 어린 협박에 대해……. 옥사는 고비사막 한가운데에서 잃어버린, 고통으로 가슴을 쥐어짤 사람들을 떠올렸다. 또다시 눈물이 솟구쳤다. 그들은 어떻게 되었을까? 평생 방황하며 떠돌아다닐까? 저 무서운 천재지변에 희생되고 말까? 모래 위에 두 다리를 얌전하게 펴고 앉아 있던 폴딩고가 머뭇거리며, 그러나 단호한 목소리로 입을 열었다.

"마음을 결코 위로할 수 없는 것은 오직 죽음뿐이라는 사실을, 젊은 여왕님은 분명하게 알아야만 합니다. 그런데 어떤 죽음도 발생하지 않았어요. 죽음이 살아 있는 사람들에게 눈독을 들이지 않았다면, 희망은 계속됩니다. 절대 이 진실을 망각하면 안 된답니다."

옥사는 다시 몸을 일으켰다. 그녀는 주위에 펼쳐진 우울한 사막에 황량한 눈길을 던진 뒤, 작은 생명체에게 몸을 돌려 뺨에 뽀뽀를 했다.

"넌 정말 훌륭해! 고마워, 네 말이 옳아. 어쨌든 모든 것은 죽음보다 가치 있지. 하지만 할머니는……." 옥사의 목이 다시 메어왔다.

"'경계의 문'이 열리면서 늙은 여왕님은 사라지셨지만, 그녀의 영혼은 상자주 족 요정과 함께 있습니다. 앞으로는 그녀도 그 동류이지요. 그녀는 곧 중요하고 강력한 지위로 올라갈 것입니다."

얼뜨기가 가까이 다가왔다. 주둥이를 쑥 내민 표정에는 옥사가 사랑해 마지않는 순수함이 여실히 드러났다.

"난 이 이상한 생물이 하는 말을 못 알아듣겠어요." 얼뜨기가 폴딩고를 관찰하며 말했다.

그의 뒤에 무리 지어 서 있는 모든 생명체에게서, 슬프지만 새로운 의욕 넘치는 활발한 기운이 흘렀다. 비극을 통해 자신들의 유일한 여왕이 된 옥사와 연대하고 싶다는 의욕. 드비나이유 한 마리가 옥사에게로 날아와 드라고미라가 목에 걸고 있던 작은 황금빛 새장을 내려놓았다.

"프티츠킨들!"

감동한 소녀가 작은 새들을 풀어주자 드비나이유가 그녀의 손안에 몸을 웅크렸다.

"설사 이런 환경을 비교적 너그럽게 인정한다 해도, 여왕님, 나는 당신의 고통에 공감한다고 말씀드릴게요. 폴딩고는 항상 옳답니다. 오직 죽음만이 문제이죠. 여왕님의 어머니, 여왕님의 친구와 '경계의 문'을 넘지 못한 사람들은 모두 여왕님이 생각하는 것보다 훨씬 강하답니다."

"여왕님의 하인은 중요한 충고 하나를 덧붙이려 합니다." 폴딩고가 갑자기 끼어들었다. "여왕님은 자신감을 지켜야만 합니다. 당신은 여왕님이고, 여왕님의 힘은 증가하고 팽창할 테니까요."

"'말해서는―안―되는―비밀'은……." 옥사가 한숨을 내쉬었다.

"이제 '말해서는―안―되는―비밀'은 없습니다." 드비나이유가 반박했다.

"우리의 마지막 희망을 짓밟다니 참 친절도 하구나!" 제토릭스가 광분해 투덜거렸다.

"하지만 '말해서는―안―되는―비밀'은 약간 다른 형태로 변화했을 수 있습니다." 폴딩고가 덧붙였다.

옥사는 자신의 뇌로 스며드는 정보와 언어의 파도를 그냥 흘려보내다가 문득 두 눈을 크게 떴다. 가능성이 한 가지 있었다. 아주 작으면서도 거대한 단 한 가지 가능성, 최후의 희망을 주는 가능성. 옥사는 두 손에 얼굴을 묻고 있는 아버지와 아바쿰, 조에, 튀그뒤알을 바라보았다. 각자 겪은 잔혹한 시련으로 가슴이 부서진 탈주자들과 반역자들. 옥사는 불그스름한 손바닥으로 눈물로 뒤덮인 먼지투성이 뺨을 닦고는, 격정에 사로잡혀 결론을 내렸다.

"이해했어, 내 폴딩고. 생명이 있는 한, 희망이 있다! 반대로, 희망이 없다면 더 이상 생명은 없다!"

폴딩고가 지혜로운 얼굴로 수긍하자, 옥사는 그를 번쩍 들어 세게 꼭 끌어안았다. 희망. 이제 남은 것은 그게 전부였다. 그것만이 살아남을 수 있는 유일한 방법이었다.

환영 위원회

아바쿰이 돌연 걱정스러운 얼굴로 벌떡 일어서자, 모든 시선이 그를 쫓았다. 한 무리의 사람들이 에데피아의 우중충한 회색 하늘 아래 뚜렷이 나타나더니, 매우 빠른 속도로 그들을 향해 다가왔다. 어떤 사람들은 날아왔고, 또 어떤 사람들은 나는 보드 같은 것에 매달려 마치 공중에서 헤엄치듯 나아오고 있었다. 옥사 곁으로 다가온 파벨이 걱정하며 보호하려는 몸짓으로 소녀를 꼭 끌어안았다. 탈주자들이 두 사람 주위로 모였다. 젤리노트들은 목을 부풀리며 거대한 품 안에 다른 생명체들을 품고 그 옆쪽에 자리 잡았다. 반역자들은 초조하게 수평선을 유심히 살피는 오손 뒤쪽에 모두 모였다.

"환영 위원회는 시간을 칼같이 지키는군." 아바쿰이 크라쉬 그라녹스를 꺼내며 중얼거렸다.

옥사를 비롯한 모두가 그대로 따라 했다.

"겁나요!" 옥사가 참지 못하고 한마디 했다.

"걱정 마, 꼬마 여왕. 누구도 널 괴롭힐 수 없어." 튀그뒤알이 말했다.

옥사는 얼굴이 일그러지는 것을 느꼈다.

"나를 괴롭히지는 못하지만…… 여러분은 괴롭힐 수 있죠." 그녀가 덧붙였다.

"우리가 그렇게 내버려둘 것 같니?" 튀그뒤알은 이제 그들의 머리 위 10미터 높이에서 독수리처럼 뱅뱅 돌고 있는 사람들에게 시선을 고정한 채 물었다.

옥사 옆에 서 있던 파벨의 몸이 굳었다. 옥사는 극도의 긴장이 아버지를 뒤흔들어 흑룡이 깨어나려는 것을 감지했다. 내부에서 타오르는 불꽃이 그의 주위에 격렬한 파동으로 퍼졌고, 그 힘을 오랫동안 억누를 수는 없을 것 같았다.

"파벨! 너무 일러. 흑룡은 비밀 병기로 남겨두어야만 하네." 아바쿰이 그의 어깨에 손을 얹으며 말했다.

"저도 그랬으면 좋겠어요! 하지만 위협이 너무 강하네요." 파벨이 이를 악물었다.

"폴딩고!" 옥사가 하늘을 나는 사람들에게서 눈길을 떼지 않은 채 나지막한 소리로 불렀다.

"여왕님?"

"우리 아버지를 도와줘."

폴딩고는 즉시 파벨의 손을 잡고 정신을 집중했다. 인간 요정의 힘과 결합한 폴딩고의 불가사의한 힘이 빠르게 효과를 나타냈다. 파벨을 태우기 시작했던 불꽃이 잠잠해지면서 피가 다시 차가워졌고, 깊은 생각을 방해하던 뜨거운 열기에서 벗어났다. 여전히 머리 위에서는 사람들이 깔때기 모양으로 빙글빙글 돌며 탈주자들과 반역자들이 서 있는 곳으로 조금씩 다가오고 있었다. 마침내 이 기이한 군무를 이끌던 선두가 모래언덕 꼭대기에 내려섰고, 서른 명 정도 되는 남녀가 그 뒤를 따랐다. 그들은 모두 드라고미라가 '카메라 눈'으로 대혼란을 보여줬을 때 반역자들이 입고 있던 의상을 입고 있었다. 기모노 스타일의 짧은 바지와 끈으로 졸라맨 짧은 부츠, 유연한 가죽으로 만든 갑옷과 철모. 그들은 모래 능선에 서서 인상적인 엄격함을 드러내며 먼 데서 온 사람들을 응시하다가, 작은 먼지구름을 일으키며 발을 맞춰 앞으로 다가왔다. 아바쿰과 나이 많은 탈주자들은 맨 앞에서 걸어오는 사람을 알아보고 몇 걸음 뒤로 물러섰다. 반면 오손은 잔인성이 되살아난 환한 얼굴로 몸을 꼿꼿이 세웠다.

선두에 선 남자가 말없이 손짓만으로 두 그룹을 포위하라고 지시했다. 남자는 탈주자들과 생물들을 하나씩 주의 깊게 살피고는, 놀란 동시에 몹시 기쁜 표정으로 반역자들을 탐색했다. 그의 시선이 머무는 순간, 옥사는 전율을 느꼈다.

그는 소름 끼치는 뮈르무, 오시우스였다. 눈이 마주치는 순간 그 사람이라는 것을 알았다. 많은 나이에도 불구하고―모두들 그가 족히 백 살은 넘었다는 것을 알고 있었으니까―그는 노인이라는 느낌을 주지 않았다. 오시우스에게서는 위압적이고 강력한 친위대의 어떤 일원보다도 강한 힘과 권위가 뿜어져 나왔다. 빡빡 깎은 머리는 완벽했고, 세월의 흔적이 거의 드러나지 않은 얼굴이 특히 눈에 띄었다. 그는 두껍게 응고된 듯한 침묵 속에서 몇 초 동안 젊은 여왕을 뚫어지게 쳐다보았다. 눈이 어찌나 깊고 새까만지, 옥사는 자신을 삼켜버릴지 모른다고 생각했다. 얇은 입술이 길게 벌어지며 흐릿한 미소가 떠올랐고, 입술 주위에 팬 미세한 주름살이 짧은 회색빛 턱수염 속으로 사라졌다. 그는 이내 오손에게 시선을 고정하고 탐색을 계속했다. 마침내 오시우스가 손을 내밀며 단호한 걸음걸이로 다가왔다. 오손은 아버지가 자신의 앞에 다다를 때까지 꼼짝도 하지 않았다.

"내 아들." 오시우스가 오손의 어깨에 두 손을 올리며 호기심 어린 눈으로 그를 바라보았다. "정말 너로구나."

이 순간 오손의 머릿속에는 어떤 생각이 떠올랐을까? 모두 궁금해했다. 감동했을까? 기뻤을까? 아니면 안도했을까? 아버지가 살아 있다니……. 설사 이 상황이 탈주자들의 중대한 임무를 아주 복잡하게 한다 할지라도, 여기에 모든 것이 달려 있었다. 멸시를 일삼은 아버지와 무시당한 아들 사이의 재회에서 어떤 일이 생길 것인가?

오손은 무서울 정도로 냉정하게 굴었다. 진줏빛으로 번들거리는 그의 얼굴은 무척이나 태연했다. 오직 가슴만이 동요를 드러내며 거칠게 오르락내리락할 뿐이었다.

"네, 아버지. 진짜 접니다." 마침내 오손이 완벽하게 통제된 목소리로 말하고는 옥사를 쳐다보며 덧붙였다. "보시다시피 전 빈손으로 돌아오지 않았어요!"

"뭐라고요?" 옥사가 그 즉시 반항했다. "우리를 여기까지 이끈 사람이 당신이라고 말하려는 거예요? 맙소사, 말도 안 돼!"

단편적으로 들리는 단어들에 의아해진 오시우스가 옥사를 돌아보았다.

"옥사! 입 다물어!" 아버지가 이 사이로 낮게 꾸짖었다.

"하지만 오손이 거짓말을 하잖아요, 아빠!"

"아버지 말 들어라, 옥사." 나프탈리가 중얼거리며 끼어들었다. "우리는 이 재회가 최선의 방향으로 전개되기를 바라니까."

옥사는 그토록 명백한 기만이 자행되는데도 아무 말도 못 하고 방관해야 한다는 사실이 불만스럽고 화가 나 주먹을 꽉 쥐었다.

"이 소녀가 우리의 새 여왕이 될 사람이냐?" 오시우스가 비열한 미소를 지으며 말을 이었다.

"예, 그렇습니다!" 오손이 가까스로 만족을 감추며 동의했다. "이 아이는 내 어머니, 말로란 여왕의 증손녀이자 드라고미라의 손녀죠! 이 아이를 찾아서 에데피아로 데려오려고 전 세계를 다 뒤졌습니다."

"그래서 그렇게 오랜 세월이 필요했더냐?" 오시우스가 내뱉었다.

뜻밖의 거칠고 냉정한 말투에 그 모습을 지켜보던 모든 사람들이 놀라 굳어버렸다. 오손의 얼굴이 파랗게 질렸다. 그의 눈에 가혹한 그림자가 드리웠다. 그는 충격을 견뎌내며 고개를 빳빳이 들었다. 아들의 자제력에 놀란 오시우스가 고개를 숙였다.

"너무 오래 자리를 비웠어. 널 정말 많이 생각했단다." 그가 말했다.

"그러실 거라고 한순간도 의심하지 않았죠." 오손이 날카로운 눈초리로 아버지의 눈을 뚫어지게 바라보며 대꾸했다.

오손의 지지자들은 불안해하며 서로를 쳐다보았다. 그 누구도 감히 움직일 수 없었다, 시련에 익숙해진 사람조차도, 가장 충실한 사람조차도. 오시우스가 탐색하는 듯한 시선으로 무리 지어 선 사람들을 훑어보고는, 아는 얼굴들에게 인사를 건넸다.

"루카스, 아가퐁. 난 그대들이 기대에 부응하리란 걸 이미 알고 있었지. 57년이란 세월 동안 항상 우리 편이었으니."

"우리 가족은 언제나 당신 가족에게 충성했소, 오시우스. 에데피아에서처럼 외부 세계에서도." 아가퐁이 대답했다.

"아, 가족!" 오시우스는 자애롭게 보이려 오손의 어깨에 팔을 두르며 기뻐서 어쩔 줄 몰라 했다. "그보다 더 단단한 것이 있겠는가? 그보다 더 강한 것이 있겠는가?"

"그것 때문에 길고 헛된 세월 동안 우리의…… 일가친척과 친애하는 여동생에게 인정받느라 기운이 다 빠졌답니다." 오손이 덧붙였다.

늙은 대장은 이 설명에 격하게 반응했다.

"레미니상스? 너희 중에 그녀가 있나?"

"우리가 아닙니다, 아버지. 저들 중에 있어요."

반항적인 몸짓으로 오손은 탈주자 무리를 가리켰다. 레미니상스가 아버지였던 사람에게 보이도록 아바쿰의 보호에서 빠져나왔다. 오시우스가 눈에 띄게 감동을 드러내자 오손은 상처를 입은 것 같았다. 오시우스가 딸에게로 걸어가는 동안 오손은 불만스러운 표정으로 이마를 찡그렸다.

"레미니상스!" 오시우스가 외쳤다.

"거기 그냥 있어요!" 노부인이 얼음장처럼 차갑게 대꾸했다. "나한테 가까이 오지 말아요!"

오시우스가 잠시 그 자리에 주춤거리며 멈춰 서더니, 놀라고, 약간은 기쁘다는 표정으로 내뱉었다.

"그렇게 오랜 세월이 흘렀건만, 널 알아보겠구나, 내 딸. 머리는 하얗게 세고 얼굴엔 주름이 졌지만 하나도 변하지 않았어. 지난날처럼 오늘도 잘못된 선택을 고집하는 것은 여전하고. 너의 충성스러운 기사, 아, 미안하다, 네 이부 오빠는 곁에 없는 게냐?"

"레오미도 오빠는 이제 우리 곁에 없어요." 레미니상스가 온몸의 근육을 긴장시키며 차가운 분노를 뿜어냈다. "당신 때문이야! 알고 싶다면 전부 다 말해주지. 드라고미라도 떠났다고!"

오시우스는, 내부에서는 혼란이 온통 그를 뒤흔들지만 겉으로는 아무렇지 않은 척하려 노력하는 것 같았다. 고통과 회한이 뒤섞인 그림자에 그의 잔혹한 시선이 흐려졌다. 하지만 그는 순식간에 원래 모습을 되찾으며 고개를 높이 쳐들고 퉁명스럽게 말했다.

"그럼 넌 오빠를 여읜 미망인이로구나. 인생은 참 아이러니하기도 하지." 괴로워하는 레미니상스에게 오시우스는 이렇게 말했고, 그녀는 분노로 하얗게 질렸다.

"그녀를 내버려두시오!" 아바쿰이 몸으로 저지하며 끼어들었다. "당신 아들인 오손은 절대 그렇게 못 할 테지만, 그녀는 그보다 훨씬 용감했다는 것을 알아두시오!"

"오호라, 그래." 오시우스가 대꾸했다. "아바쿰…… 아니, 난 이렇게 부르겠네, '그림자 하인―이상이―되리라고는―전혀―짐작하지―못했던―사람'이라고."

"당신은 그렇게 말할 권리가 없어요!" 옥사가 양쪽 뺨을 붉히며 짜증을 냈다.

오시우스는 호기심 어린 표정으로 옥사를 바라보았다.

"아하, 이번엔 나의 새 여왕이로군."

"난 당신의 새 여왕이 아니에요!"

"오, 아니야! 넌 완전히 내 권력 아래 있단다, 꼬마 아가씨!" 오시우스가 응수했다.

이 말에 탈주자들을 에워싼 반역자들이 원을 더욱 바짝 죄었다.

"시키는 대로 합시다. 서로 싸우는 건 아무 도움도 안 될 테니까." 아바쿰이 친구들에게 중얼거렸다.

"아바쿰 할아버지!" 옥사가 부들부들 떨며 반항했다.

"마음속으로는 우리가 더 강하다는 걸 알고 있잖니."

"겉으로는 번지르르한 과일이지만 속에는 벌레가 잔뜩 들었어, 꼬마 여왕." 튀그뒤알이 그녀의 손을 잡으며 덧붙였다.

온몸을 얼어붙게 하는 두려움을 가까스로 억누르며 옥사가 앞으로 나섰고, 탈주자들과 생명체들이 그 뒤를 따랐다. 오시우스가 악마 같은 미소를 띠며 외쳤다.

"에데피아에 온 것을 환영한다, 우리 여왕!"

도주 유혹

 똘똘 뭉친 반역자들의 감시를 받으며, 탈주자들은 숯처럼 시꺼먼 에
데피아의 하늘을 조심스레 날았다. 날아오르기 능력이 없는 생물들과
실바빌 족은 젤리노트의 등에 탔다. 거대한 암탉들은 작고 날카롭게 킥
킥거리는 소리를 뱉어내며 규칙적인 리듬으로 날개를 퍼덕였다. 양쪽
에 아들과 손주를 거느린 오시우스가 위풍당당하게 길을 열었다.
 "오시우스가 오손보다 더 지독해." 반역자들의 '진짜' 대장의 실루엣
을 보며 옥사가 중얼거렸다.
 "냉정히 평하자면, 그는 무적인 게 확실해." 튀그뒤알이 옥사 옆에서
날며 인정했다.
 "저 사람이 모든 일의 근원이라는 사실을 잊지 말아야 해." 파벨이
강한 어조로 말했다.
 "오손은 아직 패를 내놓지 않았어요. 손에 카드를 쥐고 있는 건 오손
이에요. 이 점이 나쁜 영향을 미칠 가능성이 있죠." 튀그뒤알이 덧붙

였다.

"아주아주 나쁜 영향……."

옥사는 오시우스의 가죽 갑옷에서 눈길을 거두고 아래로 지나는 풍경을 보았다. 여기가 에데피아라니……. 마침내 되찾은 잃어버린 땅, 에데피아. 그토록 바라고, 그토록 기다려온 귀환인데…… 에데피아는 황량했다. 금속성으로 번쩍거리는 빛 아래, 뿌연 먼지 덩어리가 살아 있는 것들을 모조리 집어삼켰다. 작은 풀잎 한 줄기까지도. 전체적인 분위기는 퇴락했고 모든 것이 사라져, 세상의 종말처럼 보였다. 해골처럼 앙상한 나무의 죽어버린 가지들은 마치 말라붙은 발톱을 휘두르는 것 같았다. 그중 한 나무가, 이제는 사라져버렸지만 한때는 당당했을 풍채와 상상을 초월하는 크기를 보이며 다른 나무와 구별되는 모습으로 서 있었다.

"존엄한 '왕가의 나무'가……. 도대체 어떻게 된 거지?" 브륀느가 가슴 아프다는 듯 말했다.

'왕가의 나무?' 옥사는 드라고미라가 '카메라 눈'으로 보여주었던 장면들을 떠올렸다. 깨끗하고 맑은 물이 그득한 전설의 호수를 둘러싸고 풍요로운 숲이 있었다. 이 이름의 나무는 족히 30미터가 넘는 높이로 우뚝 서 있었고, 나뭇잎이 무성했었다. 먼지 사막과 시체처럼 변한 식물들이 펼쳐진 지금 같은 풍경은 눈을 씻고 봐도 찾을 수 없었다. 오직 지평선만이 모두에게 생생하고 유동적인 빛을 보여주며, 이 기이한 세상의 경계에 오로라 같은 보호막을 드러냈다. 그 주위의 하늘은 회색빛으로 무겁게 죽어가는 것 같았다. 눈에 보이는 기묘한 광경에 매료된 옥사는 강렬한 빛으로부터 눈을 보호하기 위해 배낭에서 선글라스를 꺼내 쓰고 계속 관찰했다. 함께 날던 동료 몇몇도 그녀를 따라 했다.

온몸의 근육이 심한 자극을 받았다. 이렇게 오랫동안, 이렇게 자유롭게 날아본 것은 처음이었으니까. 반역자들의 냉엄한 권위를 따르는 자유이긴 했지만, 자유는 자유였다. 에데피아에서 옥사는 그녀 자신일 수 있었다. 그리고 그녀 자신이 되어야만 했다. 그녀는 팔을 앞으로 뻗어 뻐근한 몸의 여러 부분을 풀어주려 했다.

"아바쿰 대부에게 가서 젤리노트에 탈래?" 파벨이 염려스러운 표정으로 물었다.

옥사는 고개를 저었다. 육체적인 고통은 끈질겼지만 그것은 단지 부수적인 것이었다. 그녀의 머릿속에는 그보다 훨씬 통렬한 동요가 파도치고 있었으니까. 소녀는 가장 힘든 순간들까지 포함해, 이전에는 전혀 몰랐던 상태로 자신을 몰아넣는 역설적이고 복잡한 감정의 희생양이었다. 뚝 부러지는 것은 피했지만, 심장이 멎을 만큼 심각하고 격렬한 고통이었다. 감정적인 면에서 상황은 통제가 불가능했지만 생존 본능이 곧 다가올 미래와 맞서 싸우기 위해 힘을 비축하라고 그녀를 부추겼다. 오시우스나 그 패거리처럼 악랄한 거인들에 맞서기 위해서는 최대한의 주의력과 민첩한 대응이 반드시 필요했다. 상처는 나중에 치료하면 될 터였다.

붉은 젤리노트가 생물들과 아바쿰을 실어 날랐는데, 그 속도가 무지게으름을 피우는 것처럼 참을 수 없이 느려 보였다. 하지만 젤리노트의 날개가 천천히 퍼덕거렸다고 해서, 뇌도 천천히 돌아가는 것은 아니었다. 신중을 기하기 위해 젤리노트가 생각하는 전략을 해석한 것은 옥사의 폴딩고였다.

"붉은 젤리노트가 도주 작전을 제안합니다." 호위하는 반역자의 의

심하는 눈초리를 피해 아바쿰의 귀에 대고 폴딩고가 속삭였다. "젤리노트의 강한 근육과 예상 밖의 날쌘 움직임은 인간 요정님을 도와 감시자의 영향력에서 벗어나도록 할 겁니다."

이 가능성은 불안을 야기했지만, 아바쿰은 냉정한 태도를 유지했다. 동종의 거대한 생물 옆에서 온순하게 날고 있던 드비나이유들이 가까이 다가왔다. 그들 중 한 마리가 아바쿰의 어깨에 앉아 숨을 몰아쉬며 속삭였다.

"젊은 여왕님의 퀼뷔 겔라르가 알려오기를, 실바뷜 족 한 무리가 '초록 망토' 지역에서 '나뭇잎 마천루'의 일부분을 사막화로부터 보호하는 데 성공했답니다. 마을은 이곳에서 54킬로미터 거리에 있는데, 그곳에는 348명의 주민이 살며, 80퍼센트의 습도와 섭씨 10도의 기온으로, 이 사막보다 훨씬 쾌적한 기후라고 합니다. 이곳은 에데피아에게도, 우리 같은 연약한 생물들에게도 끔찍하게 혹독하니까요. 이것이 우리가 이곳의 상황에 적대적인 이유입니다!"

"타인을 위하는 너희들의 마음이 자랑스럽구나!" 드라고미라의 제토릭스가 야유했다.

"그렇게 생각해요?" 순진한 표정으로 얼뜨기들 중 하나가 불쑥 끼어들었다.

"츠츠츠츠츠." 드비나이유가 조금씩 침을 뱉으며 소리를 냈다. "어쨌든 아무도 우리 같은 종은 배려하지 않는다는 거지. 우리가 죽는다 해도 모두 비웃기만 할 거야."

"그래, 바로 그거야." 제토릭스가 한숨을 내쉬었다.

"당신들은 사라지는 중인가요? 그렇다면 얼마나 유감인지……." 얼뜨기가 강조했다.

아바쿰이 답 없는 논쟁을 멈추려 손을 들었다. 생물들은 찌푸린 얼굴로 일제히 입을 다물었다.

"드비나이유는 사소하지만 매우 중요한 부분을 소홀히 했습니다." 폴딩고가 말을 이었다. "에데피아의 모든 백성처럼, '나뭇잎 마천루'에 사는 최후의 주민들 역시 '뮈르무계 반역자'들의 가혹하고 강압적인 통제에 대해 알고 있습니다. 그들의 가슴속에는 저항심이 가득합니다. 상자주 족을 통해 인간 요정과 새 여왕님이 오셨다는 정보를 손에 넣은 이후, 그들의 희망은 몇 배로 커지고 있습니다. 그들은 여러분을 환영하는 동시에 반란을 일으킬 준비를 하고 있습니다! 만약 여러분이 이 부득이한 여정에서 벗어나 반란을 선택한다면, 붉은 젤리노트는 성공이 보장된 도주를 시도할 것입니다. 젤리노트는 도주를 시도할 신체적인 능력과 여러분을 확실하게 보호할 능력이 있답니다. 신념은 여러분의 의식에 견고하게 뿌리내릴 수 있습니다."

아바쿰이 함께할 것은 분명했다. 그는 탈주자들—소중한 친구들과 그 후손들—을 바라보고는, 거무칙칙한 사막에서 푸르스름하게 오아시스가 보이는 지평선으로 눈을 돌렸다. 젤리노트로부터 멀지 않은 위치에서 레미니상스가 야윈 몸을 앞으로 굽힌 채 날아가고 있었다. 그녀는 얼마나 많은 상처를 받았는지⋯⋯. 그는 저 여인을 얼마나 사랑하는지⋯⋯. 아바쿰의 눈길이 옥사를 향했다. 물결치는 그녀의 갈색 머리카락과 구부린 등만이 보였다. 아버지와 튀그뒤알에게 둘러싸인 소녀는 너무나도 확실한 운명을 향해 똑바로 나아가고 있었다. 폴딩고가 목을 가다듬었다. 대답은 명확했다. 언덕 저 너머 정면에 '천 개의 눈'이 나타났다. 어스름한 보랏빛 안개에 감싸인 에데피아의 수도는 더 이상 잃어버린 희망이 아니었다.

"우리의 젤리노트가 가진 역량은 전혀 의심하지 않아." 아바쿰이 조그맣게 입을 열고 중얼거렸다. "다만 여러분과 젊은 여왕이 대면할 위기가 걱정될 뿐이지. 오시우스에게 복종하는 것보다는 그에게 속하지 않을 때 더 자유롭게 행동할 수 있겠지만, 여러분을 내버려둘 수는 없어, 폴딩고. 난 할 수 없어."

유리 기둥 궁전

"수십 년 동안 꽤 많은 고난을 겪었는데도, 화려한 분위기는 조금도 바래지 않았어, 그렇지?" 오시우스가 연로한 사람들에게 말을 걸며 물었다.

'유리 기둥' 궁전이 거대한 원기둥처럼 '천 개의 눈' 중심에 우뚝 서서, 하늘에 뜬 대리석 무늬의 구름을 비추고 있었다. 수정으로 된 칸막이벽은 소용돌이 장식으로 공들여 다듬은 복잡한 철골로 받쳐져, 전체적인 분위기를 큼지막한 보석처럼 값지게 보이게 했다. '유리 기둥' 궁전이 먼지투성이 땅위에 모습을 드러내자 오래전에 추방된 자들의 심장이 두근거렸다. 젊은이들은 이 성을 드라고미라의 '카메라 눈'을 통해서만 보았다. 감동의 정도는 조금 달랐어도, 마찬가지로 무척 생생했다.

궁전의 발치 아래, 도시가 잠든 문어처럼 펼쳐져 있었다. 나무 혹은 유리로 된 건물들은 2층을 넘지 않았고, 넓은 테라스와 몇 년 전에는 틀림없이 예쁜 정원이었을 아늑한 공간이 있었다. 옛날에는 울창한 수목이 '천 개의 눈'을 지배했으리라는 사실도 쉽게 알 수 있었다. 말라버린 전설의 호수 주변과 마찬가지로, 벌거벗은 수백 그루의 나무가 온 거리와 마당을 차지하고 있었다. 오직 한두 개의 테라스 위에만 몇 개의 푸르스름한 공간이―각별히 소중하게 지켜냈다고 생각될 만한―남아 있었다. 주민들은 모두 집 안에만 숨어 사는 듯했다. 명랑 쾌활한 도시의 삶을 특징짓는 것들, 시끌벅적하고 들떠 있지만 완벽하게 조직화된 활동적인 생활 따위는 사라진 것 같았다. 에데피아의 상공을 나는 동안 옥사는 불안과 희망이 가득한 호기심을 드러내며 하늘을 향해 긴장된 얼굴을 드는 몇 개의 실루엣을 보았다. 거리에서 어떤 소녀가 그들에게 손짓을 했다. '저 소녀는 누구에게 인사를 하는 걸까? 무슨 일이 일어나고 있는지 알기는 할까?' 젊은 여왕은 오시우스와 친위대의 냉혹한 감시 아래에서도 어린 소녀에게 답례하고 싶은 마음을 누를 수가 없었다.

"자, 보구려, 오시우스. 존경과 감사의 마음은 힘으로 얻을 수 있는 게 아니오. 에데피아 국민들은 자신들이 따라야 하는 사람을 가려낼 수 있소." 나프탈리가 말했다.

"자네는 언제나 형편없는 이상주의자였지! 힘은 언제나 가장 위대한 정신적 원칙을 능가했고, 또, 능가할 것이오." 오시우스가 조롱 조로 대꾸했다.

"바로 그것이 최악의 독재자들이 민중의 손에 가련한 생쥐처럼 밟혀 죽을 때까지 믿었던 착각이오." 나프탈리가 자신 있게 응수했다.

오시우스는 심술궂은 미소를 지었다.

"자네는 실망할 거야, 친애하는 나프탈리. 나는 자네의 위협 따위에는 손톱만큼도 영향을 받지 않는 인물이거든. 자, 이제 농담은 그만 하자고, 목적지에 도착했으니."

반역자의 대장이 '유리 기둥' 궁전에 다다랐고, 곧 그들 무리와 탈주자들이 뒤따라 도착했다. 젤리노트가 물갈퀴가 있는 커다란 발을 땅 위에 내려놓자 생물들이 잽싸게 뛰어내려 옥사 주위를 감쌌다.

"젊은 여왕님은 마침내 관저가 위치한 장소에 도착하셨습니다." 폴딩고가 '유리 기둥' 궁전 꼭대기를 향해 눈을 들며 말했다.

"물론 네가 머물기는 하지만 내 것이 될 관저이지. 어쨌든 환영한다." 오시우스가 말했다.

폴딩고가 비난하는 표정으로 그를 쳐다보았다.

"'유리 기둥' 궁전은 여왕의 가족 외에 다른 사람에게 귀속되지 않습니다."

"그리고 우리 젊은 여왕님께 존댓말을 쓰도록 유의하십시오!" 제토릭스가 덧붙였다. "오직 가까운 사람만이 '너'라고 부를 수 있습니다."

"얼씨구, 동물들이 집단으로 반항하는군!" 오시우스가 빈정거렸다. "하지만 친애하는 하인들아, 이런 가까운 관계도 존재한다는 것을 아셔야지. 우리가 얼마나 가까운지 확인하고 싶다면 가계도를 참고하려무나."

"권모술수를 위한 친분은 진정한 유대 관계라고 할 수 없지." 레미니상스가 뭐라고 반응하기 전에 아바쿰이 응수했다. "괜찮다면, 지금 휴식을 좀 취하고 싶소만."

오시우스가 가늘고 빛나는 칼날처럼 눈을 찌푸렸다. 그는 10여 명의 가죽 갑옷을 입은 장정이 보초를 서고 있는 궁전 입구로 몸을 돌렸다. 냉정한 눈빛의 에데피아 우두머리가 가슴을 불쑥 내밀고 지나가자 그들은 일제히 몸을 바로 세웠다. 옥사가 그들이 서 있는 위치에 이르니 눈들이 옥사를 향해 서서히 움직였다. 호기심인가? 두려움? 아니면 존경심? 그것이 무엇을 의미하는지는 아무도 알 수 없었다. 소녀가 앞으로 나아가자 탈주자들과 생물들이 그 뒤를 따랐다. 옥사는 수십 미터 떨어진 곳에서 주의 깊게 그 모습을 관찰하는 작은 무리의 사람들을 보았다. 별안간 함성이 퍼졌다.

"새 여왕님 만세!"

즉시 친위대가 위협적으로 그들을 향해 돌아섰다. 오시우스가 그런 유의 행동에 신경 쓰지 말라는 손짓을 했지만, 당황해서 입술을 삐죽거리는 모습이 속마음은 그 반대임을 증명했다. 그는 궁전 입구까지 서둘러 걸었다. 몹시 지치고 절망한 옥사와 탈주자들은 바닥에 수정이 깔린, 눈이 부실 만큼 화려한 홀로 들어섰다.

'유리 기둥' 궁전의 구조와 장식은 광물에 기초를 두고, 주요 재료로는 귀한 보석과 대리석, 유리를 사용했다. 화려한 빛에 잠긴 홀 중앙에는 거대한 반투명 계단이 버티고 있었는데, 그것은 반들반들 윤이 나는 철제 매듭으로 꾸민 좁다란 길로 이어졌다. 비스듬히 기울어진 벽면 위로 흘러내리는 물이 샘을 이룬 한쪽 구석에서 마음을 평온하게 해주는 소리가 들려왔다. 홀의 나머지 부분은 완전히 노출된 상태로, 묘하게 깨끗하고 맑은 느낌을 주었다. 언젠가 이곳을 이렇게 다시 보리라고는 상상도 못 했던 사람들이 넋을 잃고 있다가, 오시우스의 군홧발 소리가 들리자 소스라쳐 놀랐다. 탈주자들 중 나이가 많은 사람들은 큰 감동을 받은 것 같았다. 수십 년 동안 이곳을 다시 찾으리라는 희망을 가졌지만, 이 순간을 아주 열렬하게 상상했지만, 그 어떤 것도 순식간에 그들을 휩쓴 이 구체적인 감동보다 생생할 수는 없었다.

옥사는 아바쿰이 비틀거리는 것을 보았다. 인간 요정은 고향으로 돌아오기 위해 너무나 비싼 대가를 치렀다. 레미니상스가 아바쿰에게 다가가 그의 팔에 손을 얹었다. 노부인의 표정이 일그러졌다. 옥사는 노부인의 의지가 무엇이었는지 생각해보다가 깜짝 놀랐다. 그녀는 진정 에데피아로 돌아오고 싶었던 것일까? 더 이상 혼자이고 싶지 않아 그랬을까? 그녀는 사랑 때문에 여기 있는 것일까, 복수 때문에 여기 있는 것일까? 젊은 여왕은 마음이 어지러워져 고개를 절레절레 저었다. 그녀의 눈이 괴로움과 피로 때문에 얼굴이 움푹 팬 조에에게 멈췄다. 옥사는 그녀의 시선을 끌려고 애썼지만, 조에의 눈에서는 아무것도 읽을 수 없었다. 마치 조에는 그 자리에 없는 것 같았다. 튀그뒤알은 눈에 보이는 것을 빠짐없이 관찰하는 중이었다. 반역자들, 탈주자들, 옥사, 경이로운 실내장식, 그 어떤 것도 그의 호기심이라는 그물에서 빠져나가지 못했다.

"우리의 젊은 여왕님께서는 사소하지만 중요한 몇 가지 사항을 아셔야만 합니다." 갑자기 퀼뷔 젤라르가 옥사의 주위를 날며 말했다.

소녀는 작은 정보원이 앉을 수 있도록 손을 내밀었다.

"'유리 기둥' 궁전은 본디 해발 257미터에 세워졌고, 55개의 층으로 이루어져 있었습니다. 그러나 대혼란 당시 '기어 자료실'과 여왕 가족의 거주지 일부가 있는 세 개 층이 무너졌습니다."

"내부를 둘러보는 것은 나중으로 미루고, 곧장 내 집으로 올라갑시다." 오시우스가 불쑥 말을 끊으며 제안했다.

생물들은 너무 제멋대로인 이 상황이 불만스러워 소란을 피웠다. 반역자가 이를 그냥 지나칠 리 없었다.

"무려 57년 동안 어떤 여왕도 이곳에 들어오지 않았소." 그가 통렬히 비난했다. "57년 동안, 누가 이곳을 웅장하고 화려하게 지켰소? 에데피아가 살아남도록 누가 애썼소? 당신들이오?"

모두가 당황했고 그만큼 거북했다. 터무니없는 그의 질문에 대한 답은 아주 명확했다…….

"당신들 중 어느 누구도 이곳에서 대혼란으로 야기된 피해를 바로잡지 않았소. 그러니 그따위 모욕은 멈추고 내가 이곳을 소개하게 두시오!" 오시우스가 결론지었다.

오시우스는 옥사에게 팔을 내밀어, 유백색 벽면에 면한 유리 상자 쪽으로 안내했다. 소녀는 말없이 탈주자들 무리를 이끌고 앞으로 걸어가, 엘리베이터로 밝혀진 그 유리 상자 안으로 들어갔다. 유리 엘리베이터는 눈부신 빛을 뚫고 탑 꼭대기를 향해 올라갔다. 미래만큼이나 현재의 상황이 걱정스러워 현기증이 일었다. 옥사는 아버지의 손을 찾아 꼭 잡고 눈을 감았다.

에데피아의 쇠퇴한 영광

영화 속이나 혹은 정말로 미친 듯한 꿈속을 빼면, 옥사는 지금 이 순간 자신이 있는 장소 같은 곳을 본 적이 없었다. 그 화려함은 모진 세월의 흔적이 여기저기 쌓여 손상되고 바랬지만, 곳곳의 세세한 부분에는 결코 부정할 수 없는, 무척이나 섬세한 면이 깃들어 있었다.

옥사는 깃털처럼 부드러운 이불과 무수한 쿠션이 뒤덮인 널따란 침대 위에 누워 피곤을 풀었지만 잠이 들지는 않았다. 너무나 많은 감정에, 너무나 많은 불안에 흔들렸다. 그녀는 침대 위에서 꼼짝도 하지 않고, 보통의 형식과는 거리가 먼 실내장식을 관찰했다. 벽을 구성한 갈색 잎맥의 나무가 세련미의 본질이라는 것은 의심할 여지가 없었다. 방으로 들어온 순간, 옥사는 손으로 쓰다듬어 부드러운 감촉을 느끼고 싶은 욕구를 억제할 수가 없었다. 나비의 날개가 떠올랐다. 바닥 역시 매우 화려했는데, 커다란 푸른 터키옥 포석이 깔려 있었다. 가구는 거의 없었다. 그곳은 오로지 휴식만을 위한 공간이었다. 상당한 크기의 연못

이 한쪽 공간을 차지하고 있었다. 옥사는 기회가 되면 그곳에 몸을 담가보리라 마음먹었다.

당장은 강력한 무감각 상태에 빠져들 위험을 무릅쓰고, 몽롱한 물의 그림자가 천장에 아른거리는 모습을 바라보는 것만으로도 매우 만족했다. 반면 옆에 있는 욕실의 유혹은 참을 수가 없었다. 사방이 청회색이었고, 장밋빛 나무 쟁반에 놓인 비누들과 오일류, 다양한 방향제가 향기롭게 코를 자극했다. 심지어 옷가지들도 놓여 있었다. 하지만 소녀는 배낭에 든 자신의 깨끗한 티셔츠와 마지막 남은 청바지를 입는 게 더 좋았다. 조금 멀리에서 침실의 한쪽 부분을 차지한 투명한 테라스는 '천 개의 눈' 상공을 아우르는, 상상을 초월하는 전망을 제공했다. 지평선 위로 드러난 산봉우리의 윤곽을 제외하고는 온통 먼지뿐이었다. 때때로 사람들이 움직여 먼지 소용돌이가 나타났다가 거무칙칙한 하늘로 사라졌다. 에데피아는 더 이상 풍요로운 땅이 아니었다…….

"우리 젊은 여왕님께서는 이 땅에 대한 정보를 좀 더 얻고 싶으신가요?" 퀼뷔 겔라르가 물었다.

옥사는 날고 있는 작은 정보원을 바라보며, 그의 센스가 비할 데 없이 훌륭하다는 사실이 증명되었던 것을 떠올렸다.

"물론이야, 나의 퀼뷔. 바바는 항상 에데피아의 풍요로움에 대해 말씀하셨지. 그런데…… 이제는 어디에도 그런 풍요가 없구나!" 옥사가 끝없이 펼쳐진 불모의 풍경을 가리키며 외쳤다.

퀼뷔 겔라르가 기운차게 동의했다.

"늙은 여왕님은 당신께 엄밀한 진실만을 말씀하지는 않으셨어요. 에데피아는 외부 세계의 도량으로 따지면, 대략 12만 제곱킬로미터의 넓이에 펼쳐진 진짜 천국이었습니다. 저 멀리에 보이는 산봉우리들은 에데피아의 서쪽 부분입니다. 가파른 절벽과 바위로 이루어져 접근하기 어려운 '낭떠러지' 지역이죠. 너무 단단해서 사용하기 힘든 검은 바위에서 솟아나온, 거의 투명한 장밋빛의 순수한 수정이 절벽의 기본 성분이에요. 산봉우리 남쪽에 비죽이 튀어나온 저 꼭대기가 보이십니까?"

옥사는 투명한 테라스로 다가가 산봉우리를 관찰하려고 눈을 가늘게 떴다.

"저것은 '거대한 산'입니다. 높이가 1만 2,978미터에 달하기 때문에 이런 이름이 붙여졌죠." 퀼뷔 겔라르가 말했다.

"진짜 거대하다! 그 옆에 있으면 에베레스트 산이 아주 조그맣겠어!"

"그곳이 세상의 지붕은 아니랍니다. '거대한 산'의 특별한 고도가 그 산을 에데피아에서 가장 서늘한 장소로 만들었음을 짐작할 수 있을 겁니다. 산꼭대기에 있는 동굴에 가보셔야만 해요. 그곳에서 보이는 광경은 아주 환상적이고, 하늘도 만질 수 있을 것만 같답니다. 그 꼭대기에서 바위에 파인 큰 미끄럼틀로 미끄러져, 속이 텅 빈 통나무를 타고 내려올 수 있습니다. 정말 재미있지요."

"그거 진짜 좋아하게 될 것 같은데?" 퀼뷔 겔라르의 묘사에 흠뻑 빠져든 옥사가 중얼거렸다.

"이 지역의 남쪽 끝에는 라피스라줄리라는 새파란 보석으로 뒤덮인 절벽이 경이로운 빛을 발하고 있죠. 그 절벽이 석양빛에 빛날 때에는 '천 개의 눈' 지역과 이웃한 지역에서도 볼 수가 있답니다. 절대 잊을 수 없는 장관이랍니다. 그리고 수많은 폭포수가 '낭떠러지'의 절벽에서 떨어집니다. 멋진 '은빛 폭포'와 '반짝반짝 폭포'는 5천 미터 이상의 높이에서 떨어지는 물줄기가 정말 굉장합니다. 하지만 전국에 영향을 미친 건조한 기후를 보니 그 폭포들이 아직도 존재할는지 의문이네요. 어쨌든 제가 아는 바에 의하면 외부 세계에서 이 높이에 다다르는 폭포는 하나도 없답니다."

"맞아, 확실해. 그럼 '초록 망토' 지역은 어때?" 소녀가 물었다.

"'초록 망토' 지역은 에데피아의 허파와 같은 곳이죠. 우리가 이곳에 도착하기까지 날아온 사막과는 전혀 다릅니다. 그 지역에는 울창하고 경이로운 숲들이 있습니다. 가장 볼만한 광경은 거대한 '양산 나무' 숲입니다. 그 나무의 몸통은 직경 50미터까지 자랄 수 있고, 높이는 5백미터에 이릅니다. 그 나무들 옆에서는 설령 가장 큰 세쿼이아라 할지라도 소관목처럼 보일 거예요. 양산 나무라는 이름은 양산처럼 생긴 커다란 이파리 때문에 붙은 것인데, 한 그루가 한 번에 40명을 햇빛으로부터 가려줄 수 있답니다! 길고 들쭉날쭉한 표면에서는 호주의 캥거루처럼 두 발로 펄쩍펄쩍 뛰어 오를 수 있고요. 또한 개미처럼 달콤한 것을 찾는 곤충들을 쫓는 약품으로 이용되기도 한답니다. 개미에 대해 말하자면, 가장 작은 것이 평균 8센티미터는 되지요."

옥사는 그런 비정상적인 녀석들 중 한 놈이라도 맞닥뜨리는 일은 결코 없기를 바라며 인상을 찌푸렸다.

"'초록 망토' 지역의 북쪽 멀리에는 수수한 크기의 나무들이 자랍니다. 예를 들면 '왕가의 나무'가 있는데, 클로버 모양의 튼튼한 이파리들이 잘 배열되어 있지요. 그 나무에는 잠두콩이 열리는데, 가장 큰 것은 거의 3킬로그램에 달합니다. 콩 안에 들어 있는 '맛돌기'는 '으슬으슬 소름'을 만드는 재료이지요."

"'으슬으슬 소름'이라고?"

"에데피아의 훌륭한 미식가 중 한 명인 천재 요리 연구가가 개발한 달콤한 식품으로, 이걸 입에 넣으면 자신이 좋아하는 맛으로 바뀌는 아이스크림이랍니다. 혓바닥에 있는 돌기를 즐겁게 하는 것이죠. 만약 여왕님이 열대 과일 맛을 원한다면, 그 맛을 생각하는 것만으로도 여왕님의 '으슬으슬 소름'에서 열대 과일 맛이 나는 거죠. 만약 맛을 바꾸고 싶다면, 원하는 맛을 상상하기만 하면 되는 거예요."

"와, 근사한데!" 옥사는 자신이 가장 좋아하는 라즈베리 맛 '으슬으슬 소름'을 먹는 상상을 하며 소리쳤다.

"유서 깊은 나무 중에는 잎사귀가 커다란 공 모양으로 생긴 '구형(球形) 활엽수'가 있어요. 새들은 그 나무에 둥지를 트는 것을 좋아하죠. 몇몇 '구형 활엽수'는 5백여 개의 둥지를 품을 수도 있답니다! '초록 망토' 지역에서 얼마 멀지 않은 거리에는 '가까이하기 힘든 땅'이 있는데, 이곳은 야생동물의 영토이지요. 3미터의 거대한 뿔이 솟은 파란 코뿔소와 흑백 줄무늬가 선명한 '얼룩말 뱀'을 볼 수 있는데, 이 뱀은 치명적인 독을 품고 있어요. 인상적인 동물로는 특히 은빛 호랑이를 꼽을 수 있죠. 6미터 길이의 털 빛깔이 아주 탐스럽답니다. 몇 세기 전부터 특별한 하얀 빛깔 털이 진줏빛으로 빛나고 있기 때문이지요. 이들은 멸종 직전인데, 부도덕하고 탐욕스러운 사냥꾼들이 마법적인 효능을 가진 그 동물의 눈부신 털가죽을 차지하려 과욕을 부린 탓입니다."

"정말 놀라운 얘기다. '가까이하기 힘든 땅'은 아직 존재할까?" 옥사가 한숨을 쉬며 물었다.

소녀의 관심사는 파란 코뿔소도, 얼룩무늬 뱀도 아니었다. 절대 아니다. 그녀에게 '가까이하기 힘든 땅'은 아바쿰이 얘기해준, 이 불가사의한 땅에서만 찾을 수 있는 '더없이 귀한 꽃' 토샬린과 어쩔 수 없이 직결되어 있었다. 마리는 외부 세계에 남았지만, 이 꽃이 어머니를 낫게 할 하나뿐인 치료제라는 사실은 변함이 없었고, 옥사는 절대 그것을 잊을 수가 없었다.

"물론입니다." 젊은 여왕의 은밀한 생각에 민감한 퀼뷔 겔라르가 대답했다. "원하신다면 제가 날아가서 그곳 상황을 알아보겠습니다."

목이 멘 옥사는 간신히 고개를 끄덕여 허락한다는 표시를 했다. 작은 생물은 잠시 공손하게 침묵을 지키며 그녀를 관찰하다가 다시 말을 이었다.

"'초록 망토'의 동쪽과 서쪽에는 빽빽하고 비옥한 숲으로 둘러싸인 커다란 호수들이 있는데, 이곳은 어류와 해초류 양식에 있어 중요한 장소로 손꼽힙니다. 아시다시피, 내부인들은 해초류를 무척 좋아하죠. 이 호수들 너머와 그 주위에는 곡식 재배 지역이 있는데, 특히 옥수수와 견주는 '황금 진주알'이라는 작물은 낟알 하나하나가 살구만큼 크답니다."

"팝콘으로 튀기면 얼마나 클지 상상이 간다!" 옥사가 웃음을 터뜨렸다.

"젊은 여왕님은 정말 짓궂으셔요." 퀼뷔가 말했다. "채소는 외부 세계만큼 다양한데, 훨씬 양이 많고 신선하며 크기가 크답니다. 따뜻한 기후와 비옥한 땅, 혹서 없이 늘 25도에서 30도의 기온을 유지해, 모든 재배 산업이 이익을 보고 있지요. 당근은 길이가 1미터, 감자는 직경 50센티미터, 딸기는 무게가 최소 4백 그램 정도 나간다니까요. 물론 한 개당 말이지요. 화학비료나 살충제는 전혀 쓰지 않습니다! 에너지에 대해 말하자면, 이곳에서는 백 퍼센트 친환경 에너지를 사용하죠. 평야에는 거대한 풍차들이 서 있고, 각 가정에는 태양열 집열기를 설치하며, 일반화된 지열과 수력 에너지를 사용합니다. 어떤 자동차도, 어떤 기계도, 어떤 공장도 대기를 오염시키는 가연성 연료를 사용하지 않습니다.

오직 태양과 바람과 물만 이용하는 거죠!"

"대단한걸!" 옥사가 외쳤다. "그럼 사람들은? 내가 알기로는 네 종족이 있는데……."

"그렇습니다, 젊은 여왕님. 대혼란이 있기 전 실시한 마지막 인구조사에 따르면, 실제로 1만 6,245명의 인구가 맹페름 족, 실바뷜 족, 고르주 오트 족, 상자주 요정 족, 이렇게 네 종족으로 나뉘어 있습니다."

"디아팡 족은 빼고 말이지." 옥사가 덧붙였다.

에데피아 국민들에게 몹시 부끄럽고 몹시 위험한 다섯 번째 종족이 언급되자, 퀼뷔 겔라르는 소름이 쫙 끼쳤다.

"어느 사회나 마찬가지로 몇몇 사람들은 소외된 방법이나 치욕적인 행위를 선택하기도 합니다. 또한 어떤 주제에 대해서는 불협화음도 내지요. 하지만 시스템 전체는 자급자족과 수요와 공급의 균형 위에 기초를 두었지요. 따라서 내부인들은 조화 속에서 살고 있고, 설사 각 종족이 자신들만의 특성을 갖고 있다 해도 모두 사이좋게 지낸다고 말할 수 있습니다. 아시다시피 맹페름 족은 동물과 비슷한, 특히 맹금류와 같이 매우 발달한 감각을 지녔습니다. 에데피아에서 그들은 강한 체력을 인정받아 건축과 건설, 유리와 금속 제조업, 또 광업을 선호합니다. 그들은 훌륭하게 과학 및 화학, 기술 분야를 지배하고 있지요. 6백 년도 더 이전에 그들은 하늘을 나는 자동차 같은 운송 수단과 다양한 기계, 도구 등을 작동시키기 위한 태양열 에너지의 이용법을 발명했어요."

"레오나르도 다빈치보다 뛰어나잖아!" 옥사가 감탄해서 소리쳤다.

"아, 하지만 그 위대한 발명가는 맹페름 족에게 영감의 원천이었다는 사실을 아셔야 합니다. 그 시대를 통치하던 분은 로르 아메 여왕님이셨죠. 그녀는 자주 유체 이탈로 이탈리아까지 가서, 천재적인 예언가의 아틀리에를 방문하셨어요. 로르 아메 여왕님은 맹페름 족의 솜씨 좋은 기술자들에게 다빈치로부터 얻은 아이디어를 잊지 않고 충고했던 거죠. 그들은 다빈치의 구상을 자신들의 기술에 면밀히 적용했고요. 하지만 과학이나 기술이 그들의 유일한 재능은 아니었습니다. 그들은 광물학 분야에서도 일하며, 이미 천오백 년 전에, 실바빌 약전(藥典)이라는 곳을 만들어 광물을 이용한 다양한 치료법을 개발했습니다. 오늘날에는 어떻게 됐는지 모르겠지만, 대혼란 이전 맹페름 족은 본래 '낭떠러지' 지역의, 귀한 광물로 이루어진 절벽 속에 잘 정비한 동굴에서 많은 인구가 살았답니다."

"웅장한 광경이었겠다!"

"그랬죠. 예, 웅장했어요." 퀼뷔가 인정했다. "실바빌 족 역시 뒤떨어질 게 없어요. 그들은 숲 속 나무 위에 직접 자신들의 거주지를 건설하는 기적을 일으켰으니까요. 그곳은 숲의 형태에 꼭 맞는, 믿을 수 없을 만큼 아름다운 진짜 공중 도시였죠. 오늘날까지도 여전히 그들의 특별한 재능과 자연에 가까운 감수성은 자연스럽게 그들을 땅과 관련된 활동으로 이끕니다. 심지어 땅이 죽어가고 있다 할지라도 말입니다. 실바빌 족에게는 '초록 손' 능력이 있어요. 그들의 손이 닿은 것들은, 채소든지, 과일이나 곡식이든지, 어떤 내부인이 키우는 것보다 더 강하게 자란답니다."

"나도 알아." 옥사가 갑자기 눈빛이 부옇게 흐려지며 말을 끊었다.

이 능력을 떠올리자 옥사의 가슴은 향수로 가득 찼다. 얼마 전의 기억이 떠올랐다. 그녀의 손을 잡고 모든 공간을 아름답게 장식한 '프렌치 가든' 레스토랑으로 끌고 갈 때 아버지의 얼굴에 떠오른 자랑스러운 표정이 기억났다. 옥사의 열다섯 번째 생일을 축하하는 날이었다. 그날, 옥사는 며칠 동안 어머니를 보지 못한 상태였고, 견딜 수 없을 만큼 어머니가 그리웠다. 오늘처럼……. 옥사가 다시 어머니를 볼 가능성에 있어, 그때와 지금은 엄청난 차이가 있었다. 그녀는 그때처럼, 어머니가 돌아올 수만 있다면 뭐든지 할 것 같은 잔인한 욕망을 쫓기 위해 고개를 흔들었다.

"넌 내게 '초록 손' 능력이 있다고 생각하니?" 옥사는 계속되는 생각의 굴레에서 벗어나고자 퀼뷔에게 물었다.

조그만 생명체가 둥그런 엉덩이를 좌우로 흔들었다.

"네. 에데피아가 '균형'을 되찾으면 에데피아를 재건하는 데 젊은 여왕님의 '초록 손'이 필요할 거예요."

옥사는 수천 그루의 식물과 나무가 솟아나도록, 황폐한 땅속 깊숙이 두 손을 넣는 장면을 상상했다. 이것이야말로 그녀가 서둘러 착수해야 할 진정한 마법사 업무였다! 아주 좋아하게 될 것이 분명했다!

"실바뷜 족에 대해 더 얘기해줘."

"이 종족은 식품과 관련된 산업에 독점권을 갖고 있답니다. 해초 양식업, 화훼업, 동물 사육, 물론 그라노콜로지처럼 이 분야는 외부 세세에 거의 알려지지 않았다는 사실을 잊지 마세요!"

"거의 알려지지 않았다니, 믿기지가 않는구나!" 옥사가 장난스럽게 외쳤다. "그럼 고르주 오트 족은?"

"고르주 오트 족은 원래부터 '천 개의 눈' 지역에 살고 있어요. 이 도시의 시민이죠. 그들은 모든 단계의 시스템에 대한 개념과 조직에 타고난 감각이 있어요. 도로 관리, 도시계획, 교육과 사법권 같은 것 말이에요. 고르주 오트 족은 에데피아의 조직자라고 말할 수 있습니다."

옥사는 '유리 기둥' 궁전 주위로 펼쳐진 '천 개의 눈'에 주의를 집중했다. 도시는 심하게 훼손되었지만, 많은 요소들이 과거의 호사를 증명했다. 집의 크기와 건축자재들, 오늘날은 황폐해졌지만 테라스가 있는 정원의 설비……. 이 모든 것이, 지나갔지만 빛났던 과거를 여실히 드러내고 있었다.

"넌 참 친절해! 정보, 정말 고맙다." 옥사가 생각에 잠겨 말했다.

"저는 언제나 당신의 지시를 기다립니다, 젊은 여왕님!" 퀼뷔 겔라르가 옥사의 주위로 날아오르며 힘주어 말했다.

기상천외한 회의

옥사는 배를 깔고 엎드려 이마에 두 손을 댔다. 머리를 콕콕 찌르는 두통이 서서히 올라왔다. 이것이 새로운 위기가 아니라면 좋으련만……. 지금은 정말이지 그럴 때가 아니었다! 오시우스는 끔찍하리라 예상되는 주요 인사들의 회의 이전에 몇 시간 쉬고 싶다는 탈주자들의 의견을 받아들였다. 동맹자든 적대지든, '손님' 각자에게는 침실이 하나씩 할당되었다. '유리 기둥' 궁전은 거대했고, 모두를 위해 넉넉한 여유가 있었다. 파벨은 옥사의 방에 바로 이웃한, 가장 작지만 그래도 멋진 방에 들었다. 두 방은 문 하나로 서로 통해 있었지만, 다른 출구처럼 엉뚱하면서 완고한 문지기가 감시하고 있었다. 그것은 약 15센티미터 정도 크기의 날아다니는 애벌레로, 파란 배에 위협적인 털이 부숭부숭나 있었으며 '경비원'이라고 불렸다.

"어떻게 이래! 난 소통할 권리가 없단 말이야?" 진동성 섬모가 헬리콥터의 프로펠러처럼 전속력으로 돌아가는 벌레를 역겨워하며 소녀가 항의했다.

"회의가 열리지 않는 동안에는 각자 자신의 침실에 틀어박혀 있어야 만 합니다. '영도자'님이 그렇게 지시했습니다." 문지기가 날카로운 소 리로 대답했다.

"영도자?"

"주인님입죠, 이 표현이 더 좋으시다면."

"어떤 것도 더 좋지 않아. 내가 그 지시에 따르지 않는다면?" 벌레가 무진장 혐오스러웠지만, 옥사는 겁먹지 않고 투덜거렸다.

"따끔따끔한 이 섬모들에 찔리면 치명적이지는 않지만 매우 고통스 러운 마비 증세가 나타납니다."

"대단하군." 옥사가 인상을 찌푸리며 한숨을 내쉬었다.

화가 난 그녀는 불안한 표정으로 다시 침대에 몸을 던지며, 끝나지 않을 것 같은 기다림에 복종했다.

"젊은 여왕님, 젊은 여왕님."

옥사가 눈을 떴다. 결국 그녀는 잠이 들고 말았는데, 귓가에 부드럽 게 속삭이는 이 목소리를 듣기까지 완전한 무의식 상태였다고 느낀 것 은 아주 잠깐일 뿐이었다. 자신에게 몸을 숙이고 있는 안니키를 본 옥 사는 뒤로 물러서는 몸짓을 했다.

"두려워 마세요, 당신을 아프게 하고 싶지 않아요." 여자 반역자가 말했다. "난 단지 오시우스 님의 회의 참석 때문에 찾아온 것뿐이에요. 아직 시간이 조금 있어요. 뭣 좀 들고 싶지 않으세요? 배가 무척 고플 텐데……."

옥사는 순수한 반대 의사를 표명하며 아니라고 말하려 했다. 그러나

둥그스름한 커다란 빵 덩어리를 보자, 아니, 구수한 빵 냄새를 맡자 참을 수가 없었다. 그녀는 침대 발치에 놓인 쟁반을 향해 손을 내밀어 자기 쪽으로 끌어당겼다. 무화과, 포도, 작은 사각 치즈 덩어리에 딸려 나온 신선한 버터가 그녀의 의지를 무너뜨렸다. 안니키 말이 맞았다. 옥사는 배가 고팠다. 옥사는 빵에 버터와 치즈를 발라 게걸스럽게 한 입 베어 물며, 젊은 여자를 자세히 관찰했다. 안니키는 초췌한 얼굴이었다. 푸른 눈 주위는 벌겋게 충혈되었고, 양 볼이 움푹 패어 창백했다. 불현듯 옥사는 소중한 사람의 '부재'로 고통받는 사람이 자기 혼자만이 아님을 깨달았다. 안니키의 남편도 외부인이었던 것이다. 마리나 구스, 다른 몇몇 사람처럼, 그녀의 남편 역시 에데피아의 문 바깥에 남았다. 안타까움에 사로잡힌 옥사는 훨씬 부드럽게 그녀를 바라보았다. 젊은 여자는 조심스레 다가와 옥사의 손을 꼭 잡았다. 처음에는 손을 뿌리치려 했지만, 결국 옥사는 너그러운 침묵으로 그 행동을 받아들였다.

"나도 반역자 무리에 속하니까 당신이 믿지 않는 것도 당연해요." 안니키가 한숨을 내쉬며 말했다. "하지만 당신의 어머니가 섬에서 지내는 동안, 내가 많이 돌봐드렸다는 것을 알아주세요. 좋지 않은 상황이었지만 어머니와 나는 아주 가까워졌어요. 서로에 대해 많이 알게 됐고, 서로를 존중했죠. 당신 어머니는 정말 용감하신 분이고, 난 그 사실에 감탄했어요. 그녀 덕분에 나는 다른 사람들—우리 무리의 사람들—과 나 자신에 대해 많은 것을 깨달았어요."

안니키는 일그러진 표정으로 고개를 돌렸다. 경비원이 침대에서 얼마 떨어지지 않은 곳에서 망을 보며 윙윙거렸다. 옥사는 소름이 끼쳤다.

"젊은 여왕님이 간식을 다 먹을 때까지 기다려주실래요?" 안니키가 쉰 목소리로 외쳤다.

벌레는 공중에서 멈추며 말했다.

"영도자님이 기다리십니다."

"자, 됐어요." 옥사가 마지막 포도알을 삼키며 대꾸했다.

옥사는 안니키에게 의심 가득한 시선을 던졌다. 안니키는 옥사의 머리를 매만져주는 척하며 속삭였다.

"나를 믿어요."

그러고는 젊은 여왕을 당황하게 하는 강압적인 동작으로 그녀를 문 쪽으로 밀었다. 경비원은 조금 거리를 두었다가 유리 엘리베이터까지 바짝 붙어 두 사람을 쫓았다. 우울한 침묵 속에서 엘리베이터 문이 조용히 닫혔다.

숨 막힐 정도로 밝은 빛과 참석자들의 엄격한 태도로 강조된 웅장한 회의실 안 분위기는 견디기 힘들 정도였다. 조명은 단 한 가지 원천에서 올 수밖에 없었다. 10층 높이의 '유리 기둥' 궁전 꼭대기에서 시작된 거대한 원기둥의 수직 통로가, 10여 층의 끝에서 회의실로 떨어지며 뽀얀 빛을 회중에게 비추었다. 둥그렇게 건축된 그 방은 원기둥이 만든 원추형 빛의 둘레와 완벽하게 일치했다. 어두운 색깔의 가죽 의자 사이에 원호로 자리 잡은 작은 길 위에서, 오시우스와 그의 부하들, 족히 스무 명은 되는 남녀가 완고한 표정으로 기다리고 있었다. 탈주자들을 위해 마련된 원형 무대와 마주한 네 개의 자리만이 빈자리로 남아 있었다. 중앙 바닥을 둘러싼 양쪽에는 오손의 섬에서 살았던 반역자들이 빠짐없이 모여 있었다. 그들 머리 위에서는 몇 마리의 경비원들이 감시를 하고 있었다.

유리 엘리베이터가 열리고 계단식 좌석 꼭대기에 옥사가 나타나자, 시선은 온통 그녀에게 쏠렸다. 한 사람의 예외도 없이 모두가 거기에 있었다. 그녀는 속으로 이 자리에 늦은 것을 저주했다. 오시우스가 일부러 다른 사람들 다음에 그녀를 데려오라 한 것이 분명했다. 방의 구성에 비추어볼 때, 이 남자는 허식을 무척 좋아하는 듯했다. 탈주자들이 청록색 포석을 거칠게 울리는 요란한 신발 소리를 내며 일어섰다. 반역자들이 그들을 따라 했다. 몇 사람은 옥사에 대한 존중을 표시하기 위해 두 팔을 활짝 벌리고 똑바로 선 오시우스를 보고는 내키지 않는데도 따랐다.

"자, 드디어 우리의 젊은 여왕님이 오셨군!" 오시우스가 우레와 같은 소리로 외쳤다. "이리 오렴, 겁내지 말고."

그는 손짓으로 자신의 앞자리를 가리켰다. 옥사는 놀라서 머뭇거렸다. 이렇게 배치된 좌석은 마치 그녀가 피고인이 되어 홀로 재판관들과 마주한 법정을 연상시켰다. 그녀의 손목에 감겨 있는 퀴르비타 페토가 쉼없이 물결쳤고, 소녀의 심장은 작은 생명체가 계속 규칙적인 움직임을 전달한 끝에 이상적인 박동을 되찾았다. 옥사는 고개를 들었다. 중앙의 작은 길 가장자리에 친숙하고 사랑스러운 얼굴들이 보였다. 아버지, 아바쿰 할아버지, 조에, 튀그뒤알, 폴딩고들……. 그들은 모두 강렬한 눈빛으로 그녀를 바라보았다. 그 눈빛에는 고통이 깃든 동시에, 거대한 힘이 담겨 있었다. 그녀는 그들을 믿을 수 있었다. 그들이 거기 있었다. 불안을 조장하는 이런 배치로 현실을 상징적으로 보여주고 싶어 하는 오시우스처럼 그녀의 뒤에 있는 것이 아니라, 그녀의 양옆에 그들이 있었다. 무슨 일이 있어도 그들은 거기에 있을 것이다. 잠시 후, 옥사는 안니키의 안내를 받아 계단을 내려갔다. 사랑하는 사람들의 시선 아래 움츠러드는 용기를 끌어 올려, 걱정했던 것보다는 훨씬 자신 있는 걸음걸이로.

옥사가 자리를 잡자, 오시우스는 강한 호기심을 드러내며 그녀를 응시했고, 소녀는 스스로 질문을 제기하는 자신에게 놀랐다. 그는 그녀에게서 무엇을 보는 걸까? 외부 세계에서 옥사는 모두의 눈에 청바지와 캔버스화를 좋아하는 평범한 소녀로, 자연스럽고 충동적인 중학생으로 보였다. 하지만 이 남자에게, 이 사치스럽고 가공할 늙은이에게 그녀는 완전히 다른 존재였고, 그의 예리한 시선은 그녀를 거북하게 만들었다. 그러나 옥사는 침착한 태도를 잃지 않기 위해 스스로 도전 정신을 일깨우면서, 잘 버티려고 이를 악물었다. 갑자기 오시우스가 관찰을 멈추고 '새로 온 사람들' 사이에 서 있는 오손과 그의 아들들을 향해 몸을 돌렸다.

"내 아들, 내 손자들, 결국 우리가 여기 다 함께 모였구나. 이런 기적이 가능하리라고 누가 믿었겠느냐? 내 옆으로 오너라!" 오시우스가 연단에 비어 있는 네 개의 좌석을 가리키며 말하고는 레미니상스를 쳐다보며 덧붙였다. "너도 이리 오너라, 내 딸."

창백한 얼굴의 노부인은 도전적인 눈빛을 아버지에게 보내며 꼼짝도 하지 않았다. 반면 오손은 의기양양한 걸음걸이로 오시우스에게 다가갔고, 그레고르와 모티머가 그 뒤를 따랐다. 세 사람은 반역자들과 뮈르무들의 박수 속에 자리에 앉았다. 옥사는 씁쓸한 심정이었다. 두 세계를 넘나들던 최악의 반역자 3대가 한자리에 모인 것이다. 그들이 지금 이렇게 행복한 상황인 반면, 폴락 가족과 탈주자들은 사랑하는 사람들과 서로 헤어지고 말았다. 이 무슨 부당한 일이란 말인가……

옥사는 입술을 깨물었다. 너무 깊이 깨물어 살갗이 벗겨졌다. 도가 지나치게 과장하며 자축하는 반역자들과 뮈르무들에게 그녀의 청회색 눈동자가 고정되었다. 오직 모티머만이 이 기쁨을 함께 나누지 않는 것 같았다. 건장한 체구의 소년은 말 못 할 고뇌에 빠져 넋이 나간 것 같았다. 맞아, 당연하지! 별안간 생각이 났다. 모티머의 어머니인 바바라 맥그로우도 외부인이었다! 옥사는 허약했던 그 부인에 대한 기억을 더듬었다. 그녀는 더없이 모성적인 눈으로 아들을 감쌌다. 옥사가 보았던 짧은 순간만으로도 오늘 모티머를 파고든 슬픔을 이해하기에 충분했다.

오손은, 저 사람은 그 자신 외에는 누구든, 다른 사람을 걱정하는 것과는 거리가 먼 인간이었다. 그는 아버지의 공식적인 인정을 즐기고 있었다. 그는 결국 오시우스 옆에 자리하는 것이 당연한 아들이 되었다. 그의 평생의 꿈……. 그러나 그 꿈은 뜻밖의 발표로 금세 색이 바래고 말았다. 오시우스는 오손을 오랫동안 포옹한 후, 오른쪽에 서 있는 50대 남자에게 몸을 돌렸다. 키가 크고 마른 남자는 깃을 세운 진회색 의상을 입고, 표정 하나 흐트러지지 않은 채 냉담하게 서 있었다.

"오손, 내 아들." 오시우스가 입을 열었다. "네게 안드레아를 소개하지 않는다면 우리의 재회는 완벽하지 않을 것이다. 자, 여기 안드레아다. 네가 외부 세계로 떠난 후 재혼해 낳은 둘째 아들이지."

이 소식은 큰 충격을 주었다. 에데피아의 절대적 주인의 유일한 아들이라는 탐나는 자리는 산산조각 나버렸다. 탈주자들은 망연자실할 뿐이었다. 이보다 더 최악은 있을 수 없었다. 오손이 이 경쟁을 견딜 수 있을까? 아바쿰은 걱정스러운 표정으로 얼굴을 쓸었다. 그는 탈주자 무리를 바라보았다. 이제 상황은 어떻게 돌아갈 것인가? 아무도 알지 못했다. 그 앞에서 옥사는 혼자 의자에 앉아, 오시우스가 발표한 사실의 엄청난 영향력에 사로잡혀 경직되어 있었다. 그녀는 눈을 크게 뜨고, 코앞에서 펼쳐지는, 배다른 형제가 냉담하게 인사를 나누는 광경을 쫓을 뿐이었다.

오손은 겉으로는 현실을 받아들이는 것처럼 행동했지만, 옥사는 반역자가 받은 심각한 타격을 확인하기에 유리한 자리—여러 가지 의미에서—에 있었다. 그녀는 그의 입술이 삐죽이며 턱에는 경련이 이는 것을 놓치지 않았다. 오시우스는 두 아들이 서로 인사하는 모습을 유심히 관찰했다. 옥사는 그의 어두운 시선에 깃든 불건전한 기쁨의 그림자를 보았다고 단언할 수 있었다. 따라서 뒤이어 일어날 사건에 있어서도 결코 낙관적인 예측을 할 수 없었다. 오시우스가 다시 자리에 앉자, 모든 회중도 따라서 자리에 앉았다. 그가 굵고 낮은 목소리로 말하기 시작했다.

"자, 고인이 된 말로란 여왕의 어머니 율리아나 여왕이 나를 퐁피냐 수석 부관으로 임명한 지 72년이 되었소. 책임감 때문에 그 자리를 받아들이는 것이 쉽지 않았소."

몇몇 탈주자들은 이 말을 듣자 숨이 막혀왔고, 괜스레 기침을 콜록콜록 뱉어내며 거북한 심정을 드러냈다. 이런 훼방에 당황한 경비원들이 혐오스러운 몸뚱이 위에 따끔따끔한 털들을 빳빳하게 세우고 위협하며, 소란을 유발한 사람들에게 다가갔다.

"다행히도 대혼란 이후 우리의 피폐한 국토를 덮친 끔찍한 시련들에 대항한 것이 나 혼자만은 아니었소. 몇 사람은 끝까지 의무를 저버리지 않았고, 모든 것을 감수하고 자신이 해야 할 일에 충실했소."

커다랗게 손짓을 하며 그는 양쪽 옆에 앉아 있는 사람들을 가리켰다.

"나의 동료들, 그리고 내 아들 안드레아. 거의 30년 전부터 이들의 지지는 존경받아 마땅한 도움이 되었소."

오시우스의 왼쪽에 조각상처럼 굳은 채 앉아 있는 오손은 몸짓 하나하나, 눈썹의 흔들림 하나하나, 입술이 맞물린 부분의 주름 하나하나까지 통제했다. 그는 이복동생의 출현이 적개심으로 점철된 수렁을 연 것이 아님을 증명하기 위해 심혈을 기울였지만, 창백한 얼굴빛만은 통제할 수 없었다.

"드디어 오늘, 우리 가족이 다시 모였고, 우리는 우리의 계획을 성공적으로 이끌기 위해 힘을 뭉칠 수 있게 되었소."

"당신의 계획이라고?" 나프탈리의 낮고 굵은 목소리가 울렸다. "만약 외부 세계를 정복하려는 과거의 욕망에 대해 말하는 거라면, 너무 늦었소. 당신은 잘 모르겠지만, 에데피아와 마찬가지로 외부 세계 역시 죽어가고 있소."

오시우스는 이 정보의 진위 여부를 가늠하기 위해 잠시 말을 멈추었다. 이러한 태도는 스스로 시인하고 싶지 않았지만 그가 길을 잃었다는 것을 알려주는 정보였다. 적진의 동요를 이용해 아바쿰이 확실히 쐐기를 박았다.

"우리가 왜 돌아왔다고 생각하나?"

그는 괴로운 침묵이 저절로 퍼지도록 잠시 뜸을 들였다가 다시 입을 열었다.

"에데피아를 떠난 후, 돌아오고 싶은 향수와 언젠간 돌아갈 수 있다는 희망이 언제나 우리 가슴속에 깊숙이 숨어 있었다는 사실을 숨기지는 않겠소. 하지만 57년 동안 우리는 외부 세계에서 우리 나름의 인생을 살았소. 좋건 나쁘건, 그렇게나 극단적이고 불완전한 땅에도 때때로 애착을 느꼈고, 완전히 동화되었소. 당신은 우리가 이곳으로 귀환하는데 포기하기 힘든 것들이 있었음을 짐작할 거요. 우리는 우리의 새로운 땅이었던 곳을 떠났소. 그곳은 우리 중 많은 숫자에게는 그들의 땅이고, 그들의 땅으로 남을 것이오. 게다가 우리는 등 뒤에 소중한 존재들을 남겨두고 왔소. 당신도 가족의 중요성을 헤아릴 줄 알 것이오. 이 희생을 평가하는 것은 당신 몫으로 남기리다."

오시우스는 바위처럼 꼼짝도 하지 않은 채, 진지하고 주의 깊게 아바쿰의 이야기를 들었다.

"왜 우리가 여기에 있다고 생각하오? 왜일까, 오시우스?" 아바쿰이 반복해 물었다.

연단에 앉은 뮈르무들 사이에 가벼운 동요가 일었다. 오로지 오손과 그의 두 아들만이 표정 하나 흐트러지지 않았다. 아바쿰에게 계속하라고 요구하기에는 자존심이 너무 강했던 오시우스는 열에 들떠 기다리면서도 비굴하게 굴지는 않겠다는 굳은 표정을 하고 있었다. 몇 자리 떨어져 앉아 있던 한 여자가 침묵을 깼다.

"그렇게 우리의 신경을 건드릴 필요는 없어요, 아바쿰. 계속 말해봐요!" 그녀가 오만하게 소리쳤다.

"우리는 돌아와야만 했소. 다른 선택의 여지가 없었지." 아바쿰이 다시 입을 열었다. "하지만 당신 아들이 당신에게 전한 말과는 반대로, 우리는 우리의 의지에 따라 기꺼이 여기로 돌아왔소. 우리를 에데피아로 데려온 것은 그가 아니오. 그가 있건 없건, 어쨌든 우리가 온 거요. 외부 세계는 몰락할 거요. 시간이 얼마 남지 않았소."

모두 숨을 죽였다.

"오손이 아무 말도 안 했소?" 아바쿰은 최고 뮈르무의 아들을 보지 않도록 조심스레 시선을 피하며 말을 이었다.

오시우스는 눈살을 찌푸리며 아바쿰을 뚫어지게 응시하다가, 천천히 오손에게 시선을 돌렸다.

"외부 세계가 정말 죽어가고 있나?" 오시우스가 물었다.

"외부 세계도 종말을 맞이했어요, 아버지. 에데피아처럼요." 마침내 오손이 입을 열었다.

얼굴이 파랗게 질린 오시우스가 주먹으로 거칠게 탁자를 내리쳤다. 모두 소스라쳐 놀랐다. 맨 앞줄에 앉은 옥사는 오손이 냉소적으로 자신을 똑바로 바라보자 더 큰 절망을 느끼며 의자를 꽉 움켜쥐었다. 그녀는 오손이 무슨 말을 할지 알고 있었고, 더는 피할 수도 없었다.

"하지만 아버지, 아버지 앞에 보이는 이 소녀는, 아버지가 60여 년 전부터 기다려온 평범한 새 여왕만은 아닙니다." 반역자가 다시 자신감을 회복하며 떨리는 목소리로 말했다. "이 소녀는 분명 아버지가 늘 바라왔던 것을 완성시킬 수 있을 것입니다. 몇 세기 동안 우리 선조들은 이 목적을 위해 일해왔지요. 에데피아에서 나가 외부 세계를 정복하는 것 말입니다. 하지만 이제는 두 세계가 모두 죽어가기 때문에 여기에서 나가는 것은 실제로 아무 소용이 없습니다."

오시우스는 분노에 못 이겨 고함을 질렀다. 마치 도미노처럼 모든 것이 무너졌다. 전 인생을 걸었던 야망, 강력한 선구자들의 유산……. 오손은 다시 판도를 잡은 것이 행복해 잠시 가만히 있었다.

"그러나 친애하는 아바쿰이 일부 해결책을 내놓을 것입니다." 오손이 만족한 표정으로 말을 이었다.

오시우스는 고도로 집중해 귀를 기울이며 고개를 들었다.

"왜 선택의 여지가 없었지, 아바쿰? **왜**?" 오손이 우레와 같이 고함쳤다.

아바쿰은 침묵을 지켰다.

"왜냐하면 대재앙에서 살아남을 수 있는 유일한 기회, 에데피아와 마찬가지로 외부 세계에서도 균형을 되찾을 수 있는 유일한 가능성이 바로 그녀이기 때문이죠!" 오손이 옥사를 가리키며 외쳤다. "또한 아바쿰이 말한 것이 사실임에도 불구하고, 그녀가 아버지 앞에 있게 된 것은 오로지 내 공입니다."

분노에 찬 아우성이 탈주자들이 앉은 줄에서 일어났지만, 반역자에게 영향을 미치지는 못한 것 같았다.

"그녀가 태어났을 때 저들이 그녀를 뭐라고 불렀는지 아십니까?" 오손이 말을 이었다. "'기대하지 않았던 희망'입니다. 모두 이 별명이 뭘 의미하는지 몰랐습니다. 저들도 이보다 더 나은 상황을 바랄 수는 없었을 겁니다, 그렇지 않소?"

이 말에 오시우스의 얼굴이 사악한 미소로 환해졌다. 위태롭게 어두워졌던 미래가 다시 밝아졌다. 선조들의 계획과 약속으로 가득 찬 채.

"기대하지 않았던 희망이라……." 오시우스가 눈동자를 빛내며 중얼거렸다.

그는 회의실의 둥그런 벽면에 울려 퍼질 만큼 커다랗고 호탕하게 웃으며 방에서 나갔다. 악마 같은 웃음소리는 상심한 탈주자들과 옥사의 가슴속 깊이 스며들었다.

남겨진 사람들

짧게 숨을 몰아쉬며 구스는 가순호의 수면을 바라보았다. 물 위에 납
빛 무늬가 새겨진 하늘이 비쳤다. 그는 조금 전까지 자신의 손을 꼭 잡
고 있던 아버지의 단단한 악력을 아직도 느끼고 있었다. 어머니와 아버
지는 그의 이름을 부르며 사라져버렸다. 옥사, 드라고미라 할머니, 아
바쿰 할아버지, 조에…… 그들도 어기에 있었다. 그런데 바로 몇 초 전,
모두가 보이지 않는 힘에 빨려 들어가 버렸다. 처량하게도 외부인이라
확실히 증명된 사람들을 뺀 모두가.

"도대체 무슨 일이 일어난 거지?"

구스는 탈주자들과 반역자들이 사라져버린 호수의 표면을 유심히 살
폈다. 호숫가 가까이 다가간 그는 공기나 허공, 감지되지 않는 그 '경계
의 문'에 구멍을 낼 기세로 눈에 힘을 주었다. 그에게는 금지된 것이지
만 혹시, 희망을 가질 만한 어떤 표시라든지, 뭐 하나라도 구별할 수 있
지 않을까? 하지만 아니었다. 희망은 명백하게 사라졌다. 에데피아의

입구에서 거부된 사람은 모두 열한 명이었다. 열한 명이 이별의 충격을 견디고 있었다. 그들은 모두 모래 위에 쓰러진 채, 마지못해 체면을 지키며 각자의 고통 속에 갇혀 있었다. 정신적인 상처는 너무 커서, 다들 말문이 막힐 정도로 넋이 나갔다. 오직 쿠카만이 발작적으로 오열할 뿐이었다.

"왜 쿠카가 여기 있는 거지? 저 애의 부모님은 내부인인데……." 구스가 놀라서 중얼거렸다.

갑자기 소녀가 벌떡 일어나더니 호수로 달려갔다.

"제발 부탁이에요! 당신들이 누구든 나 좀 들어가게 해줘요! 엄마 아빠가 보고 싶단 말이에요……." 그녀가 고래고래 소리를 질렀다.

그녀는 울면서 얼음같이 차가운 물이 허리에 닿을 때까지 호수로 걸어 들어갔다. 갈리나의 남편인 목사 앤드류가 그녀를 막기 위해 달려왔다. 소녀는 심한 불안과 절망으로 몸부림쳤다.

"부모님과 다시 만나고 싶어요! 제발 날 막지 마세요!"

앤드류는 온 힘을 다해 그녀를 꼭 끌어안고 물에서 데리고 나왔다.

"그렇게 위험한 짓을 하면 폐렴에 걸려 죽을 거야." 앤드류가 모래 위에 그녀를 내려놓으며 숨을 헐떡였다. "우리는 평범한 인간일 뿐이야, 잊지 말자고. 그것이 우리가 여기에 남은 이유이기도 하니까."

구스는 공허한 눈으로 호수를 바라보는 마리 옆에 털썩 주저앉아 두 손에 고개를 묻었다.

"우리가 에데피아로 들어가지 못하리란 건 극명한 사실이었어." 마리가 휠체어의 팔걸이를 꽉 쥐고 한숨을 내쉬었다. "희망이 너무 희박했어."

그녀의 목소리가 거칠게 갈라졌다. 구스는 몹시 괴로운 표정으로 그녀를 보았다. 뭐라고 말하겠는가?

"그들은 잘…… 갔을까요?" 구스가 용기 내어 물었다.

마리가 눈을 돌렸다.

"잘 갔을 거라 확신해." 앤드류가 그들에게 다가오며 말했다. "그들은 강하고, 서로 굳게 결속되었고, 또 야무지니까."

"우리는 전혀 그렇지 못하고요." 구스가 이곳의 쓸쓸한 상황을 상기하며 말했다.

탈주자들 무리와 마찬가지로 반역자들 무리에서도 꽤 많은 사람이 남겨졌다. 똑같은 불행이 그들을 스쳐 갔음에도, 사람들은 순식간에 각자의 무리로 나뉘었다. 한쪽에는 군나르와 브렌든—안니키와 빌마 쌍둥이 자매의 남편들—이 소피, 그레타—광물학자인 루카스의 아내와 의붓딸—와 뭉쳤다. 조금 떨어진 곳에는 마리, 구스, 앤드류, 쿠카, 버지니아 포르텐스키—카메론의 아내—와 아키나 니시무라—코크렐의 아내—가 함께 모여 있었다. 오직 바바라 맥그로우만이 진영을 고르지 못한 것 같았다. 낙담한 표정으로 무릎을 끌어안은 그녀는 사냥개 무리에 쫓겨 공포에 질린 암사슴 같았다.

모두 진실로 서로의 모습을 보지 않은 채 마주 보았다. 공황 상태에 빠지지 않으려 싸우는 구스를 제외하고. 소년은 '남겨진 사람들'을 한 사람씩 똑바로 바라보았다. 그들은 보기 딱했다. 자신 역시 마찬가지일 것이다, 틀림없이. 특별하고 예외적인 사람들 옆에서 살았던 가엾은 사람들, 그들은 특별함과는 거리가 멀었다. 그들에게는 마법 능력이 없다는 것이 확실해졌지만, 그들은 스스로 소신 있고 자랑스러운 탈주자임을 믿어 의심치 않을 만큼 내부인의 혈연에 익숙해졌었다. 그들은 다 함께 기쁨과 위험을 알게 되었다. 모험은 결코 휴식이 아니었다. 그들은 거친 취급을 당하기도 했고, 때로 헤어졌다. 그림 속에 갇혔던 때도, 구스는 지금 같은 이런 괴로운 감정을 느끼지 못했다. 이제 모두가 함께하던 시절은 지나갔다. 두 세계 사이에 존재하던 관계는 깨졌다. 각자 자기 집으로 돌아간 것이다…….

지진으로 다시 땅이 흔들려 호수의 물이 찰랑거렸다. 아무것도 해결된 것 없이, 짙은 구름이 모습을 드러내며 남겨진 사람들에게 가차 없이 차가운 빗줄기를 쏟아부을 태세였다.

"빨리 피해요!" 앤드류가 마리의 휠체어를 움켜잡으며 소리쳤다.

덜컹거리는 두 대의 버스 중 한 대로 피신하자마자 세찬 소나기가 쏟아졌다. 마지막으로 버스에 오른 바바라 맥그로우는 머리끝부터 발끝까지 몽땅 젖었다. 잠시 머뭇거리던 버지니아는 이내 결심한 듯 자신의 배낭을 뒤져 반역자의 쌀쌀맞은 아내에게 수건과 스웨터를 건넸다.

"고마워요……." 바바라가 중얼거렸다.

몇 분 후, 구스가 활시위처럼 팽팽하게 긴장된 얼굴로 자리에서 벌떡 일어났다.

"뭔가 해야만 해요! 이렇게 평생 여기 있을 수는 없다고요!" 그는 불안했지만 힘 있게 말했다.

"만약 그들이 우리를 찾으러 돌아온다면?" 쿠카가 떨리는 목소리로 앞으로 나섰다. "여기서 움직이지 말아야 해."

앤드류가 침통한 표정으로 그녀를 바라보았다.

"에데피아에서 나오는 게 '그림'에서 나오는 것보다 더 복잡하지는 않을 거예요, 그렇죠?" 그녀는 히스테리를 일으키기 직전인 듯 소리를 질렀다.

"우리 친구들이 그림에서 나오기까지는 세 달이 넘게 걸렸단다." 앤드류가 침착한 목소리로 대답했다. "설사 그들이 에데피아에서 다시 나올 가능성이 있다손 치더라도, 우리는 지금 허허벌판 사막에 있다는 사실을 잊지 마. 추위와 허기로 금방 죽을 수도 있으니까."

"앤드류 말이 맞아." 마리가 끼어들었다. "여기서 우리가 살아남을 가능성은 아주 희박해."

"이제 이 땅 위에서라면, 어디든 살아남을 가능성이 낮아요, 그렇잖아요!" 쿠카가 화를 냈다.

"가능성이 낮다 해도, 아니, 그럴수록 우리 입장에서는 모든 기회를 활용하는 게 당연하겠지." 구스가 강조했다.

이 대화가 시작되면서부터 소년은 중요한 질문에 답하려 애썼다. 그의 입장이었다면 옥사는 어떻게 했을까? 그녀를 생각하는 것은 정말 가슴이 찢어지는 일이었지만, 구스에게는 그것이 효과적으로 추론하는 유일한 방법이었다. 만약 옥사가 여기 그의 옆에, 이 극단적인 상황 속에 있었다면, 그녀는 그를 돌아보며 청회색 눈빛으로 이렇게 말했을 것이다. '어서, 구스! 머리를 굴려. 그리고 네 머릿속에 떠오르는 것을 우리한테 제시하라고!' 과거에 그가 선택했던 몇 가지 결정은 그 판단이 옳았음이 밝혀졌다. 그렇다면 지금 머리에 떠오르는 이 생각도 분명 옳을 것이다.

"난 우리가 집으로 돌아가야 한다고 생각해요." 양 볼이 벌겋게 달아오른 구스가 한숨을 내쉬었다.

"**뭐라고?**" 몇 사람이 소스라쳐 놀라며 소리를 질렀다.

"무슨 말을 하는 거니?" 버지니아가 물었다.

"내 말은, 만에 하나 우리 가족들이 에데피아에서 나온다면, 우리를 찾으러 각자의 집으로 갈 거라는 거예요. 난 그게 자연스러운 것 같아요." 구스가 말을 이었다.

"만약 우리 집이 없어졌다면? 그럼 어떻게 하지?" 브렌든이 물었다.

"우리는 그들이 확실하게 찾을 수 있는 장소에 다 함께 머물러야 합니다." 앤드류가 제안했다.

"그건 너무 주관적인 생각이에요." 목사의 제안이 언짢은 브렌든이 반박했다.

모두들 미래 예측에 정신을 집중했다. 쏟아지는 빗줄기는 약해지지 않았다. 결국 밤이 내렸고, 불안은 돌파구를 찾으려는 노력에 저항하며 점점 커지는 것 같았다.

"나는 두 사람 다 옳다고 생각해요." 루카스의 의붓딸인 그레타가 입을 열었다. "하지만 관계로 보면 우리는 적이에요. 우리가 동행할 수는 없어요. 너무 많은 것들이 우리를 갈라놓으니까요."

"탈주자들과 반역자들이 했던 것처럼 우리도 힘을 합할 수는 없을까요?" 앤드류가 외쳤다.

"그들이 진심으로 그렇게 했나요, 앤드류?" 그레타가 숱 많은 하얀 머리카락을 뒤로 넘기며 응수했다.

"그래도요!" 앤드류가 두 눈을 빛내며 말했다. "우리가 오랜 동맹의 희생자여야 한다는 판결이라도 받았나요? 두 집단의 끝도 없는 전쟁의 노예로 머물러야만 하는 겁니까?"

그레타가 한숨을 내쉬었다.

"당신은 신앙을 가진 사람이에요, 앤드류. 본성에 대한 당신의 비전은 비현실적이에요."

"잘못 알았어요, 그레타. 난 분명 당신보다 더 통찰력 있어요."

이 말을 들은 사람들은 모두 얼굴을 찌푸렸다. 구스는 토론하는 동안 마리의 어깨에서 미끄러진 담요를 다시 덮어주려고 그녀 쪽으로 몸을 숙였다.

"네 생각은 정말 훌륭해, 구스." 마리가 그의 귀에 속삭였다. "우리 집으로 돌아가자. 그리고 기다리자."

구스는 감동해 그녀를 바라보았다. 기다린다고? 신성한 희망을 한 모금 포함한 말이었다. 그러나 여기, 지진으로 흔들리는 고비사막 한가운데 멈춰 선 낡고 차가운 이 버스 안에서는, 그게 무엇이든 희망을 품기가 참으로 어려웠다. 이 모든 혼란 속에서 살아남을 힘을 찾아내는 것을 제외하고는.

대립

　세계의 동쪽 가장자리를 따라 뻗은 언덕 뒤쪽으로 날이 밝아올 즈음, 구스는 결심을 굳혔다. 마지막 기대까지 재가 되어버린 상황이었지만, 그의 가슴속에는 이 악몽에서 벗어나겠다는 뜻밖의 의지가 자리 잡았다. 이것은 희망의 문제가 아니라 그가 책임을 감당할 수 있다는 사실을 증명하는 잔인한 결정일 뿐이었다. 정작 이 '새로운 구스'를 보며 좋아해줄 소녀는 옆에 없었고, 그는 고통으로 숨이 막혔다. 옥사는 멀리 있지 않았다. 그는 그것을 알고 있었지만, 그곳은 다른 어떤 곳보다 더 멀기도 했다. 외부 세계의 기준에 따르면 그녀는 어디에도 없었으니까. 부모님도 구스를 그리워할 것이다, 그것은 분명했다. 구스는 부모님이 지난 16년 동안 자신을 돌봐준 것처럼 친구에게도 그렇게 해줄 것을 의심하지 않았다. 오손의 사악한 계획 덕에 16년의 세월이 갑자기 18년이 되기는 했지만.

　스스로 납득하고 싶은 듯, 그는 하얗게 김이 낀 버스 유리창에 길게 난 손자국을 지우고, 유리에 비친 얼굴을 바라보았다. 그는 아직도 달라진 외모에 적응되지 않았다. 머리카락이 어깨까지 길게 자라고 광대뼈도 튀어나와, 묘한 분위기가 더욱 강조되었다. 어쩌면 차라리 그게 더 나을지 몰랐다. 펼쳐진 책처럼 다 읽히는 것은 싫었으니까.

전날의 공포, 고통, 믿기지 않는 충격은 뱀이 지나간 자국처럼 남겨진 사람들 위에 녹아내려 잠 속에서 피로로 변해버렸다. 날이 밝자, 구스는 혼란스러웠던 지난밤이 떠올라 꼼짝하지 않고 있었다. 옆에서 자던 마리가 몸을 뒤척이며 구스 쪽으로 돌아누웠다. 날씨가 얼마나 추운지 그녀가 뿜어내는 입김이 머리 위에 작고 차가운 구름을 만들었다. 그녀의 안색은 매우 초췌했다. 이별과 병이, 가을날의 낙엽처럼 쪼그리고 있는 그녀의 몸과 얼굴에 눈에 띄는 흔적을 남겼다. 그녀는 겉으로도, 저 깊은 내면으로도 고통을 견디고 있었다. 구스는 자신이 맡은 새로운 역할의 무게를 그 어느 때보다 더 확실히 느꼈다.

"옥사!" 갑자기 마리가 잠꼬대를 하며 소리를 질렀다.

남겨진 사람들 몇몇이 경계하며 자리에서 일어났다. 구스는 마리에게 다가갔다. 그녀는 악몽을 꾸는지 몸을 움찔거렸다. 하지만 그녀가 발버둥 치는 꿈속보다 현실이 더 나은 것도 아니었으므로, 구스는 굳이 그녀를 깨우지 않기로 했다.

"이쪽으로 오렴, 구스." 앤드류가 나지막한 목소리로 말을 걸었다.

앤드류, 버지니아, 아키나가 버스 앞자리에 다시 모였다. 두 다리를 상체에 꼭 붙이고 몸을 웅크린 쿠카가 몇 자리 떨어진 곳에 앉아, 공허한 얼굴로 창문 쪽을 향해 고개를 돌리고 있었다. 구스가 그녀에게 은밀히 눈짓했지만 그녀는 답이 없었다.

"괜찮니, 구스?" 버지니아가 물었다. "감기는 안 걸렸어?"

"이보다 더 나쁜 일은 겪어보지 못한 것 같아요." 소년이 얼어붙은 양쪽 팔을 문지르며 고백했다.

"어제 네 제안은 최고였어." 앤드류가 다짜고짜 말했다. "우리는 다시 런던으로 돌아갈 거야."

"별 문제 없이 잘 도착할 수 있을까요?"

아키나가 침울한 목소리로 물었다. 핑크빛 꽃무늬 패딩 재킷에 폭 싸인 자그마한 일본 여인의 얼굴은 흑옥같이 까맣고 긴 머리카락과 대비되어 학대받은 인형처럼 보였다. 구스는 자신도 품었던 답 없는 똑같은 의문에 괴로워져 눈을 내리깔았다.

"우리는 여기까지 왔던 길을 되짚어, 반대로 갈 거예요." 앤드류가 단순하게 대답했다.

"받아들이기 힘든 여정이로군요!" 루카스의 의붓딸인 그레타가 끼어들었다.

"어느 누구에게도 똑같은 선택을 하라고 강요하지 않을 겁니다. 각자 자신이 좋은 곳으로 갈 자유가 있으니까요." 버지니아가 대꾸했다.

남겨진 사람들 대부분이 잠에서 깼다. 마리가 의자에 앉으려 하자, 바바라 맥그로우가 구스와 앤드류보다 먼저 달려가 그녀를 도왔다. 반역자의 아내는 조용히 마리 옆에 앉았다.

"당신과 함께 런던으로 돌아가게 해주세요." 거의 들리지 않을 정도로 아키나가 소곤거렸다.

"영광입니다!" 앤드류가 말했다. "구스? 마리? 버지니아? 여러분은 함께 갈 거죠, 네?"

세 사람은 감격에 겨워 고개를 끄덕였다. 목사는 떨리는 목소리로 감사의 말을 중얼거리고는, 풍성한 천연 양모 재킷으로 포근하게 온몸을 감싸고 의기소침하게 구석에 처박혀 있는 쿠카를 향해 고개를 돌렸다.

"쿠카? 난 네가 우리와 함께 가기를 진심으로 바란다. 물론, 넌 성년
이 아니긴 하지만 우리와 다른 선택을 할 권리가 있어."

소녀는 어두워진 표정으로 의자에 더 깊숙이 몸을 묻었다.

"목사님을 따라갈게요." 그녀가 별로 열의 없이 중얼거렸다.

마지막으로 아직 뜻을 내비치지 않은 다섯 명에게 눈길이 향했다. 오
만한 그레타가 앞으로 나섰다.

"우리는 여기에 남을게요."

"맙소사, 어떻게 살려고요?" 버지니아가 소리쳤다. "이제 겨울이라
고요. 여기는 먹을 것도 없고, 마실 것도 없어요. 오래 버티지 못하고
죽을 거예요!"

"이곳에서 15킬로미터 정도 떨어진 곳에 있는, 오면서 본 사람들이
사는 마지막 마을에 자리를 잡을 생각이오." 안니키의 남편 군나르가
설명했다. "도로가 이어져 있으니까요."

"에데피아로 들어간 사람들이 우리를 찾을 수 있도록 호숫가에 표시
를 남겨놓을 거고요." 그레타가 자신 있는 표정으로 말했다.

"그레타, 당신 알아요? 당신도 어떤 의미에서는 신앙이 있는 사람이
에요." 앤드류가 강한 시선으로 그녀를 바라보며 말했다.

"미친 짓이에요." 구스가 중얼거렸다. "어느 날 그들이 다시 돌아올
수 있다고 누가 그랬나요? 여러분은 부질없는 희망에 매달려 남은 인
생을 여기 이 사막에서 보내게 될 거예요."

구스는 결코 낙천적인 소년이 아니었고, 이 순간 자신이 비관주의자
임을 명백히 시인했다. 그의 말에 남겨진 사람들이, 몇 사람은 불쾌한
표정으로, 몇 사람은 슬픈 표정으로 그를 응시했다.

"우리가 계속 희망을 놓지 않는다면, 희망이 우리에게 다가올 거예요. 아닌가요?" 군나르가 무덤 저편에서 들려오는 목소리로 물었다.

"네, 그래요, 희망이 여러분에게 다가올 거예요! 하지만 나로서는, 모든 환상을 내려놓고 싶어요." 구스는 이렇게 외치며, 자신의 당돌함과 완전히 포기해버리고 싶은 강한 욕망에 스스로도 놀라며 쉬어버린 목소리로 덧붙였다. "이젠 끝이에요! 난 절대 이루어지지 않을 망상 따위에 목매고 싶지 않아요."

"희망은 망상이 아냐." 앤드류가 구스의 어깨를 잡으며 대꾸했다. "하지만 네가 그렇게 격분한다고 널 원망할 수 있는 사람은 없지."

"난 격분하는 게 아녜요! 통찰력이 있는 거라고요, 네, 그것뿐이에요." 구스가 음절을 끊어서 강하게 발음했다.

"그만해요! 그만두지 않으면 미쳐버릴 것 같다고요!"

갑자기 쿠카가 고함을 지르더니 울음을 터뜨렸다. 버지니아가 옆에 앉아 그녀를 품에 안고, 아기처럼 천천히 흔들어주었다. 자신의 아이들에게 그랬던 것처럼, 어쩌면 다시는 보지 못할, 강했지만 다정했던 세 아들에게. 버지니아도 울음이 치솟아 목이 메었다. 뜨거운 눈물이 흘러내려, 쿠카의 머리카락으로 떨어졌다.

"당신은 어떻게 할 거예요, 바바라?" 마리가 그녀의 주의를 끌려 애쓰며 끼어들었다.

바바라 맥그로우는 자신이 말할 차례가 된 것이 겁나는 듯, 몸을 조그맣게 오그렸다. 아랫입술이 가볍게 떨리더니, 마침내 말이 입 밖으로 나왔다.

"난 여러분과 함께 가고 싶어요. 런던으로요. 만약 여러분이 절 받아주신다면……"

그레타가 분노의 고함을 질렀다.

"바바라! 당신이 어떻게 그럴 수 있어요?"

"난 그러고 싶어요, 그레타. 난 다시 런던으로 돌아가고 싶어요." 그녀가 더욱 확고하게 말했다.

앤드류가 동료들을 바라보았다. 여자들은 연민과 불신 사이에서 당황한 것 같았다. 구스는 바바라에 대해 어떤 의견을 가질 수가 없었다. 바바라는 이제까지 냉혹한 사건 앞에서 두려워하는, 소극적인 모습만을 보여주었다. 하지만 그녀가 오손의 아내라는 사실을 잊어서는 안 되었다. 아마도 그녀가 결혼하기로 마음먹은 사람은 그 사람이 아니었겠지만, 그래도 그녀는 그의 곁에서 몇 년을 같이 살았고, 아들도 한 명 두었잖은가. 바바라는 남편의 비밀을 전부 다 알지는 못했겠지만—그의 태생, 야망, 뿌리 깊은 강박관념 등—, 그렇다고 전부 다 모를 수도 없었다. 구스는 그녀가 자신이 보았던 가냘프고 상처받기 쉬운 여자인지, 아니면 전혀 다른 사람인지 규명하지 못한 채, 새로운 눈으로 그녀를 관찰했다. 그녀는 사실, 그녀가 보여준 모습과는 뼛속까지 다른, 위험한 사람은 아닐까.

"구스?"

모두 구스의 의견이 허락 여부를 결정짓는 것처럼 신중하게 기다렸다. 구스는 얼굴이 빨개졌고 침착함을 잃은 듯했다. 이토록 중요한 사항을 판단하기란 쉽지 않았다! 그는 이런 상황이 싫었다. 구스의 눈길이 거의 지각할 수 없을 정도로 미세하게 고개를 끄덕이는 마리에게 가서 멈췄다.

"난 찬성이에요." 구스는 큰 실수를 저지르고 있다는 끔찍한 느낌을 받으며 대답했다. "바바라 아주머니는 우리랑 함께 가셔도 돼요."

대결

커다란 원형 회의실 안의 분위기는 극도로 흥분된 상태였다. 옥사는 여기서 나가기 위해서라면 뭐든지 다 내놓을 수 있을 것 같았다. 오시우스와 뮈르무 일당들을 마주한 의자에 처박혀, 그녀는 난생처음 감금된 기분을 느꼈다.

"균형을 다시 세울 사람은 바로 너야." 힘 있는 노인네가 새까만 시선을 그녀에게 던지며 말했다.

"결국 에데피아에서 나갈 수 있도록 하는 것도 너고!" 오손이 자신에 차 떨리는 목소리로 덧붙였다.

동시에 그는 안드레아에게 도전적인 눈길을 흘깃 던졌다. 안드레아는 그의 이복동생이지만, 차마 고백하기 힘든 그의 라이벌이기도 했다.

"멋지구나!" 오시우스는 옥사에게서 눈을 떼지 않으며 기뻐서 어쩔 줄 몰랐다. "원한다면 가까이 오너라!"

본능적으로 옥사는 탈주자들에게서 위안을 찾으려 고개를 돌렸다.

적의와 탐욕으로 가득 찬 호기심 어린 눈으로 자신을 훑어보는 이 사람들 앞에서 그녀는 진정으로 혼자라고 느꼈다. 놀랍게도 아바쿰과 파벨이 자리에서 일어나 원형극장의 계단을 내려왔고, 튀그뒤알이 바로 그 뒤를 쫓았다. 오손이 그들을 밀어낼 준비를 하는데, 오시우스가 재미있다는 표정으로 그의 동작을 제지했다. 마치 자신만이 이 상황을 완벽하게 통제할 수 있는 것처럼. 위협적으로 윙윙거리며 다가오는 10여 마리의 경비원들을 무시하며 파벨이 옥사 바로 옆에 서서 그녀의 손을 잡았다.

"걱정 마라, 옥사 상." 파벨이 이 사이로 중얼거렸다. "힘을 가진 사람은 너야, 그들이 아니라."

아바쿰이 의자 뒤에 서서 소녀의 어깨에 두 손을 올렸다. 곧 옥사는 그가 이토록 가까이 있다는 사실이 안심이 되면서 고마워졌다. 튀그뒤알은 의자의 다른 쪽을 포위하며 옥사에게 은밀히 눈을 찡긋했다.

"너를 위협하게 내버려두지 않아." 그가 속삭였다. "그들은 우리보다 강하지 않거든."

옥사는 아버지와 튀그뒤알이 옳다고 믿고 싶었지만, 뮈르무들이 기뻐하는 모습은 그녀를 두렵게 했다. 오손이 아버지의 귀에 대고 뭐라고 중얼거리자, 오시우스의 시선이 바로 튀그뒤알을 향했다.

"그래, 네가 나프탈리와 브륀느의 손자라고? 네 증조할머니가 우리 비밀 조직의 가장 열렬한 지지자 중 한 명이었다는 사실을 아느냐?" 오시우스가 물었다.

이 말을 들은 나프탈리가 더는 참지 못하고 의자에서 벌떡 일어나 오시우스가 앉아 있는 연단으로 온 힘을 다해 몸을 날렸다. 모두 미사일처럼 머리 위를 쌩 지나가는 그를 보았다. 뮈르무들이 푸폴레토와 노크 봉을 쏘며 공격을 막으려 했지만, 어떤 것도 거대한 스웨덴인의 확고한 움직임을 멈출 수는 없었다. 경비원 무리가 뒤따랐지만, 나프탈리는 오시우스의 바로 뒤에 버티고 서서 힘센 팔로 그의 목을 죄었다. 그러고는 손으로 한 번 탁 쳐서 바지에 붙어 넘실거리는 불길을 꺼버리고 불쾌하다는 듯 소리쳤다.

"내 어머니는 한순간도 너희들의 열렬한 지지자였던 적 없어. 협조를 강요당했던 것뿐이야!"

뮈르무 전체가 그를 향해 크라쉬 그라녹스를 겨냥했다. 견디기 힘든 팽팽한 긴박감이 감돌았다. 옥사는 아버지가 마음속으로 흥분하는 것을 느꼈다. 까딱하다가는 흑룡이 솟아오를 기세였다. '살육이 일어나기 직전이야…….' 젊은 여왕은 공포에 사로잡혔다. 나프탈리는 분노로 하얗게 질려, 손아귀에 더 힘을 주었다. 오시우스가 몸을 움찔거렸다.

"당신과 그 일당에게 경고하건대, 내 손자에게 가까이 가지 마!" 나프탈리가 적의 귀에 대고 우레와 같이 소리쳤다.

"이제, 그런 이유로 저들이 나를 놀리는 장면을 볼 기회는 절대 없어요, 할아버지." 튀그뒤알의 강한 목소리가 울려 퍼졌다.

옥사가 튀그뒤알에게 눈을 돌렸다. 언뜻 보기에 그의 얼굴은 밀랍으로 만든 조각처럼 냉정했고, 어떤 것도 그에게 영향을 미칠 수 없을 것 같았다. 그의 내부에서 일어난 동요를 드러낸 유일한 것은, 관자놀이에서 창백한 피부를 꿈틀거리게 하는 혈관이었다. 순간 나프탈리쪽으로 접근하는 위험한 경비원 한 마리를 발견한 튀그뒤알은 푸폴레토를 쏘았고, 그 벌레는 폭발하며 재로 변했다.

"그래도 넌 환영받는 사람이다." 오손이 마지막으로 도발하듯 덧붙였다.

이 말에 튀그뒤알은 금방이라도 침을 뱉을 듯이 냉담하고 경멸스럽다는 눈초리로 반역자를 훑어보았다.

"오시우스, 이제 에데피아가 어떤 상황인지 정확하게 말해줘야겠어." 나프탈리가 다시 말을 이었다. "속임수도 쓰지 말고, 가식도 부리지 말고. 난 잃을 게 아무것도 없다는 사실을 알아둬라. 필요하다면 주저 없이 당신의 목을 부러뜨릴 거야, 내게는 원하기만 하면 그럴 힘이 있으니까."

"넌 그렇게 못 할 거야. 왜냐하면 너에겐 내가 필요하니까." 오시우스가 인상을 찌푸리며 말했다. "너희들 모두 내가 필요하다고!"

"확실한가?" 나프탈리가 목을 더욱 꽉 죄며 반박했다. "네 힘을 너무 과대평가하면, 결국 자멸할 거야. 당신은 야망에 끌려다니는 늙은이에 지나지 않아. 당신의 인생은 성공인가, 오시우스? 그렇게 말할 수 있어? 당신은 대혼란을 일으켜 오늘날 두 세계를 종말로 이끌었어. 두 아들이 있지만 하나는 당신을 증오하고, 나머지 하나는 당신을 증오하는 자신의 형제를 증오하지. 당신의 권력은 공포정치 행사에 한정되어 있다고!"

격분한 뮈르무들이 몸을 떨며 나프탈리를 둘러싼 채 긴장을 늦추지 않았다. 연단의 정면 바닥에서 한 반역자가 나프탈리를 향해 그라녹을 쏘았지만, 탈주자들이 그 모습을 놓치지 않았다. 브륀느가 약지를 구부리자 놀라운 섬광이 번뜩이며 그라녹의 방향이 바뀌었다. 남편에게 아주 조금이라도 해가 되는 행동을 하면 그게 누구든 가만두지 않을 기세였다. 솜씨 좋게 뛰어오른 그녀는 반역자들 앞에 서서 아주 사소한 움직임까지도 감시했다. 카메론과 피에르가 더욱 철저히 살펴보기 위해 그녀 옆으로 갔다.

"대혼란의 책임은 말로란 여왕에게 있어, 내가 아니라." 오시우스가 쉰 목소리로 말하기 시작했다.

"말로란 여왕 역시 책임질 부분이 있지. 누구도 그것을 부정할 수는 없다." 아바쿰이 인정했다. "하지만 그녀에게는 당신처럼 사악한 의도가 없었어. 그녀의 유일한 잘못은 너무 순진했다는 것과 당신이 진짜로 어떤 사람인지 깨닫지 못했다는 거야. 만약 당신이 그녀에게 그런 영향을 주지 않았더라면 '말해서는―안―되는―비밀'은 절대 깨지지 않았을 거야. '무한한 본질'은 여전히 거기 있었을 테고, 대혼란은 절대 일어나지 않았겠지."

"만약 내가 아니었다면 다른 누군가가 그녀에게 압력을 행사했을 거야." 오시우스가 응수했다. "에데피아에서 나가고 싶어 했던 것은 나 혼자만이 아니었어. 말로란이 백성에게 유체 이탈 여행의 영상을 보여준 그 순간부터, 우리 대부분은 그 생각이 머리에서 떠나지 않았다고."

아바쿰과 연로한 탈주자들은 오시우스의 말을 인정할 수밖에 없었다. 그녀를 잘 아는 사람들이 보았을 때, 말로란 여왕은 이상주의자였고, 몇몇 동족의 어두운 욕망을 소홀히 여긴 경솔한 개혁파였다. 부서지기 쉬웠음에도 불구하고, 에데피아의 비밀은 몇 세기 동안 여왕들에 의해 보존되어왔다. 행복한 무지 속에 내부인들을 잡아두면서, 혹은 이미 예측된 외부 세계의 위험으로 그들을 잘못 이끌면서 안전을 보장한 것은 말로란 여왕이었다. 그녀는 외부 세계의 현실을 제시하며 대대로 내려온 이 근간을 급작스레 개혁하고 싶어 했다.

"그녀가 유체 이탈 여행을 공개하게끔 부추긴 사람이 당신이라는 것은 잊었군요!" 레미니상스가 아버지를 향해 크라쉬 그라녹스를 겨누며 부르짖었다.

오시우스가 그녀를 쏘아보았다.

"알지도 못하면서 멋대로 말하는구나!" 그가 분노를 터뜨렸다. "너희들은 모두 말로란 여왕이 순진하고 우유부단한 여자라고 생각하고 있어. 하지만 그녀가 어느 누구보다 고집 센 사람이란 사실을 알려주지. 그녀는 심한 열등감으로 괴로워했다. 그녀는 앞선 여왕들과 완전히 차별되는, 새로운 형태의 통치로 특별한 여왕이 되고 싶다는 망상을 가지고 있었어. 그녀는 자신의 통치기가 모두에게 기억되기를 바랐지."

"음, 그 바람은 실현된 것 같네요." 옥사가 중얼거렸다.

"그렇다면, 말로란 여왕의 그런 성격이 무엇보다 당신에게 도움이 되었다는 사실을 시인하시오! 당신은 양심의 가책 없이 그녀를 조종했어. 막후공작이야말로 당신의 전문 분야였지, 아니오?" 아바쿰이 끼어들었다.

"말로란이 저항하지 않은 게 내 잘못인가?" 오시우스가 악의 가득한 미소를 띠며 말했다. "어쨌든 자네들이 매번 그렇게 말할 만큼 모든 게 다 나쁘지는 않다네. 그래도 우리에게는 훌륭한 쌍둥이가 있잖은가!"

교활한 미소가 침묵 속에 퍼지며 분위기를 더욱 무겁게 했다. 자랑스러운 동시에 거만한 모습으로 오손이 다시 턱을 치켜든 반면, 레미니상스는 온몸이 굳어졌다. 조에는 그야말로 심장을 멈춰버리고 싶다는 한 가지 생각에 골몰하며 의자에서 조그맣게 몸을 웅크렸다. 영원히 사라지고 싶었다. 사촌의 절망을 느낀 듯, 옥사는 몸을 돌려 조에를 바라보았다. 그녀는 조에를 지지한다는 표시로 눈을 빛내며 주먹을 불끈 쥐어 보였다. 이 몸짓을 오시우스가 놓칠 리 없었다.

"그 쌍둥이는 하늘이 준 자손이었지. 있을 수 없는 몇 번의 결합 덕분에 말이야." 나프탈리가 더 목을 조르기 전에 오시우스가 재빨리 말했다.

"그래요, 그 얘기를 해봅시다! 하늘이 준 그 대단한 자손이 친족을 주저 없이 살해했죠!" 레미니상스가 분노로 얼굴이 창백해져 부르짖었다.

그때까지 냉정함을 유지하던 오손이 한계에 다다랐다. 오손의 손가락 끝에서 발사된 강렬한 섬광이 쌍둥이 여동생의 목 가운데를 스쳤다. 잔느와 갈리나가 바로 오손에게 노크 봉을 쏘아 오손은 벽에 처박혔지만 이미 늦었다.

아바쿰이 달려갔고, 레미니상스는 그의 품속으로 쓰러졌다. 그녀의 섬세한 피부 위에 거무스름한 원이 움푹 패 있었고, 그녀는 얼이 빠진 표정으로 눈을 크게 떴다. 인간 요정이 무릎을 꿇고 바닥에 그녀를 눕혔다. 그는 재킷을 쿠션처럼 만들어, 부상당한 레미니상스의 머리를 받쳐주었다. 드라고미라의 폴딩고가―이제는 옥사의 폴딩고가 된―몸을 좌우로 흔들며 다가오자, 몇몇 사람은 놀라움을 감추지 못했다. 폴딩고들은 약 60여 년 전부터 '유리 기둥' 궁전 바닥을 밟지 못한 것이다.

"우리 늙은 여왕님의 친척은 생명을 포기하도록 육체를 방치하지 마셔야 합니다." 작은 생명체가 레미니상스의 손을 잡으며 말했다. "이 하인은 당신의 쌍둥이가 당신이 죽음에 이르는 것을 보며 기뻐하도록 내버려둘 수 없습니다."

"죽일 생각은 없었어." 오손이 차가운 목소리로 반발했다. "하지만 입을 다물게 하려고는 했지!"

"그렇게 강력한 공격은 늙은 여왕님의 친척을 죽음으로 이끌고 갈 수도 있습니다." 폴딩고가 환자를 살피며 대꾸했다. "첩첩이 쌓인 세월과 시련이 빠른 회복을 방해하고 상처를 위중하게 만든답니다."

"오손, 무슨 짓을 한 거야?" 오시우스가 그리 충격을 받은 것 같지도 않은 표정으로 한숨을 내쉬며 나쁜 짓을 하다가 들킨 아이를 나무라는 아버지처럼 말했다.

"난 아버지처럼 했을 뿐이에요." 오손이 불쾌하고 무례한 태도로 옷 매무새를 가다듬으며 대답했다.

방금 전 잔느와 갈리나에게 노크 봉 공격을 받았음에도, 그는 그 어느 때보다 강해 보였다.

"아버지와 아들은 마음속에 똑같은 잔인성을 키웠습니다." 폴딩고가 레미니상스에게 말했다. "하지만 이 잔인성이 당신에게 유전되지는 않았습니다. 자, 날 따라 해보세요, 이것은 충고랍니다."

노부인은 부드러운 리듬으로 눈동자를 굴리는 작은 생물의 커다랗고 푸른 눈을 똑바로 바라보려 애썼다. 동시에 폴딩고는 그녀의 뜨거운 목 위에 통통한 손을 대고, 이해할 수 없는 몇 마디 말을 단조롭게 중얼거렸다. 환자의 호흡이 차츰 규칙적으로 안정되면서, 눈빛에서 임종을 맞은 사람이 보이는 흐릿한 기운이 조금씩 사라졌다.

"좋아!" 오시우스가 기뻐했다. "이제 안심할 수 있겠군. 계속해도 되겠지?"

탈주자들은 구역질이 치밀어 올랐지만, 어쩔 수 없이 아바쿰과 레미니상스, 폴딩고를 둘러싼 채 오시우스에게 주의를 집중했다.

"에데피아는 '무한한 본질'이 사라지고 대혼란이 도래한 이후 끝없이 쇠락했지." 오시우스가 말을 이었다. "빛이 감소하면서 기온이 낮아졌고, 그렇게 모든 것이 시작됐어. 기후는 온화했지만 원래의 것과는 전혀 달랐지. 조금씩 식물들은 거기에 적응했어. 아니, 이렇게 말해야겠지, 식물들은 점점 그 수가 줄었어. 농토는 메말라갔고, 수확량은 해마다 적어졌지. 10년 전 처음으로 물 부족 현상이 나타났어. 우리는 물 배급을 위해 매년 더욱 엄정한 대책을 세웠지. 이렇게 치밀하게 대비했는데도 상황은 더 심각해졌어. 대혼란 초기 '초록 망토' 지역의 가장자리를 이루었던 사막이, 과거 아주 비옥했던 평야와 숲을 삼키며 갑작스레 영역을 넓히기 시작했어. 호수와 강이 말라갔고, 비축된 식수는 거의 바닥 났으며, 매해 기온은 더 떨어졌지. 에데피아는 가차 없이 종말을 향해 간 거야."

오시우스가 입을 다물었다. 슬픔 때문인지, 아니면 단순히 이야기에 특별한 효과를 주기 위한 사악한 의도 때문인지는 아무도 알 수 없었다. 그가 다시 입을 열자, 모두 그에게 시선을 고정했다. 아무리 나프탈리의 강한 팔에 죄어 있다 해도, 오시우스는 자신이 개입한 일에 극적인 분위기를 연출하고 싶어 하는 사람이었다.

"며칠 전, 나는 에데피아의 암울한 운명이 방향을 바꿨다는 것을 깨달았어. 새 여왕이 늦지 않고 우리 앞에 나타나리라는 사실을 알게 된 거야."

"그걸 어떻게 알 수 있었지?" 나프탈리가 물었다.

"오! 아주 간단해. '펠르린의 방'이 다시 나타났거든."

"뭐라고? 그런데 그걸 이제야 말하는 거요?" 아바쿰이 부르짖었다.

"최후의 카드로 남겨놓은 셈이지!" 뮈르무들의 우두머리가 빈정거렸다. "그래, '유리 기둥' 궁전의 저 깊은 지하 묘지에, 이 방의 중심과 정확히 일직선상에 위치한 '펠르린의 방'이 우리의 새로운 여왕을 맞이할 준비를 하고 있다네. 이제 그것은 단지 시간문제일 뿐이지."

불확실한 추론

　고통스러운 회의가 끝난 후, 탈주자들은 녹초가 되어 각자의 침실로 돌아갔다. 나프탈리는 오시우스의 목덜미를 으스러뜨리고 싶은 강렬한 욕망을 느꼈지만, 순순히 그를 놓아주었다. 탈주자들은 살인자가 아니었으니까. 자유로워진 오시우스는 펄쩍 뛰어 자신의 무리로 돌아갔다. 탈주자들은 저마다 반역자나 뮈르무의 호위를 받았고, 또 광분한 경비원 몇 마리도 따라왔다.

　"바보 같아!" 옥사가 오시우스의 귀에 들리도록 조금 큰 소리로 투덜거렸다. "두 세계의 균형은 내가 '펠르린의 방'에 입장하느냐 마느냐에 달려 있으니, 나는 도망가지 않는다고요. 난 미치지 않았다니까요!"

　"옥사의 즉위를 위태롭게 하는 건 어느 누구에게나 불이익이오." 아바쿰이 레미니상스의 허리를 받치며 덧붙였다.

　하지만 뮈르무들의 우두머리는 요지부동이었다. 탈주자들은 '유리 기둥' 궁전의 맨 꼭대기 바로 아래층에 갇히다시피 했다.

"보초들의 감시라니, 정말 필요 없는데……."

옥사는 분이 가라앉지 않았다. 문 앞에서 경비원들이 격렬하게 신경질적으로 윙윙거렸다. 조금 멀리에서는 가죽옷을 입고 투구를 쓴 두 명의 뮈르무가 엘리베이터를 감시하고 있었다.

"그래도 아버지를 만날 수는 있겠죠?" 옥사가 그들이 있는 쪽을 향해 외쳤다.

두 뮈르무 중 한 명이 자리를 떠나 복도로 사라졌다. 잠시 후 파벨이 나타났다.

"아빠!" 옥사가 외치고는 아버지가 지나가도록 경비원들에게 소리쳤다. "비켜요, 비켜."

그녀는 문을 꽝 소리 나게 닫고 아버지를 꼭 끌어안았다. 폴딩고가 다가오며 달처럼 둥그런 얼굴 가득 미소를 지었다.

"우리 젊은 여왕님의 아버님은 위로가 될 만한 애정을 실어 오셨습니다."

"맞아, 틀림없어!" 옥사가 가까스로 눈물을 참으며 외쳤다.

그들이 에데피아에 도착한 이후, 이렇게 가까이 얼굴을 맞댄 것은 처음이었다. 옥사는 자신이 너무 지쳤다고 느꼈다. 파벨은 커다란 유리 테라스 앞에 놓인 소파로 그녀를 끌고 갔다.

"아빠, 엄마랑 구스랑, 모두가 너무 보고 싶어요." 어머니와 구스 생각에 정신을 빼앗긴 옥사가 신음했다.

"나도 그래, 우리 딸. 나도 마찬가지란다."

"다 잘 있을까요?"

"그럴 거라고 믿어."

하지만 그의 눈빛은 불안한 기색을 드러냈다. 가슴을 죄는 괴로움이 그를 완전히 무장해제했다. 옥사를 위로할 기력조차 없는 파벨은, 딸아이를 안아주는 것 말고는 달리 아무것도 할 수 없어서 그녀를 가만히 꼭 안았다. 옥사는 이렇게 기진맥진한 적은 처음이었다. 옥사가 불안한 잠 속으로 빠져들며 아버지의 어깨에 머리를 떨어뜨릴 때까지, 두 사람은 무력감과 분노를 공유하며 괴로운 마음으로 서로에게 딱 붙어 한참을 그렇게 있었다.

문이 열리는 소리에 옥사는 잠들 때와 똑같은 자세로 깨어났다. 가죽 조끼로 몸을 졸라맨 소녀가 방 안으로 들어왔다. 소녀는 무늬가 있는 낮은 금속 탁자에 김이 모락모락 나는 접시가 가득한 쟁반을 말없이 내려놓았다. 옥사는 고맙다고 할까 말까 망설이며, 호기심 어린 눈으로 소녀를 바라보았다. 냉정한 표정을 제외하고, 그녀는 옥사와 별반 다르지 않았다. 그럼 무엇을 기대했는가? 그들이 뮈르무이든, 반역자이든, 아니면 탈주자이든, 모두 인간일 뿐이지 않던가.

"잔인하게 행동하는 사람들을 볼 때면, 그 인간성을 의심하지……."
옥사가 중얼거렸다.
"무슨 말을 하는 거냐?" 파벨이 놀라서 물었다.
"아무것도 아니에요, 아빠. 아무것도……."
옥사는 쟁반에 관심을 가지며 소녀가 나가기를 기다렸다. 고백하자면, 배가 고파서 죽을 지경이었으니까. 마치 누군가 그녀의 입맛을 잘 아는 사람이 준비한 것처럼 메뉴는 완벽했다. 신선한 파스타, 뭉근히 끓인 야채 모듬 요리―특히 파가 흔적도 남지 않은 것!―, 따뜻하고 작은 빵들, 치즈와 잼, 시원한 물과 과일 주스들.
"봤어요, 아빠? 꼭 우리 집 식단 같아요." 옥사가 지적했다.

"넌 그들이 숯불에 구운 아보미나리 갈비를 줄 거라 생각했나 보구나?" 파벨이 짓궂게 옥사를 놀렸다.

옥사는 아버지의 팔뚝을 살짝 때렸다.

"독이 들어 있지 않기를 바랄 뿐이에요." 옥사가 버터가 녹아 번들거리는 파스타 속에 포크를 푹 찌르며 말했다.

"글쎄, 너에 대한 오시우스의 애정을 보면, 그럴 수 있을지 의문인데."

"오, 아빠! 난 싫어요. 자신이 세계의 주인이라고 자부하는 주책바가지 늙은이!"

"주책바가지 늙은이? 제법 호된 공격인걸?"

그들은 배가 부를 때까지 조용히 먹기만 했다. 접시가 비어갈수록, 기력이 회복되는 것이 느껴졌다. 폴딩고가 그들과 합류하더니 주저하지 않고 해바라기씨가 박힌 작은 빵 여러 개와 풍미 강한 커다란 치즈 덩어리를 게걸스럽게 먹었다.

"배가 비교할 바 없는 행복을 표현합니다!" 폴딩고가 불쑥 나온 배를 안고 말했다.

옥사가 그를 보고 웃었다.

"네가 진짜 폭식가라는 걸 알았어!" 그녀가 상냥하지만 짓궂게 웃었다.

옥사는 아버지가 멍하니 서서, 눈앞에 펼쳐진 웅장한 풍경에 넋을 잃은 모습을 바라보았다. 이렇게 불확실한 상황은 처음이었다. 그녀가 다가갔다.

"우리는 어떻게 되는 걸까요?" 옥사가 한숨을 내쉬며 물었다.

"너도 오시우스 얘기 들었지? 상자주 족이 가르쳐줄 때, '펠르린의 방'은 너를 맞이하기 위해 열릴 거야. 그러면 너는 여왕이 될 테고, 네 첫 번째 임무는 균형을 다시 세우는 것이겠지."

"하지만 내가 그걸 어떻게 해요? 난 아무 생각도 없단 말이에요!" 옥사는 어찌할 바를 몰랐다.

"아바쿰 대부의 말을 잊지 마. 상자주 족이 너를 인도할 거라고 하셨잖아." 파벨이 옥사의 기억을 상기시켰다. "그들을 믿어야 해."

"아빠, 그 '무한한 본질'에 대해 설명해줄 수 있으세요?"

"만약 젊은 여왕님의 아버지가 승낙을 베풀어주신다면, 당신의 폴딩고가 설명을 시도할 것입니다." 작은 집사가 끼어들었다.

파벨이 그렇게 하라고 허락했다.

"'무한한 본질'은 세계의 심장인, 에데피아를 바로잡는 균형의 화신입니다." 폴딩고가 말했다.

"두 세계의 심장이겠지!" 옥사가 고쳐주었다. "그런데 지금 그건 어디에 있어? 그 '본질'이라는 건?"

살짝 색깔이 변한 폴딩고가 말을 이었다.

"그것은 '말해서는—안—되는—비밀', '펠르린의 방', 그리고 말로란 여왕님의 목숨과 함께 사라져버렸습니다."

"무서운 일이구나." 옥사가 말했다.

폴딩고가 고개를 끄덕였다.

"그럼 '본질'은 다시 태어나는 거야?" 소녀가 물었다.

"아니면 아마도 그것이 문제인가, 새로운……." 파벨이 암시했다.

"폴딩고, 너 뭔가 알고 있어?"

폴딩고는 과하다 싶을 정도로 눈을 크게 떴다.

"당신의 하인은 확실하지 않으면 말할 수 없습니다."

"그건 중요하지 않아! 말해줘, 설사 추측일지라도 말이야!" 옥사가 외쳤다.

폴딩고는 고개를 설레설레 젓고는 한 번 더 반복했다.

"당신의 하인은 확실하지 않으면 말할 수 없습니다."

"아! 안타깝다." 소녀가 한숨을 내쉬었다. 옥사의 청회색 눈빛에 불안한 그늘이 드리워졌다. "어쨌든, 난 앞으로에 대해 생각해볼 거야. 마음이 급하고 또 두렵지만."

파벨이 일어나서 발소리를 죽이며 문에 가까이 가더니 귀를 댔다. 그는 조용히 하라는 표시로 입에 손가락을 대고 다시 돌아왔다.

"네 즉위식은 현실적인 동시에 마법적인 경험이 될 거야." 파벨이 중얼거렸다. "나중에 네가 여왕이 되면 상황은 훨씬 복잡해질 게다. 오시우스는 네가 '경계의 문'을 열도록 무슨 짓이든 다 하겠지."

"어쨌든 아빠, 난 그것을, 그 고약한 '경계의 문'을 열어야만 할 거예요!" 옥사가 낮게 말하려 애쓰며 소곤거렸다. "엄마와 구스에게는 우리가 필요해요. 아니면 그들은 죽을지 몰라요." 옥사는 목이 멨다.

"문제는, '더 이상—비밀이—아닌—비밀'을 대신할 것이 무엇인지 모른다는 거야. '펠르린의 방'에서 네가 받을 새로운 규칙은 뭘까? 우리 중 어느 누구도 과연 '경계의 문'이 열릴지 확신할 수 없어. 네가 살아남는다는 조건 아래에서 말이야."

옥사의 호흡이 점점 거칠어졌고, 현기증이 그녀를 공포의 심연 깊숙이 실어 갔다. 폴딩고가 포동포동한 손을 옥사의 손 위에 올려놓았다.

"대혼란이 있기 전, 여왕들은 '경계의 문'을 여는 비밀을 가진 유일한 분들이었어. 내부인 전체를 통틀어서. 몇몇 여왕은 실제로 외부 세계를 방문하기도 했지. 본보기로, 어떤 여왕들은 갈릴레이와 공자를 만나기도 했다. 하지만 에데피아의 백성들은 몰랐어. 근본적인 변화는 이 비밀이 대중에게 알려지면서 대혼란과 함께 왔지. 그 이후 '경계의 문'에는 두 번의 출입이 있었는데, 출입 때마다 매번, '경계의 문'을 열 능력을 가진 여왕의 목숨을 앗아간 거야. 말로란 여왕과 사랑하는 늙은 여왕의 목숨을."

옥사는 '경계의 문'이 나타나면서 사라져버린 바바 폴락에 대한 기억이 생생히 떠올라 가슴이 미어졌다.

"오시우스에게 중요한 건 내가 '균형'을 세운 뒤 외부 세계로 나가는 거예요." 거칠게 끊어지는 목소리로 옥사가 말했다. "내가 '경계의 문'을 열다가 죽으면 그는 아무것도 하지 못하게 되죠."

폴딩고가 파벨에게 너무 많이 말했다고 경고하는 눈짓을 보냈다. 하지만 파벨은 고개를 숙일 뿐이었다. 지금까지 한 이야기는 모두, 힘들지만 절대적인 진실이었으므로.

"'펠르린의 방'이 네게 맡기려는 게 무엇일지 기다려보자." 파벨이 날카로워진 신경을 감추며 말했다. "우리를 믿어. 우리는 그게 누구든, 너를 조금이라도 위험하게 내버려두지 않을 테니까. 탈주자들의 이름을 걸고 맹세하마."

옥사는 아버지에게 초라한 미소를 보내고 침대에 털썩 누웠다. 심장이 심하게 방망이질하며 숨이 턱까지 차올랐다.

격려 방문

젊은 여왕의 기분은 에데피아의 황량한 하늘처럼 어둡고 황폐했다. 아버지는 적극적인 두 마리의 경비원과 말 없는 한 명의 뮈르무의 호위를 받으며 자신의 침실로 돌아갔다. 은밀한 토론 후, 설사 그 시간이 비관적인 흔적을 남겼다 해도 그녀는 위로를 받았다. 적어도 옥사에게는 아버지가 있었다. 구스는 혈혈단신이 아니던가.

"구스는 생각하지 말자. 엄마도⋯⋯." 옥사가 힘껏 눈을 감으며 신음했다.

충실하고 감수성 예민한 폴딩고가 의자에서 일어나 옥사에게 다가왔다. 옥사의 폴딩고가 된 이후, 그는 절대 멀리 떨어지지 않고 있다가 자신이 조금이라도 필요한 것 같으면 언제든지 나타났다. 소녀는 몸을 돌려 폴딩고의 키에 맞추려고 무릎을 꿇었다. 문득 좋은 생각이 떠올랐다.

"내 폴딩고! 넌 그들이 어떻게 될지 얘기해줄 수 있을 거야, 확실해!"

키가 자그마한 집사는 평소와 같이 부드럽게 그녀를 바라보며 안 된다는 뜻으로 고개를 가로저었다.

"에데피아의 국경은 굉장히 깜깜합니다." 폴딩고가 무척 아쉽다는 듯 말했다. "당신의 하인은 실패합니다. 그가 외부 세계에 정신적인 접근을 하는 것은 부적절합니다."

옥사의 표정이 어두워졌다.

"시선을 이쪽으로 돌려보세요." 폴딩고가 유리 테라스를 가리키며 말을 이었다. "정다운 존재가 방문했습니다."

바깥을 지키고 있는 경비원 몰래, 황금빛 작은 새 두 마리가 조그만 부리로 유리창을 톡톡 쪼고 있었다.

"프티츠킨들이네!" 옥사가 입에 손을 대며 감탄했다.

조급한 마음을 억누르며 그녀는 느릿느릿 자리에서 일어나, 발코니에서 공기를 쐬고 싶은 것처럼 유리문을 열었다. 프티츠킨들은 그녀 앞에서 서로의 뒤를 쫓으며 즐거운 척했다. 작은 새들이 하도 뺑뺑 돌아 진저리가 난 경비원들이 마침내 시야에서 그들을 놓쳤다. 프티츠킨들은 옥사가 테라스의 유리문을 거칠게 닫을 때까지 옥사의 머리카락 속에 숨어 있었다.

"젊은 여왕님! 여왕님께 오다니 얼마나 기쁜지요!" 작은 새들이 그녀의 귀에 대고 재잘댔다.

"어디서 지내니, 프티츠킨들?" 옥사가 경비원들에게서 등을 돌리고 물었다.

"아바쿰 님의 침실에서 드비나이유들, 다른 생물들과 같이 있어요."

"모두 잘 있어?"

"아이참, 평소랑 똑같이 난장판이죠, 뭐. 드비나이유들은 여전히 날씨를 불평하고, 얼뜨기들은 느러터졌고요, 제토릭스들은 가만있지 못하고 계속 들썩거려요. 최악의 상태인 고라노브들에 대해서는 말씀드리지 않을래요." 작은 새들 중 한 마리가 조잘거렸다.

"무슨 일인데?" 옥사가 물었다.

"뮈르무들이 자신들의 수액을 추출할까 봐 두려워하고 있거든요."

옥사는 번지는 미소를 막을 수가 없었다. 그녀는 언제나 고라노브에게 진지한 동정심을 표했지만 재미있는 건 사실이었으니까.

"불쌍한 것들, 그런 상황에 처했구나."

"제토릭스가 말하길, 그녀들을 죽일 위험이 있는 건 뮈르무들이 아니라, 타고난 그 신경증이라고 하더라고요."

옥사는 숨김없이 웃음을 터뜨렸다. 황금빛 새들의 방문은 이렇게나 즐거웠다!

"성스러운 분위기였겠구나." 옥사가 말했다.

"진짜 난장판이었겠다고 얘기하고 싶으신 거죠."

"아바쿰 할아버지 침실은 어디야?" 옥사가 물었다. 그녀는 진심으로 인간 요정이 보고 싶었다.

"이 방 반대편이에요. '유리 기둥' 궁전의 북동쪽, 나프탈리 님의 방과 튀그뒤알 님 방 사이에 있답니다."

튀그뒤알의 이름을 들은 옥사는 고개를 번쩍 들고, 한숨을 뱉으며 떨리는 목소리로 말했다.

"그는 잘 지내?"

"젊은 여왕님에게 할 말이 있다고 했어요. 그래서 우리가 여기까지 온 거고요."

옥사는 짜릿한 흥분이 되살아나는 것을 느꼈다.

"보초들이 모든 출구를 감시하고 있지만, 침실 내부는 감시하지 않아요. 다른 사람들보다 훨씬 중요한 관심 대상인 젊은 여왕님의 침실만 빼고요." 한 마리가 거의 들리지 않게 속삭였다. "뮈르무의 능력을 가진 탈주자 몇 명은 아무도 모르게 이 방에서 저 방으로 건너다닌답니다."

"근사하다!" 옥사가 중얼거렸다.

경비원들이 유리 테라스에 딱 붙어 선 채 옥사에게서 눈을 떼지 않았다.

"뛰그뒤알 님께서 그는 젊은 여왕님의 일거수일투족을 감시하는 저 끔찍한 벌레들을 제거하라고 넌지시 권하랬어요."

"왜냐하면 그는 젊은 여왕님을 찾아오고 싶거든요." 두 번째 밀사가 결론지었다.

옥사는 몸을 떨었다. 감시에서 벗어날 수 있다는 희망은 그녀에게 멋진 용기를 불러일으켰다. 소녀는 고개를 돌려 끈질기게 자신을 관찰 중인 징그러운 벌레들을 바라보았다. 그것들은 정말로 역겨워서, 그녀는 그들을 제거하는 데 눈곱만치도 거리낌이 없었다. 우선 옥사는 푸폴레토를 생각했다. '대회의' 때 뛰그뒤알이 던진 푸폴레토는 매우 성능이 좋아서, 경비원 한 마리가 그 자리에서 재로 변했었다.

"실패하면 어떤 대가를 치를지……." 옥사가 손톱을 잘근잘근 물어뜯으며 중얼거렸다.

그라녹 한 방? 좋아, 그런데 어떤 것? 게다가 그라녹이 저 시퍼렇고 끔찍한 애벌레에게 효과가 있다고 어떻게 확신하지?

"음, 옥사 상, 우물쭈물하지 말고…… 행동하자고!" 옥사가 스스로를 질책했다.

한 가지 선택이 유독 마음에 들었다. 옥사는 자리에서 일어나 단호한 걸음걸이로 유리 테라스의 문을 열었다. 경비원들이 조금 멀리 떨어졌다가, 옥사가 발코니 가장자리를 두르고 있는 난간에 등을 기대자 아주 가까이 돌아왔다.

"뭘 하는 겁니까?" 옥사가 크라쉬 그라녹스를 꺼내는 것을 본 경비원들이 물었다.

그들은 섬모를 세우고, 곧장 제압할 준비를 하며 예민한 태도로 윙윙거렸다.

"저 산봉우리들을 관찰하는 데 레티퀼라타를 사용하고 싶어요, 괜찮겠죠?" 옥사는 두 마리의 벌레가 불러일으키는 혐오감과 실패했을 경우 견뎌야 할 고통스러운 결과에 불안해지지 않으려 씩씩하게 대답했다.

경비원들은 망설이는 것 같았다. 그러더니 곧 옥사가 바라던 대로 그들은 그녀의 머리 바로 위에 자리 잡았다. 그녀는 정해진 주술을 속으로 외운 다음, 전혀 예상 밖으로 고개를 번쩍 들고 경비원들이 있는 방향으로 크라쉬 그라녹스를 훅 불었다. 그들은 히프나고스를 정통으로 맞았다.

"'가까이하기 힘든 땅'으로 산책 가겠다고 하지 않았어요?" 두 경비원 중 한 마리가 물었다.

"그래요오오오!" 다른 한 마리가 공중제비를 돌며 외쳤다. "갑시다, 가고 싶죠? 거기에는 암술이 대─다안─히─머엇─지인 꽃들이 있어요. 꽃들 소식을 들려줘야 해요!"

두 마리의 경비원은 깜짝 놀라 멍하니 서 있는 옥사의 눈길 아래 훅 날아올라 저 멀리 사라졌다.

"완벽해! 난 이 그라뉵이 정말 좋아." 옥사가 감탄하며 외쳤다.

"브라보, 꼬마 여왕!" 옥사의 뒤에서 친숙한 목소리가 울렸다.

그녀는 몸 안에 퍼지는 부드러운 열기를 느꼈다. 그녀의 인생에서 처음으로 사랑을 느낀 장소가 어디였는지 기억이 떠올랐다. 끔찍한 비극 속에서도, 불안하고 힘겨운 현실 속에서도, 그 모든 것 속에서도. 옥사는 눈을 빛내며 돌아보았다.

"아, 오빠 왔구나?" 옥사는 짐짓 초연한 표정으로 머리를 긁으며 말했다. "시간이 좀 걸렸네!"

"너를 수행하는 날개 달린 보초들이 사라지는 순간을 기다렸거든." 튀그뒤알이 차분하게 대답했다.

소박하게 까만 바지와 티셔츠만 입은 튀그뒤알이 호주머니에 양손을 찌르고, 침실 한가운데에 있는 기둥에 기대서 있었다. 여전히 까만 머리카락이 얼굴을 감싸고 있었다.

"괜찮아? 벽이 너무 두껍지는 않았어?" 완전히 당황한 옥사가 말을 더듬었다.

이 멍청한 질문에 두 사람은 마음이 가벼워져 웃음을 터뜨렸다. 신경이 날카로웠지만, 그래도 행복했다.

"아바쿰 할아버지, 우리 할머니와 할아버지, 벨랑제 아줌마와 아저씨, 그리고 우리 엄마랑 틸이 인사 전하래." 튀그뒤알이 말했다.

"와, 여기로 오기까지 무지 먼 길을 돌아왔구나!" 옥사가 감탄의 휘파람을 휙 불며 말했다.

"넌 이런 근사한 침실을 너 혼자만 차지했다고 생각했지?" 튀그뒤알이 엄청나게 큰 방을 훑어보며 말했다. "그런데 이 방이 가장 크고 가장 화려하네, 운도 좋다."

"여왕의 특권이라고 할 수 있지." 옥사가 대꾸했다.

갑자기 튀그뒤알이 옥사 근처로 폴짝 뛰어왔다. 그는 두 손으로 옥사의 얼굴을 감싸고 한참 동안 바라보다가, 깃털처럼 가볍게 그녀의 입술에 입맞춤을 했다.

"나만의 특권이야." 그가 중얼거렸다.

옥사는 그를 꼭 끌어안았다. 다시 만났다는 사실에, 두 사람은 이렇게 단순한 행동 외에 다른 표현을 하기에는 너무 감격해 이마를 맞대고 꼭 붙어 있기만 했다.

"자, 이리 와봐." 튀그뒤알이 갑자기 그녀의 손을 잡고 문 쪽으로 끌어당기며 말했다. "보여줄 게 있어."

지하로 떠난 소풍

'유리 기둥' 궁전 깊이 내려가는 유리 엘리베이터를 타고 마주 선 옥사와 튀그뒤알은 서로에게서 잠시도 눈을 떼지 않았다. 옥사의 침실을 빠져나오는 데 두 사람의 호흡이 잘 맞은 덕분에 상황은 아주 빠르게 마무리됐다. 옥사가 던진 도르미당 그라눅은 두 경비원을 잠으로 초대했고, 그동안 튀그뒤알은 혼자 감시하던 뮈르무를 아르보레상스로 꽁꽁 묶어버렸다.

"저 사람은 이게 다 어떻게 된 건지 전혀 이해하지 못했어." 옥사가 말했다.

튀그뒤알이 그녀에게 만족스러운 미소를 지었다. 그의 눈은 멋지고 차가운 빛을 되찾았고, 얼굴에는 마치 시간과 비극이 전혀 머물지 않았던 것처럼 어떤 압박의 흔적도 없었다. 그러나 옥사는 전혀 그렇지 않다는 사실을 알고 있었다. 튀그뒤알이 감춘 것을 정확하게 알지는 못하지만, 그래도 그가 가면을 쓰고 있다는 것은 알 수 있었다. 옥사는 참지 못하고 튀그뒤알의 얼굴 한쪽을 가린 머리카락을 들어 올렸다. 회의장에서처럼 그녀는 튀그뒤알이 동요하고 있다는 단 하나의 증거를 찾아냈다. 생생하게 뛰고 있는 관자놀이. 옥사는 손가락 끝으로 가볍게 그것을 눌렀다. 튀그뒤알에게 자신이 거기 있다고 이해시키는 그녀만의 방법이었다. 그는 자신의 얼굴에 옥사가 손을 대고 있도록 그녀가 뻗은 손에 자신의 손을 올리고, 손바닥에 입을 맞췄다. 옥사는 그렇게 몇 시간도 있을 수 있을 것 같았다. 하지만 엘리베이터는 금방 목적지에 도착하고 말았다. 문이 스르륵 미끄러지며 묘하게 투명한 자연 상태의 돌벽이 나타났다. 옥사는 감히 입도 떼지 못하고 튀그뒤알을 바라보았다.

"'유리 기둥' 궁전 지하 1층에 도착한 거야, 꼬마 여왕." 튀그뒤알이 알려주었다. "엘리베이터는 이 밑으로는 내려가지 않지만 이런 지하가 일곱 층이나 더 있어."

"어떻게 알아?" 옥사가 놀랐다.

튀그뒤알이 살짝 미소를 지었다.

"우리가 뮈르무의 재능을 유익하게 활용하기로 결정했다는 소문, 못 들었나 보구나. 우리도 뭔가에 쓸모가 있어야 하지 않겠어?"

튀그뒤알은 그녀를 이끌고 넓은 복도로 걸어갔다. 기울어진 지하실은 걸음을 빠르고 위태롭게 만들었다. 경사면을 급히 내려가면서 발이 꼬인 옥사는 튀그뒤알의 팔에 매달렸고, 그들은 더 빨리 가기 위해 날아오르기로 결정했다. 어디선가 스며 들어온 빛이 돌로 된 칸막이벽을 은은하게 비추더니, 무척 환상적인 우웃빛 반짝거림이 두 명의 침입자를 둘러쌌다. 에데피아에 도착한 후 처음으로, 옥사는 홀가분함과 자유로움을 느꼈다. 이렇게 튀그뒤알의 옆에 있는 것은 그녀에게 더없이 소중한 휴식을 가져다주었다. 잠시 동안이라도 옥사는 깨어 있는 악몽인 현재의 삶을 잊을 수 있었다. 하지만 현실은 금세 다시 고개를 들었다.

"이 빛은 어디에서 오는 걸까?" 소녀가 경이로운 반짝임에 감탄하며 의문을 표시했다.

"저 밑에서 오는 빛인데, 투명한 돌멩이들 위에 반사되는 거야." 튀그뒤알이 설명해주었다. "돌멩이들이 어떻게 깎였는지 봤지?"

"보석처럼." 옥사가 완벽하게 기하학적인 면을 손으로 쓸며 대답했다.

"그것이 계속해서 빛을 파생시키는 거야. 조금 전에 왔을 때보다 빛이 더 강해졌네."

"어떻게 빛이 저 밑에서 올 수 있어?"

"그건 곧 알게 될 거야, 꼬마 여왕."

"으음, 그럼 오빠는 내가 알아낼 때까지 아무 말도 안 할 테지."

"네가 나를 제대로 파악하기 시작했구나." 튀그뒤알이 장난스럽게 감탄을 표현했다.

복도 끝에서 계단에 이르자, 그들은 벽에 붙어 계단을 내려갔다. 50개 정도의 계단 아래에 길이가 몇십 미터는 되어 보이는 또 다른 복도가 그들을 기다리고 있었다. '유리 기둥' 궁전의 기저를 향해 내려갈수록 빛이 약해졌고, 복도는 심하게 좁아져 날아오르기가 불가능해졌다. 옥사는 지금 그들이 지하 몇 미터쯤에 있을까 생각해보았다.

"자, 이제 눈을 감아." 일곱 번째 복도에 다다르자 튀그뒤알이 말했다.

옥사는 단호하게 고개를 저으며 반항했다.

"장난할 때가 아니잖아!"

"눈을 감아"

결국 그녀는 마지못해 눈을 감고 조심스럽게 튀그뒤알의 손이 이끄는 대로 따라갔다. 바닥은 다시 수평을 이루었지만, 천장이 아주 낮고 폭도 여전히 좁은 탓에, 두 팔을 벌리기만 해도 양쪽 벽에 닿을 정도였다. 튀그뒤알은 옥사 뒤에 서서 그녀의 어깨에 손을 얹고 마지막 일곱 번째 복도 끝으로 안내했다.

"이제 도착했어. 눈 떠도 돼." 튀그뒤알이 말했다.

그가 시키는 대로 눈을 뜬 옥사의 놀라움은 그곳의 아름다움과 견줄 만큼 대단했다. 그녀는 반투명 돌들이 광선을 선명하게 반사하는 돔 형태의 커다란 방 앞에 서 있었다. 먼지가 떠돌아 조금 숨이 막혔지만 공기는 부드러웠다. 바닥에서 반짝거리는 재 덩어리 같은 것이 발자국 소리를 흡수하며 옥사와 튀그뒤알이 조그만 움직여도 빛나는 작은 소용돌이를 만들어냈다.

"정말 환상적이다!" 소녀가 환호하더니 비현실적인 파란색 벽을 손으로 쓰다듬며 덧붙였다. "이거, 보석일까?"

"충분히 가능한 일이지." 튀그뒤알이 투명한 돌멩이 너머 무엇인가를 보려고 애쓰며 대답했다.

"옥사!" 갑자기 옥사가 잘 아는 목소리가 울려 퍼졌다.

옥사는 마치 용수철이 튀어 오르듯 획 돌아섰다.

"조에!"

두 소녀는 등 뒤로 불꽃이 이는 바람을 일으키며 달려 서로의 품속으로 뛰어들었다.

"옥사! 잘 지냈니?"

"그래, 난 잘 지내! 그런데 넌……."

옥사는 다정하고 사려 깊은 사촌이자, 이제는 가장 친한 친구인 조에를 다시 만나 미칠 듯이 기뻤다. 조에는 안색이 몹시 나빴다. 커다란 갈색 눈이 얼굴 전체를 침식한 것처럼 보였고, 마찬가지로 볼이 움푹 패 있었다. 티셔츠가 헐렁해진 것으로 보아, 최근에 살이 많이 빠진 것이 분명했다.

"아주 잘 지내지는 않아. 하지만 우리는 모두 한배를 탔잖아?" 조에가 고개를 돌리며 한숨을 쉬었다. "우리는 잘 견디고 있고, 이 모든 일을 해결할 수 있을 거야."

"할머니는 어떠셔?" 옥사가 간단하게 물었다.

"쉬고 계셔. 곧 회복하실 거야. 만만치 않은 분이잖아!" 조에가 작게 웃음을 터뜨리며 말했다.

"알아! 정말 놀라운 분이시지! 어쨌든 말해줘, 여기서 뭘 하고 있었던 거야?"

"튀그뒤알 오빠가 뮈르무의 재능을 써보자는 아이디어를 냈어. '관광'을 하는 데 말이야. 사실 어떤 벽들은 좀 문제가 있었지만, 꽤 좋은 공부가 됐지."

조에는 오랫동안 옥사를 바라보았다. 과거 그녀가 튀그뒤알에게 가졌던 경계심에도 불구하고, 지금은 그에게 공평하고 객관적인 입장이라는 것을 옥사에게 이해시키려는 듯이. 옥사는 깜짝 놀라며 상상하지도 못했던 크나큰 격려를 느꼈다.

"꼬마 여왕에게 보여줄까? 청년이 조에에게 말을 걸며 물었다.

"나한테 뭘 보여줘?" 옥사가 즉시 말을 이어받았다.

"이거!" 조에와 튀그뒤알이 입을 모아 합창했다.

그들의 시선을 따라간 옥사는, 방의 왼쪽 벽면 중 하나에서 이상한 현상을 발견했다. 돌멩이 속에 문 하나가 뚜렷하게 보였다. 문의 윤곽과 손잡이는 확실히 나타났지만, 표면 전체는 마치 내부에서 일어난 불이 진동하는 것처럼 작열했다. 푸르스름한 작은 불꽃이 돌벽에 고정된 경첩 사이로 새어 나왔다. 옥사가 정신을 몽롱하게 하는 리듬으로 물결치는 빛에 매혹되어 가까이 다가가자 친구들이 바짝 쫓아왔다. 한 걸음 다가설 때마다 열기는 뜨거워졌다. 살아서 고동치는 숨결이 그녀에게까지 다다랐다. 그녀는 그것이 매우 파괴적이라고 추측했다. 4미터 정도의 거리에 다다르니 보이지 않는 힘에 가로막혀 더 이상 앞으로 나아갈 수가 없었다.

"더 가까이 갈 수가 없네." 옥사와 마찬가지로 무리하게 힘을 쓰며 조에가 말했다.

"이게 대체 뭘까?" 옥사가 문을 응시하며 중얼거렸다. "비밀 통로?"

조에와 튀그뒤알이 머뭇거리며 그녀를 바라보았다.

"아냐, 꼬마 여왕. 비밀 통로보다 더 근사한 거야." 마침내 튀그뒤알이 말했다. "내 생각이 맞다면, 우리는 '펠르린의 방' 앞에 서 있는 것 같아."

실망

"그래, 그렇구나!" 옥사가 손바닥으로 이마를 탁 치며 탄성을 내질렀다. "그것 말고 뭐가 있겠어! 와…… 이게 '펠르린의 방'이야!"

그녀가 '펠르린의 방'과 거리를 두게 만든 보이지 않는 벽에 얼굴을 딱 붙이자, 저항하는 힘이 부드러워지며 탄성이 좋아지는 것이 느껴졌다.

"어럽쇼! 이거 봐, 이 속으로 파고 들어갈 수 있을 것 같아!"

옥사는 안간힘을 쓰며 한 발 내디뎠지만, 거기서 막혔다.

"오시우스의 말을 기억해봐. '펠르린의 방'은 준비되지 않았다." 튀그뒤알이 끼어들었다. "이제 그건 단지 시간문제일 뿐이라고 했잖아."

옥사는 조금 괴로워졌다. 평소대로라면, 자신이 이성적으로 생각하도록 도와주고, 참을성을 가지고 충동을 억누르라고 조언하는 것은 구스여야 했다. 그녀는 다시 한 번 확인된 이 두려운 사실만큼이나 평소와 다른 환경에 불안해져 숨을 깊이 들이마셨다. 인간이라면 누구나 그렇듯이, 옥사 역시 자기 자신은 제대로 통제하지 못했다.

어른들이 말하길 인생에서는 늘 선택이 중요하다는데, 옥사는 이 상대적 통제인 선택 개념을 좋아했다. 만약 운명이 규칙을 정한다면―옥사는 그렇게 믿고 있었다―, 선택은 마지막 능력으로 남겨둔 거라고 생각했다. 어떤 의미에서 보자면 모든 것을 뒤집을 수 있는 마지막 영향력으로 말이다. 그러나 지금 그녀는 의심이 생겼다. 이 개념은 더 이상 유지되지 않았다. 이것이 그 증거였다! 운명은 그녀를 사랑하는 사람들에게서 무력하게 떼어놓았고, 죽어가는 땅속, 지하 깊숙이 거대한 책임감만 안고 서 있게 한 것이다. 그녀가 수학이나 역사 수업 중인 교실에 앉아 있고 싶다 할지라도. 옥사는 뒤바뀔 여지는 손톱만큼도 없이 완벽하게 운명에 끌려가는 기분이었다. 적어도……. 갑자기 옥사가 흥분한 듯 다시 눈빛을 반짝이며 몸을 돌렸다.

"좋은 생각이 있어!"

조에와 튀그뒤알은 그녀의 열광적인 표정을 보고 미소 짓지 않을 수 없었다.

"'펠르린의 방'이 준비를 마칠 때까지 숨어 있는 거야! 그리고 나서 뮈르무들 모르게 즉위하면 난 여왕이 되는 거지. 모두 '경계의 문' 앞으로 갔을 때 내가 문을 열면, 우리가 나가서 엄마와 구스, 그리고 다른 사람들도 찾는 거야!"

튀그뒤알과 조에의 표정이 어두워졌다.

"매력적인 방법이긴 하지만 몇 가지 사소한 부분을 잊은 것 같구나. 그건 훨씬 복잡한 일이야, 옥사. 흥을 깨서 미안하지만." 튀그뒤알이 말했다.

옥사는 튀그뒤알이 자신의 이름을 부른 것에 조금 놀라 그를 똑바로 처다보았다. 튀그뒤알처럼 조에도 심각한 표정이었다.

"다시 에데피아를 나가는 게 가능할지 아무도 몰라. 만약 가능하다 해도 대가가 따를 테고. 만약 그 대가로 네 목숨을 남겨놓아야 한다면, 그것은 생각할 필요도 없는 일이지. 우리는 모두 여기에 남을 거야."

옥사는 고개를 숙이고 바닥을 발로 툭 차며 화가 나서 주먹을 쥐었다.

"난 오시우스가 날 찾지 못하도록 남은 인생을 구멍에 숨어서 보내야할 거야. 미래에 대한 전망치고는 정말 근사하지 않아?"

"오시우스도 영원하지는 않아." 조에가 말했다.

옥사가 거칠게 고개를 들었다. 레미니상스가 탈주자 무리를 돕겠다고 결심했을 때 보여준 확고한 태도만큼이나 엄청나고 냉혹한 결심을 조에도 할 수 있다는 생각이 든 것이다.

"그래. 하지만 외부 세계에 대해 야망을 가진 건 그 혼자만이 아니야." 튀그뒤알이 반박했다.

"맞아." 조에가 인정했다. "그렇지만 우리도 싸울 수 있어."

튀그뒤알이 동의했다. 조에의 연약한 겉모습 뒤에는 진정한 여전사의 영혼이 감추어져 있었다.

"두 번째 반론은, 옥사, 넌 유예된 상태라는 거야. 뮈르무의 묘약을 마시려면 넌 오시우스가 필요해. 그렇게 안 하면……."

그는 이마를 찡그리며 돌연 입을 다물었다. 눈빛에 그늘이 드리웠다.

"그렇게 안 하면 난 죽겠지." 옥사가 한숨을 쉬며 마무리했다.

옥사는 바닥에 책상다리를 하고 앉아서, 반짝거리는 먼지 위에 손가락으로 이리저리 선을 그리기 시작했다. 말하기 전에 이런 것들을 하나도 생각하지 못했다는 사실이 약간 바보같이 느껴졌다. 그녀의 몸은 확실히 컸지만, 정신적으로 일관성 없는 언행이나 다혈질은 조금도 나아지지 않았다.

주머니에 양손을 찌른 튀그뒤알은 차가운 눈빛으로 옥사를 바라보며 서 있었다. 조에는 옥사 옆에 쭈그리고 앉아, 등을 구부리고 다리를 끌어안으며 너그러운 시선을 보냈다. 그들과 조금 떨어진 곳에서는, '펠르린의 방'의 문이 살아 있는 모든 형태의 생물이나 물건을 녹일 수 있을 것처럼 강렬하고 초자연적인 빛으로 빛났다. 군말 없이 앞으로 일어날 일에 복종하는 것 외에 다른 해결책은 진정 없단 말인가?

그때, 어떤 움직임이 그들의 주의를 끌었다. 갑자기 빛이 아주 눈부시게 밝아지며 아무것도 보이지 않았다. 튀그뒤알이 옥사 위로 펄쩍 뛰어올라 몸의 무게로 그녀를 짓눌렀다. 소녀는 놀라고 무서워 비명을 질렀고, 조에는 재빨리 먼지를 한 줌 움켜쥐고 공중에 휙 던졌다. 이 순간, 맹페름 족과 뮈르무 태생이라는 것이 장점으로 밝혀진 두 친구와는 반대로, 옥사는 곤충 떼가 지하 돔으로 들어오는 것을 보지 못했다. 그 무리는 음산한 군무를 추듯 천장에 닿을 듯이 천천히 맴돌며 날다가, 조금씩 가까이 다가왔다. 날개를 퍼덕이는 소리가 으스스하게 들려왔다. 옥사는 패닉 상태에 역겨움이 뒤섞여 구역질이 올라왔다. 식은땀이 온몸을 덮었다. 심장이 터질 듯 두근거렸지만, 견딜 수 없는 몸의 통증에 비하면 아무것도 아니었다. 그녀는 몸속을 빙빙 돌며 올라오는 파동을 막겠다는 헛된 희망을 품고—그것이 헛되다는 사실은 잘 알고 있었으니까—두 손으로 양쪽 귀를 막았다. 초저주파음들이 피부의 모공 하나하나마다 파고 들어가며 확산되었고, 몸속을 지나면서 모든 것을 황폐하게 만들었다. 신경을 긁고 내장을 으스러뜨렸으며, 그녀의 몸 전체를 극형으로 밀어 넣었다.

곤충이 가까이 접근하는 것을 막기 위해 튀그뒤알은 푸폴레토를 던졌고, 조에도 노력을 아끼지 않고 그를 도왔다. 조에는 자신이 할 수 있는 방법은 다 사용했다. 그라눅, 마네튀스, 먼지 뿌리기까지…… 그럼에도 불구하고 곤충 세 마리가 이 공격을 무사히 뚫고 옥사의 머리 위약 1미터 높이에 자리 잡고 말았다. 젊은 여왕은 무시무시한 고통 때문에 몸을 잔뜩 웅크린 채, 휘둥그레진 눈으로 창백하게 질려 그것들을 쳐다보았다. 곤충들이 옥사에게 가까이 가면 갈수록 그녀는 더욱 고통스러워했다. 분노의 외마디 비명을 지르며, 튀그뒤알이 한 마리를 불태우는 데 성공했다. 그동안, 조에는 두 마리를 낚아채 놀라울 정도로 난폭하게 박살 냈다. 그녀는 산산조각 난 곤충의 시체를 태연한 표정으로 바닥에 떨어뜨렸다. 옥사의 눈에 돔을 지나가는 한 남자의 시꺼먼 그림자가 보였다. 그녀는 튀그뒤알이 고개를 들고 그들에게 날아오르는 남자를 막으려 하는 것을 보았다. 하지만 헛수고였다. 옥사는 검은 부츠를 신은 두 발이 고통으로 일그러진 자신의 얼굴 바로 옆, 몇 센티미터 떨어지지 않은 곳을 딛는 것을 보았다. 무의식의 심연 속으로 빠져들기 전, 그녀는 자신의 위로 튀그뒤알이 쓰러지는 것을 느꼈다.

머릿속에서 모든 것이 뒤섞여, 그녀가 느끼는 것이 현실의 일부인지, 아니면 조금 전에 빠져든 혼수상태의 악몽인지 말할 수 없을 정도였다. 더 이상 아프지는 않았지만, 그것이 꼭 좋은 신호만은 아니었다. 고통이 부재한다는 것은 그녀가 완전한 의식에서 멀리 있다는 뜻 아닐까? 너무 멀리 있다면? 다시는 돌아올 수 없는 무(無) 속에 있는 거라면? 그것은 아니다. 아프지는 않았지만 느낄 수 있었다. 누군가 그녀를 들었다, 그것은 거의 확실했다. 서둘러 달리는 발걸음 소리와 다급한 목소리도 들렸다. 여러 사람이 그녀 옆에서 걷고 있었다. 옥사가 기절하기 직전 몇 초 동안 보았던 남자의 얼굴이 기억 속에 떠오름과 동시에 검은 안개가 그 모습을 뒤덮었다. 안개가 사방으로 퍼지며, 삶으로 돌아오려는 그녀를 멀리 쫓아 보냈다.

오손은 옥사와 두 친구를 '펠르린의 방' 앞에서 발견했다는 사실에 그리 놀라지 않았다. 그야말로 행운이었다. 젊은 여왕이 '탈옥'했다고 오시우스에게 알리러 온 정신이 몽롱한 경비원들과 마주쳤을 때, 오손은 이 도망자에게서 어떤 해결책을 끌어낼 수 있는지 바로 깨달았다. 물론 도망자가 한 명은 아닐 것이 분명했다. 에데피아에서는 도망칠 수 없었다. 어쨌든 지금으로서는 불가능했다. 오시우스와 뭐르무들은 이 땅에 대해 누구보다 잘 알고 있었다. 후미진 곳이나 동굴 속, 지하실까지도 속속들이.

"아버지는 쉬시게 두어라. 이 일은 내가 알아서 처리하겠다." 오손이 경비원들에게 지시했다.

중요한 정보를 알려주기 전 경비원들이 망설였다.

"영도자님께서 지시하시길⋯⋯."

"뭘 지시하셨느냐?" 오손이 거칠게 그들의 말을 끊었다.

"문제가 생기면, 다른 사람은 제외하고 영도자님 본인이나 아드님께 알리라고 하셨습니다."

오손은 시간을 한참 끌었다. 스스로를 진정시키는 동시에 깊은 인상을 안겨줄 수 있는 권위적인 모습을 부여하기 위해서.

"내가 누구냐?"

경비원들은 이 질문에 매우 혼란스러워했다.

"영도자님의 아드님이십니다."

"그렇지!" 오손이 기뻐서 어쩔 줄 몰라 하며 외쳤다.

"하지만 영도자님께서는 안드레아 아드님께 말씀하시길 바라셨습니다."

"물론이다! 하지만 그에게 전달하고 싶은 정보를 내게 알려주었다고 너희들이 의무를 저버린 것은 아니다. 나는 안드레아보다 먼저 태어난, 오시우스님의 첫째 아들이다. 이 사실은 안드레아보다 내게 더 우선권을 부여하는 것이다. 인정하는가?"

경비원들은 피할 수 없는 논리에 복종할 수밖에 없었다. 그렇게 해서 그들은 '유리 기둥' 궁전의 사방 벽을 둘러싸고 일어난 일을 오손에게 알려주게 되었다.

이 순간, 오손은 무척 기뻤다. 의식을 잃은 젊은 여왕을 두 팔에 안고 '유리 기둥' 궁전의 1층으로 향하는 지하 일곱 층을 올라가면서, 그는 아버지가 살고 있는 꼭대기까지 엘리베이터를 타지 않고 날아가기로 결심했다. 그렇게 하면, 탈주자들은 의식이 없는 옥사와 함께 지나가는 그를 보게 될 것이고, 몹시 당황한 그들의 주목을 받을 테니까. 이것이야말로, 모든 사람에게 진정한 우두머리는 오시우스도, 그 사기꾼 같은 안드레아도 아닌, 오손 자신이라는 것을 완벽하게 깨닫게 해주는 효과적인 방법이었다. 소녀는 상태가 좋지 않았지만 죽지는 않을 것이다. 지금 죽어서는 안 된다. 자신이 상황을 통제하기 전에는 안 된다. 모두의 생각과는 달리, 오손의 두뇌와 냉정한 가슴은 그 자신을 에데피아에서 그래도 최소한의 자제력을 지닌 유일한 사람으로 만들고 있었다. 절대적인 자제력을 지닌 유일한 사람이 되는 데는 한 걸음이면 충분했고,

반역자는 주저 없이 그것을 넘었다. 잔뜩 고무된 오손은 야망을 깃발처럼 흔들며 '유리 기둥' 궁전에서 나왔다. 현관 앞을 지키는 보초들의 당황한 표정 아래, 그는 성 꼭대기로 차디찬 시선을 던지고 날아올랐다.

추락

　침실의 유리 테라스 앞을 지나가는 오손을 보고, 처음에 파벨은 악몽을 꾸는 줄 알았다. 그는 곧장 작은 발코니로 나가, 자신이 본 광경이 현실로 확인될까 불안해하며 목을 뺐다. 때맞춰 반역자가 오만하게 상체를 불쑥 내밀고 다시 지나갔다. 파벨은 화가 나서 비명을 질렀다. 적군이 두 팔에 옥사를 안고 있는 게 아닌가! 소녀는 고개가 뒤로 축 처져 있었고, 몸은 꼼짝도 하지 않았다.

　"내 딸한테 무슨 짓을 한 거야?" 파벨이 부르짖었다.

　오손은 만족스레 악의 있는 미소를 보내며, 꼭대기 층을 향해 화살처럼 날아갔다. 파벨은 더 이상 참을 수가 없었다. 그의 몸에서 흑룡이 살아나와 '천 개의 눈' 지역의 교외까지 쩌렁쩌렁 울려 퍼지게 포효하고는, 불꽃을 내뿜으며 날아올랐다. 도시와 '유리 기둥' 궁전에 사는 주민들은 모두, 절망스러운 기운을 품고 여왕의 거주지 주위를 돌고 있는 경이로운 동물을 보기 위해 창문으로 달려갔다. 마침 빽빽한 경비원 무리가 위협적으로 윙윙거리며 추격을 시작했다. 하지만 '애벌레―보초' 떼의 수십 차례 공격은 오손이 크게 벌려놓은 상처 앞에서 아무것도 아니었다. 어떤 가공할 만한 벌레도 불꽃이 넘실거리는 흑룡의 숨결을 피할 수는 없었다. 새까맣게 불타버린 경비원들이 소나기처럼 우수수 오시우스의 발코니 위로 떨어졌다. 오시우스는 제일 꼭대기 층에 위치한 저택에서 그 장면을 지켜보고 있었다.

아들이 뜻밖에도 두 팔에 젊은 여왕을 안고 나타났을 때, 뮈르무들의 우두머리는 감동과는 거리가 먼 무관심한 표정을 드러냈다. 오손은 거부할 수 없는 위엄을 과시하며 목적지에 도착했다. 그는 화려하게 등장하는 법을 알았다. 이것이 아버지에게서 물려받은 성격임에는 의심의 여지가 없었다. 오시우스 역시 연출을 좋아했다. 그 효과가 다른 이들의 인식이나 사태에 얼마나 큰 영향을 미칠 수 있는지 알고 있었으니까. 그러나 오손은 그런 증명을 하기에 별로 적절하지 않은 순간을 선택한 것 같았다. 왜냐하면 옥사가―그들의 마지막 열쇠인―위독해 보였기 때문이었다.

"아버지, 우리의 젊은 여왕이 도주를 시도했습니다." 오손이 자신 넘치는 목소리로 입을 열었다. "제가 그녀를 '펠르린의 방' 앞에서 찾아냈습니다."

"그런데 왜 나는 통보를 받지 못했지?" 오시우스가 미간에 잡힌 주름을 더욱 강조하는, 유감스럽다는 웃음을 지으며 물었다.

"빠르게 대처하고자 제가 결정권을 발동했습니다." 오손이 차갑게 식은 표정으로 말했다. "돌이킬 수 없는 결과를 초래하기 전에."

"그녀가 그리 대단한 일을 할 수는 없었을 텐데……." 아버지가 오손에게 반대 의견을 내놓았다.

기분이 언짢아진 오손은 시체처럼 창백한 얼굴의 옥사를 내려놓으려고, 수많은 긴 의자 중 하나로 다가갔다. 바로 그 순간 엄청난 굉음이 들려왔다. 유리창이 산산조각 나며 사방으로 튀었고, 창문 옆에 놓인 가구들은 완전히 가루가 되었다. 파벨과 흑룡이 막무가내로 오시우스의 커다란 거실에 들어오려다, 오닉스 타일 위로 미끄러졌던 것이다. 파벨이 흑룡을 다시 먹물로 돌려보내기 위해서는 강철 같은 의지가 필요했다. 흑룡인 상태로 있으면 가슴속 가장 깊은 곳에서부터 증오하는, 손에 크라쉬 그라녹스를 들고 정면에 서 있는 이 두 남자를 기꺼이 활활 불태울 수 있었을 테니까.

"훌륭하구나, 파벨! 아주 훌륭해!" 오시우스가 크라쉬 그라녹스를 집어넣으며 박수를 쳤다. "정말 강한데!"

오손은 아버지에게 증오 어린 눈길을 던졌다. 파벨은 그 복잡한 상황에서도 오손의 눈빛을 놓치지 않았다.

"오, 그런데 혼자 온 게 아니구나." 오시우스가 말을 이었다.

파벨이 고개를 돌렸다. 튀그뒤알과 조에가 거의 동시에 그의 옆에 도착했다. 그들은 옷이 갈기갈기 찢어지고 머리카락이 마구 헝클어졌으며, 얼굴은 먼지투성이였다. 게다가 두 사람 다 몹시 불안해 보였다. 조에가 옥사에게 달려갔다.

"옥사! 정신 차려, 제발!" 조에가 친구를 흔들며 신음했다.

파벨이 통로를 가로막으려는 오손을 밀어제쳤다.

"그녀에게 악착같이 집착할수록 우리 **모두가** 위험해진다는 사실을 아직도 깨닫지 못한 거요?" 파벨이 옥사에게 고개를 숙이며 내뱉었다.

"자네 딸은 혼자 이렇게 된 걸세." 얼굴이 굳어진 오손이 응수했다.

"만약 내가 가지 않았다면, 그녀가 이렇게 살아 있을지 누가 알겠나?"

이 말에 튀그뒤알이 분통을 터뜨렸다.

"농담하세요? 만약 당신이 그 더러운 곤충 떼를 끌고 나타나지 않았다면, 옥사는 분명 이렇게 되지 않았을 거라고요!"

"그녀를 곤충에 노출시켰나?" 오시우스가 엄한 표정으로 아들을 바라보며 물었다.

오손은 얼굴빛이 어두워졌지만 당황하지는 않았다. 그는 도전적인 침묵을 지키며, 한마디도 하지 않고 아버지의 의심에 찬 시선을 견뎠다. 두 사람의 관계에 따른 국면은 전혀 낙관적인 추측을 할 수 없었다. 세 명의 탈주자 눈에—그리고 오시우스의 눈에도—오손이 옥사를 하나의 도구로 이용해, 자신이 그녀의 생사에 대한 권리를 갖고 있다고 주장하려던 것이 분명해 보였다. 권력을 가진 아버지에게 자신을 증명하고 싶은 잔인하고 노골적인 방법이었다.

"위험한 짓을 하는구나." 오시우스가 짧게 말했다.

노인은 옥사에게 가보려고 몸을 돌렸다. 그는 젊은 여왕의 상태만큼, 이 뜻밖의 상황이 어떤 의미인지도 생각하는 것 같았다.

"당신은 나중에 내가 손봐줄 거요." 파벨이 이를 갈며 내뱉었다. "지금은 옥사가 더 급해요!"

오손은 만족감에 두 눈을 빛내며 뒤로 물러섰다.

"해독제가 결정적으로 작용하기 위해서는 옥사에게 그 묘약을 먹여야만 해요." 파벨이 오시우스에게 말했다.

"당연하지." 뮈르무의 우두머리가 응수했다.

"완전히 돌았군!" 튀그뒤알이 웅얼댔다.

청년의 냉정한 분노는 놀라울 정도였다. 파벨과 조에는 그처럼 격분하고 불안으로 일그러진 튀그뒤알의 모습을 한 번도 본 적이 없었다. 그들이 서로 알고 지낸 이후 처음으로, 튀그뒤알은 가슴을 열고 자신의 감정을 온전히 드러내 보였다.

"그건 어디 있어요?" 갑자기 튀그뒤알이 소리를 질렀다. "**그 빌어먹을 묘약은 어디 있냐고요?**"

"에데피아에서 뮈르무의 묘약이 한 방울도 유통되지 않은 지 오래됐어." 오시우스가 차갑게 대답했다.

"**뭐라고요?**" 세 명의 탈주자는 공포에 사로잡혔고, 오손은 신경과민 증세를 보였다.

"대혼란이 일어난 지 거의 60년이 되었다는 사실을 잊지 말길." 오시우스가 계속 말을 이었다. "그 긴 세월 동안 우리는 바깥 세상으로 나갈 수 있다는 희망을 포기하지 않았지."

"당신은 그 망할 묘약이 탈출에 아무런 도움도 되지 못한다는 걸 알고 있었어!" 파벨이 흥분했다. "당신을 나가게 할 수 있는 건 그게 아니었어."

"너의 비난은 허락하지 않는다!" 오시우스가 우레와 같이 고함을 질렀다. "넌 우리가 이곳에서 견뎌야 했던 그런 상황에 처해본 적이 없어."

"당신은 가증스러운 애송이 마법사일 뿐이오!" 파벨이 저주를 퍼부었다.

"아마도, 어쨌든 지금 현재 묘약을 다시 만들 능력이 있는 사람은 나 혼자뿐이야. 그러니 부탁하건대 목소리를 낮추고, 존경심을 갖고 나를 대해주길 바라네."

"그렇다면 적어도 재료는 다 있겠죠?" 파벨이 언짢음을 지우지 못하고 말을 끊었다.

오시우스가 거의 재미있다는 표정으로 그를 쳐다보았다.

"정육면체의 '발광석'은 문제가 없어. 비극적인 상태에서도 콸콸 흐를 것 같은 우리 젊은 여왕의 피처럼 말이야. 고라노브의 마지막 모종은 에데피아에서 사라진 지 벌써 10년이야. 하지만 난 너희들이 몇 포기 보존하고 있을 거라고 생각해. 디아팡에 대해서는……."

뮈르무들의 우두머리는 갑자기 말을 멈췄고, 손을 들어 턱을 쓸어내리는 표정이 어두워졌다. 탈주자들은 몹시 괴로웠다.

"그 힘든 세월 동안, '불타는 망막' 지역에서의 생존을 보장해주었던 빛이 심각하게 감소하는 바람에 하나둘 사라져서……."

파벨은 신음했고, 조에와 튀그뒤알은 절망적인 시선을 교환했다.

"하지만 너희들이 상대하고 있는 사람이 누구냐?" 오시우스가 말을 이었다. "그렇게 무책임한 사람이더냐?"

파벨은 격앙된 감정을 감추지 않았다.

"결론을 말하세요!"

"에데피아의 마지막 디아팡이 내 배려로 특별히 정비된 동굴에서 살고 있다." 오시우스가 의기양양한 표정으로 말했다.

파벨은 말로 형용할 수 없을 만큼 안도하며 눈을 감았다.

"잘되겠죠……." 눈물이 흘러 양쪽 뺨이 번들거리는 조에가 중얼거렸다.

"그래, 단 조건이 있어." 오시우스가 덧붙였다.

조에가 격하게 몸서리쳤다. 튀그뒤알이 옥사가 누워 있는 긴 의자로 다가가려 했지만, 조에가 손을 내밀며 가까스로 들릴 만큼 조그맣게 중얼거렸다.

"가지 마."

튀그뒤알은 흠칫하며 그 자리에서 멈추었다. 그의 차가운 푸른 눈동자가 커졌다. 오손은 궁금해하는 것 같았고, 오시우스는 순진한 표정을 지었다. 무언가 놓친 게 있다…….

"디아팡에게 좋아하는 음식을 가져다주지 않으면 우리에게 필요한 것을 내놓지 않을 거야." 뮈르무들의 우두머리가 말했다.

이번에는 조에도 튀그뒤알을 막지 못했다. 소년은 옥사가 누운 소파 가장자리에 앉아, 두 손에 얼굴을 묻었다. 그러고 나서 뻣뻣한 소녀의 손가락을 잡고 입을 맞췄다.

"그러지 마……." 조에가 얼굴을 찡그리며 한숨을 내쉬었다.

튀그뒤알은 고통스러운 표정으로 옥사를 똑바로 바라보며 부드럽게 고개를 저었다. 그는 힘겹게 숨을 들이마셨다. 튀그뒤알은 자신을 괴롭히는 커다란 동요를 감추기 위해 얼굴에 머리카락이 흘러내리도록 내버려두었다. 그는 옥사의 손을 더 꽉 잡고 놓지 않았다. 그런데 옥사의 손가락이 천천히 움직이는 게 느껴졌다. 소녀의 눈꺼풀이 날아오르려 애쓰는 나비의 날개처럼 파르르 떨렸다. 마침내 옥사가 눈을 뜨더니, 얼빠진 표정으로 몸을 일으키려 했다.

"이, 이제 끄, 끝난 것 같아요, 이번에는……." 옥사가 어름어름 말하다 다시 고개를 떨어뜨렸다.

오시우스의 모습이 옥사의 시야에 나타났다. 그는 튀그뒤알의 바로 뒤에 서서 옥사가 한 번도 느껴보지 못한 강렬한 눈빛으로 그녀를 쳐다보았다. 옥사는 자신이 누워 있는 곳이 어디인지 알아차렸고, 가장 최근의 기억이 떠올랐다.

"무서운 악몽이었어요."

"우리가 그 악몽에서 널 꺼낼 거야, 우리 딸." 파벨이 그녀에게 말했다. "제발 잘 견뎌줘, 부탁이야!"

"할 수 있는 것은 다 할게요, 아빠." 아버지와 친구들의 심각한 표정이 걱정된 옥사가 대답했다.

"괜찮아, 나의 꼬마 여왕." 튀그뒤알이 옥사의 뺨에 자기 뺨을 대며 중얼거렸다. "괜찮아……."

사랑의 희생

오시우스가 주요 동맹자들을 소집해, 몇몇 탈주자들도 할 수 없이 참석했다. 화려한 오시우스의 집으로 들어가면서 아바쿰과 크뉘트 부부는 몹시 괴로웠다. 이 장소는 여왕가의 소유로, 말로란 여왕이 행복한 시절을 보낸 장소였다. 함께 온 옥사의 모습은 이제는 사라져버린 사람들이 그곳에 남겨놓은 추억을 강조할 뿐이었다.

소녀는 자신의 치료가 보류되었다는 사실이 밝혀지자 그 어느 때보다 심한 충격을 받았다. 그녀의 생각은 자꾸 외부 세계로, 어머니와 구스에게로 향했고, 일촉즉발의 위험이 닥쳐오는 것이 느껴졌다. 외부 세계에 남은 가족들은 끔찍할 정도로 고통스러울 것이다, 몸도 마음도. 적어도 그녀에게는 머지않아 그들을 구출하리라는 희망이 있었다. 뛰르무들과 탈주자들은 조금 떨어진 자리에서 격렬하게 대화를 나누고 있었고, 옥사는 도무지 집중이 안 돼 그들이 논쟁하는 내용을 잘 파악하지 못했다. 귓속은 아직도 윙윙 울렸고, 들려오는 소리는 죄다 불분명한 웅성거림으로 바뀌었다. 하지만 사소한 부분은 놓쳤다 해도, 무슨 일인지 대강 알아듣는 것만으로도 두려워 몸이 떨렸다.

"살아남기 위해서는 어떤 일까지 해야 하는 건지." 옥사는 자신이 마셔야 할 묘약에 대해 생각하면서, 울지 않으려고 잔뜩 빈정대며 중얼거렸다.

옥사가 누운 긴 의자에 등을 기대고 바닥에 앉은 조에와 튀그뒤알이 그녀를 보려고 고개를 돌렸다. 옥사는 흥분한 그들의 시선을 보고 놀랐다.

"괜찮아질 거야." 튀그뒤알이 갈라지는 목소리로 말했지만, 조에는 한마디도 뱉을 수 없어 입을 꼭 다물고 있었다.

두 사람은 몇 미터 떨어진 곳에서 어른들의 신랄한 대화에 다시 집중했다. 옥사는 기진맥진했다. 그녀는 소파에 잔뜩 놓인 쿠션들 위에 쓰러져 두 친구를 관찰하기 시작했다. 그들이 좀 가까워진 것처럼 보여서, 상황이 지금과 달랐다면 옥사는 행복했을 것이다. 그러나 그들이 보여주는 친밀함이 자연스럽다고는 생각할 수 없는 은밀한 합의에 기초한 것 같아 걱정스러웠다. 옥사는 자신도 깜짝 놀랄 만큼 스스럼없이 튀그뒤알의 머리 위에 손을 올리고, 윤기 나는 머리카락에 손가락을 파묻었다. 몇 주 전이라면 감히 상상도 할 수 없는 행동이었다. 부드럽게 쓰다듬는 손길에 튀그뒤알은 버티지 못하고 소파에 누운 소녀에게 머리를 기댔다.

"에데피아의 젊은이들을 모두 모아야 해!" 별안간 오시우스의 목소리가 울려 퍼졌다. "그들 중에 사랑에 빠진 여자나 남자가 반드시 있을 거야."

뮈르무들의 우두머리는 매우 불안해 보였고, 이것은 좋은 징조가 아니었다.

"뭐라는 거야?" 옥사가 나지막한 목소리로 물었다. 아직도 사람들의 말을 알아듣는 데 큰 어려움이 있었다.

"디아팡에 대해 얘기하는 거야." 튀그뒤알이 입을 열기 전에 조에가 대답했다.

옥사는 아바쿰이 걱정스러운 표정으로 계속 이리저리 서성거리는 것을 보았다. 모두 깊은 생각에 빠져 있었다. 세 명의 젊은이에게서 눈을 떼지 않는 오손만 제외하고.

"그건 너무 오래 걸릴 거요! 다른 해결책을 찾아야만 하오." 아바쿰이 오시우스의 제안에 자신의 의사를 밝혔다.

오손이 의기양양한 표정으로 튀그뒤알을 손가락으로 가리키자, 옥사는 순간 반역자가 어떤 음모를 꾸미고 있는지 깨달았다.

"아! 안 돼. 그건 안 돼……." 옥사는 일그러진 얼굴로 한숨을 내쉬며 반응했다.

"왜 일을 복잡하게 하는 겁니까?" 오손이 내뱉었다.

옥사는 최후의 일격을 받은 듯한 느낌이었다. 두려웠던 극히 짧은 시간 동안, 그녀는 디아팡이, 자신이 사랑하는 사람이 품은 사랑을 빨아들이는 상상을 했다. 왜냐하면 정말로 오손이 그렇게 말했으니까.

"왜 사랑에 빠진 영혼을 찾기 위해 에데피아 사방팔방을 헤매고 다녀야 합니까?" 반역자가 냉소적으로 웃음을 터뜨리며 말을 이었다. "여기 손이 닿는 거리에, 우리의 요구에 정확히 일치하는 청년이 있는데. 정확히 말하자면, 우리 여왕의 목숨을 구할 디아팡의 요구에 일치한다는 뜻이죠!"

"말도 안 되는 소리요!" 나프탈리가 분노로 하얗게 질려 반발했다.

"미쳤군!" 아바쿰이 부르짖었다.

소파에 못 박힌 듯 옥사는 꼼짝도 못 했고, 온몸의 피가 다 빠져나가는 것 같았다. 그것은 최악의 대책이었다. 그녀는 이미 할머니와 어머니, 구스를 잃었다. 거기에 튀그뒤알의 사랑마저 잃는다면 그녀는 죽을 것이다, 틀림없이.

튀그뒤알은 똑같은 자세를 유지하고 있었다. 옥사를 향해 고개를 뒤로 젖히고 천장을 뒤덮은 파란 타일의 나뭇잎 무늬에 시선을 고정한 채. 그는 현실에서 멀리 떨어진 어딘가로 의식이 전부 가버린 양, 깊은 생각에 빠진 듯 보였다. 하지만 그는 그 어느 때보다 지상에 단단히 발을 붙이고 있었다. 오손은 기뻐서 어쩔 줄 몰랐다.

"자, 너는 때가 되면 우리에게 와야 할 거야." 반역자가 튀그뒤알에게 외쳤다.

모두의 예상과는 달리 튀그뒤알은 고개를 들고 냉정하고 침착하게 오손을 경멸하듯 위아래로 훑었다.

"그런 착각은 하지도 마세요, **난 절대 당신 뜻에 따르지 않을 테니까, 절대로!**" 그가 큰 소리로 내뱉었다. "난 언제나 내 행동의 결과를 인정했어요, 좋았든 나빴든, 설사 그 나쁜 행동이 아주 끔찍했다 해도. 오늘도 난 내 결정을 받아들일 겁니다. 그것은……."

튀그뒤알이 잠시 말을 끊자 몇 사람은 망설임으로 여겼고, 다른 사람들은 자신이 상상한 최악의 경우가 착각일지도 모른다는 한 줄기 희망을 품었다. 튀그뒤알이 자리에서 일어섰다. 억누를 수 없는 동요가 머리부터 발끝까지 호리호리한 그의 몸을 흔들었다. 그는 오시우스를 향해 몸을 돌렸다, 옥사는 내버려두고, 오손은 완전히 무시한 채.

"나를 데려가십시오." 튀그뒤알이 가쁜 숨을 몰아쉬며 말했다. "나는 당신의 디아팡을 만날…… 준비가 되었습니다."

옥사는 반대하려 했지만, 가슴을 찢는 고통과 이해할 수 없는 그의 처사에 아무 반응도 할 수 없었다. 그녀는 뜨겁게 흘러내리는 눈물 사이로 흐릿하게, 나프탈리가 튀그뒤알에게 다가가는 모습을 보았다. 청년은 거친 동작으로 할아버지가 내민 손을 뿌리쳤다.

"안 된다, 튀그뒤알. 그렇게 하도록 내버려둘 수 없어!" 브륀느가 말을 더듬었다.

"하지만 선택의 여지가 없잖아요!"

"옥사를 생각해라." 나프탈리가 덧붙였다.

"바로 그거예요." 튀그뒤알이 응수했다. "난 옥사만 생각하고 있어요. 여러분은 그녀가 죽기를 바라는 거예요?"

"그가 하고 싶은 대로 하게 두시오." 오시우스가 끼어들었다. "스스로 결정할 만큼 충분히 컸으니까."

뮈르무들의 우두머리는 만족감을 감추지 않았다. 그는 꿩 먹고 알 먹는 셈이었다. 이 해결책은 경솔한 젊은 여왕을 구하는 것일 뿐 아니라, 크뉘트 부부에 대한 복수가 되기도 했으니까. 두 고집불통은 진영을 잘 고르기만 했다면 더없이 훌륭한 협력자가 되었을 것이다. 오늘에서야 비로소 그들은 후손을 통해 그 대가를 치르는 것이다. 차가운 눈초리와 큰 잠재력을 지닌 이 청년을 통해서 말이다.

"사람을 잘못 고르셨어요." 갑자기 조에의 목소리가 크게 들렸다. 떨렸지만 과단성 있는 목소리였다.

"조에, 이 문제에는 관여하지 마." 튀그뒤알이 바로 그녀를 막았다.

"튀그뒤알 오빠의 사랑은 미끼에 불과해요." 조에는 개의치 않고 말을 이었다. "그는 옥사를 능숙하게 유혹했어요. 그녀의 마음을 사로잡기 위해 속임수를 쓴 거죠. 오늘은 그녀에게 정말 대단한 영향력을 행사했고요. 하지만 그의 관심은, 오로지 그녀가 지닌 권력뿐이에요."

튀그뒤알은 조에에게 노크 봉을 던져 입을 다물게 하려 했다. 조에는 치타처럼 유연하게 반대편으로 펄쩍 뛰어올라 그의 공격을 피했다. 조에의 얼굴이 굳어졌다. 완전히 부드러움을 잃고 얼음장같이 차갑게 빛나는 눈이 모두를 놀라게 했다. 아주 짧은 순간이었지만, 얼마 전, 메르세디카에게 치명적인 그라녹을 던지던 레미니상스의 이미지가 떠올랐다. 조에 역시 할머니처럼 과감하고 냉혹한 태도를 보였다.

"그렇다면 왜 그가 희생하려는 거지?" 오시우스가 의심스러운 표정으로 물었다. "디아팡과 대면하는 건 젊은 사람의 인생에서 가벼운 일이 아닌데."

"튀그뒤알 오빠는 '사랑의 제거'에 매료되었어요. 그는 우리 할머니와 다섯 번째 부족의 이야기에 말 그대로 홀렸어요. 살아 있는 디아팡과의 만남은 그의 병적 망상의 일부인 거죠."

옥사의 시선이 조에에게서 튀그뒤알에게로 이동했다. 옥사는 조에가 폭로한 사실 때문에 얼굴이 하얗게 질렸고, 마치 칼에 찔린 것 같았다. 그것도 수십 번을. 그 옆에서 튀그뒤알은 주먹을 꼭 쥐고, 오로지 조에만을 쳐다보고 있었다. 옥사는 더 이상 그 누구를 위해서도 존재하지 못할 것 같았다. 더 최악은, 자신이 냉혹한 음모의 연결 고리로 느껴졌다는 것이다. 튀그뒤알과 조에는 그녀를 이용했다. 튀그뒤알은 권력에 현혹되어, 조에는 복수하기 위해서. 아니, 조에는 옥사를 진실로 걱정했는지도 모르지만……. 그것은 별로 중요하지 않았다. 결과는 마찬가지였다. 옥사의 마음은 부서졌다.

"그는 옥사를 사랑하지 않기 때문에 희생을 자청해도 위험할 게 없어요." 조에가 냉정한 태도를 버리지 않고 결론지었다. "그에게 바뀌는 것은 없어요. 하지만 우리 모두에게는 완전히 달라지죠. '사랑의 제거'가 성공하지 못하면, 디아팡은 만족하지 않을 겁니다."

뮈르무들도 탈주자들처럼 당황했다. 모든 것이 엉뚱한 방향으로 흐르고 있었다.

"하지만 나는 옥사를 구할, 마음속에 진실한 사랑을 품고 있는 사람을 알고 있습니다." 조에가 당황한 적들과 동료들 앞에서 말했다.

"그게 누구지?" 조에의 놀라운 모습에 어안이 벙벙해진 오시우스가 물었다.

옥사는 이해할 수 없는 조에의 모습에 덧붙여, 튀그뒤알이 중얼거리는 소리를 분명히 들었다. '안 돼, 조에…….' 튀그뒤알은 흑룡 때문에 깨진 유리창 밖으로 몸을 던져, 어두워진 '천 개의 눈'의 하늘로 날아갔다. 마침내, 조에가 숨을 토해내며 마지막 해결책을 제시했다.

"나예요."

혼란

압도된 탈주자들 앞에서 오시우스는 단단한 팔로 조에의 어깨를 감싸 안고, 조금 떨어진 곳으로 말없이 그녀를 끌고 갔다. 만약 뮈르무들의 우두머리와 그의 아들 오손이 소녀의 제안에서 이용 가치가 있는 꼬투리라도 잡는다면—그래도 소녀는 그들 가족의 일원이지 않은가!—, 그들이 가족이라는 사실은 더 이상 아무 의미도 없었다. 재회 이후, 처음으로 두 사람 모두 기뻐서 어쩔 줄 몰랐다. 확실히 크뉘트 부부에 대한 복수는 즐겁겠지만, 레미니상스의 마음 깊은 곳을 강타하는 것은 얼마나 더 흥미진진하겠는가! 가증스러운 딸인 동시에 적대적인 여동생. 그들의 가족이기를 거부한 배신자. 이제까지 레미니상스는 모든 시련을 견뎠다. 그녀는 끊임없이 그들에게 반대했고, 심지어 굴하지 않는 모습을 보였다. 하지만 오늘의 충격은 혹독할 것이 분명했다. 결국 레미니상스는 바닥으로 나가떨어질 것이다!

"그 이유를 설명해줄 수 있겠니, 조에? 왜 너인 거지?" 갑자기 인간 요정이 슬픔이 가득 담긴 시선으로 소녀를 바라보며 쉰 목소리로 물었다.

조에는 인간 요정을 똑바로 바라보다가 옥사에게로 눈을 돌리고는 고개를 숙이며 대답했다.

"난 어떤 소년을 사랑하는데, 그는 다른 사람을 사랑해요." 당황스러울 만큼 절제된 태도로 그녀가 말했다.

오시우스는 마음에 들지 않은 듯 뾰로통한 표정을 지었다.

"그것으로 충분한 설명이 되는 거냐?"

크뉘트 부부와 파벨이 분개하며 부르짖었다. 옥사 입장에서는 조에의 동기가 자명해졌다. 모든 것이 고통스러운 논리 위에 세워진 것이었다.

"그 소년은 나를 높이 평가하고 있습니다." 조에가 어느 때보다도 단호한 어조로 말을 이었다. "하지만 절대 나를 사랑하지는 않을 겁니다. 아무 일도 일어나지 않을 걸 알면서도 평생 동안 희망만 품고 사느니, 차라리 사랑이라는 감정을 모두 버리는 게 좋을 것 같아요. '사랑의 제거'는 나를 해방시켜줄 거예요."

옥사는 숨을 몰아쉬며 안 된다는 표시로 고개를 저었다. 조에는 구스를 사랑한다. 옥사는 그 사실을 오래전부터 알고 있었다. 다만 옥사가 몰랐던 것은, 조에가 평생 사랑 없이 살길 원할 정도로 구스를 사랑한다는 것이었다!

"조에…… 하지만 확실한 건 없어!" 오손과 오시우스의 격노에 찬 시선을 끌면서 옥사가 더듬거렸다. "상황이 어떻게 변할지 모르잖아. 네 인생이 어떻게 될지…… 모르잖아! 이 세상에는 구스만 있는 게 아니란 말이야!"

조에가 감정을 조절하느라 이마를 찡그리며 고개를 번쩍 들었다.

"구스? 그게 구스라고 누가 그랬는데?"

옥사는 놀라서 비명을 지르지 않을 수 없었다. 그럼 조에는 튀그뒤알을 사랑하고 있었단 말인가? 만약 그것이 사실이라면, 조에는 패를 정말 잘 감춰온 셈이다……. 젊은 여왕은 이 가능성에 대해 깊이 생각해보려 했지만 그녀의 머릿속은 완전히 뒤죽박죽이었다. 더 이상 아무것도 이해할 수 없었다. 자신이 착각했던 것일까? 옥사는 조에와 튀그뒤알의 관계에서 주목할 만한 단계들을 다시 떠올려보았다. 시간이 지날수록, 조에가 튀그뒤알을 사랑할 가능성은 완전히 불가능한 쪽에서 여지가 있는 쪽으로 넘어갔다. 옥사는 경악했다.

"조에, 네 자신에 대해서 생각해야지, 너의 미래에 대해서……." 너무 가슴이 아파 초췌해진 아바쿰이 끼어들었다. "넌 겨우 열여섯 살밖에 안 됐어. 그렇게 네 인생을 결정해버릴 수는 없다!"

"전 겨우 열여섯 살밖에 안 됐어요, 맞아요. 하지만 그동안 저는 너무 많은 일을 겪었고, 인생의 본질이 뭔지 이미 깨달았어요."

"사랑이 없는 인생은 불완전해." 아바쿰이 덧붙였다.

옥사는 소름이 끼쳤다. 그녀는 인간 요정이 조에에게 진심 어린 충고를 할 수 있는 입장이라는 것을 알고 있었다. 레미니상스는 애정과 다정함, 애착 등의 감정은 알고 있었지만…… 다른 사람에게 진정한 사랑은 느끼지 못했을 것이다, 아바쿰에 대한 사랑도 포함해서.

"그게 뭐 그리 대수인가!" 오시우스가 파렴치하게 외쳤다.

"튀그뒤알 오빠가 말했듯이, 다른 선택의 여지가 없잖아요." 조에가 단조로운 말투로 내뱉었다. "옥사가 죽으면 우리 모두 죽을 테니까."

소녀는 다시 망설이는 걸음걸이로 옥사를 향해 걸어갔다. 불과 몇 초

전 그녀의 눈을 가득 채웠던 냉혹함은 온데간데없이 사라지고, 다시 부드러움과 괴로움이 차올랐다. 하지만 옥사는 조에가 다가오는 것을 보며 뒤로 물러났다. 이 잔인한 상황 전에는 가장 친한 친구라고 여겼던 그녀였는데. 진짜 조에는 누구인가? 그리고 튀그뒤알은? 옥사는 오래전에 이 질문에 대한 답을 찾았다고 생각했고, 계속되던 의심에 결정적인 선을 그었었다. 하지만 오늘, 그녀는 그 확신도 모래성만큼 부서지기 쉬운 것이었다는 사실을 깨달았다. 이 깨달음은 몹시 고통스러운 것이었다. 가까이 다가온 조에는 마음이 누그러질 만큼 진정성을 담아 따뜻하게 옥사를 꽉 끌어안았다. 옥사는 그녀가 하는 대로 가만히 있었다.

"내가 한 말은 단 한 마디도 믿지 마." 조에가 그녀의 귀에 대고 속삭였다.

조에는 옥사를 안았던 팔을 풀고, 의심으로 가득 차 경직된 옥사를 남겨둔 채 오시우스에게로 향했다. 믿지 말라고, 무엇을? 무엇이 진짜란 말인가? 무엇이 거짓인가? 옥사는 길을 잃었다. 아무것도 해결되지 않은 채, 새로운 파동이 그녀의 신경을 공격해왔다. 강렬하게 쇄도하는 공격에 겁이 난 옥사는 인상을 찌푸리며 신음했다. 마치 벽과 바닥이 도망가듯이, 균형이라는 개념이 그녀에게서 사라졌다. 그녀의 몸 안쪽에서는 소리 하나하나가 무수한 위력으로 반향했다. 방 안에 있는 사람들이 눈꺼풀을 깜빡이는 소리, 그들의 심장박동 소리, 그들 피부에 붙은 진드기들이 움직이는 소리까지, 모든 소리가 끔찍하고 시끄러운 소음으로 변해, 그녀의 세포를 하나씩 둔중하게 무너뜨리는 무기가 되었다. 옥사는 위태롭게 일어서서 비틀거리며 아버지에게 향했고, 넘어지기 직전에 아버지의 팔을 붙잡았다. 탈주자들이 어찌할 수 없는 무력한 표정으로 그녀를 둘러쌌고, 뮈르무들의 우두머리는 온정이라고는 찾아볼 수 없는 잔인한 미소를 띠고 그들을 지켜보았다.

"자, 이제 우리를 구조해줄 은인을 만나러 갈 시간인 것 같군!" 그는 일부러 과장되게 외쳤다.

파벨은 신랄하게 대꾸해주려다가 침묵을 지키기로 마음먹었다. 시간이 얼마 없었다. 파벨이 창가로 다가가, 망가진 발코니로 나갔다. 5초도 안 되어 그의 등에서 흑룡의 날개가 솟아나오자, 오시우스와 오손은 깜짝 놀랐다.

"옥사! 아바쿰 대부! 올라타요!" 그가 외쳤다.

젊은 여왕과 인간 요정이 그의 말에 따라 등에 탔고, 나프탈리와 브륀느는 흑룡의 양쪽으로 날아올랐다. 오시우스와 오손은 작전 지휘권을 지키려는 욕심으로, 재빨리 흑룡의 앞쪽으로 날아가 자리를 잡았다. 조에는 탈주자들과 두 명의 뮈르무 사이에서 호위를 받았다. 두 뮈르무는 제트기처럼 빠른 속도로 돌진했다. 그 뒤로 거대한 흑룡이 옥사를 태운 채 위험한 운명의 새로운 장을 향해 날아올랐다.

비극 속 희망

저 멀리 가파르게 우뚝 선 '낭떠러지' 산맥은 그들을 반기지 않는 듯 보였다. 탈주자와 뮈르무로 이루어진 기이한 무리가 도저히 측량 못 할 만큼 높은 산과 끝도 없이 깊은 협곡 위로 날아갔다. 가끔씩 무시무시하게 으르렁거리는 소리를 내며 땅이 요동쳤다. 바윗덩어리들이 떨어지며 시꺼먼 구렁 속으로 사라지자, 하늘을 나는 사람들은 더욱 불안에 떨었다.

뮈르무들은 조에를 철저히 감시하는 한편 길을 잃는 사람이 없도록 흑룡과 탈주자들을 호위하며 좁다란 협곡을 건넜다. 오손은 아버지 옆에서 날고 있었다. 겉으로 보기에 반역자는 엄격한 태도를 지키면서, 드문 일이지만 조롱을 포기한 듯 보였다. 하지만 날카롭게 빛나는 그의 잿빛 시선을 해석하기란 어렵지 않았다. 거만하게 고개를 쳐든 오손의 모습에서, 그토록 엄격한 아버지 오시우스의 신임을 얻게 된 것을 그가 얼마나 기뻐하는지 알 수 있었다. 그는 자신이 그토록 부러워하고 칭

송하는 동시에 증오했던 사람의 당당한 아들이었다. 자신이라는 이토록 훌륭한 존재를 만든 혈족이 아닌가. 넘치는 거만함으로 오손은 턱을 바짝 치켜들었다. 그의 눈길이 오시우스 쪽으로 향했다. 양팔을 몸에 딱 붙인 아버지의 독수리같이 날카로운 옆모습이 대리석 무늬가 얼룩진 하늘을 뚫고 능숙하게 날았다. 오손은 그의 아들이라는 사실이 자랑스러웠다. 곧 다가올 어느 날, 그는 아버지의 뒤를 이어받을 것이다. 저 매력 없는 안드레아는 그를 가로막을 수 없었다.

뮈르무들의 뒤쪽 몇십 미터 거리에서는, 웅대한 풍경에 취한 옥사가 흑룡의 목에 매달려 정신없이 눈앞을 바라보았다. 적절한 시기는 아닌 것 같았지만—현재는 비극적이고 미래는 불확실했으므로—그녀는 에데피아에 도착한 이후 처음으로, 조만간 이 나라의 군주가 된다는 사실에 어떤 흥분을 느꼈다. 에데피아가 몰락하고 있는 흔적은 분명 눈에 보일 정도였다. 울창한 숲 대신 사막이 사방을 점령했고, 강물은 더 이상 흐르지 않았으며, 가장 단단했던 산봉우리조차 풍화되어 내려앉았다. 생명은 쉬지 않고 조금씩 시들어가고 있었다. 소녀는 할머니를 떠올렸고, 만약 할머니가 돌아왔다면 그토록 그리던 '잃어버린 땅'의 현재 모습이 주었을 슬픔에 대해 생각했다. 그러나 옥사는 침울한 저 하늘 뒤, 메마른 저 대지 아래에서 조화와 풍요의 잠재력을 느꼈다. 새 생명의 숨결이 거기, 바로 저 가까운 곳에 강한 힘으로 자리하고 있었다. 옥사는 달리 생각되지가 않았다. 빛이 감소했음에도, 그녀가 통과하는 순간 총천연색으로 반사되는 산맥이 환하게 빛났다. 옥사는 균형을 조금이라도 다시 찾으면, 높은 고도에도 꽃이 피고 풀이 자랄 것이라고 예상했다. 저 거대한 봉우리 꼭대기에서 흘러내리는 가는 물줄기…… 과거에는 틀림없이 멈추지 않고 떨어지던 유명한 폭포수였을 것이다. 물줄기는 매우 빈약해져 거의 실처럼 가늘었지만, 그래도 그것은 완벽한 희망의 상징이었다. 모든 것이 관점의 문제라는 것을 옥사는 알고 있었다. 유리컵에 든 물이 반밖에 없다고 하는지, 아니면 반이나 남았다고 하는지로 성향을 가늠하는 이론은 자주 그녀의 부모를 갈라놓았다. 어머니와 마찬가지로 옥사도 '반이나 남았다'는 의견을 지지하는 쪽이었다. 만약 인생이 반드시 선택을 해야 하는 문제라면, '반이나 남았다'는 쪽을 기꺼이 선택했을 것이다.

"나란 애는 정말 끔찍해."

옥사는 문득 자신의 낙관주의가 무서워져 중얼거렸다. 이토록 처절한 순간에 어떻게 희망을 가질 수 있단 말인가? 그녀가 처한 이 상황 속에서는 엄마라도 긍정적 견해에 동의하지 않았을 것이다. 이 현실에서 보면, 지금 유리컵은 완전히 비어 있는 것이 틀림없을 텐데……. 마치 미래가 있다고 믿은 자신을 원망하듯이, 옥사는 구스에 대한 추억, 드라고미라의 마지막 모습, 조에의 잔인한 미래와 튀그뒤알로 인해 야기된 혼란이 자신을 괴로움 속으로 끌고 들어가는 것을 느꼈다. 가슴이 죄어오는 것을 느꼈다. 희망을 갖는다고? 어떤 희망? 이 모든 것은 다…… 헛된 것이 아닐까? 터무니없는 게 아닐까? 옥사는 자신을 둘러싼 저 풍화되어가는 산들의 형상을 본뜬, 운명이라는 올가미에 걸린 기분이었다.

번쩍거리는 바위가 끝도 없이 이어지는 광경으로 그녀는 초점 잃은 희미한 시선을 던졌다. 깎아지른 두 절벽 사이의 교차점에서 옥사는 익숙한 모습을 본 듯했다. 곧 그녀는 튀그뒤알을 떠올렸고, 새로운 수천 개의 질문이 그녀를 공격했다. 튀그뒤알은 정말 그녀를 배신한 것일까? 옥사는 그 사실을 믿을 수가 없었다. 아니, 믿고 싶지도 않았다. 그들이 서로 알게 된 이후 두 사람 사이에 일어났던 일은 거짓이라기에는 너무 강렬하고 아름다웠다. 그 점에서 옥사는 결코 착각할 수 없었다. 그러나 조에가 참호 속으로 튀그뒤알을 밀어 넣자 그는 떠나버렸다. 튀그뒤알은 옥사에게 말 한 마디, 눈길 한 번 건네지 않고 도망가버렸다. 변호의 여지가 없다고 느낀 것일까? 정말 그런 것일까? 옥사는 절실히, 알고 이해할 필요가 있었다. 하지만 이런 질문으로 인해 고통이 증가할수록, 그녀는 자신만의 고뇌에 갉아먹히고 헤매는 튀그뒤알의 모습을 상상하는 것보다 더 최악은 없다는 사실을 깨달았다. 그녀는 그를 매우 사랑했다……. 따라서 설령 옥사가 진실을 알고 싶은 욕망에 불탄다 할지라도, 그녀는 판단을 내리기 전에 그의 설명을 기다릴 것이다. 인내력은 그녀의 특기가 아니었지만, 튀그뒤알은 그런 노력을 기울일 가치가 있었다. 만약 그가 진정으로 그녀를 배신했다고 털어놓는다면, 음, 그때는…….

누군가 옥사의 어깨에 손을 올렸다. 아바쿰이 그녀 마음속의 혼란을 느낀 모양이었다. 안정을 잃어 마음이 답답했던 옥사는 차마 그의 눈빛에서 위안을 받고자 몸을 돌릴 수가 없었다. 그녀는 그저 인간 요정의 손 위에 자신의 손을 올려놓았다. 그 역시 끔찍한 순간을 경험하고 있는 것이다. 이제 옥사는 몸과 마음을 데우기 위해 흑룡에게 몸을 딱 붙였다. 흑룡이 포효했다. 그의 배 속에서 빠져나온 불꽃이 산맥의 반짝이는 돌멩이 위를 널름거리며, 울퉁불퉁한 산등성이에 둥지를 튼 곤충무리를 내쫓았다. 추악하게 생긴 곤충 무리를 보며, 옥사는 저렇게 혐오스러운 모습으로도 생명은 존재한다는 사실을 자각했다.

흑룡이 목을 돌리더니 가던 길을 멈추고, 급격히 위로 날아올랐다. 흑룡은 불규칙적으로 떨어지는 돌들을 피하면서, 공중에서 원래의 높이를 유지하기 위해 계속 날개를 퍼덕였다. 브륀느와 나프탈리가 그 주위를 맴돌았다. 그들 정면, 가장 높은 산의 거친 경사면 위로 10여 개의 동굴이 바위 옆쪽에 움푹하게 자리 잡고 있었다. 유동적이고 밀도 높은 불빛이 그 동굴에서 빠져나와, 귀한 돌로 이루어진 벽면 위에 끝없이 다양한 색깔을 비추었다. 입구의 높이가 4미터는 족히 될 가장 큰 동굴 앞에 한 남자의 실루엣이 두드러져 보였다. 그가 안드레아라는 것을 알아보기란 어렵지 않았다. 그는 옥사와 그녀를 호위하는 무리를 기다리고 있었다. 다른 동굴 앞에도 차례로 몇 사람이 더 나타났다. 파벨은 욕설을 내뱉었다. 오시우스의 호위대는 시간을 낭비하지 않았고, 대원 대부분이 거기에서 그들을 기다리고 있었다. 잠시 동안 흑룡과 탈주자들은 겹겹으로 포위되었다. 모두 디아팡과 위대한 만남을 갖기 위한 준비를 마친 것 같았다.

디아팡과의 만남

   나프탈리와 아바쿰의 부축을 받아 옥사가 비틀거리며 흑룡의 등에서
내려왔다. 그녀는 잠시도 자신에게서 눈길을 떼지 않는 저 뮈르무들과
마주한 스스로의 모습이 작아 보여 화가 났다. 오시우스의 충실한 부하
들은 다 거기에 있었다. 20여 명 정도 되는 남녀가 그들의 영도자와 두
아들, 안드레아와 오손을 둘러싸고 무리 지어 있었다. '낭떠러지' 산맥
을 가로지르는 여행에 도취한 오손은 이복형제의 존재가 진심으로 수
치스러웠다. 자신이 어쩔 수 없이 참고 있다는 사실을 탈주자들이 알아
차렸다고 생각되자 수치심은 더욱 부풀어 올랐다. 게다가 탈주자들은
오손에게 그렇다는 것을 서슴없이 드러냈다. 나프탈리는 빈정거리는
눈빛으로 뚫어져라 그를 바라보았고, 아바쿰은 견딜 수 없는 연민을 담
은 눈길을 보냈다. 그런 탈주자들에게 대가를 치르게 하기 위해 오손
은 조에의 어깨를 잡고, 복수의 쾌감이 담긴 미소를 지으며 꼭 끌어안
았다.

옥사는 '유리 기둥' 궁전을 떠난 이후 처음으로 사촌의 얼굴을 보았다. 옥사는 그렇게 엄청난 사실을 폭로해 한바탕 심한 동요를 일으킨 후에도 부드러운 표정으로 침착함을 유지하는 조에의 모습을 확인하고 놀랐다. 몇 분 후면 자신의 온 인생을 뒤흔들 끔찍한 일이 벌어질 텐데, 어쩜 저리도 냉정할 수 있단 말인가? 조에가 눈을 들어 옥사를 바라보았고, 옥사는 조에가 몇 주 전, 반역자들의 섬에서 자신이 그녀에게 준 부적을 손에 들고 있는 것을 보고 몸을 떨었다. 옥사는 어떤 반응을 보여야 할지 몰랐다. 전대미문의 상황인 만큼 현실은 끔찍했다. 옥사는 본능이 인도하는 대로, 조에에게 격려와 지지가 가득 담긴 희미한 미소를 보냈다. 무슨 일이 일어나든지, 조에가 무슨 말을 하든 무슨 짓을 하든지, 그녀가 옥사를 구하기 위해 그녀 자신의 중요한 일부를 희생하는 것은 분명하니까. 두 세계를 구하기 위해서, 이 모든 혼란에 해결책을 제시한 것은 조에, 바로 그녀였다.

"자." 오시우스가 입을 열었다. "시간을 낭비하지 맙시다. 안드레아, 이렇게 민첩하게 장소를 준비해줘서 고맙다."

오손은 인상을 찌푸렸지만, 경이로운 실내 설비 때문에 기가 막혀하는 탈주자들을 따라 동굴을 관찰하는 척 주의를 돌리며 불만을 감추었다. 동굴 속에는 낡거나 케케묵은 것이 전혀 없었다. 아니, 오히려 진정한 건축의 기적이었다. 둥글게 굽은 벽면도 각진 모서리도, 모두 더 없이 귀한 보석으로 뒤덮여 조화를 이루었다. 높고 둥근 천장에는, 하늘의 궁륭을 떠오르게 하는 반짝이는 점이 총총 박힌, 반투명한 푸른색 사각 모자이크가 끝없이 덮여 있었다.

"정말 멋지네요." 옥사가 참지 못하고 중얼거렸다.

안드레아가 손짓으로 복도처럼 보이는 첫 번째 공간의 안쪽을 가리켰다.

"맹페름 족의 영토, 특히 뮈르무들의 조상 대대로 전해온 중심지 '거대한 산'의 동굴에 온 것을 환영합니다." 안드레아가 말했다. "이 동굴의 주인에게 안내해드리겠습니다. 그분은 초조하게 우리를 기다리고 계십니다."

그가 내뱉은 말이 그토록 가혹하지 않았다면, 탈주자들은 이제까지 잘 들을 수 없었던 안드레아의 목소리에 예민하게 반응했을 것이다. 그의 음색에는 거부할 수 없는 매력적인 그윽함이 담겨 있어, 엄격한 눈빛이나 냉담한 생김새와 뚜렷이 구별되었다. 옥사는 몸을 떨었다. 오손이 난폭한 방법을 써서라도 지옥 끝까지 갈 집요한 독수리라면, 안드레아는 먹이를 삼키기 전에 정신을 몽롱하게 만드는 뱀을 연상케 했다.

"난 저 사람이 싫어요." 옥사가 파벨에게 속삭였다. "절대 절 저 사람과 둘만 있게 하지 않는다고 약속해주세요, 아빠."

"약속할게." 파벨이 그녀를 안심시켰다.

옥사가 아버지의 손을 꼭 잡으며 독수리와 뱀 중 어떤 것이 더 세냐고 물었다. 두 동물 다 확실한 자신만의 무기가 있었다.

"자, 저를 따라오십시오." 안드레아가 말했다.

오손이 확고한 태도로 앞장서 복도로 들어서며 조에를 바짝 뒤에 붙여 데리고 갔다.

"나를 도주 우려가 있는 죄인처럼 다룰 필요는 없어요." 조에가 깜짝 놀랄 정도로 대담하게 말했다. "나는 내 의지로 여기에 있는 거예요, 잊으셨나요?"

오손이 신랄한 어조로 대답했다.

"어쩌면 너도 레미니상스처럼 도망갈지 모르니, 내가 너를 직접 지키는 게 좋겠다."

"당신 같은 오빠가 있다면 누군들 도망가고 싶지 않겠어요?" 옥사가
소리쳤다. "아니, 이렇게 말해야겠네요, 당신과 안드레아 같은 형제가
둘이나 있다면."

파벨이 너무 세게 손을 잡아서 옥사는 인상을 찌푸렸다. 하지만 이
말은 분명 반역자의 자존심에 상처를 입혔다! 다시 앞으로 나아가기 전
에 오손이 그녀에게 던진 눈빛으로—칼날처럼 날카로운 눈빛이었다—,
옥사는 자신이 핵심을 찔렀다는 사실을 알아차렸다. 정신을 무너뜨리
는 모욕적인 말이었던 것이다! 이제 옥사는 오손을 편하게 내버려두지
않을 것이다. 그녀는 죽음이라는 결과가 뒤따를 때까지 안드레아와 관
련된 주제로 오손을 집요하게 괴롭힐 것이다.

"불장난은 그만둬라, 옥사." 파벨이 이 사이로 소리 죽여 말했다.

"하지만 아빠!"

"매력적인 장난이지만, 그 장난은 네가 생각하는 것보다 훨씬 위험
하단다, 정말이야."

옥사의 표정이 침울해졌다. 탈주자들은 항상 살얼음판 위를 걷는 것
만 같았다. 분통 터지는 일이 아닌가! 신경질이 난 옥사는 마음을 다스
리기 위해 주위의 환상적인 풍경을 열심히 살피기 시작했다. 복도는
'거대한 산' 안쪽으로 부드럽게 뻗어 있었다. 복도 곳곳은 벽면을 덮은
보석 색깔로 구별 가능한 작은 회랑으로 나뉘었다. 붉은 루비, 초록 에
메랄드, 파란 토파즈 등등. 중심 회랑은 투명한 조약돌로 번들거렸고,
강렬한 동시에 섬세한 그 빛은 이론의 여지없이 다이아몬드를 떠오르
게 했다. 안드레아는 민첩한 걸음걸이로 그들을 안내했다. 오른쪽으로
비스듬히 돌아가다가 왼쪽으로 갈라져 꼬불꼬불 나아가자, 탈주자들

은 길을 잃을지도 모른다는 불안에 빠졌다. 뮈르무의 동굴은 불안과 아름다움으로 사람을 중독시키는 진짜 미로였다.

수많은 복도를 걸은 지 10여 분이 지나니 빛이 너무 강렬해져서, 옥사와 아바쿰, 파벨은 손으로 눈을 가려야만 했다. 오직 맹페름 족만이 돌멩이 위에 반사되는 눈부신 빛을 견딜 수 있는 것 같았다.

"우리가 도착할 곳을 상상해보면⋯⋯." 아바쿰이 탈주자들에게 말했다. "틀림없이 오시우스가 말한 것처럼 특별하게 개조했을 거요."

옥사가 호기심 어린 얼굴로 그를 보았다. 그녀는 몇 달 전, 나프탈리의 폭로를 기억해냈다. 다섯 번째 종족인 디아팡 족은, 상자주 족이 젊은 디아팡들에게서 정념을 쫓아내기 위해 '유폐의 마법'을 실시할 때까지, '가까이하기 힘든 땅' 주변에 살았다. 그때부터 디아팡들은 '불타는 망막'의 지하에서 고립되어 살아온 것이다. 그들은 이 지역에서 나가면 견딜 수 없는 빛에 노출되어 즉시 죽음의 고통을 겪게 되기 때문에, 절대 이곳에서 벗어날 수 없었다. 극단적으로 밝은 그 빛은 그들을 가둔 감옥의 문지기였다. 수 세기가 흐르는 동안, 그들의 몸은 그 조건에 적응하도록 변형되었다. 지금, 옥사는 그 결과를 눈으로 직접 확인할 수 있었다. 에데피아의 마지막 디아팡이 거기, 그녀 앞에 추한 몰골로서 있었다! 두려움에 사로잡힌 소녀는 우선 딱 한 가지 생각밖에 들지 않았다. 이 괴물에게서, 이 악몽에서 멀리 도망가고 싶다는 생각. 하지만 그녀는 그 생각을 포기했다. 몇 걸음 떨어진 곳에서 안드레아가 마지막 디아팡의 생명을 보호하는 조명을 설치한 아버지 오시우스의 기발한 아이디어에 대해 부드러운 목소리로 설명하고 있었다. 본능적으로 옥사는 그 생명체를 보지 않기 위해 뭔든지 다 해야 한다고 느꼈다. 그러나 호기심이 한 번 더 슬그머니 고개를 쳐들었다. 공포의 매력이랄까…….

"만나게 되어 기쁘구나, 젊은 여왕." 디아팡의 쉰 목소리가 거친 잡음처럼 들려왔다.

실물은 나프탈리가 디아팡 족을 묘사했던 그때 옥사가 상상했던 것보다 더 나빴다. 키는 옥사만 했다. 거의 투명할 정도로 하얀 피부는 빛을 막기 위해 온몸을 뒤덮은 두꺼운 지방층으로 번들거렸다. 하지만 옥사를 역겹게 한 것은 시꺼먼 눈도, 녹아내린 코도, 사라진 귀도 아니었다. 그것은 피부 **아래에서** 중독 정도에 따라 더 심한 강도로 부글거리는 소리들이었다. 아니, 들리기만 하는 게 아니라 **보이기까지** 했다! 시꺼먼 피를 내보내는 핏줄, 팔딱팔딱 뛰고 있는 내장, 비정상적으로 박동하는 검은 심장, 이런 것들이 전부 다 훤히 보였다.

"저, 정말…… 역겨워요!" 옥사가 그에게서 눈을 떼지 못한 채 중얼거렸다.

"오, 저런. 그게 네 목숨을 구할 사람에게 하는 인사냐?" 오시우스가 작게 웃음을 터뜨리며 말했다. "파벨, 친애하는 조카야, 딸을 잘못 키웠구나!"

"내 부모님은 나를 아주 잘 키웠어요!" 옥사가 격분했다. "솔직히 말해, 정신병자 같은 당신의 두 아들을 보면 사람들은 당신이 자식 교육을 잘못했다고 생각할 걸요!"

파벨이 처음 보는 간청의 눈빛을 그녀에게 보냈다.

"그것은 중요하지 않아. 난 그런 반응에 익숙하니까." 디아팡이 끔찍하고 거친 목소리로 말했다.

디아팡이 옥사에게 다가왔다. 곰팡내까지 맡을 수 있을 만큼 가까이. 먼지와 썩은 달걀과 마늘이 뒤섞인, 구역질 나는 냄새였다. 옥사는 동요하지 않으려 애썼지만, 자신이 참을 수 없을 만큼 화가 났다는 사실에 놀라고 말았다. 그녀는 이 밀폐된 공기가 끈적거린다고 느꼈고, 일종의 무감각 상태가 그녀의 팔다리를 무겁게 하며 그녀의 정신을 앗아갔다. 동굴 안은 덥고 축축했고, 그녀는 지치고 절망했으며, 거의 포기하기 직전이었다.

"브라보, 오시우스. 당신은 약속을 지킬 줄 아는군. 젊은 여왕은 맛있을 것 같아." 디아팡이 입이라고 추정되는 것 주위에 작고 검은 혀를 날름거리며 속삭였다. "저 조그만 심장에 열정이 얼마나 가득한지!"

이 말에 아바쿰과 파벨이 옥사와 디아팡 사이로 끼어들었다. 땀으로 뒤덮인 창백한 얼굴로 조에가 한 발 앞으로 나섰다.

"당신에게 할당된 사람은 그녀가 아닙니다." 조에가 거친 숨을 몰아쉬며 말했다. "바로 나예요."

옥사에게서 신음 소리가 새어 나왔다. 디아팡이 놀라며 조에에게 몸을 돌리고는 한참 동안 뚫어지게 바라보았다. 그녀라도 아쉬울 게 없다는 것을 깨닫자 그는 만족해 그르렁거렸다. 몇 미터 뒤에서는 브륀느가 고개를 돌린 채 소리 죽여 울고 있었다.

"이럴 수는 없어." 브륀느가 중얼거렸다. "어떻게 이런 비열한 짓을 하도록 내버려둘 수 있지?"

나프탈리는 브륀느에게 단 한 마디도 건넬 수 없어 그저 어깨만 꼭 안았다. 아바쿰과 파벨 역시 슬픔에 눈물이 흘러나왔다. 조에의 희생은 말 그대로 그들의 심장을 찢었다. 오직 오시우스와 그의 두 아들만이, 뮈르무 중에서도 가장 강인한 세 사람만이 눈앞에서 벌어지는 이 장면을 지켜보며 일말의 후회도 없이 버티는 것 같았다.

디아팡이 물갈퀴가 있는 발을 질질 끌며 조에에게 다가가, 환풍기 같은 소리를 내며 그녀를 빨아들이기 시작했다. 모두 디아팡의 반투명한 피부를 통해 그의 심장이 미친 듯이 날뛰는 것을 볼 수 있었다. 조에가 눈을 커다랗게 떴다. 동공이 팽창하며 어두운 안개 같은 것이 그녀의 시선을 덮더니, 현실과는 먼 다른 차원으로 그녀를 데리고 갔다. 디아팡이 그녀의 두 손을 잡고, 소녀의 무표정한 얼굴에 흉측한 얼굴을 스칠 만큼 가까이 댔다. 마침내 그가 숨을 들이쉬었다. 처음에는 천천히, 이내 점점 더 열렬하고 탐욕적으로. 빼앗은 사랑에 취해 동굴 바닥에 쓰러질 때까지 그는 미친 듯이 호흡했고, 마침내 크게 벌어진 콧구멍에서 타르 같은 시꺼먼 물질이 흘러나왔다.

고장 난 심장

그 잔인한 순간 이후, 빛이 모조리 사라진 우중충한 날들이 계속되었다. 옥사는 침실 밖으로 나오지 않았다. 그녀는 넋이 나간 채 침대에서 소파로 옮겨 다녔고, 때때로 발코니까지 헤맸다. 에데피아에 도착한 순간부터 희망을 꿈꾸던 그녀의 소중한 노력은, 디아팡이 조에의 가장 내밀한 감정을 낚아챘을 때 무너져 버렸다. 그것은 너무 심한 비극이었다. 옥사는 구조되었고, 뮈르무들의 역겨운 묘약 덕분에 독에 노출되지 않을 수 있었다. 이제 죽지는 않겠지만, 그녀는 더 이상 그 어떤 것에서도 맛을 느낄 수 없었고, 머리는 납덩이처럼 무거운 단조로움으로 가득 찼다. 심장은 최소한의 감정조차 나가지도 들어오지도 않는, 그저 기계적으로 박동하는 단순한 근육이 되었다. 지독한 불행 탓에 고장 난 심장이 되어버렸다.

본의는 아니었지만, 어느 날 옥사는 가지고 온 자신의 물건을 몽땅 다 끄집어냈다가 거북함을 더 악화시켰다. 그녀의 배낭 저 깊숙이에,

스웨터와 양말들 사이에, 중학교 교복에 매던 넥타이가 있었다. 심지어 그녀는 그것을 가지고 왔다는 것조차 기억하지 못했다. 이 조그만 형겊 쪼가리는 과거로 돌아가는 고통스러운 시간을 제공했다. 옥사는 넥타이를 매는 것을 싫어했지만, 나중에는 넥타이를 안 매는 것이 어색할 만큼 익숙해졌다. 넥타이는 조금씩 그들 무리, 친구들과의 관계와 일종의 동질감, 성 프록시무스 중학교, 행복한 나날의 상징이 되었다. 그리고 구스……. 목이 멘 옥사는, 넥타이를 목에 다시 걸어 옛날처럼 매듭을 느슨하게 풀고는, 눈물을 쏟으며 침대 위로 고꾸라졌다.

'유리 기둥' 궁전에서는 걱정이 점점 커졌다. 탈주자들은 젊은 여왕을 무기력에서 벗어나게 하려고 갖은 노력을 기울였다. 물약, 회복제, 카파시퇴르 등……. 생물들은 그녀 곁을 떠나지 않았고, 그녀의 기분을 풀어주거나 미소라도 짓게 하기 위해 서로 창의력을 견주었다. 조에는 끔찍한 일을 겪은 후 안색이 좋지 않았지만, 사촌을 안심시키기 위해 옥사의 침실에 자리 잡았다. 하지만 아무 소용도 없었다. 옥사는 원래의 모습으로 돌아오지 않았다. 나상티아조차 무력했다. 희망은 녹아사라졌고, 불행은 깊어졌다.

뮈르무와 반역자 무리 역시 조심하고 있었다. 옥사의 침체가 심각한 결과를 초래했던 것이다. '펠르린의 방'이 계속 닫혀 있었다. 며칠 전만해도 방이 열리기 직전이었는데, 이제 모든 것이 제자리로 되돌아갔다. 일곱 번째 지하실은 다시 약 60년 동안 유지되었던 어둠 속에 잠겼다. 동시에 에데피아의 몰락은 점점 빠르게 진행되었다. 대지는 경련을 일으켰고, 하늘은 곧 영원히 어두워질 밤 속으로 사라졌다. 외부 세계에 사랑하는 이들을 남겨놓은 사람들은 최악의 상황을 상상했고, 그것이 불가항력임을 알기에 더욱 괴로웠다. 옥사는 이 모든 현실을 알고 있었다. 그녀는 죄의식을 느끼며 이성적이 되려고 노력했지만, 아무리 노력해도 나아지지가 않았다.

"젊은 여왕님은 가슴을 두근거리게 했던 희망을 거두어서는 안 됩니다." 어느 날 아침, 폴딩고가 옥사의 손을 쓰다듬으며 말했다.

옥사는 아무 말도 할 수 없어 그냥 폴딩고를 쳐다보고만 있었다. 그녀는 자신이 들은 것을 이해했지만, 어떤 말도 진심으로 다가오지 않았다. 그녀는 지각이 마비된 상태였다.

"희망, 그것은 인생의 소금이야!" 더부룩하게 머리를 헝큰 제토릭스가 외쳤다.

"소금은 절대 많이 치면 안 돼요. 혈압에 나쁘답니다." 얼뜨기가 끼어들었다.

"입 닥쳐, 이 바보야!" 생명체들이 다 같이 입을 모아 소리쳤다.

"자, 이리 와, 옥사. 잠깐 나가자. 넌 바람 좀 쐐야 해." 조에가 친구의 팔을 잡아끌며 말했다.

옥사는 그녀가 하는 대로 내버려두었다. '유리 기둥' 궁전의 제일 꼭대기 바로 아래층은 감시하에 있었지만, 이제 두 소녀는—탈주자들도 마찬가지로—경비원 무리가 함께 가는 조건이라면 원하는 곳 어디든 갈 수 있었다. 옥사가 너무 오랫동안 날지 않았기 때문에, 두 소녀는 유리 엘리베이터를 타고 내려가 '왕가의 정원'이라 남겨진 곳으로 갔다. 해골처럼 비쩍 마른 나무들이 가장자리를 따라 뻗어 있는, 모래에 묻힌 오솔길이었다. 각 종족 사람들이 창문에 바짝 붙거나 발코니에 등을 기대고 서서, 어둠 속으로 천천히 걸어가는 두 실루엣을 관찰했다. 그들은 두 소녀가 한없이 나약한 존재들인 것처럼 애처롭게 지켜보았다. 하지만 모두가 저 나약함 아래, 며칠 전부터 '천 개의 눈' 하늘 위를 맴돌고 있는 불사조처럼 잿더미 속에서 다시 태어날 준비가 된 거대한 힘을 감추고 있다는 사실을 잘 알고 있었다. 모두가 알고 있었다, 옥사만 빼고. 그것이 문제였다. 그때, 칠흑 같은 하늘에 황금빛 후광이 나타났고, 사람들의 눈이 다시 반짝였다.

"옥사, 상자주 족 여인들이 너를 찾으러 왔어." 조에가 손을 놓으며 중얼거렸다. "네게 할 말이 있나 봐."

노래하는 샘의 소환

후광 한가운데 놓인 옥사는 공중으로 안내되는 대로 가만히 있었다. 상자주 족 여인들은 '천 개의 눈' 지역 위로 날아올라, 신비한 '요정의 섬'이 있는 북쪽으로 향했다. 그녀들은 침묵 속에서 '요정의 섬'을 통과하고도 두 시간 이상을 계속 날아, 바닥에 기묘한 기하학적 형태가 나타날 때까지 전진했다. 이윽고 목적지에 다다르자 그녀들은 대지의 표면이 끌어당기는 힘에 이끌려 곤두박질쳤다. 그래도 그녀들은 옥사를 보호하며 내려섰고, 그들 중 한 명이 모호한 윤곽으로 여자의 실루엣을 그리며 후광에서 빠져나왔다.

"도착했습니다, 젊은 여왕님." 그녀의 아름다운 목소리가 울려 퍼졌다.

"어디에 도착한 건가요?" 옥사가 주위를 둘러보며 물었다.

옥사의 눈에는 먼지투성이인 광활한 사막과, 끝나지 않을 듯 뻗어 있는 돌벽을 뚫고 설치한 커다란 철문밖에 보이지 않았다.

"'미궁'에 도착했습니다, 젊은 여왕님." 상자주 족 여인이 대답했다.

옥사는 고개를 끄덕였다. 그녀는 미궁에 대해 알고 있었다. 아바쿰이 말해주었다. 그것은 잊힌 기억을 알려주는 장소인 '노래하는 샘'에 접근할 수 있는 통행로였다. '노래하는 샘'에서 인간 요정은 눈으로 직접 자신이 잉태된 날을 볼 수 있었다. 자신이 태어난 날도. 그리고 마침내 자신이 어디에서 왔는지, 자신이 진정 누구인지도 알게 되었다. 하지만 옥사는, 그녀는 자신을 괴롭히는 이 기억 속에서 무엇을 찾아내고 싶은 것일까?

모든 기억이 그녀를 지독하게 고통스럽게 했기 때문에, 그냥 가슴속에 묻어놓는 편이 더 좋았다. 그렇게 하면 적어도 기억들이 해를 입히지는 않을 테니까…….

"사람들이 날아가거나 혹은 지나갈 수 없도록 벽이 이렇게 높은 건가요?" 옥사가 주의를 딴 데로 돌리려고 물었다.

"생각대로입니다." 상자주 족 여인이 대답했다. "하지만 그것은 겉모습, 즉 상징일 뿐이지요. 사실 저 벽은 재능 있는 뮈르무들이나 아주 뛰어나게 날아오르는 자들조차 초대받지 않고는 미궁으로 들어올 수 없다는 사실을 알리기 위해 그어놓은 단순한 선일 뿐이지요."

"그럼 나는요? 난 가능한가요?"

"당신은 가능하십니다. 당신이 '노래하는 샘'까지 길을 찾도록 제가 도와드릴 겁니다. 거기에서 당신을 기다리는 사람이 있습니다."

"누구죠?" 옥사가 물었다.

오랜만에 그녀의 마음속에 해방구가 열리며, 스스로도 놀랄 만큼 청량감을 느꼈다. 그녀가 제일 간절하게 보고 싶은 사람은 누구일까? 어머니일까? 드라고미라 할머니? 구스? 튀그뒤알? 옥사는 울지 않으려고 고개를 저으며 신음했다. 그들 중 한 명만 선택하기란 불가능했다.

"따라오세요."

황금빛 그림자 말고 다른 것은 전혀 구별할 수 없는 상태에서 소녀는 누군가 손을 잡는 것을 느꼈다. 문이 열렸고, 나뭇잎이 없는 울타리들과 각종 크기의 작은 문이 끝도 없이 복잡하게 얽혀 있는 광경이 나타났다. 불가사의한 미로는 뇌의 굴곡처럼 꾸불꾸불하게 펼쳐져 있었고, 이 땅의 나머지 영토를 다 차지한 듯 무척 넓었다.

"갑시다." 옥사가 중얼거렸다.

미궁은 어떤 저항도 보이지 않았다, 아주 복잡해 보인다는 것만 빼고. 미궁의 기준점을 찾는 것은 나침반 없이 망망대해 한가운데에서 항해하는 것과 마찬가지였다. 불규칙적인 커다란 돌멩이들로 세워진 벽은 다 비슷해 보였다. 기후가 사막화되면서 말라버린 나뭇가지들을 뛰어넘을 수 없을 만큼 쌓아 만든 울타리들 역시 다 비슷비슷했다. 몇 년 전, 부모님과 함께 들어갔다가 길을 잃고 즐거워했던, 프랑스의 멋지고 울창한 초록빛 미로와는 전혀 달랐다. 그때, 옥사는 참 많은 것을 몰랐다. 자신의 정체가 무엇인지, 가족들은 어디에서 왔는지……. 그때는 어디를 가나 드라고미라가 늘 제일 먼저 도착해서, 옥사는 그녀가 '마법사' 같다고 말했다. 이 소리를 들은 바바 폴락은 그저 웃었다. 그럴 수밖에 없었던 것이다. 옥사는 한숨을 내쉬고는, 조금도 머뭇거리지 않고 앞장서는 황금빛 그림자에 다시 집중했다.

한 시간 정도 지나자 미궁의 단조로운 배경이 조금씩 변하기 시작했다. 오솔길이 넓어졌고, 벽들은 낮아졌으며, 나지막한 언덕을 둘러싼 수평선이 눈에 띄었다. 그 언덕 중 하나의 기슭에서 푸르스름한 빛이 솟아올랐다. 틀림없이 '노래하는 샘'일 것이었다. 옥사는 다시 활력을 찾으며 두근대는 가슴으로 마지막 장애물을 넘었다. 출구에서 몇 미터 떨어지지 않은 곳에 다다랐을 때, 놀라운 모습의 생물 두 마리가 몸을 일으켰다. 그 동물들은 사자의 몸에 여자 얼굴을 하고 있었다. 옥사의 눈 앞에 신화적 동물 코르퓌슬레옥스가 나타난 것이다! 상자주 족 여인이 두려워하는 그녀를 이끌어, 옥사는 다가가지 않을 수 없었다. 뒷발을 굽히고 앉은 그들 앞에 서서 보니, 코르퓌슬레옥스는 2미터가 넘는 것 같았다. 그들은 멋지기도 했지만 무시무시하기도 했다. 순간 그들이 여자처럼 긴 머리카락을 뒤로 넘기며 울부짖었다. 옥사는 잔뜩 겁을 먹고 뒷걸음질 쳤다. 하지만 상자주 족 여인이 그녀를 막아섰고, 코르퓌슬레옥스 한 마리가 그녀 쪽으로 발을 들었다. 길고 뾰족한 발톱이 바로 코앞에 있는 것을 본 소녀는 비명을 질렀다. 저 무서운 동물은 나를 갈기갈기 찢을 거야! 최소한 어깨 정도는 부러지겠지…… . 발이 내려오는 것을 보며 옥사는 눈을 질끈 감았다.

"우리는 아주 오래전부터 당신을 기다려왔습니다." 친절한 목소리가 울려 퍼졌다.

코르퓌슬레옥스가 다시 울부짖었다. 눈을 뜬 옥사는 그 동작이 그녀를 겁주려는 것이 아닌, 인사라는 사실을 알아차렸다. 게다가 두 동물은 그녀 앞에서 존경의 의미로 고개를 숙이며 엎드렸다.

"들어오십시오. 당신을 만나고 싶어 하는 사람이 있습니다."

옥사는 초조해하고 불안해하며 앞으로 나아갔다. 두 마리의 코르퓌슬레옥스 사이로 들어가자, 아바쿰이 말했던 그 유명한 동굴이 보였다. 거기에는 '노래하는 샘'이 방출한 습기가 적당히 펴져 있었고, 샘의 장밋빛 물결은 라피스라줄리로 된 푸른 벽면에 영롱하게 비쳤다. 정말 꿈처럼 아름다웠다. 아바쿰이 옳았다. 누구라도 최고의 보배 중심에 있는 기분이었을 것이다. 그곳의 평온한 분위기에 휩싸인 옥사는 금세 기분이 좋아졌다. 그녀는 샘 가장자리에 무릎을 꿇고 앉아 반짝반짝 빛나는 샘물을 마시고 싶은 유혹을 참고 기다렸다. 누가 그녀를 만나고 싶어 하는 것일까?

"아무도 없어요?"

옥사는 자신의 목소리가 파란 벽면에 부딪쳐 메아리로 되돌아오자 깜짝 놀랐다. 갑자기 유백색 실루엣이 물을 가로지르더니 동굴 한가운데 수면에 섰다. 실루엣이 다가오자 옥사는 본능적으로 떠오른 생각을 두 눈으로 확인할 수 있었다. 머리 주위로 두른 땋은 머리, 위풍당당한 자태, 우윳빛 후광 아래 보이는 미소……

"우리 공주……."

더할 나위 없이 행복해진 옥사는 물로 첨벙 뛰어들었다.

"할머니!"

동요

허리까지 물에 잠긴 옥사가 할머니의 실루엣 가까이 다가갔다.

"바바! 믿을 수가 없어요, 할머니셨군요!"

옥사는 달려가 할머니의 팔을 잡으려 했지만, 실체가 없는 육체를 통과할 뿐이었다. 그녀는 충격을 받아 뒤로 물러섰다.

"할머니는…… 유령이세요?"

"아냐, 우리 공주. 그것보단 좀 낫단다. 난 상자주 족이 됐어."

"오! 바바……."

상반된 감정이 물밀듯이 밀려왔다. 드라고미라는 완전히 죽은 게 아니었다. 이 사실은 옥사의 가슴속에 엄청난 기쁨과 깊은 고통을 동시에 불러일으켰다.

"괜찮으신 거죠?" 소녀가 울음이 묻어나는 목소리로 물었다.

드라고미라가 안을 것처럼 그녀에게 몸을 숙였다. 옥사는 가벼운 숨결을 느꼈다. 그리고 이마 위에 살짝, 무언가 닿는 느낌을 받았다. 세상

저 너머에서 보낸 할머니의 입맞춤.

"물에서 나오렴, 우리 손녀. 이리 와서 내 옆에 앉아라. 해줄 말이 있단다. 무엇보다 보여줄 게 있어."

옥사는 샘가로 나와 드라고미라와 만났다. 옷은 몇 초 만에 다 말라버렸다. 정말이지 마법의 동굴이었다! 옥사는 할머니 옆에 몸을 딱 붙이고 싶었지만 그럴 수 없었다. 그녀의 눈에 보이는 것은 실제로 존재하긴 하지만 만질 수는 없는 것이었다. 하지만 중요한 것은 할머니를 다시 만났다는 사실이었다. 드라고미라는 반짝반짝 빛나는 모래 위에 누웠고, 옥사도 그녀에게서 눈을 떼지 않고 그대로 따라 했다. 그녀는 어렴풋이 자신의 헝클어진 머리카락을 어루만지는 할머니의 손길을 느꼈다.

"할머니는 알고 계셨던 거예요."

"뭘 말이니?"

"우리가 '경계의 문'을 통과할 때, 할머니에게 무슨 일이 생길지."

바바가 슬프게 한숨을 내쉬었다.

"그래, 난 알고 있었어. 요정들이 오손의 섬에 나타났을 때 말해주었단다."

"그래서 그렇게 어두운 표정이셨군요."

"너희들을 에데피아까지 성공적으로 이끄는 것은 내게 커다란 명예였어. 치러야 할 대가는 아주 컸지. 사랑하는 사람들과 더 이상 함께할 수 없었으니……. 하지만 보람 있었어. 어쨌든 난 여기에 있잖아, 내 방식으로. 그리고 어머니를 만났단다."

"정말요?" 옥사가 소리쳤다. "말로란 여왕님이 옆에 계세요?"

"그래, 어머니 혼자만이 아니야. 내 할머니인 율리아나 여왕과 사라진 여왕이 모두 다 계셔. 또 내 곁에는 '친절한 사람'도 있지. 그가 누군지 상상해볼래?"

"오…… 반은 사람이고 반은 사슴인 생물인가요? 그가 할머니를 잘 돌봐주기를 바라요!"

"그는 완벽해. 내 폴딩고만큼이나."

폴딩고의 이름이 언급되자 드라고미라의 실루엣이 털썩 주저앉았다.

"폴딩고는 어떻게 지내니?" 드라고미라가 갈라진 목소리로 물었다.

"우리 모두 다 비슷해요, 바바. 사실 아주 힘들어요, 아시겠지만."

"그래, 안다." 드라고미라가 중얼거렸다. "너희들을 여러 번 찾아갔었어. 무슨 일이 일어났는지 다 봤단다."

"그런데 왜 모습을 보이지 않으셨어요? 할머니가 돌아가시지 않았다는 사실을 알았다면 참 좋았을 텐데요!"

"나는 죽었어, 우리 공주. 육체적인 의미에서. 네가 보는 것은 내 영혼이란다."

옥사가 신음했다.

"하지만 할머니의 몸이 보여요! 흐릿하기는 하지만요!"

"오늘 네가 나를 본다면, 그건 오로지 상자주 족 덕분이야. 에데피아에 들어온 이후, 나는 보이지 않는 존재가 되었단다. 내가 상자주 족 여인들처럼 실루엣을 보이려면 몇 세기가 지나야 해. 네가 떠나고 나면 난 다시 투명해질 거야."

"그럼 난 할머니를 다시는 못 보게 되겠죠." 옥사가 슬퍼했다.

"아냐. 우리는 곧 만날 거란다, 내 아가."

옥사가 놀라서 눈을 크게 떴다.

"그럼 나도 죽는 건가요? 그래요?" 옥사가 흥분해서 소리쳤다.

"아냐, 우리 공주! 아냐! 폴딩고가 너한테 아무 말도 안 했니?"

"잠깐만요, 잠깐만." 옥사가 최대한 정신을 집중하며 대답했다. "그럼 할머니가 새로운 '무한한 본질'이 되는 거예요? 두 세계의 균형을 구현하는 존재?"

드라고미라가 고개를 끄덕였다.

"네가 '펠르린의 방'에 들어갈 때 내가 거기 있을 거야. 설령 내가 '무한한 본질'이라 해도, 나 혼자서는 아무것도 아니야. 균형을 세우려면 우리가 가진 왕가의 능력을 합쳐야만 해."

"할머니는 폭탄이고 나는 뇌관인 거네요." 옥사가 말했다. "뇌관이 없으면 폭탄은 위험하지 않죠. 그리고 폭탄이 없으면 뇌관은 아무 소용도 없고요."

"비슷하지만, 훨씬 평화롭지!" 드라고미라가 미소 지었다.

"문제는요, 바바, '펠르린의 방'이 열리지 않아요."

"왜인지 아니?"

옥사가 눈썹을 찡그렸다.

"내 상태가 별로 좋지 않아서요." 옥사가 한숨을 내쉬었다.

"그래, 바로 그거야. 넌 네 선택과 의지와는 아무 상관없이 벌어지는 일에 죄책감을 느끼고 있어. 이미 일어난 모든 일을 후회하고 있기 때문이지. 그걸 보고 '펠르린의 방'은 네가 준비되지 않았다고 추리한 거야."

"아네요, 바바. 난 준비됐어요!" 옥사가 격분했다.

"아냐, 옥사, 넌 준비가 안 됐어." 드라고미라가 부드럽게 옥사에게 말했다. "하지만 내가 도와줄게. 이것 좀 보렴."

샘물의 평평한 수면에 여러 장면이 나타났다. 처음에는 영상이 흐릿했지만, 옥사가 완벽하게 자기 자신이 되는 것을 방해한 질문에 답을 제시하기 위해 화면은 점점 안정되었다.

"'카메라 눈'이네요." 소녀는 자신감을 확실하게 되찾고 싶은 욕심에 중얼거렸다.

"내가 생애 처음으로 유체 이탈을 했을 때야." 드라고미라가 설명했다. "이것이 내가 너를 위해 해줄 수 있는 거란다."

첫 번째 영상은 충격적이었다. 일곱 명의 사람이 커다란 원형 텐트 안에 있었다. 의심할 여지없이 라프 족(주로 스칸디나비아반도 북부 라플란드에 살고 있는 소수 민족—옮긴이)의 오두막이었다. 옥사는 그들이 에데피아로 들어오지 못한 탈주자들이라는 것을 어렵지 않게 알아차릴 수 있었다. 마리와 아키나, 버지니아는 두꺼운 털옷 속에 몸을 둥그렇게 웅크리고 있었고, 구스와 앤드류는 불이 활활 타는 중앙의 벽난로 주위에서 바삐 움직였다. 행색은 초췌했고 눈 주위에는 무겁게 다크서클이 드리워 있었지만, 모두 건강해 보였다. 몽골 유목민의 전통 의상과 장신구를 걸친 사람들이 주위에서 열심히 일을 하고 있었다.

'카메라 눈'은 방향을 바꾸어 쿠카를 비추었다. 젊은 여자가 그녀 옆에서 긴 금발을 빗겨주고 있었다. 그들 중에 반역자 무리는 아무도 없다는 것을 분명히 알 수 있었다. 바바라 맥그로우를 제외하면. 바바라를 발견한 옥사는 깜짝 놀랐다. 그렇다면 그녀는 탈주자들과 함께 있는 것이다. 왜 그런 결정을 했을까? 남겨진 사람들 중에는 다른 반역자들도 있었으므로, 그들과 함께 있을 수도 있었을 텐데.

"여기서 여생을 보낼 수는 없어요!" 별안간 쿠카의 목소리가 울려 퍼졌다.

옥사는 남겨진 사람들이 그녀를 향해 시선을 돌리는 것을 보았다. 마리는 절망적인 표정을 지었고, 구스는 격분을 감추지 않았다.

"제발 소리 지르지 마." 구스가 이를 악물고 음절을 끊어 강하게 발음했다. "머리가 너무 아프단 말이야."

"다시 여행을 떠나기 전에 우리는 기운을 회복해야만 해." 앤드류가 덧붙였다. "불평하기보다는 차라리 여기 주인들한테 감사합시다. 저들이 없었다면, 우리는 사막 한가운데서 길을 잃고, 추위와 배고픔에 이미 죽었을지도 모릅니다."

또 다른 장면이 이어졌다. 잔뜩 흥분한 여행자들로 발 디딜 틈 없는 공항 대기실에 일곱 명의 남겨진 사람들이 보였다. 건물은 거의 무너질 지경이었다. 사방 벽은 위태롭게 쩍쩍 갈라졌고, 유리창 수십 개가 깨져 바닥 여기저기에 유리 조각과 콘크리트 조각이 널려 있었다. '카메라 눈'이 공간을 훑자 옥사는 철저히 무장한 군인들을 볼 수 있었다. 키릴 자모(슬라브계 언어의 모체가 되는 문자—옮긴이)로 적힌 수많은 벽보도 보였다. 마리는 여전히 휠체어에 앉아 있었고, 구스가 그 옆에 서 있었다. 모두 지치고 신경이 날카로운 것 같았다. 갑자기 확성기를 통해 방송이 흘러나왔다. 제일 먼저 나온 것은 러시아어인 것 같았고, 그다음으로 영어가 들렸다. 비행기가 도착했다는 안내였다. 그 즉시 사람들이 물밀듯이 탑승장 게이트를 향해 돌진하며 큰 소란이 일어났다. 너무 혼란하고 시끄러워서 옥사는 비행기의 목적지를 듣지 못했다. 모두 서로 밀고 당기는 그 아수라장 속에서, 가장 강한 자가 법이라는 사실이 여실히 드러났다.

남겨진 사람들은 마리가 탄 휠체어를 밀며 길을 내려고 애썼다. 앤드류가 비행기 티켓을 사람들 머리 위로 흔들자, 히스테릭해진 한 여자가 티켓을 빼앗으려 했다. 구스가 끼어들어 가까스로 그녀를 제지했다. 소요가 점점 심해지면서 사람들이 폭력적이 되자, 군인들이 개입을 결정했다. 옥사는 그들이 허공에 총을 쏘는 것을 보고 공포에 떨었다. 겁에 질린 비명 소리가 울렸고, 무장을 한 군인들이 군중을 둘러싸자 모두 입을 다물고 조용해졌다.

"표를 소지한 여행객들만 앞으로 나오세요!" 그들 중 한 명이 소리쳤다. "나머지 분들은 여기에서 기다리십시오!"

군중 한 무리가 빠져나와 군인들이 가리킨 자리로 이동했다. 그제야 안심이 된 옥사는 남겨진 사람들과 군인들의 호위를 받으며 탑승 게이트까지 가는 엄마의 휠체어를 눈으로 쫓았다. '카메라 눈'이, 이 끔찍한 장소를 빠져나가는 데 성공한 후 기뻐하는 남겨진 사람들을 클로즈업했다. 모두 다 야위어 얼굴이 홀쭉해졌고, 입은 옷들도 비참하기 짝이 없었지만, 비행기를 탄다는 사실에 무척 안도하는 것 같았다. 구스의 얼굴이 물 위의 화면에 나타났다. 소년은 무언가를 찾는 듯 천장을 유심히 바라보았다. 구스는 드라고미라가 자신을 보고 있다는 사실을 아는 것일까? 그것을 느끼는 것일까?

"아아아아, 구스……." 옥사가 가슴이 찢어지는 듯 한숨을 내쉬었다.

몹시 힘들었지만, 그들이 아비규환에서 무사히 빠져나와 이제 좀 괜찮아질 것을 보니 위안이 되었다. 그들이 잘 견뎌만 준다면…….

'카메라 눈'에서 여러 장면이 계속 나타났다. 심각하게 손상되었지만 옥사는 빅토우 광장에 있는 집을 금방 알아보았다. 그렇다면 남겨진 사람들은 무사히 런던으로 돌아간 것이다. 옥사는 그들의 정신 상태가 어떨지, 감히 상상조차 할 수 없었다. 이런 조건에서 집으로 돌아간다는 것은 참으로 무서운 일이었다. 세상은 멸망해가고, 그들은 희망을 갖고 가족들을 기다리는 것 외에는 아무것도 할 수 없었다. 모두 청소를 하고 이곳저곳을 수리하며, 집을 원래 상태로 되돌리려고 바쁘게 움직였다. 물이 거의 2층까지 들이닥쳐서, 물건들이 온통 끈적끈적한 진흙으로 뒤덮였다. 구스와 앤드류는 기와가 많이 빠져버려 엉망이 된 지붕을 손봤다. 그러나 가장 견디기 힘든 것은 천재지변으로 생긴 손해가 아니라, 집이 약탈당한 것이었다. 수백 채의 집들이 다 마찬가지였다. 어머니가 동료들에게 슬픈 어조로 말하는 것을 듣고 옥사는 알았던 것이다. 천재지변으로 부서지지 않은 것들은 누군가가 훔쳐가거나 망가뜨려 버렸다는 것을.

"우리가 받은 고통이 아직 충분치 않은가 봐." 마리가 황폐해진 주변 광경을 바라보며 신음했다.

"그래도 우리 모두 무사하잖아요, 그게 중요한 거예요." 버지니아가 마리를 꼭 안으며 말했다.

'카메라 눈'이 잠시 멈추었다가 비춘 장면을 보고, 옥사는 마음이 심란해졌다. 구스가 옥사의 침실에 있었다. 그는 옥사의 침대에 누워 있었는데, 얼굴을 잔뜩 찡그린 것이 언뜻 보기에도 심한 두통으로 괴로워하는 것 같았다.

"너무 아파, 더는 못 견디겠어……." 구스가 중얼거렸다.

잠시 후 그가 일어났다. 들창에 팔꿈치를 괴고 서서, 구스는 불행한 표정으로 넥타이를 만지작거리며 폐허가 된 광장을 바라보았다. 옥사가 그들이 똑같이 갖고 있는 넥타이를 찾고 나서 구스를 생각했던 것처럼, 그도 옥사를 생각하는 것일까? 옥사는 분명히 그랬을 거라고, 조금도 의심하지 않았다. 그러나 방으로 들어와 구스에게 다가가는 쿠카를 보자, 옥사의 심장이 터질 듯 심하게 방망이질했다.

"저 애는 내 방에 들어올 권리가 없어!" 옥사의 분노가 폭발했다.

구스가 '얼음 여왕'을 향해 무표정한 시선을 던졌다. 그래도 쿠카는 아랑곳하지 않고 구스 옆으로 다가가 그의 어깨에 머리를 기댔다. 구스는 그냥 내버려두었다. 구스는 이 행동이 무엇을 의미하는지 알고 있는 것일까? 옥사는 화가 나서 비명을 질렀다. 그녀는 모래를 한 줌 움켜쥐고 물 위에 던졌다. '카메라 눈'이 바로 꺼졌다.

"바바!" 열불이 난 옥사가 쉰 목소리로 외쳤다, "왜 이런 장면을 나한테 보여주는 거예요? **왜**?"

우윳빛 실루엣이 사라졌다.

"난 조에랑은 다르다고요!" 옥사가 주먹을 쥐고 계속 소리쳤다. "난 구스가 나 없이 행복하기를 바라지 않아요!"

자신이 뱉어낸 상식에 어긋나는 말에 놀라, 옥사는 멍하니 입을 벌렸다. 냉담하고 갑작스러운 동요에 실려 진실이 폭발한 것이다.

"그럼 너는? 넌 구스 없이 행복할 수 있니?" 바바 폴락의 목소리가 울렸다.

"난…… 난 그 질문에 대답할 수 없어요." 옥사가 바닥에 스르륵 무릎을 꿇으며 대답했다.

"이 모든 것의 의미를 잘 생각해봐, 우리 공주. 잘 생각해보고, 이 모든 기다림과 희망의 중심에 네가 있다는 사실을 잊지 말고, 네 분노를 분별 있게 사용하렴. 포기하지 마. 절대 포기하지 마라, 옥사. 그리고 빨리 나를 만나러 오려무나."

극도의 흥분 상태인 옥사를 남겨둔 채 목소리가 사라졌다.

"알았어요. 만약 제가 정신 차리기를 바라셨다면, 성공하셨어요, 할머니!" 그녀가 부르짖었다. "난 화가 났고, 슬프고, 충격받았어요. 하지만 이제 생생하게 살아났다고요!"

다시 맞서는 운명

　새롭게 결심을 다지며 생기를 되찾은 옥사는 자리에서 일어나 동굴 속을 이리저리 거닐었다. 조금 전 본 장면들이 괴로운 욕구불만과 극도의 안도가 뒤섞인 모호한 감정을 불러일으켰다. 어머니와 구스는 그다지 건강한 상태가 아니었지만—그 정도로는 어림도 없었다—, 그들은 기적적으로 빅토우 광장과 조우하는 데 성공했다. 그것은 진정 훌륭한 해결책이었다. 앤드류와 버지니아는 분별력이 있는 것 같았다. 그들은 확실하게 사태를 파악하고 있었다. 그들은 모두 지각이 있으니까 잘 헤쳐나갈 것이다. 쿠카가 제일 골칫거리였다. 왜 그녀가 외부 세계에 남아 있는 거지? 그런 일은 일어나지 말아야 했다. 옥사는 이런 사소한 일에 신경 쓰고 있는 것을 후회했다. 어머니와 구스의 건강 상태가 그 가증스러운 계집애가 하는 수상한 짓거리보다 훨씬 중요했다. 하지만 '카메라 눈'이 안겨준 동요 때문에, 옥사는 쿠카를 빼고는 도무지 생각을 할 수가 없었다. 그녀는 그 상황을 견딜 수가 없었다. 강제적인 변화로 육체는 성숙했지만 그런 건 아무 도움도 되지 않았다. 오히려 그 반대였다. 감정, 타인과 관계를 맺는다는 지각, 반응, 이런 것들이 오히려 전부 악화되었다. 옥사는 이런 적이 한 번도 없었던 것처럼 극도로 예민해졌다.

"설마 서로 그런 것은 아니겠지." 옥사는 쿠카가 구스의 어깨에 머리를 기댔을 때 구스의 무관심한 표정을 떠올리며, 잘 생각해보려 노력했다.

그녀는 조에가 구스에게 끌린다는 것을 알아차렸을 때 자신이 무척이나 질투했던 기억을 떠올렸다. 그때 그녀는 조에를 얼마나 싫어했던가. 하지만 구스는 전혀 흔들리지 않았다. 그는 옥사를 사랑했다. 구스는 그녀가 에데피아로 들어오기 전에 옥사에게 이 사실을 깨닫게 했다. 이것이 조에가 자신을 희생한 이유였다. 구스는 절대 조에를 사랑하지 않을 테니까. 설마, 완전히 잘못 생각한 것은 아니겠지? 조에는 튀그뒤알에 대한 옥사의 사랑이 일방적일 수 있다고 암시하는 것으로 그녀의 머릿속에 끔찍한 혼돈을 심어놓았다. 왜 아니겠는가? 상상할 수 있는 일이었고, 조에는 아주 비밀스러운 면이 있었다. 안타깝게도 그런 생각들은 옥사가 현실을 직시하는 데에는 아무 쓸모도 없었다. 한 가지 얻은 게 있다면, 그 장면을 보고 불같이 화를 낸 덕분에 무감각 상태에서 빠져나왔다는 것이다.

옥사는 동굴 입구를 향해 나아갔다. 코르퓌슬레옥스가 궁금하다는 얼굴로 그녀를 기다리고 있었다. 두 마리 중 한 마리가 자두만 한 크기의 신기한 구(球)가 달린 가느다란 줄을 옥사에게 내밀었다. 옥사는 그것을 받아들고 매달린 보석을 관찰했다. 진짜 지구를 복제한 것 같은 작은 지구 모형이었다.

"정말 근사해요!" 옥사가 소리쳤다.

호기심을 느낀 옥사가 레티퀼라타와 지구 모형을 잘 맞추어 크라쉬 그라녹스를 불어보고는 비명을 질렀다.

"와, 맙소사! 움직여!"

마치 인공위성에서 내려다본 것처럼, 작은 지구는 지구 전체 모습을 보여주었다. 신기한 동시에 두려웠다. 대양이 때로는 잠잠하고 때로는 분노에 차서 움직이며, 해안을 휩쓸고 대지를 뒤덮었다. 산맥 역시 둥둥 떠다니는 구름을 향해 불쑥 솟아올랐고, 때때로 산기슭을 남김없이 태우는 산불이 만들어낸 하얀 연기가 산맥을 화려한 후광으로 둘러쌌다. 화산의 일부분이 조그만 용암을 뿜어내며 폭발했는데, 자세히 보니 아이슬란드 같았다. 세계 각지에서 비슷비슷한 화산 폭발이 일어나 대지를 황폐하게 했다. 옥사는 주의를 기울여 영국을 관찰했고, 한층 더 깊이 주의를 기울여 런던 주위를 들여다보았다. 볼가 강이나 미시시피 강과는 달리 템스 강은 물길을 되찾았다. 휴우! 남겨진 사람들에게는 그만큼 여유가 생긴 것이다. 갑자기 휴대전화가 진동하듯 조그만 지구가 손바닥에서 떨려왔다. 옥사는 레티퀼라타를 통해 무슨 일인지 보려고 눈을 찡그렸다. 미국 서쪽 해안의 기반이 흔들리는 것이 분명하게 보였다. 그녀는 주먹을 쥐고 눈물을 흘렸다.

"불쌍한 사람들……." 세상의 종말을 겪으며 불행을 견디고 있는 전 세계 사람들을 생각하며 옥사가 신음했다.

그녀의 정신 상태 때문에 수많은 사람이 목숨을 잃어야만 했다. 지독히 후회되었다……. 코르퀴슬레옥스 한 마리가 젊은 여왕의 어깨에 커다란 발을 올렸다.

"이제 서두르셔야 합니다."

"정확히 뭘 해야 하죠?" 옥사가 목이 잠겨 물었다.

그 동물은 미궁을 가로질러 그녀를 여기까지 안내한 상자주 족 여인의 실루엣을 가리켰다.

"행운을 빕니다, 젊은 여왕님!" 코르퀴슬레옥스들이 외쳤다.

옥사는 바닥에서 몇 센티미터 둥실 떠 있는 여인의 실루엣에게 다가갔다.

"갑시다, 준비됐어요!"

옥사는 고개를 들고 '지구'를 목에 걸었다. 상자주 족 여인의 황금빛 그림자의 호위를 받으며, 그녀는 기울어가는 에데피아의 하늘로 날아올랐다. 두 세계의 심장이 죽어가고 있었다. 옥사는 운명과 맞서 자신이 누구인지 받아들일 시간이 되었다. 새로운 여왕이라는 사실을.

4권에서 계속……